드라이

D

R

Y

드라이 DRY

닐 셔스터먼
재러드 셔스터먼
장편소설
이민희 옮김

창비

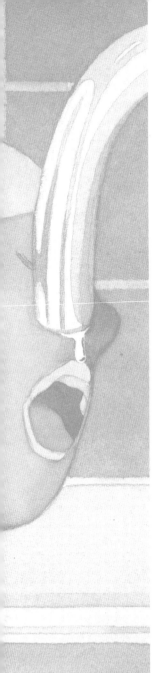

차
례

기후 변화가 초래할
비극을 막기 위해 분투하는
모든 분께 이 책을 바칩니다.

일러두기

1. 본문의 주는 모두 옮긴이의 것입니다.
2. 본문의 고딕체는 원서에서 이탤릭체로 강조한 부분입니다.

1장

단수

1) 얼리사

부엌 수도꼭지에서 기묘한 소리가 난다.

수도꼭지는 다 죽어 가는 천식 환자처럼 힘겹게 쿨럭대다가 물에 빠진 사람처럼 꾸르륵거렸다. 그러다 마른침을 툭 내뱉고 그대로 잠잠해졌다. 우리 집 개 킹스턴이 멀리서 귀를 쫑긋 세웠지만, 싱크대로 다가오진 않았다. 금방이라도 수도꼭지가 되살아나지 않을까 기대하는 눈치인데, 그런 일은 없었다.

엄마는 킹스턴의 물그릇을 든 채 가만히 서 있다가 수도꼭지를 잠그고 말했다. "얼리사, 가서 아빠 좀 오시라고 해."

손수 부엌을 개조한 뒤로 아빠는 배관 다루는 일에 자부심이 넘쳤다. 전기 쪽도 마찬가지다. "뭐 하러 굳이 큰돈 들여서 업자를 불러? 혼자 얼마든지 고칠 수 있는데." 아빠는 본인이 뱉은 말은 꼭 지키는 사람이다. 그 뒤로 툭하면 수도나 전기가 말썽을 일으키는 게 문제지만.

아빠는 차고에서 바질 삼촌과 함께 고장 난 차를 손보고 있었다. 바질 삼촌은 머데스토에서 아몬드 농장을 운영하다가 망한 뒤로 우리 집을 들락거리며 지낸다. 바질 삼촌의 진짜 이름은 허브다. 언젠가부터 동생과 나는 마당에서 키우는 온갖 허브 이름을 갖다 붙여 삼촌을 불렀다. 딜 삼촌, 타임 삼촌, 차이브 삼촌, 그리고 부모님이 기겁하는 마리화나 삼촌까지. 그러다 결국 바질 삼촌으로 정착했다.

"아빠, 부엌에 비상요!" 나는 차고 안쪽에 대고 소리쳤다.

캠리 밑으로 아빠의 두 발이 동쪽 마녀의 발처럼 삐죽 나와 있었다.* 바질 삼촌은 전자 담배 증기에 가려 얼굴이 보이지 않았다.

"잠깐만 기다려 줄래?" 차 밑에서 아빠가 말했다.

그럴 수 없다는 걸 나는 이미 감지하고 있었다. "심각한 문제 같아요."

아빠는 차 밑에서 미끄러져 나와 한숨을 크게 내쉬며 부엌으로 향했다.

엄마는 부엌에 없었다. 부엌과 거실 사이 문간에 우두커니 서 있었다. 왼손에는 텅 빈 물그릇이 그대로 들려 있었다. 왠지 오싹한 기분이 들었다.

---

* 동화 『오즈의 마법사』의 한 장면에 빗댄 것이다.

"뭐가 그렇게 급해서 한창 작업 중인데 불—."

"쉿!" 엄마가 아빠 말을 끊었다. 드문 일이다. 나나 동생 개릿에게라면 모를까, 부모님끼리 이런 식으로 대하는 일은 좀처럼 드물다. 우리 집의 암묵적인 룰이다.

엄마의 시선은 텔레비전 화면에 고정돼 있었다. 뉴스 앵커가 '수자원 위기'에 대해 연신 떠들어 댔다. 언론에서는 '가뭄'을 그렇게 부르는데, 사람들이 가뭄이라는 말을 하도 지겨워하니까 고안해 낸 표현이다. '지구 온난화'를 '기후 변화'로, '전쟁'을 '분쟁'으로 바꿔 부르는 것과 비슷하달까. 오늘 언론은 새로운 단어를 꺼내 들었다. 수자원 위기가 새 국면으로 접어들었다는 의미다. 바로 '단수'다.

그제야 바질 삼촌이 전자 담배 증기 속에서 얼굴을 내밀었다. "무슨 일이야?"

"방금 애리조나주랑 네바다주가 저수지 방류 협정에서 발을 뺐대. 자기들끼리 쓰겠다고 댐 수문을 모조리 닫아 버렸나 봐."

더는 콜로라도 강물이 캘리포니아주로 유입되지 않는다는 뜻이다.

바질 삼촌은 엄마의 말을 곱씹었다. "그럼 강물을 수도꼭지처럼 잠가 버리겠다는 거야? 자기들이 그렇게 할 수 있어?"

"방금 그렇게 했네." 아빠가 눈썹을 치켜올리며 말했다.

화면이 생방송 기자 회견으로 바뀌었다. 주지사가 개미 떼처럼 모인 기자들을 향해 말했다.

"안타까운 일이지만, 전혀 예상 못 한 바는 아닙니다. 현재 저희는 여러 기관과 새로운 협정을 맺기 위해 24시간 매진하고 있습니다."

"저게 대체 뭔 소리야?" 바질 삼촌이 끼어들었다. 엄마와 내가 쉿, 하고 막았다.

"예방 조치의 일환으로 남부 캘리포니아의 수자원 지구에 남아 있는 모든 물을 우선 사업에 집중시키기로 했습니다. 하지만 무엇보다 주민 여러분께서 침착하시길 당부드립니다. 이는 일시적인 상황일 뿐이며, 크게 우려할 필요는 없다고 말씀드리고 싶습니다."

기자들 사이에서 질문 세례가 쏟아졌다. 하지만 주지사는 대답하나 없이 기자 회견장을 빠져나갔다.

"킹스턴 물그릇만 바닥난 게 아니네." 바질 삼촌이 말했다. "조만간 변기 물로 목을 축여야 할지도 몰라."

소파에서 정규 방송이 재개되기만 기다리던 개릿이 뜨악한 표정을 지었다. 바질 삼촌은 웃음을 터뜨렸다.

"그럼, 적어도 이번 배관 문제는 내 탓 아닌 거다." 아빠가 엄마를 향해 짐짓 심드렁하게 말했다.

나는 부엌으로 가 물을 틀어 보았다. 마치 내 손이 요술 지팡이라도 되는 것처럼. 물론 기적은 없었다. 단 한 방울의 기적도. 우리 집 수도꼭지는 뇌사 상태에 빠졌고 심폐 소생술로 살려 내기엔 너무 늦었다. 나는 응급실 담당의처럼 현재 시각을 확인했다. 6월 4일 오후 1시 32분.

'사람들은 수도꼭지가 말라 버린 이 순간을 기억하게 될지도 몰라. 대통령이 암살된 순간을 기억하듯이.'

부엌으로 온 개럿이 냉장고에서 게토레이를 꺼내 꿀꺽꿀꺽 마시기 시작했다. 세 번째 모금에서 나는 동생을 멈춰 세웠다.

"도로 넣어 놔. 나중을 위해 좀 남겨 둬야지."

"난 지금 목마른데." 개럿이 투덜거렸다. 개럿은 열 살, 그러니까 나보다 여섯 살 어리다. 열 살이면 더 큰 만족을 위해 눈앞의 작은 욕구를 포기하기 어려울 때지.

보아하니 얼마 남지도 않은 것 같아서 그냥 마시게 뒀다. 그리고 냉장고 안에 마실 게 얼마나 있나 살폈다. 맥주 두 캔, 게토레이 세 병. 거의 바닥이 보이는 우유 한 통.

왜, 가끔 첫 모금을 마시고 나서야 얼마나 목말랐는지 깨달을 때 있지 않나? 지금 내 느낌이 그랬다. 그저 냉장고 안을 한번 훑어봤을 뿐인데.

살면서 이토록 찜찜한 기분은 처음이다.

집 밖에서 사람들이 웅성거리는 소리가 들렸다. 이웃들과는 잘 알고 지내는 편이라 종종 마주치는데, 동네 사람 모두가 거리에 나오는 경우는 일 년에 딱 한 번, 독립 기념일뿐이다. 지진이라도 나면 또 모를까.

부모님과 개릿, 나도 뭔가에 이끌리듯 밖으로 나갔다. 우리를 포함한 동네 사람들 모두 굳은 표정으로 주위를 둘러보고 있었다. 이 상황에 대해 누구라도 조언을 해 주든가 아니면 적어도 이게 실제 상황이라는 걸 확인시켜 주길 바라는 눈치였다. 큰길 건너편에는 리슨 부부와 이번에 아기를 낳은 말레키 부부, 그리고 아주 오래전부터 일흔 살에서 멈춘 것 같은 번사이드 할아버지가 있었다. 예상대로 옆집에 사는 은둔형 이웃 매크래컨 일가는 보이지 않았다. 아마 뉴스를 듣자마자 장벽을 치고 가족 전용 요새에 들어앉았겠지.

이웃들은 서로 눈을 맞추지는 않고 주머니에 손을 넣은 채 그저 멀뚱멀뚱 서 있었다. 학급 무도회처럼 서먹한 분위기였다.

"자." 아빠가 마침내 입을 뗐다. "애리조나와 네바다를 열받게 한 분은 얼른 자수하시죠."

모두 피식 웃었다. 특별히 웃겨서가 아니라 그 말 덕에 얼어 있던 분위기가 녹아서다.

번사이드 할아버지가 눈썹을 치켜올렸다. "인제 와서 거봐라 하긴 싫네만, 저들이 콜로라도강 바닥에 남은 물을 묶어 둘 거라고 내가 말하지 않았나? 그 강을 생명 줄 삼았던 우리 탓이지. 우리가 스스로 발등을 찍은 셈이야." 할아버지는 머리를 흔들었다.

예전에는 물이 어디서 오는지 알지도 못하고 신경도 안 썼다. 언제나 그 자리에 있었으니까. 그러다 센트럴밸리*가 말라 가면서

농산물 가격이 치솟았다. 그러자 사람들이 주목하기 시작했다. 적어도 관련 공약을 내세우고 법안을 통과시킬 정도의 관심이었다. 하나같이 쓸모없는 법안이었지만 사람들에게 뭔가 조처를 했다는 느낌은 줬다. 이른바 '남용 금지법'에 의하면 물 풍선 던지기 놀이도 이제 불법이다.

"라스베이거스에는 아직 물이 있잖아요." 누군가가 지적했다.

리슨 씨가 고개를 저었다. "있긴 있죠. 근데 아까 라스베이거스에 숙박 예약을 하려고 했더니 글쎄, 그 많은 호텔에 빈방이 하나도 없다네요."

리슨 씨의 처지가 고소하다는 듯 번사이드 할아버지가 쓴웃음을 지었다. "정확히는 방 12만 4천 개일세. 하나같이 똑같은 생각들을 한 거야."

"하! 거기 가려는 차들로 15번 국도가 얼마나 막힐지 상상이 가세요? 그 틈에 끼느니 안 가고 말죠." 엄마는 여우가 신 포도 얘기하듯 말했다.

나도 조심스럽게 끼어들었다. "주 정부에서 남은 물을 우선 사업에 배치하기로 했다면 물이 남아는 있단 뜻이잖아요? 주거 지역에 조금이라도 풀어 주라고 요구해야 하지 않을까요? 전력 위기땐 지역별로 순환 정전도 하잖아요. 매일 한 동네씩 돌아가며 물을

---

* 미국 캘리포니아주 중앙부의 대규모 농업 지역.

소량이라도 나눠 주는 거예요."

부모님은 내 의견에 감탄한 듯했지만 다른 사람들은 나를 '아이고, 귀여운 것.' 하는 표정으로 바라봤다. 살짝 짜증이 났다. 우리 부모님은 내가 변호사가 될 거라고 확신한다. 못 될 것도 없지만, 내가 변호사가 되더라도 그건 진짜 꿈을 위한 과정일 뿐이라고 생각한다. 아직 진짜 꿈이 뭔지는 모르겠지만.

지금 그게 무슨 소용이람. 내 의견이 아무리 그럴듯해도 당국은 주민들의 요구를 들어주기보다 제 잇속 차리기에 급급할지 모른다. 막상 나눠 줄 만큼 남은 물이 넉넉하지 않을 수도 있고.

어디선가 문자 수신음이 났다. 리슨 부인이 휴대폰을 확인했다. "거참! 이제 오하이오주 친척들까지 괜찮으냐고 난리네요. 안 그래도 속이 타들어 가는데."

"답장해요. '물 좀 내놓든지.'라고." 아빠가 짓궂게 말했다.

"설마 죽기야 하겠어요." 엄마가 낙천적으로 말했다. 누가 임상 심리학자 아니랄까 봐 안심시키기가 주특기다.

그때 잠자코 서 있던 개릿이 게토레이를 들어 입에 가져갔다⋯⋯. 일순간 모두 말을 멈췄다. 일부러는 아니었다. 다들 뇌가 일시적으로 고장 난 듯, 개릿이 푸른색 이온 음료를 꿀꺽대는 모습을 멍하니 바라봤다. 마침내 번사이드 할아버지가 정적을 깼다.

"나중에 얘기하지." 그러고는 등을 돌려 자리를 떴다. 번사이드 할아버지는 늘 이런 식으로 대화를 끝낸다. 별로 정겹지 않은 이 작은 모임을 해산하자는 신호다. 이웃들은 인사를 나누고 각자 집으로 향했다. 다들 발길을 돌리면서도 눈길은 개릿의 손에 들린 빈 게토레이 병에 한 번씩 머물렀다.

오후 다섯 시경 바질 삼촌이 외쳤다. "코스트코 출동! 같이 갈 사람?"

"핫도그 사 주실 거예요?" 개릿이 물었다. 안 된다 해도 결국 사 주리란 걸 알고 묻는 게 뻔했다. 삼촌은 영 물러 터졌으니까.

"지금 핫도그가 문제가 아니야." 내가 말했다. 개릿은 토를 달지 않았다. 우리가 왜 마트에 가는지 모를 만큼 눈치 없진 않다. 그래도 핫도그를 향한 기대는 접지 않았다.

우리는 바질 삼촌의 사륜구동 픽업트럭에 올라탔다. 삼촌 나이 치고는 살짝 과하다 싶게 차체를 높여 개조한 차였다.

"엄마가 그러는데 차고에 아직 물이 몇 병 있대." 개릿이 말했다.

"몇 병 가지고는 안 될 거야." 나는 머릿속으로 셈을 했다. 차고의 물병은 나도 봤다. 500밀리리터짜리 생수병 아홉 개. 우리 식구는 다섯 명. 아마 하루도 못 갈 것이다.

모퉁이를 돌아 큰길로 접어들었을 때, 삼촌이 말했다. "하루 이틀이면 주에서 물을 확보해서 공급을 재개할 거야. 물은 한두 묶음이면 충분하겠지."

"게토레이!" 개릿이 외쳤다. "게토레이도 사요. 전해질이 풍부하니까." 광고에서 하는 말을 주워들었나 보다. 개릿은 전해질이 뭔지 모른다.

"긍정적으로 생각해. 너희 며칠간은 학교 안 가도 될걸." 삼촌이 말했다. 폭설 없는 캘리포니아식 임시 휴교령이랄까.

나는 11학년이 끝나기만 기다려 왔다. 이 주 뒤면 여름 방학이다. 하지만 우리 학교라면 방학을 미뤄서라도 모자란 수업 일수를 채우겠지.

주차장에 진입하는데 차들이 엄청 많았다. 동네 사람 모두가 같은 생각을 한 듯했다. 별수 없이 빈자리를 찾아 뺑뺑 돌아야 했다. 결국 바질 삼촌은 코스트코 카드를 나에게 내밀었다.

"개릿이랑 먼저 들어가 있어. 주차하고 들어갈 테니 안에서 보자."

삼촌은 카드 없이 어떻게 들어오려고? 아니지, 삼촌은 어떻게든 방법을 찾아내는 사람이다. 개릿과 나는 트럭에서 뛰어내려 인파를 따라 물밀듯이 입구로 들어갔다. 한창때의 블랙프라이데이 매장 같았다. 다만 오늘 사람들의 목표물은 텔레비전이나 게임기가 아니었다. 계산대에 줄지어 선 카트를 채운 것은 각종 통조림과 세면도구, 그리고 단연 물이었다. 독보적인 생활필수품.

느낌이 뭔가 싸했다. 콕 집어 말할 순 없지만 공기 중에 냄새처럼 무언가가 깔려 있었다. 줄 서 있는 사람들의 초조한 표정에서,

카트를 끄는 몸짓에서 느껴졌다. 까딱하면 인파를 뚫고 폭발할 기세였다. 모종의 원시적인 적대감이 주변에 감돌고 있었다. 교외 사람들 특유의 점잖음 속에 감춰져 있던 본능이었다. 그 점잖음도 이제 얇디얇은 껍질에 지나지 않았다.

"이 카트 완전 구려." 개릿이 투덜댔다. 틀린 말이 아니었다. 한쪽 바퀴가 아예 돌아간 탓에 카트를 밀고 나가려면 나머지 세 바퀴에 의존할 수밖에 없었다. 나는 입구 쪽을 돌아봤다. 내가 이걸 잡았을 때 남은 카트라고는 한두 개뿐이었다. 그나마도 지금쯤이면 동이 났을 게 뻔했다.

"쓸 만할 거야."

개릿과 나는 인파를 헤치고 매장 뒤편 왼쪽 코너로 향했다. 생수병을 쌓아 두는 곳이었다. 그때 사람들이 쑥덕거리는 말이 귀에 들어왔다.

"연방 재난 관리청은 허리케인 노아 때문에 이미 마비 상태래. 우릴 도와줄 정신이나 있겠어?" 어떤 여자가 일행에게 말했다.

"이게 어디 우리 잘못이야? 물의 8할은 농업용수로 들어가는데!"

"수영장 물 좀 채웠다고 벌금 매길 시간에 수자원 마련에 힘썼다면 이런 상황까지도 안 왔겠죠!" 또 다른 여자가 말했다.

개릿이 나를 돌아봤다. "내 친구 제이슨네 집 거실에 엄청나게 큰 수족관이 있는데, 걔네는 벌금 안 물었대."

"그건 좀 달라. 물고기는 반려동물이니까."

"그래도 물은 물이잖아."

"그럼 가서 그 물 마셔 보든가." 내 말에 개릿이 입을 다물었다. 지금은 남 걱정할 때가 아니다. 우리부터 걱정해야 한다. 다만 걱정하는 사람은 나 혼자인 듯했다. 개릿은 이미 시식 코너를 찾아 사라지고 없었다.

카트가 계속 왼쪽으로 틀어져서 오른쪽에 몸을 거의 기대다시피 해 무게를 실어야 했다. 안 그러면 고장 난 바퀴가 방향키처럼 고집을 부렸다.

매장 뒤편은 사람들로 훨씬 붐볐다. 나는 생수 매대가 보이는 마지막 통로에 다다라서야 이미 너무 늦었다는 사실을 깨달았다. 평소에 물이 쌓여 있던 자리가 텅텅 비어 있었다.

아차, 수도가 멎었을 때 바로 달려왔어야 했다. 하지만 뭔가 극단적인 사태가 벌어지면 사고의 흐름이 정지되기 마련이다. 부정도 아니고 충격도 아니다. 말하자면 멘탈 붕괴에 가깝다. 무너진 멘탈을 추스르다 보면 급선무를 파악하지 못하고, 정신을 차렸을 때는 이미 기차가 떠난 뒤다. 나는 허리케인 노아가 휩쓴 서배너의 주민들을 떠올렸다. 허리케인은 관측과 달리 바다로 빠져나가지 않고 경로를 틀어 방심하고 있던 도시를 그대로 덮쳤다. 짐을 챙겨 대피하기 전까지 그곳 주민들은 그 자리에 못 박힌 채 눈도 깜빡이지 않고서 얼마나 오래 뉴스 화면을 바라보고 있었을까? 내가 한번 맞혀 볼까? 아마 세 시간 반 정도였을 거다.

아직 텅 빈 매대를 보지 못한 사람들이 등 뒤에서 계속 카트를 밀어 댔다. 결국 매장 직원들이 기지를 발휘해 '물 없음'이라고 팻말을 세웠다. 그때까지도 사람들이 뒤에서 계속 밀고 들어와 콘서트장 앞자리처럼 북새통을 이뤘다.

불현듯 뭔가 떠올랐다. 겨우겨우 길을 터서 측면 통로로 갔더니 역시나 탄산음료 캔도 빠르게 사라지고 있었다. 그러나 나는 탄산음료를 가지러 간 게 아니었다. 켜켜이 쌓인 음료를 훑어보다가 생수 한 묶음을 발견했다. 어제였을까, 물이 지금만큼 귀해지기 전에 누군가가 버려두고 간 것이다. 막 집어 들려는 순간, 누가 휙 낚아챘다. 깡마른 매부리코 중년 여성이었다. 그녀는 통조림이 가득 들어찬 카트 위에 생수 묶음을 왕관처럼 얹었다.

"미안한데, 우리가 먼저 왔단다." 그녀가 말했다. 그 뒤로 딸이 모습을 드러냈는데, 내가 아는 애였다. 같은 축구팀에 소속된 할리 하틀링. 인기가 더럽게 많은 건 인정하지만 자기가 축구도 실제로 잘한다고 착각하는 애였다. 학교 여자애들 절반은 할리를 닮고 싶어 하고 절반은 싫어했다. 영영 닮을 수 없다는 걸 아니까. 나는 별로 신경 쓰지 않는 쪽이었다. 애써 의식하기 시작하면 나만 손해다. 무관심이 낫다.

평소에는 그렇게 콧대 높던 할리가 지금은 나랑 눈도 마주치지 못했다. 자기 엄마처럼 이 친구도 아는 것이다. 먼저 물에 손을 뻗은 쪽은 나라는 사실을. 자기 엄마가 카트를 돌려 가 버리자 할리가 다가와 말했다. "모로, 방금은 미안." 진심이 담긴 사과였다. 할리는 시합 때처럼 나를 성으로 불렀다. 하긴 이 상황에선 상대가 누구든 경쟁 팀으로 보이겠지.

"지난주 훈련 때 내가 물 나눠 준 거 기억하지? 호의에 보답하는 의미로 몇 병 나눠 주는 거 어때?" 내가 정곡을 찔렀다.

할리가 뒤를 돌아봤지만 이미 자기 엄마는 한참 멀어져 있었다. 할리는 어깨를 으쓱했다. "미안. 한 병씩 팔면 모르겠는데 묶음 포장이라서." 할리는 달아오르는 얼굴을 들킬세라 냉큼 발길을 돌려 자리를 떴다.

나는 주위를 둘러보았다. 인파는 점점 불어나고, 진열대의 물건들은 빠른 속도로 사라지고 있었다. 이제 탄산음료조차 깡그리 동이 났다. 이런 멍청이! 조금이라도 챙겨 놓을걸. 나는 빈 카트나마 뺏길까 봐 꼭 붙들었다. 바질 삼촌은 코빼기도 안 보였고, 개릿은 시식 코너를 돌며 배에 기름칠하고 있을 게 뻔했다. 개릿이 그토록 찾던 게토레이도 동난 지 오래였다.

마침내 냉동식품 코너에서 개릿을 발견했다. 얼굴이 피자 소스 범벅이었다. 내가 구박을 하기도 전에 개릿은 소매로 입가를 쓱쓱 문질렀다. 그게 문제가 아니었다. 뭔가 번쩍 눈에 띄었다. 냉동 채소와 아이스크림 코너 옆 대형 냉동고였다. 그 안에는 얼음 봉지가 가득했다. 기가 찼다. 저 많은 사람 중에 아무도 이 생각을 못 했다니! 아니, 생각했더라도 그만큼 절박한 상황은 아니라며 등을 돌렸을지도 모른다. 나는 뚜껑을 열어 얼음 봉지 하나를 집어 들었다.

"누나? 우리가 필요한 건 얼음이 아니라 물이라고."

"얼음이 물이 되거든요, 척척박사님." 내가 말했다. 그런데 막상 얼음 봉지를 들고 보니 생각보다 훨씬 무거웠다.

"좀 도와줘!" 나는 개릿과 함께 얼음 봉지를 하나씩 카트에 옮겨 담았다. 카트가 가득 찼을 무렵 사람들이 눈치를 채고 몰려와 냉동고에 남은 얼음을 털기 시작했다.

카트는 이제 턱없이 무거웠다. 거의 밀리지도 않았다. 바퀴라도 멀쩡했으면 모를까. 카트와 아무리 씨름해도 고장 난 바퀴는 콘크리트 바닥을 끼익 긁어 댈 뿐이었다. 그때 뒤에서 양복을 입은 남자가 나타났다. 그가 미소를 지었다.

"양이 상당하구나. 좀 도와줄까?"

남자는 대답을 듣기도 전에 카트 손잡이를 잡고 비틀거리며 밀었다. 확실히 우리 둘보다는 진전이 있었다.

"오늘 진짜 장난 아니지? 내 장담하는데, 어딜 가나 똑같을 거다." 그가 쾌활하게 말했다.

"도와주셔서 감사해요." 내가 말했다.

"뭐, 이쯤이야. 어려운 때일수록 돕고 사는 거지."

그가 씩 웃길래 나도 미소로 화답했다. 이럴 때 보면 세상은 아직 살 만하단 말이지.

카트는 연신 휘청거리면서도 느리게나마 조금씩 앞으로 나아갔고, 우리는 겨우 뱀처럼 늘어선 계산대 줄 끝에 다다랐다.

"덕분에 오늘 치 운동은 다 했네." 남자가 호탕하게 웃었다.

나는 카트 안을 힐끗 들여다봤다. 그래, 오는 정이 있으면 가는 정도 있어야지. "한 봉지 가져가실래요?"

그는 여전히 환한 미소를 띠고 있었다. "더 좋은 생각이 있단다. 한 봉지는 너희가 챙기고 나머지는 내가 가져가는 거야."

그 순간 그가 농담하는 줄 알았다. 그런데 아니었다. "방금 뭐라고 하셨어요?"

남자는 한숨을 푹 내쉬었다. "그래, 그건 좀 그렇지. 이건 어때. 중간에서 나누는 거야. 공평하게 딱 반반씩."

오히려 우리에게 한발 양보하는 듯한 말투였다. 누가 물으면 애초에 자기 것이라고 우길 판이었다. 그런데도 여전히 웃고 있는 눈이 무서웠다.

"내 생각엔 괜찮은 제안인데." 남자가 말했다. 나는 이 남자가 대체 어떤 일에 종사하는지 의심스러웠다. 만약 사람들을 등쳐 먹는 일이라면 어지간한 사람은 눈치도 못 채지 않을까 싶었다. 물론 나는 그렇게 어리바리하지 않다. 문제는 남자의 손이 카트 손잡이를 굳게 쥐고 있고, 이 카트가 우리 카트라는 사실을 증명할 방법이 없다는 것이었다.

"무슨 문제 있습니까?"

바질 삼촌! 타이밍이 예술이었다. 삼촌이 남자를 차가운 눈으로 쏘아보자 남자는 얼른 카트에서 손을 뗐다.

"문제는요." 그가 얼버무렸다.

"다행이네요. 난 또 누가 우리 조카들을 괴롭히나 해서. 요즘 세상에 함부로 그랬다간 큰일 나잖습니까?"

남자는 삼촌과 잠시 눈빛을 교환하더니 눈을 내리깔았다. 그는 얼음 봉지 더미를 흘깃 바라보고는 씁쓸한 표정으로 자리를 떴다. 그러게 한 봉지 줄 때 가져가지.

삼촌의 픽업트럭은 화단에 반쯤 걸쳐 불법 주차되어 있었다. 주위 잡목들이 일렬로 나란히 누워 있었다. "이럴 때 쓰려고 사륜구동을 샀지." 삼촌이 거들먹거렸다. 실제로 사륜구동이 제구실을 한 건 이번이 처음일 거다. 삼촌 나이에 살짝 안 어울리던 픽업트럭이 오늘만큼은 애물단지 신세를 면했다.

우리는 잠자코 트럭 짐칸에 얼음을 실었다. "참, 핫도그 먹고 갈래?" 바질 삼촌이 가라앉은 분위기를 띄우려고 물었다.

"배불러요." 개릿이 대답했다. 내가 알기로는 있을 수 없는 일이다. 개릿은 그저 매장 안으로 되돌아가고 싶지 않은 것이다. 우리 모두 마찬가지였다. 게다가 어느새 삼삼오오 모여든 사람들이 우리가 트럭에 얼음을 싣는 모습을 지켜보고 있었다. 굳이 둘러보지 않아도 최소 대여섯 명의 눈길이 느껴졌다.

"제가 짐칸에 타서 얼음을 감시할까요?" 내가 물었다.

"아냐, 그럴 필요 없어. 앞 칸에 타. 군데군데 길이 험해. 엉덩방 아 무지 찧을 거야."

"그렇죠." 나는 수긍하며 트럭 앞 칸에 올라탔다. 누구도 토를 달진 않았지만, 삼촌이 진짜로 걱정하는 건 엉덩방아 따위가 아니 었다.

차창 밖은 내가 자란 동네 같지 않았다. 왠지 낯설었다. 마치 집 에 가다가 한 모퉁이를 먼저 꺾었는데 거리가 우리 동네 판박이라 서 평행 우주에 들어선 느낌이랄까. 나는 차창을 스쳐 가는 집들을 보며 이상야릇한 느낌을 떨쳐 내려고 애썼다.

건넛집에 사는 키블러 부부는 언제나 마당 의자에 기대앉아 자 녀들이 노는 모습을 지켜보곤 했다. 실상은 와인을 홀짝이며 남들 뒷말이나 하는 김에 애들이 차도에 뛰어들지 않나 감시하는 것이 었다. 그런데 오늘 키블러 꼬마들은 감시도 없이 대로변에서 술래 잡기를 하고 있었다. 까르르 웃는 소리 아래 묵직한 정적이 깔려 있었다. 아니면 뒤늦게 눈치챘을 뿐, 침묵은 언제나 그 자리에 도 사리고 있었는지도 모른다.

진입로에 후방 주차를 하고 짐을 내렸다. 해가 거의 저물었지만 바깥 기온은 여전히 30도를 웃돌았다. 이미 얼음이 녹고 있었다. 다 녹기 전에 옮기려면 서둘러야 했다.

"먼저 들어가서 냉동고 좀 비울래? 몇 팩이라도 채워 넣게." 바질 삼촌이 얼음 봉지를 집어 들며 말했다. "나머지는 그냥 녹여서 오늘 마시고."

"아니면, 개릿, 아래층 욕조 좀 닦아 놓을래? 그 안에 담아서 녹이자." 내가 지시했다.

"좋은 생각이야." 삼촌이 말했다. 개릿은 갑작스러운 임무가 달갑지 않은 기색이었다.

아빠가 차고에서 모습을 드러냈다. 기름때 묻은 렌치를 들고 있는 걸 보니 수도에서 물을 짜내려고 애쓰고 있었던 게 분명했다. "게토레이 사 왔니?"

"다 팔렸더라고요." 나는 불필요한 말을 삼켰다.

아빠는 머리를 긁었다. "코스트코 말고 샘스클럽에 갔었어야지. 개들은 매장 뒤에 물건을 더 많이 쌓아 두거든." 우스갯소리인 줄 아는데도 가볍게 들리지 않았다. 아빠도 알고 있는 눈치였다. 온 동네가 음료 진열대를 싹쓸이하는 상황에서 샘스클럽이라고 별다를 리 없다는 사실을.

바질 삼촌이 얼른 화제를 돌렸다. "매형, 오늘 사무실 나가는 줄 알았는데."

아빠는 어깨를 으쓱하면서 얼음 봉지 하나를 잡았다. "자영업의 장점 중 하나는 토요일에 놀고 싶으면 놀아도 된다는 거야."

말은 그렇게 해도 아빠는 토요일에 안 놀았다. 일요일까지 반납할 때도 있었다. 최근 들어 추가 근무 하는 사람이 많이 늘었다. 농산물 가격이 얼마나 뛰었는지 생각하면 놀랄 일도 아니지만. 아빠는 사업체를 일구려면 자기 시간은 없는 게 정상이라고 입버릇처럼 말했다. 그런데 오늘만큼은 보험 판매보다 얼음 옮기는 일이 남는 장사라고 판단한 모양이다.

나는 트럭에서 얼음 봉지를 더 내렸다. 비닐 포장이 아무리 두꺼워도 얼음이 녹기 시작하니까 점점 더 들기 버거워졌다.

"좀 도와드릴까요?" 소리가 난 쪽으로 돌아보기도 전에 누군지 알아챘다. 켈턴 매크래컨. 옆집에 사는 붉은 머리 괴짜 녀석. 비슷한 똘끼를 지닌 애들이 좀비 게임에 만족하는 정도라면, 켈턴은 차원이 달랐다. 드론으로 공중 정찰을 하질 않나, 장난감 공기총으로 동물들을 쏘질 않나. 가끔은 야간 투시경을 들고 나무 위 오두막에 숨어 제이슨 본 흉내를 내기도 했다. 아마 6학년을 기점으로 머리빼고 몸만 자라서 부모님이 점점 더 큰 장난감을 사 주는 게 아닌가 싶다. 그런데 오늘은 뭔가 달랐다. 뭐, 겉보기엔 작년보다 어른스러워지긴 했지만, 그게 다가 아니었다. 활짝 편 어깨랄까, 경쾌한 걸음걸이랄까. 물난리가 뭔가 비뚤어진 쪽으로 녀석을 흥분시킨 듯했다. 켈턴이 씩 웃었다. 막 교정기를 떼서 눈에 띄게 가지런한 치열이 드러났다.

"그래, 켈턴. 도와주면 고맙지. 우리 딸 좀 거들어 줄래?" 아빠가 말했다.

얼음 봉지 하나를 집어 켈턴에게 내미는 순간, 내 안의 뭔가가 나를 붙들어 세웠다. 나는 그대로 봉지에서 손을 뗄 수 없었다.

내가 머뭇거리자 아빠가 이상한 낌새를 차렸다. "얼리사, 손 놔도 돼."

나는 잡고 있던 얼음 봉지와 켈턴을 번갈아 쳐다봤다. 그제야 내가 여전히 타인의 '호의'를 경계하고 있음을 깨달았다.

"무슨 문제 있니?" 아빠가 자상한 가장의 말투로 대답을 요구했다. 나는 못 들은 척했다.

겨우 얼음 봉지에서 손을 떼면서 켈턴에게 말했다. "다른 꿍꿍이가 있다면 접어 둬." 그러자 아빠의 얼굴이 딱딱히 굳었다. 내가 왜 이렇게 날을 세우는지 감이 안 잡히겠지. 코스트코에서 만났던 남자 얘기를 해야 할까? 아니다. 그냥 머릿속에서 지워 버리는 게 나을지도.

재수 없게 맞받아칠 줄 알았는데, 켈턴은 진심으로 허를 찔린 듯 멍하니 서 있었다. 나는 평정심을 되찾고 애써 미소 지었다. 너무 애쓰는 것처럼 보이지 않길 바라면서. "미안. 도와줘서 고마워." 내가 말했다.

이제 얼음을 모두 욕조 안으로 옮기는 일만 남았다. 그때 켈턴이 내 어깨를 잡아 세웠다.

"욕조 마개는 끼웠어? 마개도 안 끼우고 얼음을 채우려던 건 아니겠지? 봉지에 작은 구멍이라도 있으면 금방 다 새 버릴 테니까."

"삼촌이 이미 막아 놨을 거야." 이렇게 대꾸했지만 실은 아무도 그 생각을 못 했다. 인정하긴 싫어도 오늘 하루 들었던 말 중에 가장 일리 있는 말이었다.

"코킹 좀 갖다줄게." 켈턴은 자기네 차고로 달려갔다. 딱 봐도 보이 스카우트 시절에 배운 기술을 써먹을 기회가 생겨서 신난 모양이었다.

켈턴네 은둔형 가족은 만사에 최악의 시나리오를 전제하고 사는 것처럼 보였다. 우리 아빠는 매크래컨 씨가 이중생활을 한다고 우스갯소리를 하곤 했다. 낮에는 치과 진료를 하고 밤에는 세상의 종말을 준비한다며. 하지만 최근 들어 그 농담에서 웃음기가 빠지기 시작했다. 아저씨는 요즘 밤늦도록 무쇠 기구들을 용접하느라 바빠 보였다. 마치 차고라는 괴물 아가리의 충치를 때우듯이.

지난 몇 달간 켈턴네는 고가의 감시 장치를 달고, 마당에는 소형 온실을 짓고, 지붕에는 무허가 태양 전지판을 빽빽이 둘렀다. 올해 나랑 수업이 유독 많이 겹치는 켈턴은 툭하면 자기 아빠가 편면 방탄유리창을 설치했다고 떠들어 댔다. 안에서는 총을 쏠 수 있으나 밖에서 쏘면 총알이 뚫지 못하는 창이라 했다. 애들은 켈턴이 허풍을 떤다고 여겼지만 내가 보기에 아예 지어낸 말은 아니다. 켈턴의 아빠라면 얼마든지 그럴 수 있다.

한밤의 용접 소음에 불만이 전혀 없다고 할 순 없었지만, 우리는 딱히 켈턴네와 등지고 살진 않았다. 다만 한 번씩 왕래할 때마다 이웃 간의 예의는 차리면서도 은근한 긴장감이 돌았다. 우리 집하고는 원래 바깥뜰을 공유했었는데, 언젠가 엄마가 정성껏 가꾼 화초 사이를 비집고 켈턴네 울타리가 우뚝 들어섰다. 평범한 교외 가정에서 쓰는 하얀색 울타리에 비하면 터무니없이 높고, 주택 소유주 협회*의 규정은 아슬아슬하게 넘지 않는 크기의 울타리였다. 켈턴네는 협회와 만년 전쟁을 치르는 듯했다. 한번은 소유지 면적이 차도를 몇 센티미터 넘어선다는 구실로 집 앞 보도를 자기네 전용 주차장이라고 우기기도 했다. 전쟁은 협회 측의 승리로 끝났다. 그후로 바질 삼촌은 툭하면 켈턴네 집 앞에 보란 듯이 트럭을 대곤 했다.

몇 분 뒤 켈턴은 코킹을 들고 와서 욕조 배수구 밀폐 작업에 착수했다. "완전히 굳으려면 두어 시간 걸리니까, 얼음 채울 때 조심해야 해." 켈턴이 신신당부했다. 실리콘 메우기에 이토록 열을 올릴 것까지야. 어색한 정적이 흘렀다. 그러고 보니 켈턴과 단둘이 있기는 처음이었다.

그때 뭔가 떠올랐다. 어색함을 깨기 위한 화제는 아니었다. 그보다는 묵직했다. "잠깐. 너희 집 뒤에 물탱크 있지 않아?"

"130리터짜리." 켈턴이 보석 세공인 뺨치는 솜씨로 밀폐제를 두르며 짐짓 무심하게 말했다. "근데 그건 집 안에 있는 탱크고, 밖에

---

* 동네를 안전하고 깨끗하게 유지하기 위해 지역별로 운영되는 미국 내 주민 자치 단체로, 규정이 까다롭기로 유명하다.

놓인 건 용변용이야. 제4급 암모늄 화합물 덩어리. 그 있잖아, 시퍼렇고 냄새 고약한 변기 세정제."

"응, 알아들었어, 켈턴." 그 순간 필요 이상으로 속이 거북해진 건, 그제야 우리 집 변기가 생각났기 때문이다. "너희는 앞일을 미리 염두에 뒀나 보다." 내가 말했다. 심히 절제된 표현이었다.

"뭐, 우리 아빠가 항상 말하거든. 조금 망하는 게 폭삭 망하는 것보다 낫다고. 너희 아버지도 조금만 앞서 생각하셨다면 지금보다 잘살고 있을걸."

켈턴은 가끔 자기 입에서 나오는 말이 얼마나 재수 없는지 인식하지 못하는 게 분명했다. 보이 스카우트에서는 그런 걸로 공훈 배지 안 주나. 최고로 밥맛없는 단원 상.

나는 작업을 마친 켈턴에게 고맙다고 인사했다. 켈턴은 집으로 돌아갔다. 남은 시간은 감자 대포를 쏘거나 벌레를 해부하면서 보내겠지.

부엌에 가 보니 엄마가 다용도 세정제로 싱크대 위를 박박 문지르고 있었다. 엄마표 스트레스 해소법이다. 뭔가 통제를 벗어나는 일이 벌어졌을 때 그 안에서 나름의 질서를 찾아내려는 본능. 충분히 이해한다. 다만 이제껏 배경음으로 거실 텔레비전을 틀어 놓은 적은 없었다. 그것도 빵빵한 볼륨으로. 아빠와 삼촌은 보이지 않았다. 다시 차를 손보러 차고에 갔는지도 모르겠다. 그나저나 내가 언제부터 가족의 소재를 일일이 신경 썼지?

화면 속에서 CNN은 여전히 허리케인 노아 사태를 집중적으로 다루고 있었다. 불쌍한 수재민들을 시기하는 건 아니지만 우리 쪽도 조금은 신경 써 주면 좋을 텐데.

"단수 얘기는 없어요?" 내가 물었다.

"지역 방송에서 나오기는 해. 근데 머리 빈 앵커가 떠들어 대서 못 참겠더라. 뉴스랄 것도 없고."

그래도 나는 채널을 돌려 머리 빈 앵커를 찾았다. 아빠에 따르면 과거에 성인영화 배우였다고 한다. 그걸 아빠가 어떻게 아는지는 굳이 물어보지 않았지만.

엄마 말이 맞았다. 오전부터 내내 주지사의 공식 입장만 내보내고 있었다. 그럴싸하게 포장하려 해도 새로운 소식이랄 게 없었다.

다시 연방 종합 방송 채널로 돌렸다. CNN, MSNBC, FOX, 그리고 다시 CNN. 모든 방송사가 하나같이 허리케인 노아만 집중 보도하고 있었다. 그제야 감이 왔다.

단수 사태에는 레이다 영상이 없다.

폭풍 해일도 없고, 폭풍이 휩쓸고 지나간 잔해도 없다. 단수는 암처럼 조용히 덮쳤을 뿐이다. 확연히 드러나는 증세가 없으니 뉴스에서도 하찮게 취급하는 것이다.

엄마에게도 그대로 얘기했다. 엄마는 잠시 청소를 멈추고 텔레비전 화면을 주시했다. 드디어 화면 하단에 관련 특보가 떴다. 캘리포니아 수자원 위기 고조. 주민들에게 물 절약 촉구.

그 한 줄이 다였다. 지상파 방송 뉴스를 통틀어.

"절약? 장난해?"

엄마가 한숨을 내쉬며 식탁 유리에 세정제를 칙칙 뿌렸다. "뭐, 재난 관리청이 제구실만 한다면 뉴스에서 뭐라고 지껄이든 상관 있겠어?"

"상관있어요." 내가 언론에 대해 한 가지 아는 바가 있다면, 정부와 국민에게 뭐가 우선이고 뭐가 나중인지 결정하는 주체가 바로 뉴스라는 사실이다. 앞으로도 대형 방송사들은 단수 보도에 충분한 분량을 할애하지 않을 것이다. 지붕이 바람에 날아가는 수준의 자극적인 자료 화면을 확보하지 않는 한.

뉴스에서 심각하게 다루기 시작할 때는 이미 너무 늦었을지도 모른다.

그 시각, 존 웨인 공항

돌턴은 존 웨인 공항에서 비행기가 뜨는 방식이 좋았다. 비행다운 비행이랄까. 이른바 '소음 저감 항로 변경'은 항공기 이륙 소음에 시달리던 뉴포트비치 부호들의 항의가 거세지자 특별히 마련된 조치였다. 비행기는 브레이크 상태로 활주로를 달리다가 출력을 최대로 끌어 올려 미친 듯이 가파르게 이륙한 다음, 약 십 초 뒤 속도를 훅 떨어뜨려 수평 비행을 한다. 처음 타는 사람에게는 마치 엔진 고장처럼 느껴지기 때문에 비행당 한 명꼴로 호흡 곤란을 일으키거나 비명을 내지른다. 그러고 나서 해안선을 따라 발보아섬과 뉴포트반도 상공을 선회하고 나면 조종사는 다시 엔진을 최대로 끌어 올려 동체를 급상승시킨다.

"공항 이름을 존 웨인이 아니라 존 글렌*으로 바꿔야 한다니깐!" 돌턴이 말했다. 아무렴, 일반인에게는 우주선 발사에 가장 근접한 경험일 테니.

돌턴과 여동생은 단골 여객이었다. 일 년에 몇 차례씩 포틀랜드에 사는 아빠를 보러 가기 때문이다. 크리스마스, 부활절, 여름 방학, 그리고 추수 감사절은 이 년에 한 번씩. 하지만 오늘 북쪽으로 향하는 건 둘만이 아니었다. 엄마도 함께였다.

---

* 미국인 최초로 지구 궤도를 비행한 우주인.

"너희 아빠가 싫다고 하면 나는 호텔에 묵어도 상관없어." 엄마가
말했다.

"아빠가 그렇게 안 둘 거예요." 돌턴이 장담했지만, 엄마는 영 못
미더운 표정이었다.

몇 년 전, 엄마는 아빠를 두고 몸만 좋은 콧수염쟁이를 사귀다가
일 년 만에 차 버렸다. 살다 보면 누구나 실수를 하기 마련이다. 하지
만 그 길로 결혼 생활은 내리막으로 치닫고 아빠는 윗동네로 향했다.

"알지? 너희 아빠랑 다시 합칠 생각은 없다." 엄마는 누누이 말했
지만, 이혼 가정의 아이들은 좀처럼 희망을 놓지 않는 법이다.

엄마는 단수가 시작된 지 몇 분 만에 온라인으로 포틀랜드행 비행
기표 세 장을 구했다. 평소보다 비싼 가격이었지만, 포틀랜드행 직항
은 애초에 선택지가 별로 없었다.

"딱 세 자리 남아 있었어." 엄마가 의기양양하게 말했다. "짐 싸는
데 한 시간 준다."

공항 가는 길은 평소처럼 막혔다. 십오 분이면 될 거리를 한 시간
만에 도착했다.

주차 상황은 평소와 달랐다. 비행기도 타기 전에 난항이 예상되었
다. 아무리 빈자리를 찾아 돌고 돌아도 온통 '만차' 표시였다. 겨우
끄트머리에 남은 한 자리에 차를 대고 터미널로 향했다. 뒤이은 차들
이 의자 뺏기 놀이를 하듯 빙빙 돌고 있었다. 하지만 남은 의자는 없
었다.

보안 검색대는 그야말로 아수라장이었다. 좀처럼 익숙지 않은 광경이었다.

"오늘 놀러 가는 사람 엄청 많나 봐." 일곱 살 여동생 세라가 말했다.

"응, 맞아." 엄마가 무심히 대꾸했다.

"다들 어디 가는 걸까?"

엄마가 땅이 꺼져라 한숨을 내쉬었다. 동생의 장단에 맞춰 주기엔 스트레스가 심해 보였다. 돌턴은 정적을 메우기 위해 얼른 탑승 안내판으로 눈을 돌렸다. "어디 보자. 카보산루카스, 덴버, 댈러스, 시카고……."

"내 친구 지지는 시카고에서 왔대."

보안 검색대 요원은 돌턴의 여권을 두 번이나 확인했다. 사진은 갈색 머리인데 실물은 탈색한 금발이었기 때문이다.

"본인 맞습니까?"

"마지막으로 확인했을 때는요." 돌턴이 대답했다.

검색대 요원은 웃음기 하나 없이 세 사람을 보내 주었다. 느릿느릿 이동하는 줄을 따라 금속 탐지기 앞에 섰다. 얼굴에 주렁주렁한 피어싱 때문에 늘 문제가 되는 관문이다. 세 사람은 우여곡절 끝에 탑승 시작 오 분 전에 보안 검색을 통과했다. 엄마는 한시름 놓은 표정이었다.

"자." 엄마가 입을 열었다. "여기까지 왔고, 잃어버린 사람도 없고. 손가락 발가락 다 붙어 있지?"

"나 목말라." 세라가 칭얼댔지만, 이미 돌턴은 편의 시설마다 '물 없음'이라고 써 붙은 걸 확인했다.

"비행기 타면 마실 거 줄 거야." 엄마가 세라를 달랬다.

돌턴의 생각도 그랬다. 어쨌거나 다 어딘가에서 날아온 비행기니까. 물 생각을 하니 돌턴도 약간 갈증이 났다.

탑승을 막 시작하려는데 담당 직원이 스피커를 통해 안내 방송을 했다.

"유감스럽게도 이번 항공편은 오버부킹되었습니다. 현재 저희 항공사는 여행 일정을 조정하실 수 있는 분들의 자원을 받고 있습니다. 자원하는 분은 다음 항공편을 이용하실 수 있도록 안내해 드리겠습니다."

세라가 엄마의 팔을 잡아당겼다. "엄마, 자원이래!"

"아가, 다음에."

돌턴은 씩 웃었다. 이럴 때 아빠는 꼭 자원하는 사람이었다. 보상으로 수백 달러 상당의 여행 상품권을 거저 주니 불편을 감수할 만했다. 하지만 오늘은 아니다. 일단 여길 벗어나는 게 우선이다. 아니나 다를까, 기꺼이 나서는 사람이 없었다. 여행 상품권 가격은 200달러에서 350달러로, 다시 500달러까지 껑충 뛰었다. 하지만 여전히 좌석을 포기하려는 사람은 없었다.

결국 탑승구 직원이 포기했다. 직원은 스피커로 가장 마지막에 표를 끊은 세 사람을 호명했다. 돌턴, 세라, 그리고 엄마였다. 돌턴은 가슴이 철렁 내려앉았다.

"죄송합니다." 직원이 사과했지만, 별로 진심은 느껴지지 않았다. "하지만 마지막에 구매하셨으니, 다음 항공편을 잡아 드리겠습니다."

엄마는 길길이 날뛰었다. 돌턴도 말리지 않았다. 이럴 때야말로 권력에 맞서 싸워야 할 때다.

"아니요. 그쪽이 암만 뭐라 해도 난 우리 애들하고 저 비행기에 타야겠어요!" 엄마가 쏘아붙였다.

"세 분 모두에게 500달러 상당의 여행 상품권을 준비해 드리겠습니다. 합하면 1,500달러예요." 직원이 달래듯이 말했다. 엄마는 누그러질 기미가 없었다.

"우리 애들은 법원 명령에 따라 제 아빠를 방문하러 가는 거라고요! 애들 안 태우면 가정법 위반으로 고소하겠어!" 물론 이번 방문은 법적으로 합의된 바와 무관했다. 하지만 항공사 직원이 거기까지 알 리는 없었다. .

직원은 거듭 사과하며 다음 항공편을 찾아볼 뿐이었다. "다음 스케줄은 금일 오후 5시 30분…… 앗, 잠시만요. 아니다, 이것도 만석이네요. 흠……." 직원은 연신 컴퓨터 자판을 두드렸다. "오후 8시 20분……도 아니고……."

그때 돌턴이 돌아서서 여동생에게 속삭였다. "눈빛 준비됐어?"

예전부터 엄마가 말하길 돌턴과 세라의 커다랗고 푸른 눈망울은 악마도 녹일 수 있다고 했다. 이제 돌턴에게는 해당하지 않는 말이다. 얼굴 가득한 피어싱에, 목에는 진짜 문신을 하고, 아빠 말마따나 '약쟁이' 같은 머리를 한 시커먼 열일곱 살 남자애의 눈망울에 넘어갈 사람은 없다. 또래 여자애들이라면 몰라도. 하지만 귀여운 일곱 살배기라면 얘기가 다르다. 세라는 아무리 무뚝뚝한 어른이라도 사르르 녹이는 마법의 눈망울을 가졌다. 돌턴은 직원에게 잘 보이게끔 세라를 안아 들었다.

"아이고, 깜찍해라." 직원이 말했다. 그러고는 새로 발권한 표 세 장을 프린터에서 드르륵 뜯어냈다. "여기 나왔습니다. 내일 오전 6시 30분 편입니다. 저희가 마련할 수 있는 최선입니다."

그렇게 세 사람은 기다릴 수밖에 없었다. 탑승동을 벗어나지는 않았다. 아무리 봐도 인파는 늘어나기만 했고 다시 보안 검색대를 통과할 자신이 없었기 때문이다. 셋은 불편한 공항 의자에 누워 하룻밤을 보냈다. 다행히 주변 사람들에게서 물을 한 모금씩 얻어 마셨지만 충분하지는 않았다.

이윽고 아침이 밝았다. 정상적으로 발권된 표인데도 6시 30분 비행기에는 여전히 세 사람을 위한 좌석이 없었다. 다음 편에도, 그다음 편에도.

심지어 다른 행선지로 향하는 비행기표도 구할 수 없었다.

공항이 너무 붐비는 탓에 통제를 위한 경찰력까지 동원되었다.

게다가 사방에서 교통이 마비되는 바람에 제트 연료를 실은 트럭이 공항에 진입하지 못했다.

돌턴과 엄마와 동생은 받아들여야 했다. 이제 어디로도 뜰 수 없다는 걸.

2) 켈턴

아빠는 이 세상에 세 부류의 인간이 있다고 했다. 첫 번째는 양을 닮은 유형이다. 눈과 귀를 닫고 아침 뉴스가 떠먹여 주는 대로 살아가는 사람들. 마치 냉동실 구석에 처박혀 있던 고깃덩어리처럼 단조로운 일과에 질경질경 단물만 빨리다가 하루아침에 도시 한복판에 튀 내뱉어지는 부류. 현행 제도가 지켜 줄 거라 굳게 믿고 애초에 실존하는 위험을 직시할 생각이 없는 무방비 상태의 다수를 가리킨다.

다음으로는 늑대형이다. 실제로는 사회 규범을 절대 따르지 않는 악한이면서 자신에게 유리할 때만 모범 시민을 가장하는 부류. 도둑, 살인자, 강간범, 그리고 정치인들이 여기 속한다. 이들은 양을 잡아먹으며 호의호식하다가 철창신세를 지기도 하지만, 잘하면 인생을 통째로 말아먹고 폐기 처리될 수도 있다. 그 쓰레기장에서 꺼슬꺼슬한 할머니표 크리스마스 양말과 함께 신년맞이 불꽃놀이 재료로 쓰이면 더 좋고.

마지막으로, 우리 같은 부류다. 매크래컨 일가. 난세의 목자들. 그렇다. 겉으로는 늑대형으로 보일지 모른다. 커다란 송곳니, 날카로운 발톱, 필요하다면 폭력을 불사할 의지까지. 하지만 우리가 나머지 부류와 다른 점은 그 사이에서 균형을 잡고 있다는 점이다. 양 떼를 인도하다가도 상황에 따라 보호할 수도, 버릴 수도 있다. 아빠는 우리가 선택권을 쥔 소수이기에 진짜 위험이 닥쳤을 때 살아남는 쪽이라고 했다. 단지 우리가 357매그넘 한 자루, 글록G19 세 자루, 모스버그 펌프액션 산탄총 한 자루를 갖추었기 때문만은 아니다. 우리는 언젠가 사회가 돌이킬 수 없이 붕괴하리라 보고, 오래전부터 수단과 방법을 가리지 않고 만반의 준비를 해 왔다.

오늘은 일요일, 단수 이틀째다. 뙤약볕 아래 탄산음료가 팔팔 끓을 만큼 더웠다. 해의 위치로 보건대 오후 3시가 막 넘었을 것이다. 나는 개인 전용 벙커로 향했다. 말하자면 뒷마당 떡갈나무에 손수 구축한 지상형 요새라고 할 수 있다. 그냥 나무 위 오두막 아니냐고 할 수도 있지만, 그건 강화된 기능을 무시하는 발언이다. 누가 아기자기한 나무 집에서 적외선 정찰이나 민간용 무기 관리를 하겠는가? 물론 우리 가족의 진짜 벙커에 비하면 이건 아무것도 아니다. 우리는 핵 공격이나 전자기파 폭격, 기타 지구 종말 시나리오를 대비해 깊은 숲속에 아무도 모르게 방어 시설을 지어 놓았다. 벙커를 지을 때만 해도 온 가족이 함께였는데, 브래디 형은 몇 년 전 집을 나가 소식이 뜸하다. 이대로 상황이 더 나빠지면 다 함께 벙커로 이동하겠지만 그때까지 나는 개인 벙커에서 태세를 갖출 셈이다.

아빠가 안전실에 비축해 놓은 것들과는 별개로 나도 내 나름의 생존용품을 갖춰 놓았다. 무기로는 페인트볼 총, 사냥용 새총, 소음 차단 공기총 등이 있고, 비상식량으로는 상황에 따라 몇 주는 제정신을 붙들어 줄 마운틴듀와 내 영혼을 달래 줄 치킨 맛 컵라면 등을 쌓아 놓았다. 핵폭발로 방사능 낙진이 지구를 뒤덮으면 나는 화학조미료와 방부제로 마지막까지 살아남은 인류가 될 것이다.

요새에 난 창문으로 우리 집에 접근하는 인물이 눈에 들어왔다. 신원을 파악하려고 쌍안경을 집어 들었다. 고동색 정장에 끈 넥타이가 결정적인 증거였다. 번사이드 할아버지다. 은퇴한 기업체 간부인데, 본인이 은퇴했다는 사실을 영 받아들이지 못하는 눈치다. 마땅히 할 일이 없던 할아버지는 몇 년 전 조용히 쿠데타를 일으켜 주택 소유주 협회를 장악했고, 그 후로 죽 철권을 휘두르고 있다. 모르긴 몰라도 파시스트가 분명하다. 할아버지가 찾아온 이유는 십중팔구 우리 집 창문이 너무 방탄이거나 차고 문이 너무 티타늄이거나 옥상의 드론 착륙장이 너무 끝내준다고 경고하기 위해서일 것이다. 하지만 자세히 보니 평소 들고 다니는 서류철이 보이지 않았다. 탄원서니 정지 명령서니 하는 법률 서류로 빽빽한 바인더 말이다. 그 대신 할아버지는 리본으로 정갈하게 포장한 상자를 들고 있었다. 아무래도 수상쩍길래 나는 요새에서 내려와 집 옆 울타리 뒤에 몸을 숨겼다. 요새 위에서보다 현관이 한결 잘 보였다.

번사이드 할아버지는 백발이 성성한 옆머리를 손바닥으로 싹쓸어 넘기고는 현관문을 두드렸다. 똑똑똑똑. '계십니까?'라는 의미로, 노크의 정석이다. 그러더니 다시 한번 똑. 이건 '야!'라는 뜻이다.

아빠가 문을 열었다. 고개만 빼꼼 내밀 정도로. "안녕하세요, 빌. 오늘은 무슨 일로 행차하셨어요?" 아빠가 물었다. 물론 숨은 뜻은 '또 무슨 시비를 걸려고?'쯤이다.

번사이드 할아버지는 활짝 웃었다. 의치가 아니라고 하기엔 지나치게 새하얀 치열이 드러났다. "그냥 이웃 간에 안부나 물을 겸 들렀지." 할아버지는 주위를 슥 둘러보고 감탄하는 척했다. "이 말은 해야겠네. 나는 그동안 자네가 멀쩡한 주택을 별나게 뜯어고친다고 생각했는데, 이제야 그 진가가 보여."

"이를테면 저희 마당 온실요? 아직도 협회에서 말이 많다던데요." 아빠가 날카롭게 대꾸했다.

"그건 이미 흘러간 물이지." 번사이드 할아버지가 군색하게 손사래를 쳤다. 은퇴 기념으로 받은 금시계와 개인 의료 기록 팔찌가 짤랑거렸다. 건강상 무슨 문제가 있는지는 모르겠지만 비상약을 미리미리 비축해 둘 사람은 아니다.

"소식 못 들으셨어요? 물이 흐르기는커녕 씨가 말랐는데." 아빠가 말했다.

할아버지는 껄껄 웃었지만, 분위기가 누그러지기는커녕 더 팽팽해졌다. 할아버지는 아빠에게 선물을 내밀었다.

"별거 아니지만 아내랑 내 마음일세. 지나간 일은 지나간 일로 하잔 뜻에서."

"참 너그러우시네요, 빌. 그 말은 저희 집 울타리를 좀 높여도 협회 측에서는 태클을 걸지 않겠다는 뜻으로 받아들여도 될까요? 한 3미터쯤 생각하고 있는데."

할아버지는 약간 떨떠름한 표정이었지만 순순히 답했다. "상의해 보겠네. 별문제는 없을 거야."

"그럼, 제가 뭐 또 도와드릴 일이라도?" 아빠가 물었다. 분명 지금의 권력 구도를 즐기고 있었다.

"그게, 자네도 이미 들었겠지만, 지금 협회 측에서 마을 공동 물자를 마련하려고 애쓰고 있지 않나. 위기 상황에서 서로 돕고 살자는 거지……."

아빠는 아무 대답 없이 할아버지가 말을 잇길 기다렸다. 할아버지는 쭈뼛거렸다.

"물론 자네 가족이야 안 봐도 잘 꾸려 나가고 있겠지만……." 할아버지는 말끝을 흐리다가 다시 새하얀 의치를 드러냈다. "방심하다가 날벼락을 맞은 사람들도 있다네."

"빌, 정확히 뭘 원하시죠?" 아빠가 웃음기를 살짝 거두었다.

"지금 모든 가정에 보유 물자 목록을 적어 내도록 요청하고 있네. 왜, 자네가 필요한 물건을 다른 사람이 가지고 있을 수도 있고, 그 반대일 수도 있잖나."

"능력에 따라 일하고, 필요에 맞게 배분한다. 사회주의의 기본 강령 아닙니까? 어르신 같은 골수 자본주의자한테서 들을 줄은 몰랐는데요!"

맙소사. 아빠는 완전히 즐기고 있었다. 번사이드 할아버지는 미소를 거두고 이를 악물었다. "모욕할 것까지는 없잖아, 리처드. 이왕 같은 배를 탔는데 서로 힘을 모아야 하지 않겠어?"

"모두가 목록을 제출하는데 왜 우리한테만 선물을 줍니까?"

번사이드 할아버지는 숨을 깊이 들이마셨다가 내쉬었다. "우리가 한때 좀 티격태격하긴 했어도…… 서로 베풀면서 살아야 앞으로 길게 가지 않겠나."

할아버지는 발길을 돌렸다. 하지만 그가 마당을 지나 보도로 나서기도 전에 아빠는 선물 포장을 뜯었다. 위스키였다. 딱 봐도 고급 스카치.

"고마워요, 빌! 몰로토프 칵테일*에 딱 좋겠네요!" 아빠는 할아버지를 향해 능글맞게 외쳤다.

----

* 화염병을 뜻하는 말.

"그냥 얼음에 마시는 게 최고야!" 번사이드 할아버지는 우렁차게 대답했다. 아빠의 농담을 완전히 놓친 것이다. "그럼, 다음에 보세."

3) 얼리사

일요일은 눈이 늦게 떠졌다. 밤새 친구들과 문자로 지난 하루를 공유했기 때문이다. 평소 불의를 참지 못하는 모라는 가족, 이웃들과 시청에서 배상 요구 시위를 했다. 파라즈는 아버지와 가정용 역삼투압식 여과 장치를 이용해 소변을 식수로 바꾸려고 시도했다. 스포일러 주의, 실패. 캐시는 유대교 사원에서 물병을 채워 독거노인들에게 나눠 주었다. 캐시 왈, "참된 미츠바*지. 게다가 랍비 아들이 잘생겼거든."

잠이 덜 깬 채로 욕실에 들어가, 습관처럼 샤워기를 틀어 놓고 수건을 가지러 갔다. 다시 욕실로 돌아와서야 샤워기에서 물이 안 나온다는 걸 깨달았다. 나 참, 바본가. 샤워기를 틀 때도 단수를 떠올리고 있었으면서. 어찌 된 영문인지 위대한 영장류의 뇌도 순간 샤워기와 수도꼭지를 연결 짓지 못했다. 물이 안 나온단 사실을 몰

---

*유대교의 계율이나 선행.

랐던 건 아니다. 모를 리 없었다. 하지만 막 자다 일어나면 몸은 자동으로 평소 습관에 따라 움직이기 마련이다. 나는 밸브를 돌리면서도 어느 쪽이 잠금인지 헷갈렸다. 이 또한 물이 나오지 않는 한 무슨 상관이랴.

샤워도 못 한다. 점입가경이군. 나는 디오더런트를 평소보다 두텁게 바르고 나서 아래층으로 내려갔다.

"잘 잤니, 우리 딸."

엄마가 부엌에서 맞아 주었다. 아침 식사는 멜론 반의반 쪽이었다. 일주일 넘게 냉장고 구석에 처박혀 있던 것이다. 이미 개릿이 먹고 난 껍질이 접시 위에서 활짝 웃고 있었다. 아침 식사로는 특이한 선택이었지만, 엄마는 포만감도 있고 수분도 풍부하니 일거양득이라고 강조했다. 어쨌든 점심에 가까운 시간이기도 했다.

물이 끊기기 전 나의 일요일 계획은 숙제하기였다. 소설 『파리대왕』 각색하기. 나는 무인도에 떨어진 주인공들이 만약 소년들이 아니라 소녀들이었다면 많은 게 달라졌으리라 보았다. 주제를 발표하자 우리 반 남자애들은 입을 모아 소녀들이 훨씬 빨리 죽을 거라고 했다. 물론 내 생각은 정반대다. 숙제를 일주일 내내 미루다 보니 어느새 제출해야 할 월요일이 코앞이었다. 하지만 이제 상관없다. 학교에서 이미 휴교를 통보했기 때문이다. 게다가 소설에서 누가 소라 껍데기를 들었으며 누가 소년 피기(내 각본상으론 소녀 피기)를 괴롭혔는지는 이미 내 관심 밖이었다.

그래도 걱정만 하기보다 바쁘게 지내는 편이 나을 것 같았다. 나는 일상으로 돌아가 소피아 로드리게스를 만나기로 했다. 어쩐 일인지 소피아는 어젯밤 보낸 문자에 답이 없었다. 몇 번 더 보내도 답이 없어서, 어릴 때처럼 그냥 집으로 찾아가기로 했다.

밖으로 나와 소피아네 집으로 향했다. 우리 집에서는 한 블록 거리다. 걸으면서 동네를 찬찬히 둘러보았다. 주차된 차들 대부분은 먼지와 얼룩투성이였다. 마당 잔디밭은 그대로 방치되어 있거나 선인장 같은 다육 식물만 늘어서 있었다. 심지어 마른 잔디 위에 초록색 페인트를 칠한 집도 있었다. 흡사 장례식에서 곱게 치장한 고인의 얼굴과 같았다. 남용 금지법은 물 풍선 놀이만 금지한 게 아니었다. 수영장에 물을 채우는 행위도 불법이었다. 당시에는 바람직한 조처인 듯했다. 물이 귀할 땐 수영장이야말로 사치의 표본이니까. 하지만 개인 수영장이 있는 사람들은 남은 담수로 세차를 하거나 잔디밭에 물을 뿌렸고, 단수가 시작되기도 전에 수영장은 대부분 텅텅 비었다. 동네의 소형 저수지라 할 수 있던 수영장들이 이제 우리 집 싱크대만큼이나 바싹 말라 버린 셈이다.

도착해 보니 소피아의 아빠가 현대자동차 지붕 위에 여행 가방을 묶고 있었다. 처음에는 평소처럼 아저씨가 출장을 가는 것이려니 했다. 하지만 그 곁에 소피아가 제일 좋아하는 분홍색 여행 가방이 딸려 있었다. 부정할 수 없는 현실이었다. 아예 짐을 싸서 떠나려는 것이다.

"소피아는 안에 있다." 아저씨는 말하면서도 짐을 싸는 손을 쉬지 않았다.

차고를 통해 집 안으로 들어섰다. 내부는 평소와 다름없었다. 익숙한 복도. 익숙한 연하늘색 벽지. 익숙한 꽃무늬 소파. 그런데 왠지 전부 달라 보였다. 내가 어릴 적부터 뻔질나게 드나들던 그 집이 맞나……. 아, 알겠다. 텔레비전은 꺼져 있고 늘 공기 중에 감돌던 고소한 음식 냄새도 없었다. 빛바랜 벽지 위 가족사진이 걸렸던 자리에는 이 집이 품은 추억의 그림자처럼 사각의 자국만 남아 있었다. 뭐랄까, 집을 집답게 해 주는 요소들을 몽땅 도둑맞은 듯한 모양새였다.

문득 우리 집이 생각났다. 아래층 벽면을 버젓이 채운 우스꽝스러운 가족사진들. 사진 속 나는 머리, 옷, 표정 전부 마음에 안 들었다. 그러나 정작 그 사진들을 벽에서 물리적으로 떼어 내는 건 상상도 못 한 일이다.

소피아가 방에서 나오더니 나를 보고 두 팔을 벌려 안아 주었다. 평소보다 일 초 오래. 소피아는 팔을 풀고 힘없이 웃었다. "안 그래도 떠나기 전에 너희 집 들르려고 했는데."

"어디로 가?" 내가 물었다.

"남쪽." 소피아의 단답형 대답이 가슴을 쿡 찔렀다. 평소라면 돈을 준다 해도 좀처럼 입을 다물지 않는 애였다. 그러고 보니 소피아의 조부모님이 바하 어디쯤 산다고 했다. 바하라면 멕시코 서쪽

반도다. 그리로 가는구나……. 그런데 과연 멕시코의 물 사정이 남부 캘리포니아보다 나을까? 그쪽도 대부분 사막일 텐데.

"뉴스 봤어?" 소피아가 말했다. "로스앤젤레스 송수로마저 말라버렸대. 몇 주는 됐는데 쉬쉬하고 있었나 봐. 책임자들은 사임하고 관련자들도 우르르 해고되고 있대. 로스앤젤레스 수자원국 국장한테는 형사 책임까지 물을 기세야."

"그럴 시간에 뭐라도 해야지, 서로 탓하느라 바쁜 모양이네."

"내 말이. 어쨌든 우리 아빠 말로는 사태가 계속 나빠질 거래." 소피아가 어색하게 웃었다. "우리 아빠 알잖아. 맨날 오버하는 거."

나도 웃었다. 진짜 웃음이 아닌 억지웃음이었지만. 그때 소피아의 엄마가 나타났다. 한쪽 팔로는 소피아의 다섯 살배기 동생을, 다른 팔로는 소피아의 그림들을 안고 있었다. "어떤 거 가져갈 거니?"

"전부 다요." 소피아는 조금도 망설이지 않고 대답했다.

소피아의 엄마는 안고 있던 그림들을 거실 탁자에 쌓인 캔버스 더미 위에 얹었다. "제일 좋아하는 거 세 개만 고르렴." 그러고는 소피아의 이마에 입 맞추고 나서 우리를 다정하게 바라보았다. 소피아의 엄마는 예나 지금이나 아름다웠다. 외모뿐 아니라 풍기는 분위기도 젊어서 사람들이 종종 소피아와 자매로 착각할 정도였다. 늘 보기 좋았는데, 오늘은 그저 피곤해 보였다.

소피아는 캔버스를 하나하나 훑었다. "이거 네 그림이다." 소피아가 고개를 돌려 말했다. "7학년 미술 시간에 나한테 그려 준 그림. 기억나?"

"응. 생일 선물로 준 거잖아."

"다시 돌려줘야 할 것 같아."

"음, 그럼 잠시 빌려 가는 걸로 하자. 한 일주일 정도?"

"그래." 소피아는 활짝 웃으며 대답했지만 눈은 다른 말을 하고 있었다. 소피아는 원래 낙천적인 애다. 한결같이 컵에 물이 반이나 차 있다고 보는 쪽. 하지만 두 눈을 들여다보니 이제 그 낙천적 기질도 수영장 물처럼 바닥나고 있었다.

우리 아빠는 무슨 일이 있어도 병원에 가지 않는 사람이다. 딱히 아픈 적이 없거나 주삿바늘이 무서워서가 아니다. 아무래도 호들갑을 떨수록 문제를 키운다고 여기는 듯하다. 실제로는 있지도 않은 문제를. 하긴 아픈 건 시간이 흐르면서 자연히 낫는 경우가 대부분이니 이제껏 크게 탈이 난 적은 없다. 이러한 아빠식 대응법은 일상에서도 두루 적용된다. 작게는 엄마와 싸웠을 때부터 크게는 사업 실적이 바닥을 쳤을 때까지. 그런 의미에서 오늘 아빠는 다함께 저녁을 먹자고 제안했다. 아빠가 제일 좋아하는, 가족 화합이라는 반창고. 물론 가족에게 손수 라자냐를 만들어 먹이는 게 언제나 해답은 아니다. 하지만 내가 믿기로 부모님이 부엌에 나란히 서서 요리를 하다 보면 아무리 어려운 상황도 호전될 가망이 보인다. 그래서 늦어도 7시 반까지는 집에 가 있어야 했다.

대문을 열고 들어가자마자 엄마가 할 일을 지시했다. 예상했던 바다. 엄마는 빈 물병을 건넸다. "마실 물 좀 떠 오렴."

간단한 심부름이 오늘만큼은 신성한 임무로 느껴졌다.

"네!" 나는 대답하고 아래층으로 내려가 욕조에서 물을 한가득 펐다. 하루가 꼬박 지났는데도 아직 녹지 않은 얼음이 있었다. 나는 가져온 물을 식구들 컵에 따랐다.

"너무 많이는 말고." 아빠가 말했다. "각자 하루에 여섯 컵씩 마시면 돼. 대충 계산해 보니 그 정도 양이면 일주일은 갈 거야."

"하루에 여덟 컵은 마셔야 한대요." 개릿이 말했다.

"모자란 두 컵은 장기 투자 하는 셈 치자." 아빠가 말했다. 그간 아빠가 사업에 빗대어 어설프게 전수한 경영 이론대로라면 개릿은 벌써 자기 사업체를 운영하고 있어야 한다.

"킹스턴도 물이 필요하잖아? 하루에 두 컵이면 충분하겠지만." 엄마가 말했다.

우리 집 개를 까맣게 잊고 있었다. 죄책감이 들었다. 무력한 동물에게 나눔의 손길을 뻗을 여유도 없었다니. 나는 킹스턴의 물그릇이 비어 있는 걸 보고 아무도 안 볼 때 물병에 남은 물을 조금 따라 주었다.

바질 삼촌이 제일 늦게 합류했다. 삼촌은 식탁에 앉자마자 자기 컵을 들어 꿀꺽꿀꺽 들이켜더니 머리가 띵한지 얼굴을 잔뜩 찌푸렸다.

"쌤통이다, 허브." 엄마가 꼭 어린애를 약 올리듯 말했다. "오늘 마실 물은 그게 다야."

"물은 밥 먹기 십 분 전에 다 마시는 게 좋대." 삼촌이 받아쳤다. "그래야 인체가 음식과 물을 별도로 처리해서 영양분을 더 많이 흡수한다고."

삼촌 말이 사실일 수도 있지만 일단 사이비 과학으로 간주하기로 했다. 바질 삼촌의 근거 없는 과학 상식들은 출처가 대개 술친구들이니까. 게다가 학창 시절에 유일하게 A학점을 받은 과목이 생물이니, 여기저기서 주워들은 정보를 제멋대로 버무리기 일쑤다.

바질 삼촌의 호언장담에도 모두 자기 물을 천천히 아껴 마셨다. 굳이 지금 같은 사태가 아니더라도 식사 중에 잔이 비는 걸 좋아하는 사람은 없으니까.

오늘의 라자냐는 유독 꾸덕꾸덕했다. 엄마가 되도록 물을 아끼려고 아빠가 만든 토마토소스에 파스타를 삶았기 때문이다. 아빠는 맛보기 전에 우리 반응부터 살폈다.

"난 좋은데? 씹는 맛이 있어." 개릿이 아빠를 보고 말했다. 물론 개릿의 취향에는 딱 맞을 것이다. 아직 유아기 습성을 벗지 못해 몰래 체리 향 립밤을 핥아먹거나 파스타를 생으로 씹어 먹는 애다.

물론 그 둘을 함께 먹지는 않지만.

"맛있네요." 나도 웃으며 말했다. 하지만 아무리 진심을 가장해도 아빠는 못 속인다. 그래도 마음만은 받아 주겠지…….

우적우적 소리가 어색하게 이어지자, 바질 삼촌이 먼저 침묵을 깼다. "그나마 물은 시원하니까." 다들 풉, 하고 웃음을 터뜨리더니 점점 끅끅대기 시작했다. 심한 딸꾹질처럼 주체할 수 없는 웃음이었다. 내 기분도 한결 나아졌다. 처음엔 먹는 둥 마는 둥 했던 라자냐도 먹으면 먹을수록 맛이 썩 괜찮았다.

바로 그때 전등이 팍 나갔다.

그리고 다시 들어왔다.

고작 일 초간의 암흑이었다. 더 짧았을 수도 있다. 하지만 일순간 식사를 멈추게 하기에 충분했다. 다들 얼어붙었다. 이 표정들은 다 뭐지? 뭔가를 마음 졸이며 기다리는 사람들처럼? 그러나 아무 일도 없었다. 불은 다시 꺼지지 않았다. 그럼에도 한 번 깜빡였다는 사실이 변하지는 않았다. 그렇게 화목한 식사 시간은 열두 시도 아닌데 땡땡땡 종을 울렸다.

아빠를 봤다. 처음으로 아빠 얼굴에 진심으로 걱정하는 기색이 비쳤다. '아무래도 병원에 가야겠어.' 하는 표정이었다. 아빠에게서 딱 한 번 그 말을 들은 적이 있는데, 맹장염으로 병원에 달려가기 오 분 전이었다.

그렇게 우리는 포크를 든 채, 아무 말 없이, 식탁 의자에 붙박인 듯 앉아 있었다. 왠지 모르게 식구들 눈을 제대로 볼 수 없었다. 그래서 그냥 고개를 처박고 다시 먹기 시작했다. 어느새 다들 똑같이 하고 있었다. 마치 주변을 잔뜩 경계하며 먹이를 입 안에 쑤셔 넣는 다람쥐처럼. 모두 접시를 깨끗이 비웠다. 배가 고팠던 건 아니다. 우리 중 누구도 아빠 얼굴에 떠오른 표정을 다시 보고 싶지 않아서였다.

두어 시간 지나 잘 준비를 하는데 집 밖에서 어렴풋이 소리가 들렸다. 바질 삼촌이었다. 내 방은 창문이 대로 쪽으로 나 있어서 누가 오갈 때 가장 먼저 알아차릴 수 있다. 시계를 확인했다. 자정은 삼촌이 어딜 갈 만한 시간이 아니다. 나는 계단을 내려가 현관문 밖으로 나갔다. 삼촌은 트럭에 짐을 싣고 있었다.

"깨우고 싶지 않았는데." 삼촌이 어딘가 찔리는 표정으로 말했다.

"떠나는 거예요?" 내가 물었다.

삼촌은 나를 다정하게 바라보았다. "며칠만." 그러나 한눈에도 묵직해 보이는 옷 가방은 다른 말을 하고 있었다. 소피아처럼. "음, 이미 얹혀살고 있던 처지에 너희 물까지 축낼 순 없잖아."

바질 삼촌은 작년부터 우리와 함께 지내는 게 은근히 신경 쓰였던 모양이다. 안 그래도 너무 의지하고 있다고 생각하던 차에 이번 단수 사태가 기름을 부은 것이다. 짐작건대 전기마저 오락가락하는 상황이 결정타였다.

"어디로 가려고요?"

"대프니네. 아직 도브캐니언에 있는 저택에서 지내거든. 거긴 아직 물이 안 끊겼나 봐. 얼마나 갈지는 모르겠지만, 여기 상황보다는 낫잖아." 삼촌은 눈을 내리깔았다.

내 입꼬리가 씩 올라갔다. "물 때문이에요, 대프니 언니 때문이에요?"

삼촌이 픽 웃었다. "겸사겸사."

대프니 언니는 삼촌이 만났다가 헤어지길 반복하는 여자 친구다. 삼촌 농장이 망하기 전까지 쭉 함께 지내다가 '대이동' 초기에 각자 이곳으로 내려왔다. 센트럴밸리 농업 공동체에서 발을 뺀 이들의 집단 이주 현상이었다. 대프니 언니는 자기가 있는 데서는 삼촌을 바질이라고 부르지 못하게 했다. 언니에게 삼촌 이름은 오로지 허브였다. 항상. 그런 걸 보면 툭하면 헤어져도 마음 깊은 곳에서는 언니가 삼촌을 진심으로 사랑한다고 생각한다.

"그럼, 이번 단수 덕분에 둘이 재결합할 수도 있겠네요."

"나 때문에 받아 주는 거 아냐. 너 때문이지."

"저요?"

"너희 모두. 내가 너희 엄마랑 아빠한테 짐이 될까 봐."

"삼촌이 무슨 짐이야……."

삼촌은 빙긋 웃었다. "그렇게 말해 주니 고맙다, 얼리사."

나는 작별 인사로 삼촌을 꼭 안아 주고는 트럭이 떠날 때까지 지켜보았다. 그리고 방으로 돌아왔다. 삼촌을 그렇게 보내고 나니 서운하면서도 한결 마음이 놓였다. 어딘가 물이 흐른다는 소식은 현실이 그리 어둡지만은 않다는 희망을 주었다.

"남부 지역 단수 사태가 사흘째에 접어들면서 긴장이 고조되는 가운데 정부 당국은 주민들에게 침착하게 구제를 기다려 줄 것을 당부했습니다."

발로 뛰는 지역 뉴스의 앵커 라일라 싱은 자기 대본을 읽은 다음 공동 진행자 체이스 벅스턴에게 차례를 넘겼다. 그는 텔레프롬프터를 보며 대본을 읽어 나갔다.

"현재 단수를 겪고 있는 주민은 무려 2,300만 명에 달하지만, 사태가 호전될 조짐은 보이지 않는 상황입니다. 자세한 소식은 실버레이크에 나가 있는 도녀번 리 기자가 전해 드리겠습니다."

화면이 스튜디오에서 텅 빈 콘크리트 저수지로 넘어갔다. 한때 은빛 호수라 불리던 곳이다. 라일라는 지난 하루를 돌이켰다. 할리우드 힐스에서 방송국까지 오는 길은 악몽이었다. 오전 9시 뉴스를 펑크 낼 뻔했다. 게다가 이대로라면 뉴스가 계속 정규 방송을 대체할 게 뻔했다. 당분간 퇴근 생각은 접어야 한다는 뜻이다.

"재난 관리청에서 주지사 전화를 계속 피하고 있다는 얘기 들었어요?" 방송 시작 전에 카메라맨이 말했었다. "농담 아니에요. 허리케인 노아에 정신이 팔려 이쪽은 아예 뒷전이래요."

라일라는 잠자코 듣고 있었을 뿐인데, 마침 옆을 지나던 프로듀서가 둘 다를 나무랐다. "여기서 다루는 건 뉴스지 루머가 아니야."

화면이 실버레이크 현장에서 스튜디오로 바뀌었다. 라일라는 재빨리 현실로 돌아왔다.

"도너번 기자, 수고하셨습니다. 한편, 혼란이 계속되는 가운데 오늘 아침 주지사가 성명을 발표했습니다. 함께 들어 보시죠."

조정실은 꼭두새벽부터 거듭 내보내고 있는 영상을 다시 틀었다. 라일라도 이미 달달 외울 지경이었다. 하지만 행여 주지사의 목소리가 언론에 밝히지 않은 진실을 담고 있지는 않을까 싶어 다시금 귀를 기울였다.

"연방 재난 관리청도 사태의 심각성을 인지하고 있습니다." 주지사가 말했다. "저희 쪽 소식에 의하면 남부 캘리포니아의 비상사태를 긴급 지원하기 위해 와이오밍주에서 식수 탱크가 출발했다고 합니다."

'와이오밍이라. 와이오밍에서 여기까지 오려면 얼마나 걸릴까?'

"캘리포니아 주민 여러분께 분명히 말씀드리고 싶은 것은, 조만간 구조의 손길이 닿으리라는 것입니다. 또한, 해수를 식수로 바꾸기 위해 이동식 담수화 설비가 해안선을 따라 배치될 계획입니다. 주 정부는 사태의 조속한 안정화를 위해 총력을 다할 것입니다. 감사합니다."

그리고 주지사는 자리를 떴다. 언제나처럼 쏟아지는 질문들을 뒤로한 채.

카메라에 빨간 불이 들어오며 방심하고 있던 라일라를 비추었다.

하지만 그녀는 프로였다. 허둥대지 않고 잠시 뜸을 들여서 일부러 분위기를 한층 무겁게 만들었다.

"현재로서는 일사병에 걸릴 위험이 있으니 되도록 실내를 벗어나지 마시고, 새로운 소식이 들어올 때까지 채널을 고정해 주시기 바랍니다."

"맞습니다." 체이스가 이어받았다. "이럴 때일수록 가급적 야외활동을 자제하셔야 합니다."

"그렇죠. 지금으로선 체내에 있는 수분을 뺏기지 않는 게 최선의 물 절약법이니까요."

아침에 라일라가 도착했을 때 분장실에는 얼음물 두 병이 놓여 있었다. 잠깐 떠올렸을 뿐인데 시원한 물 한 잔이 간절했다.

"저희는 잠시 후에 돌아오겠습니다."

방송은 광고로 넘어갔다.

라일라는 한숨 돌리며 다음 보도 내용을 훑었다. 동물원의 단수 대처 실태, 병원행 급수차에서 물을 탈취하려다 총을 맞은 남자, 그리고 방금 속보가 들어왔다. 샌버너디노 지역 사망자 발생. 탈수로 인한 첫 공식 사망이었다. 왜 유독 샌버너디노엔 사건 사고가 잦을까?

체이스가 그녀를 바라보며 눈썹을 치켜올렸다. "이거 심각한데." 그의 억양은 왕년에 패스트푸드 광고 성우로 활약하던 시절의 대사 '이거 신선한데.'를 할 때와 놀랍도록 흡사했다. 과거에 그가 전혀 다른 업종에 종사했다는 소문도 있다. 하지만 프로듀서 말마따나 그들은 뉴스를 다루지 루머를 다루는 사람들이 아니다.

"이 와중에 우리가 할 말은 고작 침착하게 계속 시청해 달라는 것뿐이지."

"그럼 달리 뭐라고 하겠어? 거리에 나와 나체 시위라도 벌이라고?"

"그게 실질적인 도움이 된다면 얼마든지."

"흠, 그럼 특종감일걸." 체이스가 능글맞게 입꼬리를 올렸다.

오후 1부 뉴스가 마무리되어 분장실에 돌아왔을 때, 물 두 병은 모두 비어 있었다. 누가 라일라의 물을 조금씩 빼돌린 모양이다. 꼭 한 사람이 아닐 수도 있고.

"금방 다시 갖다드릴게요." 인턴이 잔뜩 졸아 말했다. "십 분이면 돼요."

약속한 십 분이 지나도 인턴은 물과 함께 돌아오지 않았다.

복도에서 체이스가 자기 에이전시와 스피커폰으로 통화하고 있었다. 개인 용무를 떠벌리는 데 아무런 거리낌이 없는 사람이었다. 에이전시는 잘만 하면 그가 이번 사태를 계기로 전국 무대로 진출할 수 있을 거라고 장담했다. CNN에 한자리 꿰찰 수도 있다며.

"이 사태를 장대 삼아 높이 뛸 생각을 하다니, 진짜 별로다." 라일라가 꼬집었다.

체이스는 어깨를 으쓱하고는 통화를 이어 갔다.

라일라도 야망이 없지는 않았다. 다만 체이스처럼 현재라는 앙상한 뼈다귀에서 미래라는 살점을 뜯어 먹는 독수리는 아니다.

그녀는 창밖을 바라봤다. 마흔세 건의 보도조차 드러내지 못한 사태의 진상이 눈에 들어올까 싶어서. 거리에는 사람들이 한데 모여 있었다. 시위하는 건가? 설마 물을 나눠 주나? 자신이 서 있는 높이에서는 분간이 가지 않았다. 문득 높은 탑에 홀로 고립된 듯 불안했다.

2부가 진행되면서 탈수로 인한 사망 소식이 속속 들어왔다. 오후는 정신을 못 차릴 만큼 빠르게 흘러갔다. 뉴스야 보도를 안 할 수는 없지만, 과연 시청자의 입장은 어떨까? 집에 틀어박혀서 옆집 사는 누가 죽지 않았을까, 다음 피해자는 누구일까 두려워하고 있을 사람들.

그때까지도 분장실에는 물이 오지 않았다. 체이스도 목이 마르긴 마찬가지였다. 보아하니 아무도 물을 마시지 못했을 뿐 아니라 아무도 물을 갖다준다고 약속하지 않았다.

그때 한 가지 묘안이 떠올랐다. 모험일 수도 있지만 지금으로선 유일한 아이디어였다.

"저한테 스카이 3호기 대 주세요." 그녀는 프로듀서에게 말했다.

"뭐라고?" 프로듀서는 라일라를 정신 나간 사람처럼 바라봤다. "라일라, 당신은 앵커야. 교통 리포터 시절 이후로 헬기는 졸업했잖아?"

"폭동, 산불, 교통 정체는 여기가 아니라 바깥에서 벌어지고 있어요. 시청자 반응이 뜨거울 거예요." 라일라는 체이스처럼 야욕에 불타오르는 척했다. "앵커가 직접 헬기를 타고 보도를 하면 좋은 그림이 나올 거예요. 보나 마나 채널 고정이라고요."

"안 돼. 앵커는 데스크를 지켜야지." 프로듀서는 단호했다.

하지만 그가 자리를 뜨자마자 라일라는 곧장 옥상으로 향했다.

교통 리포터의 교대 시간이 변경되면서 스카이 3호기는 헬기장을 지키고 있었다. 문득 베트남 전시 상황이 떠올랐다. 역사에 길이 남을 취재 보도 사례들을 배출한 시기. 물론 라일라가 태어나기도 훨씬 전 일이지만, 새삼 헬리콥터를 마주하니 사이공 함락 당시 목이 빠지게 구조 헬기를 기다렸을 종군 기자들의 심정이 그려졌다.

방송국 입사 초기에 라일라와 늘 동행했던 헬기 조종사 커트가 계단통 기둥에 기대어 담배를 피우고 있었다. 헬기 근처에서는 절대 금연이었지만 커트는 개의치 않았다. 라일라는 그가 개의치 않는 법규가 그뿐만은 아니길 바랐다.

"커트, 이 녀석 항속 거리가 얼마나 돼?"

"가득 채우면 400킬로미터쯤?" 그가 대답했다. "지금 상태론 300킬로미터 좀 넘을 거야. 왜?"

라일라는 숨을 크게 들이마셨다. "부탁이 있어."

오 분 후 그들은 로스앤젤레스 시내를 높이 벗어나 동쪽으로 향했다. 뉴스룸에서 충분히 멀어졌다고 판단했을 때, 라일라는 프로듀서에게 문자를 보냈다.

'스카이 3호기와 애로헤드로 향하는 중. 피난민 상황 취재 예정.'

그녀는 잠시 고민한 뒤 덧붙였다.

'커버해 줄 것 아니면 자르세요.'

좋아. 이미 저질렀어. 앞으로 어떤 상황이 벌어지든 일단 물이 있는 곳으로 가자. 산정 호수의 수위가 평균보다 낮아졌을지 몰라도 호수는 어디까지나 호수니까. 라일라는 안도의 한숨을 내쉬었다. 베트콩의 빗발치는 공격을 피해 가까스로 헬기에 올라타 세상의 절반을 돌아왔을 선배 기자들의 마음을 조금이나마 느껴 보면서.

4) 켈턴

오늘은 학교에 안 가도 된다. 언제 수업이 재개될지도 미지수다. 이번 학년이 이 주밖에 남지 않은 시점에 과연 학교로 돌아가는 날이 오기는 할까?

만화책을 뒤적이며 시간을 때우려 해도 오늘따라 집중할 수 없었다. 인터넷으로 크리스마스 선물 목록에 추가할 사냥 장비를 물색했지만, 딱히 끌리는 물건도 없었다. 그래서 그냥 유튜브로 체스복싱 영상을 보기로 했다. 체스복싱은 말 그대로 체스와 복싱을 융합한 스포츠다. 무기 없이 하는 경기치고는 자신 있는 종목인데, 고등학교 생활을 통틀어 유일하게 징계를 받은 원인이기도 하다. 작년 영어 시간에 체스복싱을 소개하는 발표를 마친 직후였다. 그런 게 어딨냐며 세 놈이 동시에 몰아세우길래 그중 한 녀석 코에 복싱 맛을 선보였다가 교장실로 불려 가게 됐다. 물론 체스로 붙었더라도 코를 납작하게 해 줬겠지만.

영상을 한두 편 시청했지만, 오늘만큼은 체스복싱마저 시시하게 느껴졌다. 우리 집이 아무리 만반의 준비를 했다 해도 어지러운 바깥세상이 영 신경 쓰였기 때문이다.

번사이드 할아버지가 방문했을 때부터였다. 물론 우리 집 앙숙이 하루아침에 아첨꾼이 되어 알랑대는 모습은 고소했다. 하지만 뜻밖의 일을 마주하면 누구나 동요하기 마련이다. 내가 쏜 총에 쓰러진 수사슴의 깊은 눈을 처음으로 들여다봤을 때라든지, 날아가는 오리를 정확히 맞혔는데 그대로 까마득한 절벽 아래로 떨어졌을 때라든지. 뒷맛이 찜찜한 성취감이랄까. 돌이켜 생각할수록 모든 게 사냥으로 이어졌다. 하긴, 심리학에서 말하길 인간의 모든 활동과 비활동은 투쟁 아니면 도피 본능의 소산이라고 했으니······.

따져 보면 여자의 마음을 얻는 법도 사슴 사냥과 크게 다르지 않다. 천천히, 그리고 조심스럽게 다가가는 것이 관건이다. 이때 되도록 시야가 닿지 않는 뒤쪽으로 접근하는 게 좋다. 그리고 강한 수컷의 냄새에 놀라 달아날 수 있으므로 수시로 디오더런트를 뿌려야 한다. 위장술도 나쁘지 않다. 내 경험에 의하면 여자들은 위장술에 꽤 잘 넘어가기 때문이다. 하지만 여심을 공략하는 데 무엇보다 중요한 기술은 방아쇠를 당길 때를 정확히 아는 것이다. 타이밍이 전부라 해도 과언이 아니다. 이때다 싶을 때 과감히 움직여야지, 아니면 괜히 기분 나쁜 놈 취급당하기에 십상이다. 이 또한 경험으로 터득한 이치다.

하지만 옆집에 사는 얼리사 모로로 말하자면, 방아쇠를 당길 기회조차 없던 사슴이었다. 겨우 용기를 내 다가가려다가도, 적어도 호감이라도 표시하려다가도, 어떤 이유에선지 늘 이때가 아니란 느낌이 들었다. 하지만 적절한 곳에 있다면 적절한 때가 오지 않겠는가? 그래서 올해는 학교 컴퓨터를 해킹해 총 여섯 과목 중 다섯 과목을 함께 들었다……. 여섯 과목 전부 겹치게 하는 것도 충분히 가능했지만 그럼 너무 뻔하니까.

마침 창밖을 보니 이른 아침부터 얼리사가 앞마당에 나와 있었다. 보아하니 마당의 살수 장치에서 물을 끌어내려는 듯한데, 소용없는 짓이었다. 누렇게 변한 잔디를 보니 살수 장치는 이미 다른 집처럼 몇 달 전에 말라 버렸을 게 틀림없다. 아무래도 이때가 아니면 영영 아니라는 생각이 들었다. 나는 황급히 사막용 위장 조끼를 걸치고 옆집으로 향했다.

얼리사는 작업을 허탕 치고 힘겹게 연장통을 옮기고 있었다. 측면을 공략하기에 유리한 위치였다. 나는 다가가면서 침을 꼴깍 삼켰다. 목구멍이 쪼그라드는 느낌이었다. "좀 도와줄까?" 일단 입은 뗐다. 내뱉고 보니 요전 날 트럭에서 얼음을 내릴 때 했던 말이었다. 나의 한결같은 태도를 좋게 봐 주길 바랐다.

"괜찮아. 나 혼자서도 충분해." 하지만 어딜 봐도 충분하지 않았다. 그저 내 앞에서 약해 보이고 싶지 않은 것이다. 나는 좀 더 밀어붙이기로 했다.

"그럼 이거라도 들어 줄게." 나는 렌치 몇 개를 집어 바지 주머니에 쑤셔 넣었다. 역시 카고 반바지는 필수다. 주머니 많은 남자를 마다할 여자는 흔치 않지.

"고마워." 얼리사가 말했다. 우리는 차고 각 자리에 공구를 걸었다. 그때 뭔가 고약한 냄새가 훅 끼쳤다. 집 안에서 흘러나오는 냄새였다. 나도 모르게 코를 찡그렸는지 얼리사가 눈치채고 집 쪽으로 시선을 돌렸다. 본인에게서 나는 냄새라고 내가 착각한 줄 안 모양이다.

"정화조 문제?" 내가 물었다.

"하수 가스가 집 안에 쌓이나 봐. 물이 없어서. 안 그래도 아빠가 그것 때문에 배관 작업 중이야." 얼리사가 대답했다.

내가 알기로도 불가피한 일이다. 아마 지금쯤 동네에서 우리 집만 빼고는 다 비슷한 냄새가 나겠지. 얼리사네는 그나마 뭔가 수를 쓰겠다고 나서는 집일 텐데, 안 봐도 제대로 처리하지 못할 게 뻔하다.

"가스 차단액만 있으면 돼. 하수구마다 한 컵씩만 부어 주면 하수 가스가 통하지 못하거든." 나는 이어서 설명했다. "물 안 내리는 남자 소변기 알지? 거기 쓰는 거야."

얼리사는 역겹다는 표정을 지었다. 괜한 말을 덧붙였나 보다.

"아, 암튼." 나도 모르게 말을 더듬으며 시선을 피했다. "한 병

갖다줄게. 우리 집에 많거든." 거짓말은 아니나 아빠에게 들키면 호되게 야단맞을 각오를 해야 한다.

그래도 그만한 가치가 있었다. 얼리사의 표정이 순간 확 밝아졌기 때문이다. "고마워, 켈턴. 너 진짜 착하구나."

얼리사가 나를 보며 웃으니 내 안에서 뭔가가 나를 더 부추겼다. 나는 수통을 내밀었다. "여기, 좀 마셔. 목말라 보인다."

얼리사는 조심스럽게 수통을 받아 들며 물었다. "괜찮겠어?"

나는 별거 아니라는 듯 으쓱했다. "친구 좋다는 게 뭐야?"

얼리사는 몇 모금 마시고 수통을 넘겼다. 나도 받아서 꿀꺽꿀꺽 들이켰다. 방금 얼리사와 수통을 공유했다. 침 교환으로 따지면 거의 키스한 거나 다름없잖아? 나는 애써 평정을 가장했다.

"고마워, 켈턴." 얼리사가 또다시 말했다. 그렇게 우리는 잠시 가만히 서 있었다. 하지만 둘 사이에 흐르는 침묵은 예전만큼 껄끄럽지 않았다. 느낌이 좋았다.

어디선가 개릿이 불쑥 나타나 수통을 가로챘다.

"고마워, 켈턴 형!" 개릿이 까불었다.

"버릇없이 굴지 마! 네 거 아니잖아!" 얼리사가 타박했다.

바로 그때 얼리사의 아빠가 더러운 걸레가 담긴 상자를 들고 들어왔다. 얼리사의 엄마도 뒤를 이어 나타났다. 아줌마는 만면에 미소를 머금고 흥분을 감추지 못했다. "뉴스에서 그러는데 해변에 담수화 설비가 들어설 거래. 오늘 오후부터 라구나비치에서 몇 대가동할 거라고 하네."

"담수화 설비가 뭐예요?" 개릿이 물었다.

"바닷물을 민물로 바꿔 주는 기계야." 내가 말했다. "사실 샌디에이고에 대형 설비가 있는데, 이곳 상황을 해결해 주진 못할 거야." 진실을 말하자면, 샌디에이고 상황조차 해결하지 못할 것이다. 몇 년 전, 앞날을 내다보고 설비를 마련할 생각을 한 것까진 좋았다. 적어도 '소 잃고 외양간 고치기' 식 사례는 아니니까. 그러나 시기상의 문제가 아니었다. 설비를 풀가동해도 물을 충분히 공급받을 수 있는 인구는 샌디에이고 주민의 8퍼센트에 그쳤기 때문이다. 이는 열 명 중 한 명에게도 모자란 양이니, 애초에 기대했던 바는 아닐 것이다.

얼리사의 아빠가 이마의 땀을 닦았다. "우리가 괜히 비싼 세금을 내고 재난 관리청을 먹여 살리겠어? 이제 나서서 뭔가 할 때가 됐지."

"그러게, 설마 목말라 죽게 내버려 두기야 하겠어?" 얼리사의 엄마가 당치도 않은 소리라는 듯 말했다. 누군가 맞장구를 쳐 주길 내심 기다리는 표정이었다.

아저씨는 고개를 흔들었다. "어차피 다 돈이 얽힌 문제야. 캘리포니아에 경제 인구가 얼만데. 정부도 우리가 필요하다고. 설마 우릴 나 몰라라 할 만큼 멍청하진 않겠지."

아저씨 말이 뇌리에 박혔다. 일리 있는 말이었으나 한편으론 우리 아빠가 혀를 차며 하던 말이 떠올랐다. 정부의 판단 오류가 꼬리에 꼬리를 물고 이어져 사태가 이 지경이 되었다고. 실제로 소비자 보상 정책도, 보존 위원회도, 물을 지키려는 급진적인 노력도 모두 수포로 돌아갔다. 그중 하나는 '그늘 공' 작전이다. 몇 년 전 로스앤젤레스가 수분 증발을 막기 위해 저수지 수면에 수만 개의 검은 공을 띄웠지만 아무런 효과를 거두지 못했다. 이제는 바람직한 해결책이 뭔지 알 수 없다. 그저 불난 집에 물풍선만 던지고 있는 상황인지도 모른다…….

나는 그 문제를 지적하려고 입을 열었다가 도로 다물었다. 불현듯 아빠 말이 떠올랐기 때문이다. 눈앞의 일원을 그대로 따라가는 습성, 어쩌다 조금이라도 길을 잃으면 극심한 공포에 사로잡힌 나머지 치명적인 상태에 이르는 성향. 바로 양 부류의 특징이다. 언젠가 내가 수업 시간에 발표했던 사건도 그랬다. 터키 어딘가에서 양 500마리 정도가 투신자살한 사건. 한 치 앞을 못 보고 그저 눈앞의 양을 뒤따라 차례차례 낭떠러지로 뛰어든 것이다. 과연 뭐가 더 나쁠까? 절벽 아래로 떨어지는 사람들을 곁에서 방관하는 것과, 무자비한 현실을 일깨워 살아갈 의지를 꺾어 버리는 것 중에서.

5) 얼리사

오늘 우리 집 변기는 지독한 인고의 세월을 한 번에 갚으려는 듯, 심상치 않게 꼴꼴 소리를 내며 반년은 썩은 달걀 냄새를 풍겼다. 따라서 현재 우리 집 급선무는 변기를 최대한 깨끗이 닦고 켈턴이 준 가스 차단액을 두 컵씩 따라 붓는 것이다. 그래야 정화조의 독기 품은 냄새가 온 집 안을 가득 메우지 않을 테니. 다만 변기 청소는 우리 집 가부장인 아빠의 지령에 따라 개릿과 나의 임무가 되었다.

오늘 아침 아빠는 독단으로 임무를 배정했다. 그것도 소심하게 포스트잇에 적어 부활절 달걀처럼 집 안 곳곳에 붙여 놓았다. 냉장고에는 '물은 하루에 여섯 컵씩!'이, 샤워실에는 '건식만 가능!'이 붙었다. 샤워 젤과 화장지로만 씻으라는 뜻이다. 최악은 변기 위에 붙어 있는 '청소해 주세요!'였다. 아빠는 변기 시트 아래 비닐을 씌우는 법을 고안했다. 각자 용변을 본 후 비닐을 그 안의 내용물과 함께 버려야 했다. 캠핑 밤의 악몽이 따로 없었다. 그래도 비닐 뒤처리는 그나마 견딜 만하다. 물도 내릴 수 없는 지금 상황에서 변기 청소야말로 진정 끔찍한 고역 아닐까.

개릿과 나는 아래층 화장실부터 착수했다. 그나마 물이 저장된 욕조와 가까웠기 때문이다. 욕조 안을 힐끗 들여다보니 물은 지난 토요일과 비교해 눈에 띄게 줄어 있었다. 아침에 엄마가 이웃 친구 몇 명에게 바가지째 퍼 준 게 컸다. 해변에 담수화 설비가 들어선다는 소식 이후로 엄마는 조만간 가정마다 충분한 물이 공급되리라 예상했다. 그러니 굳이 인색할 필요 있나? 아마 나였어도 똑같이 했으리라.

"물도 없이 어떻게 변기를 닦으라는 거야?" 개릿이 투덜대며 노란 청소용 고무장갑을 끼고 소리 나게 손가락을 비벼 댔다.

"아빠가 세면대 밑에 청소용품 있다고 했어. 어떻게든 해 봐."

나는 코를 쥐고서 과감히 변기 안을 들여다봤다. 시커먼 액체가 보글거렸다.

"이걸 왜 내가 해야 해?" 개릿이 징징댔다.

"돌아가면서 할 거야." 내가 덧붙였다. "게다가 넌 남자잖아. 배관 일은 나보다 네가 훨씬 잘할걸."

개릿은 고개를 끄덕였다. 뭐든 나보다 낫다는 말에 만족한 것이다. 동생은 세면대 밑 수납함을 열었다.

"표백제면 될 거야." 내가 말했다.

개릿은 고민하더니 초록색 양철통을 꺼내 들었다. 코멧 상표의 다용도 분말 세정제로, 표백제가 기본 성분인 제품이었다. 개릿은 욕조 가장자리에 통을 올려놓았다. 아니, 올려놓으려고 했다. 그런데 통을 놓는 순간 내 머릿속에 최악의 시나리오가 떠올랐고, 거짓말처럼 눈앞에 펼쳐지려 하고 있었다. 안 그래도 평평하지 않은 욕조 가장자리에 위태롭게 불시착한 원통형 용기는 그대로⋯⋯.

심장이 빠르게 뛰었다. "개릿!" 내가 날카롭게 외쳤다. 그게 최선이었다.

개릿이 홱 뒤돌았을 땐 이미 주워 담을 수 없는 사태가 벌어진 후였다. 표백제 통은 그대로 미끄러져 욕조 물에 퐁당 처박혔다.

개릿이 나를 돌아보았다. 얼굴에서 핏기가 쫙 가신 듯 창백했다. 괴로운 침묵이 이어졌다.

개릿은 황급히 통을 잡으려 했지만, 허우적거리다가 놓치는 바람에 손에서 더 멀어지고 말았다. 욕조에는 이미 유독성 세정제로 희뿌연 회오리가 일고 있었다. 그 광경에 가슴이 무너졌다.

개릿이 방금 우리에게 남은 유일한 물을 오염시킨 것이다…….

"조금은 살릴 수 있을 거야, 누나." 개릿이 마침내 통을 욕조에서 건져 냈다. 거꾸로. 이로써 남은 가루마저 욕조에 탈탈 쏟아부은 셈이다.

"이미 다 망쳤어, 이 멍청아." 내가 쏘아붙였다.

"누나 잘못이야! 누나가 표백제 쓰라며!" 개릿이 대들었다.

"네가 허구한 날 칠칠맞지 못하게 구니까 그렇지! 네가 지금 뭔 짓을 저질렀는지 알기나 해?"

또 생떼를 쓸 줄 알았는데, 두 눈에 물기가 반짝 어리더니 이내 눈물이 비집고 나왔다. 개릿은 풀 죽은 표정으로 스르륵 주저앉았다.

그 순간 누나로서 너무 심하게 말했나, 자책감이 들었다.

"미안." 개릿은 훌쩍이며 두 손에 얼굴을 묻었다.

"괜찮아." 나는 개릿의 등을 토닥였다. 그러고 보니 동생을 안아주는 것도 무척 오랜만이었다. "해변에 담수화 설비가 있잖아. 엄마 아빠가 가서 물 받아 올 거야. 알지?"

개릿은 고개를 끄덕이며 울먹임을 가라앉혔다.

"하긴 욕조 물 마시기도 거북했잖아." 내 말에 개릿이 비로소 웃었다. 눈물이 쏙 들어가진 않아도 절망에선 벗어날 만큼.

엄마 아빠한테는 내가 말하기로 했다. 뭐든 내 입을 통해 듣는 편이 낫다고 개릿이 우겼기 때문이다. 물론 진짜 이유는 자기 입으로 이실직고하기 두려워서다. 어떤 이유에선지 개릿은 부모님을 실제보다 훨씬 무서워했다. 하지만 이번 잘못은 상습적인 장난이나 악취탄 발사, 창문 깨뜨리기 따위가 아니다. "말은 내가 해도 너 대신 뒤집어쓰진 않을 거야. 물론 실수라는 건 알지만 책임은 스스로 져야지." 내가 말했다. 자기 잘못을 책임지는 법을 가르치는 게 누나 된 도리 아니겠는가?

나는 다시 아래층에 내려가 엄마 아빠에게 사실을 고했다. 마음의 준비를 단단히 했는데 뜻밖에 부모님은 화를 내지 않았다. 나중에야 깨달았지만, 이때 화를 내는 편이 나았다.

"싹 다?" 아빠가 믿을 수 없다는 듯이 물었다. 분말의 용해액에서 식수를 분리해 내는 법이 있다면 모를까.

"개릿 잘못이 아니에요." 사실 개릿 잘못이긴 했지만. "시킨 대로 청소를 하려던 것뿐이니까요."

나는 엄마의 반격을 기다렸다. '설마 우리 탓이라는 거니?'라든지. 하지만 엄마는 가타부타 말이 없었다. 그때 알았다. 이건 실수가 아니라 사고다. 사고는 분풀이보다 수습이 먼저다.

"아직 냉장고에 한 병 남았어." 엄마가 아빠를 보고 말했다.

아빠는 고개를 끄덕였다. "담수화 설비가 오늘부터 가동된다고 했잖아. 일단 서둘러 그쪽으로 가 보자."

"욕조 물을 한 주전자씩 끓여서 수증기를 모아 볼까요?" 내가 제안했다. 7학년 때 과학실에서 비슷한 실험을 한 적 있다. 내 기억으론 그때 간신히 시험관 하나에 물을 채웠다. 켈턴이라면 분명 좀 더 제대로 만들 수 있겠지.

잠깐, 나 방금 켈턴에게 도움받을 생각을 한 건가?

"일단 그건 다음 과제로 하자." 아빠는 방금 전한 소식만으로도 버거운 상태였다.

"죄송해요, 저희가 다 망쳐서."

"딸, 이미 엎질러진 물이야." 엄마가 말했다.

"오염된 물이거나." 아빠가 덧붙였다. 왠지 울컥했지만, 표나지 않게 입술을 꾹 깨물었다.

나는 개릿을 안심시키기 위해 2층으로 올라갔다. 다른 집에 입양되거나 강제 수용소로 보내지거나 고기 파이 재료로 쓰일 일은

없을 거라고. 하지만 개릿은 방에 없었다. 화장실, 뒷마당, 차고에
도……. 그리고 보니 개릿의 자전거가 없었다. 엄마 아빠에게 혼날
까 봐 두려운 나머지 몰래 집을 나간 것이다.

엄마 아빠는 만사를 제쳐 두고 개릿을 찾아 나섰다. 우리는 각자
흩어져 개릿이 갈 만한 곳을 찾아보기로 했다. 생각보다 엄마 아빠
는 훨씬 걱정스러워 보였다. 하긴, 개릿 일이라면 부모님은 늘 과
민하게 반응한다. 예정일보다 한 달 일찍 태어났을 뿐인데 십 년
이 지난 지금까지도 과잉보호 수준이다. 어디 살짝 긁히기만 해도
당장 피부 이식술이 시급한 듯 호들갑을 떤다. 오늘도 평소처럼
구는 거라고 믿고 싶었지만, 상황이 상황인지라 나도 슬슬 걱정이
되었다.

나는 개릿이 친구들과 자주 노는 공원, 그리고 고속 도로와 나란
히 뻗은 자전거 도로를 맡기로 했다. 오래전에 쓰던 자전거를 꺼
내 보니, 양 바퀴 모두 퍼져 있었다. 그 상태로 몇 년째 처박아 둬
서인지 아무리 펌프질을 해도 바람이 샜다. 차고에 남은 이동 수단
은 어떻게 타는지 알 수 없는 개릿의 전동 킥보드, 외발자전거, 그
리고 악마의 발명품 스카이콩콩뿐이었다. 마땅한 선택지가 없어
서, 나는 결국 이웃에게 도움의 손길을 요청하기로 했다. 켈턴이라
면 자전거를 빌려주든가 하다못해 풍선껌과 귀지를 이용해 뭐라
도 만들어 주겠지.

초인종을 누르니 켈턴이 응답했다. 거의 누르자마자.

잡담할 여유는 없었다. 바로 본론을 꺼냈다. "부탁 좀 할게. 개릿이 없어졌어. 자전거 좀 빌리자."

이상하게 굴 줄 알았는데 켈턴은 보통 사람처럼 반응했다. "우리 아빠 거 쓰면 될 거야. 금방 가져올게."

켈턴은 다시 안으로 들어가더니 곧 옆문으로 나왔다. 좋은 자전거였다. 그런데 켈턴의 자전거도 함께였다.

"혼자보단 둘이 나을 거야." 켈턴이 말했다. "게다가 이럴 때 혼자 밖에 나가는 건 옳지 않아. 겉으로 조용해 보일 때가 알고 보면 폭풍 전야인 법이거든."

방금 보통 사람 들먹인 건 취소다.

"괜찮아, 켈턴. 따라오지 않아도 돼."

"우리 아빠 자전거 빌리는 조건이야. 나랑 같이 가는 거."

켈턴도 나처럼 에둘러 말하지 않았다. 더 이상 협상은 없었다.

"알았어." 따지고 보면 크게 상관없긴 했다. 수상한 인물을 구분 짓는 내 나름의 기준이 있다면, 켈턴은 이제 공식적으로 '경보'에서 '주의' 수준으로 내려왔으니까.

우리는 골목길부터 수색을 시작했는데, 그 길은 개릿이 다니는 학교 부근의 큰길로도 이어졌다. 우리 학교도 그 길 건너였다. 그러고 보니 의외로 예상치 못한 곳에서 개릿을 찾을지 모른다는 생각이 들었다. 개릿이 브로콜리와 피아노 레슨을 합친 것보다 더 싫어하는 곳, 바로 메도크리크 초등학교였다.

나는 몸을 왼쪽으로 기울여 자전거의 방향을 바꾸려 했다. 하지만 방향을 채 틀기도 전에 트럭 한 대가 날아와 우리를 치고 지나갈 뻔했다. 그 순간 누가 이렇게 운전을 더럽게 하나 욱했는데, 정체를 확인하자 등골이 뻣뻣해졌다. 나도 모르게 페달에서 발을 뗐다.

무장한 군인을 가득 실은 위장색 군용 트럭이었다. 튀어나오려던 욕이 쏙 들어갔다. 제대로 사고하기도 전에 감정이 선수 친 경우였다.

"뭐야? 우리 엄마 아빠가 설마 주 방위군까지 부른 거야?"

"폭풍 전야." 켈턴이 중얼거렸다.

사고 기능이 정상으로 돌아오고 나서야 상황이 동생의 가출보다 훨씬 심각하다는 걸 깨달았다. 내가 자란 동네를 전쟁 병기가 가로지르는 모습을 보자 마음이 착잡했다. 그것도 모자라 트럭은 왼쪽으로 꺾더니 우리 학교 주차 구역으로 진입했다.

"뭐가 어떻게 돌아가는 거야?" 나는 켈턴의 잡다한 군사 지식이 이번만큼은 쓸모가 있길 바라는 마음으로 물었다.

"글쎄. 아직 계엄령을 선포하기엔 이른데……."

"알아듣게 좀 말해 줄래?"

"군대가 치안을 장악하는 거야. 정부 고위 간부들이 판단하기에 경찰력만 갖고는 상황을 통제하기 어려울 때."

"뭐, 그렇다면 좋은 거잖아. 안 그래?" 켈턴에게 말하면서 스스로 납득하고 싶었다. 나는 다시 자전거 안장에 몸을 실었다. "우리로선 더 안전할 테니……."

"어쩌면." 켈턴은 애써 미소 지었다. 전해지는 느낌상 켈턴은 결코 좋을 리 없다고 보고 있다. "아마도." 켈턴이 그 느낌에 쐐기를 박았다.

'아마도'라니, 이제 지긋지긋해!

아마도 계엄령일지 모른다. 아마도 재난 관리청이 급수차를 몰고 올 것이다. 아마도 내일이면 모든 게 나아질 것이다. 당최 확실한 게 하나도 없는 이 사태에 신물이 났다. 나는 힘껏 페달을 밟았다. 화가 나서가 아니라 알아야 했기 때문이다. '아마도'를 박멸하기 위해서. 켈턴도 나와 주파수가 같은지 내 뒤를 바짝 따라붙었다.

교정, 축구장, 테니스 코트를 차례로 지나 어디까지 가나 했더니, 트럭은 수상 스포츠 센터 앞에서 멈췄다.

트럭은 한 대가 아니었다. 그곳은 이미 군용 차량으로 가득했다. 수영장은 완전히 봉쇄 상태였다. 그야…… 학교 수영장은 남용 금지법이 적용되지 않는 유일한 수영장이니까.

센터 주위는 자동 소총으로 무장한 군인들이 지키고 있었다. 그리고 급수차와 연결된 굵은 소방 호스가 줄줄이 늘어서서 수영장 물을 빨아들이고 있었다. 그때 경비병 하나가 우리를 발견하고 뚫어져라 쳐다봤다. 나는 눈을 피하지 않았지만, 그렇다고 가까이 다

가가지도 않았다. '꼭 내가 적군 같잖아.'

"이 생각을 못 했다니." 켈턴은 만사를 헤아리지 못한 자신을 책망하는 투로 중얼거렸다.

"우리가 바보도 아니고, 설마 저 물을 마시겠어?" 내가 코웃음 쳤다. "수구 팀 애들한테 들은 얘기가 있거든. 나라면 돈을 준다 해도 절대 안 마셔."

"바닷물에서 염분은 물론이고 물고기 내장이며 고래 똥까지 걸러 내는데 수구 팀 얼뜨기들이 흐려 놓은 물이 크게 문제가 될까?" 켈턴이 말했다.

그때 뭔가 뇌리를 스치고 지나갔다. 어떤 불쾌한 기억이. 얼마 전 코스트코에서 망가진 카트를 밀면서 개릿이 했던 말…….

나는 숨을 들이켰다. 켈턴이 왜 그러냐는 표정으로 바라봤다.

"개릿 친구, 그래, 제이슨! 걔네 집에 대형 수족관이 있댔어. 분명 물을 얻으려고 그 집에 갔을 거야!" 개릿은 자책하는 성향이 있긴 해도 의기소침한 성격은 아니다. 사고를 쳤다면 도망치기보다는 어떻게든 수습하려 애쓰는 쪽이 훨씬 개릿다운 행동이었다. 나는 황급히 주머니를 뒤졌다. 아차. 전화기는 침대 옆에 충전 중이지. 이런 멍청이.

"전화 좀 빌려도 될까? 부모님께 알려야겠어. 우리보단 그쪽이 빠를 거야."

켈턴이 전화기를 건넸다. 잠시 액정을 멍하니 바라보고 나서야 내가 엄마 아빠 번호를 모른다는 사실을 깨달았다. 실은, 외우고 있는 번호가 하나도 없었다. 8학년 때 사귄 전 남자 친구 것만 빼면. 내가 지구상에서, 아니 은하계를 통틀어 마지막으로 누를 번호다.

그래도 켈턴에게 나의 허술함을 들키고 싶지 않았다. "여기서 별로 안 머니까 그냥 가자."

우리는 제이슨이 사는 블록을 두 바퀴나 돌았다.

"어디 사는지 아는 거 맞지?"

"입 좀 다물어 줄래?" 내가 쏘아붙였다. 대충 알긴 아는데, 그 대충이 문제였다. "마당에 엄청나게 큰 나무가 있었어. 그냥 큰 게 아니라, 무지무지 크다고."

하지만 그렇게 큰 나무는 어디에도 없었다.

"여기 어디쯤이 분명한데." 이 말도 벌써 세 번째였다.

켈턴이 잠시 생각에 잠겼다. "추리를 해 보자. 그렇게 큰 나무라면 아마 협회 규정에 어긋날 거야. 믿어도 좋아. 우리 집은 뭐만 했다 하면 위반이니까."

"요점이 뭐야?"

"그러니까, 우리처럼 일부러 일을 키우려는 집은 별로 없다고……."

드디어 감을 잡았다. "그루터기! 그루터기를 찾으면 되겠다!"

셋, 넷, 다섯, 바로 저 집이다!

켈턴이 씩 웃었다. 평소라면 거슬렸겠지만 방금은 인정할 만했다. 다른 사람이었다면 내가 거짓말을 하거나 기억력이 나쁘다고 했을 텐데, 켈턴은 일단 내 말을 믿고 거기서 생각을 발전시킨 것이다.

"꽤 똑똑한데?" 제이슨네 집으로 향하며 내가 말했다.

켈턴은 겸손한 척 어깨를 으쓱했다. "간단한 추론이지."

내 나름의 '간단한 추론'도 마침 증명되었다. 현관문 옆에 개릿의 자전거가 모로 누워 있었다.

자전거에서 내려 다가가 보니 문이 살짝 열려 있었다. 이미 열려 있는 문에 노크하기가 좀 그랬지만, 어쨌든 했다. 안에서는 아무 반응이 없었다. 나는 그대로 문을 열고 들어갔다.

켈턴이 뒤따라 들어왔다. 그 순간 악취가 물큰 풍겼다. 고약한 썩은 내였다.

"시체가 있을지도 몰라." 켈턴이 귓속말했다. 나는 그 말을 무시했다.

거실은 평범해 보였다. 남사스럽게 중요 부위만 잎으로 가린 로마 조각상을 빼면. 뭐, 취향은 존중해야지.

"아무도 없는 것 같은데⋯⋯."

에라, 모르겠다. 나는 거실을 가로질러 좀 더 안쪽으로 들어갔다. "개릿⋯⋯?" 돌아오는 대답은 없었다. "아무도 없어요?"

켈턴은 머뭇거렸다. "저기 있잖아, 무단 침입자를 총으로 쏘는 건 백 프로 합법이야."

"그래? 내가 죽고 나면 생색내든가."

내 뒤를 따라오던 켈턴이 어느새 앞장섰다. 여자 뒤에 절대 숨지 않는다는 보이 스카우트 시절 규칙을 뒤늦게 떠올렸나 보다.

우리는 복도를 지났다. 안쪽으로 들어갈수록 바닥 카펫 느낌이 이상했다. 점점 질척거렸다. 젖은 것이다. 냄새도 한층 강해졌다.

그때 내 눈을 사로잡은 건……

열대어였다. 한두 마리가 아니었다. 모두 죽은 채로, 부엌까지 널브러져 있었다. 고개를 들어 보니…… 깨진 수족관이 있었다. 천장에 닿을 만큼 실로 거대했다. 그 안에는 한때 수중 생태계의 일부였을 수석이나 산호만이 온전한 형태를 유지하고 있었다. 개릿이 말한 수족관이 분명했다. 가까이 다가가 살폈다. 유리 파편이 안쪽에 큼직큼직 자리한 걸로 보건대, 밖에서 강한 일격을 받고 그대로 물을 콸콸 쏟아 낸 모양이다. 물은 수족관 바닥에 손가락 한 마디 깊이만큼 남아 있었다. 자세히 들여다보니 흰동가리 하나가 몸뚱이를 반쯤 드러낸 채 남은 물을 필사적으로 빨아들이고 있었다. 나는 녀석을 들어 좀 더 생존 가능성이 큰 구석으로 옮겨 주었다.

"내가 왔을 때부터 이랬어." 익숙한 목소리에 홱 돌아보니, 개릿이 부엌 문간에 서 있었다. "어차피 소금물이기도 했고."

동생을 찾은 기쁨도 잠시, 머릿속에 온갖 상념이 차올라 인내의

둑을 넘어 터져 나왔다.

"그럼 대체 여태껏 여기서 뭐 하고 있어?" 내가 매섭게 다그쳤다. 애초에 말도 없이 사라져서 이 고생을 하게 했다고 생각하니 욱한 것이다.

"아빠가 우리 파스타 소스 없다고 했잖아. 한 병 빌려 갈까 했지." 개릿은 평소처럼 질문의 요지를 피했다. 이내 눈을 내리깔더니 보이지도 않는 돌을 툭툭 찼다. "빈손으로 돌아갈 순 없잖아."

"너 때문에 엄마 아빠가 얼마나 애태웠는지 알아? 우리 다 얼마나 걱정했는데!" 내가 윽박질렀지만, 분명 개릿도 모르지는 않았을 거다. 나는 격해진 호흡을 고르고 집 안을 둘러보았다. 다시 봐도 엽기적인 광경이었다. "대체 뭔 일이 있었던 거야?"

개릿은 어깨를 으쓱했다. "제이슨네가 동네를 뜨고 나서 누가 몰래 들어왔나 봐."

"아무래도." 켈턴이 바닥에 널린 죽은 물고기를 둘러보며 말했다. "회 뜨러 온 건 아니야." 평소라면 약간 짓궂긴 해도 받아 줬을 농담이었다.

그때 켈턴이 허리를 숙여 유리 파편 하나를 집어 들었다. 유리 조각에서 한 줄기 빛이 번득였다……. 켈턴이 눈치챈 것이 내 눈에도 들어왔다. 피였다.

"얼른 가자." 개릿이 보챘다.

다시 정중히 초대받아도 사양할 지경이었다. 파스타 소스 따위는 안중에도 없었다.

집에 돌아왔을 때, 부모님은 의외로 개릿을 혼내지 않았다. 왠지 그게 더 찜찜했다. 엄마 아빠는 담수화 설비로 가져갈 큰 통을 찾는 데 열중했다.

"못해도 칠팔 리터는 주겠지?" 엄마는 찬장에 얼굴을 처박고 아무나 대답하라는 듯 외쳤다.

"안 주면 또 가면 되지!" 아빠가 어디 벽장에서 소리 질렀다.

개릿이 차고 문을 열고 나왔다. 캠핑 갈 때 쓰는 커다란 통을 들고서. "이거 어때요?"

"딱 좋다." 엄마가 대답했다. 개릿은 처벌을 면한 것도 모자라 이제 완벽한 아들 노릇을 하고 있었다. 내가 보기엔 길어야 오 분이지만.

"동생 잘 챙겨라." 엄마가 당부했다. "매크래컨네 조심하고. 알았지? 그런 사람들은 가까이해서 좋을 게 없어."

아빠가 성큼 부엌에 들어와 조리대 위 사발에서 차 키를 챙기며 말했다. "엄마 말 새겨들어." 정작 아빠는 엄마가 무슨 말을 했는지도 몰랐다.

"퀠턴은 그렇게 나쁘지 않아요." 내 입에서 나온 말인데도 무척 어색하게 들렸다.

부모님은 양 옆구리 가득 빈 통을 끼고 겨우 문 앞에 섰다. "글쎄다. 그 집 큰애는 집 나갈 때 뒤도 안 돌아봤다잖아. 집 앞에 아직도 타이어 미끄러진 자국이 있대." 아빠가 말했다.

개릿이 기특하게도 엄마 아빠를 위해 문을 열어 주었다. 엄마가 개릿의 이마에 뽀뽀했다.

"이따가 봬요." 나는 미소로 배웅했다. 이동 수단은 엄마의 프리우스였다. 아빠 차는 아직 차고에서 요양 중이기 때문이다. 부모님이 함께 있는 모습을 보니 새삼 내가 이 집 딸이라 다행이라는 생각이 들었다. 십 대들은 자기 부모만큼 지루한 사람이 없다고 투덜거리다가도 가끔은 부모님이 생각보다 멋진 분들이라는 사실을 깨닫곤 한다. 막상 두 분이 떠나고 나니 왠지 어린애처럼 울컥했다. 한번 안아 주고 보내 드릴걸.

6) 켈턴

학교에서 군용 트럭을 마주친 일은 아빠에게 말하지 않기로 했다. 사태가 심각해 보이지 않아서는 아니다. 어차피 브래디 형이 오기 전까지는 숲속 벙커로 이동하지 않을 텐데, 아직 형과 연락도 닿지 않은 이 상황에서 괜히 긁어 부스럼을 만들고 싶지 않았다. 아빠 머릿속에 자리한 종말론의 불씨가 금세 대재앙의 불길로 활활 타오를 게 뻔했다. 학교가 줄줄이 휴교에 들어간다는 소식을 들었을 때부터 이미 아빠는 눈에 광기를 띠었다. 뭐, 내게는 그다지 비보로 다가오진 않았다. 딱히 학교가 싫은 건 아니지만 집에서 배울 수 있는 게 더 많으니까. 엄마나 아빠가 홈스쿨링을 할 만큼 인내심이 강했다면 나는 학교에 다니지 않았을 것이다.

머릿속을 비우기 위해 페인트볼 총을 장전해 뒷마당으로 나갔다. 발사하는 족족 목표물에 명중했다. 좋은 징조려니 했다. 이제 해변의 담수화 설비는 제대로 가동되고, 사람들이 갈증으로 신음하는 일은 없으리라. 모두 괜찮아질 것이다.

아빠가 마당에 나와 간이의자에 앉으며 말했다. "쏠 때 숨 내쉬기, 잊지 마라." 총은 아빠의 전문 분야다. 실제로 십 년 넘게 해병대에 몸담았던 적도 있으니까. 다만 엄마는 툭하면 아빠의 군 경력을 '충치 잡는 해병대'라고 놀렸다. 엄밀히 따지면 아빠는 해병대 소속 치과 군의관이라서 단 한 번도 기지를 벗어난 적이 없었기 때문이다.

몇 발 더 쏘자 탄환이 떨어졌다. 다시 집으로 들어가 막 탄창을 갈았을 때, 누가 현관문을 두드렸다. 아빠가 방문객을 맞았다. 이웃에 사는 로저 말레키 씨였다. 말레키 부부는 최근 새 식구가 생겨 통 얼굴을 볼 수 없었다. 실은 아기를 낳기 전에도 그리 자주 보진 않았다. 우리 집은 가문 대대로 그리 사교성이 뛰어난 편이 아니다.

"로저, 잘 지냈나?" 아빠가 반갑게 인사했다.

"하, 말도 마세요." 말레키 씨가 하소연했다. "차는 계속 과열 상태에, 하수 처리도 엉망이지 뭡니까. 온 집 안에 냄새가 지독해요."

"나도 들었어. 옆집 모로네도 똑같은 문제를 겪은 모양이야." 물론 아빠가 말레키 씨에게 선뜻 가스 차단액을 제공하는 일은 없었다.

말레키 씨는 눈알을 이리저리 굴렸다. 아빠는 빙빙 돌려 말하는 편이 아니다.

"그래, 로저. 용건이 뭔가?"

말레키 씨가 한숨을 푹 내쉬었다. "아기 때문에요. 해나가 점점 탈수 증세를 보여서 언제까지 수유를 할 수 있을지 모르겠어요. 분유가 있지만 어차피 물이 없으면 무용지물이니까요……."

"거참, 유감이군." 아빠가 진심으로 딱한 듯 말했다. "그래서 우리가 어떻게 도와주면 될까?"

"그게…… 생존용품을 비축해 두셨다죠. 동네 사람들이 다 그러더라고요. 지구가 멸망해도 살아남을 만큼 꿍쳐 뒀다고……." 말레키 씨가 초조한 웃음을 흘렸다. '꿍치다'라는 표현에 아빠가 미간을 살짝 찌푸린 것이다. 유비무환의 자세를 조롱하는 듯한 어휘 선택이었다. 말레키 씨는 이제 손까지 떨고 있었다. 보아하니 머릿속으로 수없이 반복한 대화를 초장부터 말아먹은 모양이었다.

내가 알기로 아빠는 절대 무언가를 '공짜로' 나눠 주는 사람이 아니다. 그렇게 줘 버리기 시작하면 사태가 미끄러운 비탈로 내리

닫는다나. 아빠의 첫 번째 기피 대상이 바로 그 미끄러운 비탈길
이다.

아빠는 자연스럽게, 그러나 전략적으로 문에 손을 얹었다. 바로
닫을 생각은 없지만 언제 닫을 필요가 생길지 모르니까.

"로저, 거기서 키워드는 바로 '생존'이야. 우리도 생존에 필요한
만큼밖에 없어."

말레키 씨는 서둘러 머릿속을 재정비하고 다시 입을 열었다.
"알겠어요, 이해했어요. 댁 나름대로 원칙이 있고 타협하고 싶지
않으신 거겠죠. 하지만 이렇게 부탁드릴게요, 리처드. 도와주실 수
있잖아요. 제 말은…… 아기를 봐서라도요……."

아빠는 잠시 가능성을 타진했다. "정 그렇다면 몇 가지 팁은 줄
수 있지."

"팁이라뇨?"

아빠가 말레키 씨네 마당을 향해 손짓했다. "다육 식물을 저리
풍성하게 심어 놨잖아. 갈아서 즙을 짜면 삼사 리터는 나올 거야.
원한다면 응결 장치 만드는 법도 알려 줄 수 있어. 물을 추출할 수
있게."

"선인장으로 물을 만든다고요?" 말레키 씨가 허탈하게 웃었다.

"선인장류 식물로." 아빠가 오류를 살짝 수정하며 미소 지었다.
"내일쯤이면 마실 물을 얻을 수 있을 거야."

아빠의 말이 농담이 아님을 깨닫고 말레키 씨의 표정이 점점 굳

었다. "당장 처자식을 먹여 살려야 하는데 그럴 시간이 어딨습니까!"

"물이 그렇게 급하다면 시간을 만들어야지."

말레키 씨는 뭐라 대꾸를 하는 대신 눈을 부릅뜨고 입술을 앙다물었다. 그는 아빠와 얼굴을 맞댈 만큼 바짝 다가섰다. "당신이 뭔데 이래라저래라야?"

하지만 아빠는 냉정을 유지한 채 차분하게 대답했다. "로저, 난자네한테 생수병 하나보다 귀한 선물을 안겨 주는 거라고. 자립 말이야."

상대의 표정이 점점 험악해졌다. 두 눈에 비이성적인 야성이 번뜩였다.

"그럼, 거기 가만히 서서 우리 마누라 젖이 마를 때까지 두고 보겠다는 거야?"

"감히 어디다 대고 신경질이야? 자네 생각이 모자랐던 게 어디 내 탓이냐고!"

"그거 알아? 당신은 상종 못 할 개자식이야!"

대화는 거기까지였다. 아빠는 얼간이를 견디지 못한다. 아빠에게 얼간이란 제 문제를 타인이 해결해 주길 바라는 사람이다.

"사람 구실 할 준비가 되면 다시 오게." 아빠가 힘껏 문을 닫으려던 찰나, 말레키 씨가 문지방을 밟고 몸을 들이밀었다.

"그 웃는 낯짝을 박살 내 주겠어." 그가 말하는 웃는 낯짝은 어디에도 없었다. 아빠는 그의 어깨를 밖으로 밀쳤지만, 벼랑 끝에 선 인간이 뿜어내는 괴력을 감당하기에 역부족이었다. 말레키 씨는 아빠를 그대로 밀고 들어왔다. 아빠가 균형을 잃자 문이 확 열렸다.

그때 내가 총을 들어, 숨을 내쉬고, 방아쇠를 당겼다. 탕탕탕. 가슴 정중앙에 명중했다. 타격의 여파로 말레키 씨는 문설주로 넘어졌다. 방금까지의 허세는 간데없이, 그는 죽어 가는 사람처럼 신음했다. 그러고는 가슴팍을 더듬어 형형한 푸른색으로 끈적이는 액체를 확인했다. 말레키 씨만큼이나 내 심장도 쿵쾅거리고 있었다. 그는 정말 가슴에 구멍이라도 난 듯 얼빠진 얼굴로 나를 쳐다보았다. 나는 현관문 근처 옷걸이에 걸려 있던 책가방에 손을 뻗었다. 한 손으로 가방을 뒤져 생수병 하나를 꺼냈다. 지난주 학교 매점에서 별생각 없이 산 물이었다. 나는 시퍼런 액체가 뚝뚝 떨어지는 말레키 씨 손에 물병을 던지듯 쥐여 주었다.

"안 오신 셈 치죠." 내가 말했다.

물병을 보고 말레키 씨의 얼굴이 귀까지 벌겋게 달아올랐다. 마치 집 나갔던 이성이 순식간에 돌아온 것처럼. 그는 그대로 뒤돌아 눈앞에서 사라졌다.

아빠가 나를 확 돌아보았다. 실랑이하다 다쳤는지 입가에 피가 비쳤다. 잔뜩 격앙된 표정을 보니 단순히 화가 난 건지, 아니면 내가 한 짓을 용납할 수 없다는 건지 분간이 안 갔다. 그에게 페인트볼을 발사해서가 아니라, 그에게 내 물을 넘겨서.

"네가 끼어들 일이 아니었다." 아빠가 딱딱하게 말했다.

"네. 알아요, 아버지." 나는 아빠가 화를 낼 때마다 아버지라고 부른다.

아빠는 현관문을 닫고 안으로 저벅저벅 돌아갔다.

실은, 뿌듯했다. 이웃 사람을 페인트로 저격하는 게 오랜 로망이기도 했지만, 내가 그때 방아쇠를 당기지 않았다면 무슨 일이 벌어졌을지, 아빤 몰라도 나는 똑똑히 내다봤기 때문이다. 말레키 씨가 덤벼드는 찰나, 아빠의 손이 본능적으로 벨트 위에 올라간 것이다. 정확히는…… 허리에 찬 권총집으로.

2장

사흘, 짐승이 되기까지

그 시각 1, 행동주의자

커밀 코언은 예전부터 공감 능력이 모자란 고위층의 관료주의를 참지 못했다. 고등학생 때는 교과 과정의 모순과 징계 제도의 부조리 등을 하나하나 걸고넘어졌으며, 이 같은 태도는 캘리포니아 대학교에서 사회 생태학을 전공하는 지금도 딱히 변한 게 없다. 굳이 변한 걸 따지자면 지금은 실제로 사회를 변화시키는 길을 모색한다는 점이랄까.

현재 물이 부족하다는 사실은 바보도 안다. 분기별 수자원 보고서만 봐도 정확한 수치가 나온다. 하지만 눈앞에 뻔한 증거를 두고서도 사태를 바로잡고 있다며 대중을 속이는 것? 그것은 아주 교묘한 기술이 필요한 작업이다. 이런 사기꾼들이야말로 커밀이 장래에 일망타진하고자 하는 슈퍼빌런이다. 이왕이면 빠를수록 좋고.

단수 몇 주 전 커밀은 샌타애나시에 있는 카운티 청사 앞에서 시위를 이끌었다. 수많은 참가자가 지원했는데, 대부분은 대학 동기들이었다. 하지만 그 한 번으로 끝날 시위가 아니었다. 커밀이 그간의 노력으로 얻은 교훈이 있다면, 진정한 변화를 끌어내기 위해선 꾸준한 압력과 고양된 행동이 필요하다는 것이다.

과감하고, 직접적인, 행동.

오늘 커밀이 도로 위에서 목격한 물체가 그런 행동을 촉발했다. 처음엔 충격이, 그다음엔 분노가 일었다. 눈앞의 트럭은 부실 상수 지구 한 곳이 소유한 급수 차량이었다. 목이 타들어 가는 사람들의 코앞에서 40리터들이 생수 통을 가득 싣고 지나가는 행위는 물이 없으면 포도주를 마시라는 식의 약 올리기나 마찬가지였다. 트럭은 남아 있어서는 안 될 물을 특권이 부여된 어떤 장소로 배달하고 있었다. 이 트럭이야말로 그녀가 그토록 폭로하려 애썼던 모든 거짓말의 상징이었다.

그래서 커밀은 해변 담수화 설비를 향해 줄곧 서쪽으로 가던 방향을 오른쪽으로 틀어 트럭 뒤를 바짝 따라붙었다.

그 시각 2, 오렌지 카운티 상수 지구 수송 차량

데이비드 첸이 오렌지 카운티 상수 지구의 직원으로 일한 지는 일 년이 다 되어 간다. 그런데 요즘 일이 부쩍 늘어 스트레스다. 오늘도 트럭에 생수 통을 가득 싣고 목적지까지 안전하게 수송해야 한다. 샷건에 올라탄 경호원은 그야말로 샷건을 들고 방탄조끼까지 입고 있었다.* 실은 데이비드도 조끼를 받았다. "예방 차원일 뿐이야. 걱정할 건 하나도 없어." 상부에서 말했다. 마치 바보를 어르듯이.

조끼는 무겁고 더웠다. 트럭의 에어컨도 몸의 열기를 식혀 주지 못

---

* 산탄총을 뜻하는 샷건(shotgun)은 속어로 '조수석'을 가리키기도 한다.

했다. 온몸에서 삐질삐질 땀이 났다.

카운티의 모든 수도관이 비상 정지되고 전산 시스템이 남은 물을 운용하는 데 자꾸 결함을 일으키자, 데이비드는 최우선 지역에 손수 물을 배달하는 임무를 맡았다. 어제도 급수차 열두 대 가운데 하나를 몰고 고등학교 수영장 물을 퍼내 캠프 펜들턴 해병 기지에 전달했다. 절박한 시기에는 절박한 조치가 필요한 법, 물 관리자들은 무너지는 하늘을 떠받치기 위해 저마다 고군분투하고 있었다.

늦은 오후인데 고작 세 번째 수송이었다. 안 그래도 정체가 심한데 내비게이션이 모든 차량에 같은 우회로를 안내하는 바람에 도로는 거의 마비 상태였다. 현재로서는 지침에 따라 상수 지구의 모든 물을 병원과 정부 청사에 우선 공급해야 한다. 민간 시민들의 상황은 조만간 재난 관리청이 해결해 줄 테니.

데이비드는 가족을 위해 정수기용 생수 통 하나를 진작 빼돌렸다. 거대한 수송 계획안에서 물통 하나쯤은 없어져도 표가 나지 않으리란 계산이었다. 데이비드는 이를 비공식 전투 수당으로 쳤다.

물은 재생수였다. 이것밖에 없다. 그러니까 물이 끊길 무렵 하수구에 남아 있던 물, 즉 단수 전에 각 가정을 떠나 처리 시설로 되돌아오던 오수다.

물론 그 물을 그대로 바다에 방류하지는 않는다. 정밀 여과라든지, 역삼투라든지, 자외선 멸균 따위를 거쳐 배수 처리를 한다. 오렌지 카운티는 그렇게 마지막 오폐수를 20만 리터에 가까운 식수로 바꿨다. 그렇다면 누구나 마실 수 있냐, 그건 아니었다. 정책상으로는 공공 관개 사업에만 이용할 수 있었다. 재생수가 아무리 깨끗하다 한들 룩하면 소송하길 좋아하는 까탈스러운 시민들에게 공급했다가는 재앙을 부를 수 있기 때문이다.

그러나 지금은 물이 어디서 오는지 아무도 토를 달지 않는다. 오기만 한다면야.

오후 수송은 중요한 건이었다. 데이비드는 헌팅턴비치 발전소에 기거하는 노동자들에게 물을 배달하는 중이었다. 듣자 하니 그 공장은 평소 근로자가 40명에 불과한데, 지금은 전력 공급 업체 두 곳의 직원들까지 합류해 300명 이상이 숙식하는 피난처가 되었다. 자발적 난민촌이라고 할까. 그리하여 오늘의 수송지로 낙점되었다.

데이비드가 태평양 연안 고속 도로를 막 빠져나왔을 때, 발전소는 아스팔트의 열기가 만들어 내는 아지랑이 탓에 마치 삭막한 산업형 신기루처럼 아른거렸다. 그러나 보안 출입구까지도 가 보지 못하고 멈춰야 했다. 누가 트럭 앞을 막아섰기 때문이다. 공장 직원이 아니라 스무 살도 채 안 돼 보이는 젊은 여자였다. 두 다리를 딱 버티고 서서 분노와 갈증이 서린 눈빛으로 데이비드를 쳐다보는데, 아무래도 그냥 보내 줄 마음이 없어 보였다.

그 와중에 고속 도로 반대편, 헌팅턴비치 상점가에서는 담수화 설비가 가동되기만 기다리다 지친 군중이 트럭의 존재를 하나둘 눈치채기 시작했다.

그 시각 3, 발전소 소장

피트 플로러스는 어릴 적에 마술사가 꿈이었다. 어른이 되어서는 전류를 다루는 일에서 제 나름의 마술을 발견했다. 따지고 보면 원래 꿈에 이보다 가까운 직업도 없었다. 발전소 소장인 그는 천연가스를 이용해 말 그대로 허공에서 전기를 뽑아낼 수 있었다. 피트가 관리하는 헌팅턴비치 발전소의 전력 생산량은 450메가와트로, 거의 50만 가구에 넉넉히 공급할 수 있는 양이다. 그런데 지금, 그가 이곳 발전소에 부임한 이래 전무후무한 상황을 맞이했다.

애초에 공장 근로자들에게 피난처를 제공하는 게 아니었나? 거래처에서 자사 직원들을 부탁할 때 거절했어야 했나? 아니면 식솔을 데려왔을 때라도?

본사였다면 일언지하에 거절했을 것이다. 유독 매정해서가 아니라, 워낙 동떨어져 있기 때문이다. 이 난리 통에 사람들의 절박한 얼굴을 직접 마주할 일이 없으니까. 이번 일로 문책을 당할 수도 있다. 잘릴 수도 있다. 하지만 피트는 후회하지 않기로 했다. 상황은 점점 곤란해지겠지만 그는 사람들을 받아 준 일에 긍지와 명예를 느꼈다.

'이건 아무것도 아니야.' 피트는 일본 후쿠시마 원전 사고를 떠올렸다. 지진에 이어 거대한 쓰나미가 덮쳤다. 발전기는 물이 차 가동을 멈추고 원자로는 과열되었으며 노심이 완전히 녹아내렸다. 그때 그곳 소장은 어떻게 했는가? 위험을 무릅쓰고 직원들과 현장에 끝까지 남아 바닷물로 원자로를 식혔다. 자신들은 치사량의 방사능에 노출되었으나 자국의 오염 농도를 열 배나 줄인 것이다. 수백만 명의 운명이 제 손안에 달렸을 때 비로소 발휘되는 정신이라 하겠다. 영웅은 배와 함께 가라앉아야 할 때도 있다.

발전소가 우선 급수 지역으로 선정되면서 피트는 당국에 물과 음식을 요청할 수 있었다. 이것이 바로 직원들이 발전소에 식솔을 이끌고 온 이유다. 피트는 이제 소장이 아니라 시장이 된 기분이었다. 두려우면서도 왠지 설렜다. 만약 이들을 돕다가 해고되면 공직에 나서볼 수도 있지 않을까.

오늘 발전소의 터빈은 풀가동되었다. 레돈도 발전소와 팔로마 발전소가 동시에 가동을 중단했기 때문이다. 직원들의 무단결근 때문인데, 말하자면 구멍이 생긴 것이다. 무기한 단수 상황에서 그곳 직원들은 공장과 가족 중 가족을 선택했다. 이 소식은 직원들의 가족까지 받아 준 피트의 용단에 힘을 실어 주었다. 하지만 두 시설의 폐쇄로 인해 헌팅턴비치 발전소에도 차질이 생겼다. 만약 한 곳이라도 더 폐쇄된다면 도시 전력망 전체가 마비될 수도 있다. 게다가 기술자들의 무단이탈이 이어진다면 언제 복구될지도 알 길이 없다.

늦은 오후, 그들이 온종일 기다리던 급수차가 입구에 도착했다고 제어실 감독이 보고했다.

"근데 문제가 있어요." 감독이 말했다.

피트는 긴장했다. 평소라면 문제를 해결하는 것이 그의 일이었지만, 요즘 들어 마주하는 문제들은 도통 자신의 능력과는 거리가 멀었다. "무슨 일인가?"

"직접 보셔야 할 것 같아요."

보안 카메라 화면에 발전소 곳곳의 일상적인 모습이 나왔다. 제한 구역과 비제한 구역에서 일하는 기술자들, 각자 자기 볼일을 보는 외부 손님들……

그런데 정문 카메라가 보여 주는 광경은 전혀 낯설었다. 수천 볼트가 몸을 찌르르 훑었다.

정문 입구에 수십 명의 인파가 모여 있었다. 처음엔 무슨 항의 시위인가 했다. 요즘처럼 메마른 풍토에 흔히 발생하는 현상이다. 그런데 왜 하필 이곳에? 그때 그들의 목표물이 눈에 들어왔다.

급수 트럭이었다. 사람들에게 완전히 포위되어 있었다.

단순한 시위가 아니었다. 그보다 훨씬 위험하고, 긴급한 상황이었다.

"근무 중인 경비원이 몇 명이지?" 피트는 제어실 감독에게 물었다.

"셋요. 한 명은 입구에 있고요."

"다 그쪽으로 보내!"

"본사에 보고해야 할까요?"

"장난해? 911 불러!"

화면으로 눈을 돌리자, 군중은 이내 행동에 돌입했다. 일제히, 동시에, 트럭에서 생수 통을 끌어내고, 앞 유리를 깨뜨리고, 운전자까지 끌어 내렸다. 맙소사! 이게 다 눈 깜짝할 새 벌어진 일이라니!

그때 조수석 문을 열고 경호원으로 보이는 남자가 나왔다.

"저거 설마 총이야?"

남자는 샷건을 들어 올려 허공을 향해 발사했다. 일 초 뒤 둔하고 아득한 총성이 울려 퍼졌다. 남자의 경고 사격은 말 그대로 경고에 그쳤다. 성난 군중이 남자의 손에서 총을 빼앗고 그를 아수라장 속에 패대기쳤기 때문이다.

제어실 감독은 서둘러 경비원을 파견하고 다급히 911을 불렀다. 하지만 이미 사태는 돌이킬 수 없었다. 고삐 풀린 군중은 이제 문까지 부수고 발전소 안으로 쏟아져 들어오고 있었다. 가만 보니 수십 명이 아니었다. 수백 명은 돼 보였다.

망연자실한 채 화면만 바라보던 피트 플로러스 소장은 전기에 감전된 것처럼 번뜩 깨달았다. 이 폭도는 바로 일본의 쓰나미다…… 그리고 지금은 자신이 배와 함께 가라앉아야 할 차례인지도 모른다.

7) 켈턴

시간이 갈수록 슬슬 감이 왔다. 아빠가 말레키 씨와 부딪친 일이 엄마는 못마땅한 모양이다. 엄마는 평소보다 한 시간 일찍 저녁을 차렸다. 집 안 분위기가 살얼음일 때 나오는 습관이다. 이른 저녁은 이른 잠자리를 뜻한다. 그래야 일진 사나운 하루를 일찌감치 마무리할 수 있으니까. 엄마는 강박적으로 음식을 냉동 보관하는 습관도 있다. 더욱이 요즘은 음식을 최대한 아껴 먹어야 하는 형편이니, 부활절에 먹다 남은 허니베이크햄과 작년 크리스마스 때 먹다 남은 완두콩캐서롤로 저녁을 차려 주었다. 떠벌릴 건 아니지만.

엄마가 컵에 물을 따라 주었다. 평소 배급량보다 많이, 아니 넘칠 만큼 가득. 흘릴까 봐 들고 마실 수조차 없었다. 아빠에게 단단히 뿔이 났다는 또 다른 신호였다.

아빠는 평소처럼 식탁의 상석에 앉아 햄을 썰기 시작했다. 그때까지도 엄마의 조용한 공격을 눈치채지 못한 듯했다. 포크와 나이프는 짤그락대고 시계는 째깍거렸다. 아무도 입을 열지 않았다. 공기가 너무 빽빽해서 잠시 자리를 뜨려면 칼로 헤치고 나가야 할 지경이었다. 마침내 아빠도 감을 잡았다. 아빠는 엄마와 내 얼굴을 번갈아 보더니 묵묵히 칼질을 이어 갔다.

나는 분위기를 좀 띄우려고 희망적인 화제를 꺼냈다. "브래디 형 온대요?" 누구라도 대답하길 바랐다.

"여전히 연락이 안 돼." 아빠가 대답했다.

분위기는 더 가라앉았다. 그러고 보니 브래디 형의 무소식이 스트레스의 또 다른 요인이었다. 브래디 형은 옛날부터 휴대폰을 잘 확인하지 않았다. 이메일이나 다른 어떤 연락 수단도 마찬가지였다. 어쩌다 연락이 닿는 건 본인이 내키거나 꼭 필요할 때뿐이었다. 이번 단수 사태에서는 좀 다르겠지 했는데, 결국 아니었다. "형 기다릴 거죠?" 내가 물었다. "그니까, 벙커로 이동할 때까지는요."

아빠는 햄을 질겅거렸다. "여기 더 오래 머물 순 없어. 상황 돌아가는 꼴을 봐라."

엄마는 아직 반이나 남은 내 컵에 물을 다시 가득 채웠다.

"메리베스, 이 물은 우리 생명수나 다름없다고." 결국 아빠가 포크로 물을 가리키며 말했다.

"당신 아들이 목마르잖아."

난 괜찮은데.

"그래, 목이 좀 말라야 우리가 왜 할당량을 정했는지 안 잊어버리지." 이젠 아빠의 인내심이 꼭대기에서 찰랑댔다.

"물은 차고 넘쳐." 엄마가 쏘아붙였다. "나눠 줄 것도 아닌데 그냥 우리끼리 배 터지도록 실컷 마시지, 뭐."

어릴 때부터 부모님은 내 앞에서 언성을 높일 일이 있으면 꼭 특정 단어들을 힘주어 말했다.

"여태껏 나눠 줬잖아." 아빠가 말했다. "클라크네는 이동식 온실 짓는 법을 알려 주고 재료까지 나눠 줬지. 요 아래 사는 당신 친구들한테는 옥외 변소 짓는 법도 가르쳐 줬고."

엄마는 자리에서 일어나더니 거의 손도 대지 않은 음식을 일회용 접시째 쓰레기통에 버렸다. "내 말은, 어차피 벙커로 이동할 때 다 버리고 갈 텐데 물 같은 생필품은 좀 나눠 주면 어떠냐고."

아빠는 숨을 깊이 들이쉬었다. 기나긴 훈계가 이어질 징조였다. 마치 해일이 오기 전 바닷물이 쏴 하고 밀려가듯이.

"당신도 어떻게 될지 뻔히 알잖아, 메리베스. 우리가 물을 공짜로 나눠 주기 시작하면 너도나도 손을 뻗을 거란 말이야. 그러다 상황이 격해져 봐. 그냥 대놓고 빼앗아 갈 거라고. 당신도 봤잖아." 아빠가 말레키 부부 집 쪽을 가리켰다. "이제 정보도 못 나눠 줄 판이야."

"우리 이웃이잖아!"

"죽네 사네 하는 마당에 이웃이 어딨어!"

"이 난리가 끝나면 같이 부대끼고 살 사람들이라고!"

"산다는 게 바로 포인트야! 내 짐작대로라면 다 같이 살아남기는 힘들어. 살아남는 축에 들고 싶다면 기존 계획을 따를 필요가 있다고. 문단속, 뚜껑 단속 잘하란 소리야. 그래도 그렇게 막 나눠 주고 싶어? 좋아. 그럼 벙커로 떠날 때 문이나 활짝 열어 놓고 가. 보나 마나 기둥만 빼고 탈탈 털릴 테니까."

엄마는 대꾸하지 않았다. 아빠가 방금 버튼을 제대로 누른 것이다. '소리 지르기'와 '울기' 사이에 있는 전원 버튼. 엄마는 입을 꽉 다물고 그대로 침묵했다. 오늘 밤 내내 이 상태일 것이다. 잘하면 내일까지도.

나는 엄마의 편을 들면서도 아빠가 이해할 수 있는 방향으로 말을 꺼냈다. "우리가 양들을 이끌 목자라면, 그들을 조금은 도와야 하지 않나요?"

"우리 안전부터 보장하는 게 우선이야."

"언제 보장되는데요?"

"때가 되면 알려 주마." 아빠는 냅킨을 접더니 남은 물을 꿀꺽 꿀꺽 마시고는 자리를 떴다. 아들을 침울한 엄마 곁에 남겨 둔 채. 그렇게 부활절과 크리스마스가 뒤섞인 저녁 식사는 차갑게 식어 갔다.

식사 자리에서 부모님이 싸우는 모습은 어릴 때부터 자주 봐 온 광경이자 브래디 형이 고등학교를 졸업하자마자 집을 떠난 원인이기도 하다. 형은 스탠퍼드 대학에 붙여 놓고도 가지 않았다. 그 사실만으로도 아빠에게 미운털이 박혔다. 아빠는 고교 졸업을 코앞에 둔 형을 두고 "네 앞길이 얼마나 창창한지 알기나 해?"라거나 "그깟 여자애 하나 때문에 인생을 망칠 셈이야?"라면서 닦달했다. 브래디 형이 스탠퍼드에 가지 않겠다는 이유는 여자 친구 때문이었다. 지방대인 새들백에 가는 여자 친구를 굳이 따라가겠다는 것이었다.

사실, 여자 친구는 핑계였다. 나는 부모님보다 브래디 형을 잘 안다. 형이 스탠퍼드에 가지 않은 진짜 이유는 바로 두려워서다. 무엇이 그토록 두려웠는지는 모른다. 홀로서기? 낯선 사람들과 함께 지내기? 기대에 못 미치는 것? 그 모든 게 한꺼번에 닥쳤을지도 모른다. 그렇게 형은 집을 나가 게임 회사에 취직했고, 그 후로 가물에 콩 나듯 집에 들렀다. 언젠가부터 여자 친구는 함께 오지 않았다. 여자 친구가 우리 집을 싫어하거나 헤어졌거나 둘 중 하나일 것이다. 브래디 형은 묵묵부답이었다.

아빠는 형과 눈도 잘 마주치지 않았지만, 내 눈에는 아빠가 아직도 형을 얼마나 사랑하는지 보였다. 주기적으로 집 열쇠를 바꾸면서도 언제 올지 모르는 형을 위해 하나는 꼭 마당에 숨겨 두었으니까. 형은 우리의 모든 보안 시스템을 곧장 건너뛸 수 있는 유일한 존재였다.

단수 당일, 나도 부모님처럼 형에게 전화도 해 보고, 문자에 음성 메시지까지 남겼다. 벙커로 가야 하니 돌아오라고. 하지만 말했다 시피 형은 그렇게 휴대폰과 친한 사람이 아니다. 최근까지 형과 나 눈 주요 의사소통 수단은 온라인 알피지 게임이었다. 형이 게임에 따라 때로는 기사, 때로는 용병, 때로는 암살자로 활약하는 동안 나는 항상 형의 보조로 따라다녔다. 단수가 된 후로 혹시나 형을 발견할까 봐 틈틈이 게임에 접속했지만 아직까지는 소득이 없다.

말다툼 이후로 엄마는 신경 안정제를 털어 넣고 보란 듯이 물을 연신 들이켜더니 거실 소파에 무표정하게 앉아 뉴스를 시청했다. 아빠는 차고로 돌아가 땜질과 톱질에 몰두했다. 아무리 봐도 금세 풀릴 기미가 아니었다.

"엄마, 괜찮아요?" 내가 물었다.

"응. 그냥 좀 피곤하네." 여러 의미가 함축된 대답이었다.

아빠는 부비 트랩을 만드는 모양이었다. 몇 주 전에 나와 함께 설계한 작업이었다. 보나 마나 끝내주는 결과물이 나올 것이다. 아빠는 화가 났을 때 가장 강력한 무기를 만들어 내니까. 아무래도 집을 나가야 할 타이밍인 듯했다. 나는 얼리사네에 가 보기로 했다.

얼리사는 개릿과 테라스에 나와 있었다. 땅거미가 진 이 시간에 검정 비닐봉지와 양동이를 들고 바비큐 그릴과 씨름하는 모습을 보니, 정제수를 얻으려는 모양이었다. 응결 장치의 원리를 안다는 데 퍽 놀라긴 했지만, 물론 제대로 될 리 없다고 생각했다.

"어이." 나는 쿨하게 말을 건넸다.

"어이." 얼리사가 비닐봉지 뒤에서 대답했다.

"이런 작업은 낮에 하는 게 좋지 않을까? 해도 없는 이 시간에 증발이……."

얼리사는 비닐봉지를 휙 집어 던졌다. "낮부터 시작한 일이야. 근데 낮이든 밤이든 상관없어. 어차피 안 되니까."

얼리사는 집 벽에 기대어 물을 한 모금 마셨다. 물병은 거의 바닥이 보였다.

"남은 건 아끼고 내 거 좀 마셔." 나는 상냥하게 내 수통을 내밀었다. 얼리사는 덥석 받아서 들이켰다.

"한 모금에 얼마씩 받을 셈이야? 10달러? 20달러?" 얼리사가 툭툭거렸다.

나는 씩 웃었다. "안심해. 우리 집에 130리터짜리 물탱크 있단 거 잊었어?"

얼리사가 수통을 돌려주었다. "미안. 내가 좀 예민했어. 부모님이 낮에 해변에 가서 아직 안 오셨거든."

"여섯 시간 삼십 분째야." 개릿이 누나의 걱정을 고대로 이어받아 덧붙였다.

나는 여기서 긍정을 심어 줄 책임감을 느꼈다. 익숙지 않은 일이지만 상황이 여의치 않을 때는 유연하게 대처할 필요도 있다.

"오고 계실 거야. 아마 도로가 막혀서 갈 때보다 더 오래 걸릴

걸." 내가 말했다.

"근데 둘 다 전화를 안 받아." 개릿이 말했다.

"말했잖아. 아마 꺼졌을 거라고." 얼리사가 동생을 타일렀다. "엄마 폰은 배터리가 얼마 안 가고 아빠 툭하면 충전을 깜빡하니까."

"아니면." 내가 덧붙였다. "시스템 과부하일 수도 있어. 사람이 너무 많으면 가끔 셀룰러가 먹통이 되거든."

"콘서트장처럼!" 얼리사가 밀려드는 안도감에 벅차서 외쳤다.

"바로 그거야."

"그럼 일단 앉아서 기다리기만 하면 되겠네." 얼리사가 스스로 다독였다. 적어도 희망을 심어 준 듯해서 뿌듯했다.

얼리사네 개 킹스턴이 느릿느릿 다가와 코로 얼리사를 쿡 찔렀다. 개치고는 코가 유독 말라 보였다. 나는 테라스 바닥에 물을 좀 부어 주었다. 킹스턴은 잘도 할짝거렸다.

"저기, 내가 생각해 봤는데, 너희가 물을 얻을 방법이 하나 있어." 나는 마술사처럼 말투에 기대감을 잔뜩 실었다.

"어떻게?" 개릿이 물었다.

"보여 줄게." 나는 앞장서 얼리사네 집 안으로 들어가 부엌에서 멈췄다. "혹시 냉장고 벽에 있는 얼음 긁어내 봤어?"

"첫날 확인했지." 얼리사가 팔짱을 끼며 대답했다. "자동으로 성에가 안 끼는 냉장고야."

나는 냉동실 문을 살짝 열었다. "꼭 닫아야지만 성에가 안 끼거든. 이렇게 살짝 열어 두면 결국 이슬이 벽에 서려서 얼어붙을 거야. 그럼 긁어내서 녹이면 돼."

"형, 똑똑하다." 개릿이 감탄했다.

나는 냉장고에 무심히 기대려다 그만 냉장고 문을 도로 닫아 버렸다. "이래 봬도 전교 2등이야."

"1등이 아니라?" 개릿이 깐족거렸다.

얼리사가 씩 웃었다. "설마, 제이크 스리니바사스미스?"

숙적의 이름을 듣자 한숨이 절로 나왔다. "제이크 스리니바사스미스." 어디서 굴러왔는지 모를 교환 학생. 유전자 돌연변이가 분명한 놈.

잘하면 얼리사와 끈끈한 유대가 생길 것도 같았다. 딱 보니 제이크라면 얼리사도 할 말이 많은 눈치였다. 하긴 우리 동급생이면 누구나 제이크에 관해 할 얘기가 한두 개쯤은 있으니. 하필 그때 거실 텔레비전이 얼리사의 주의를 잡아끌었다. 뉴스였다. 곳곳의 맹렬한 산불과 로스앤젤레스 시내에 깔린 전경들의 모습이 차례로 화면에 비쳤다. 뉴스 앵커는 웬일로 둘이 아닌 혼자였다. "시청자 여러분은 예방 차원에서 되도록 외출을 삼가고 침착하게 실내에 머무르시기 바랍니다." 하지만 시청자를 달래려는 앵커의 시도를 대놓고 반박하듯이 화면 하단에 특보가 떴다. 연방 재난 관리청, 남부를 공식 재난 지역으로 선포.

텔레비전 화면이 꺼졌다. 개릿이었다. 개릿은 얼리사나 내가 리모컨을 빼앗을까 봐 줄행랑쳤다. "안 볼래. 계속 겁만 주고 있잖아!"

"침착하라는 거야." 얼리사가 말했다.

"그래! 그게 바로 타이태닉호가 가라앉기 직전까지 했던 말이라고."

개릿의 말이 맞았다. 권력자들 입장에선 사람들이 조용히 죽어 나가는 것보다 살겠다고 매섭게 들고일어나는 것이 더 걱정일 테니.

우리는 불편한 침묵 속에 우두커니 서 있었다. 얼리사는 무릎을 꿇어 동생과 눈을 맞추었다. "괜찮을 거야." 하지만 의도한 만큼 확신이 서린 목소리는 아니었다. "지금은 너무 늦었으니 동틀 때까지도 엄마 아빠가 안 오면 누나가 찾으러 갈게."

이 말을 듣고 얼리사의 얼굴을 보자 이상하고 본능적인 충동이 불쑥 올라왔다. 말레키 씨를 저격해 결과적으로 그를 살렸을 때와 비슷한 감각이었다. 해야 할 바를 정확히 알고 실행에 옮길 때의 감각. "같이 가자." 내가 말했다. "내가 오늘 여기서 잘게. 혼자 걱정하지 마."

얼리사가 피식 웃으며 고개를 저었다. "음…… 고맙지만, 사양할게. 이참에 영웅담을 하나 쓰고 싶은가 본데, 위기에 빠진 여주인공이 필요하다면 난 아니거든."

울컥했다. 나를 고작 그런 애로 본 거야? 뭐, 지난주까지는 그랬을 수도 있다. 하지만 오늘은 그런 마음이 정말 아니었다고.

"저기." 나는 허심탄회하게 말했다. "내가 너랑 친구가 되기에 이상적인 상대는 아닐 수 있어. 근데 말했듯이 지금은 여러 사람이 함께 있는 편이 안전해. 밖에는 목마른 사람들이 널렸다고. 눈 깜짝할 새 상황이 거칠게 돌아갈 수 있어. 누가 침입하거나 그보다 심각한 일이 벌어질 수도 있다고. 내가 여기 있으면 교대로 불침번을 설 수 있잖아. 너도 눈도 좀 붙이고."

"넌 오늘 우리가 잘 거라고 생각했어?"

"쪽잠이라도 자 두는 게 좋아. 내일 부모님 찾으러 갈 작정이라면."

얼리사는 망설였다. 내 말을 반박할 수 없어서 언짢은 기색이었다.

그때…… 전등이 깜빡거렸다.

우리는 일제히 숨을 죽였다. 마치 지진을 감지했을 때처럼. 그리고 불이 팍 나가 버렸다.

"이런, 제기랄!" 개릿이 외쳤다. "제길 제길 제길!"

"침착해. 저번에도 그랬잖아. 다시 들어올 거야. 봐." 얼리사가 타일렀다.

하지만 불은 다시 들어오지 않았다. 이제까지의 정적은 정적이 아니었다. 냉장고가 웅웅거리는 소리, 에어컨이 쉭쉭대는 소리도 사라졌다. 그렇게 찾아온 진짜 정적은 낯설고 으스스했다. 누가 팔을 꽉 쥐었다. 개릿이었다. 얼리사보다 내가 더 가까이 있었다. 개릿에게는 내가 이 고요한 태풍 한복판에서 제일 가까운 항구였다.

밖에서 웅성거리는 소리가 들렸다. 이웃들이 대체 무슨 일인지, 뭘 어떻게 해야 하는지 갈피를 못 잡고 있었다.

막연하기만 했던 비현실이 이제 시퍼렇게 생생한 현실이 된 것이다.

서쪽 창문에 걸린 황혼의 어스름한 빛에 두 눈이 서서히 적응했다.

나는 할 일을 깨달았다.

"나 집에……."

말을 마치기도 전에 개릿이 뚝 끊었다. "안 돼! 오늘 여기 있겠다며!"

얼리사는 아무 말도 하지 않았지만, 갑작스러운 정전에 개릿만큼 겁을 먹은 듯했다. 나도 마찬가지였다.

"가야 해." 내가 말을 이었다. "금방 돌아올 거야. 부모님 괜찮은지만 확인하고 바로 올게." 나는 얼리사에게 한 발 다가섰다. 어두워서 얼굴이 잘 보이지 않았지만, 이 말을 꺼내기엔 차라리 나았다. "네가 잘 대처할 거 알아. 굳이 내가 필요 없다는 것도 알아. 그래도 오늘 밤은 내가 있으면 한결 나을 거야."

"알겠어." 얼리사가 대답했다. "다만…… 알지? 혹시 다른 생각이라면……."

무슨 말이 하고 싶은지 감이 왔다. 나는 수고를 덜어 주기로 했다. "얼리사, 너희 집에서 밤을 새운다고 내가 딴생각을 품을 거라 생각하진 마."

"고마워, 켈턴." 얼리사는 안도의 한숨을 내쉬며 덧붙였다. "어떻게 들릴지 모르겠는데, 이제 넌 '오싹한 옆집 녀석'에서 공식적으로 벗어났어."

"내가 오싹했다고?"

얼리사가 어깨를 으쓱했다. "살짝?"

나는 곰곰이 생각했다. "그래, 좀 그런 것도 같다." 나는 문단속 잘하라고 이르고서 집을 나왔다.

우리 집은 어둠 속 한 줄기 빛처럼, 순수 자급자족형 에너지로 발광하고 있었다. 엄마는 소파 위에 잠들어 있고 차고에선 여전히 용접 소리가 울려 퍼졌다. 부모님은 동네 전체가 암흑이 된 사실을 꿈에도 모른 채 각자 자기 세상에 빠져 있었다. 굳이 방해하지 않기로 했다. 딱히 할 말이 없으니. 그 대신 내 방에 메모를 남겼다. 얼리사의 부모님이 오실 때까지 도와주고 오겠다고. 엄마는 이런 식의 사회 참여를 좋아한다. 디오더런트가 선택 사항이라고 믿는 사내애들과 비디오 게임 따위를 하러 나가는 게 아니니까. 아빠는 싫어할 테지만 기어이 나를 데리러 와서 스스로 체면을 깎을 리 없다. 꾸지람은 내일 아침에 들으면 된다.

이불 위에 메모를 올려놓고 무릎을 꿇어 침대 밑을 더듬었다. 찾던 물건이 손에 닿았다. 나는 검은색 철제 케이스를 꺼내 딸깍 열었다. 나의 45구경 루거 LCP 권총이 은빛 자태를 드러냈다. 나는 탄창을 장전하면서 그 아름다움과 성능에 하마터면 넋을 놓을 뻔했다. 빛을 반사하는 매끈한 은색 총열과, 부딪히는 빛은 모조리 흡수하는 무광의 손잡이가 극명한 대조를 이뤘다. 빛과 어둠, 총의 이중성에 완벽하게 맞아떨어지는 자태였다. 나는 오늘 어둠도 아니고 빛도 아닌 느낌이었다. 상관없다. 엘리사와 개릿의 최전 방어선으로서 지금 내가 되고자 하는 것이 바로 그런 존재니까. 나는 권총을 벨트에 쑤셔 박고 서둘러 계단을 내려와 대문을 활짝 열었다……. 그 순간 마주한 광경에 내 몸의 모든 관절이 일제히 굳어 버렸다.

집들은 어둠에 묻히고 낮게 걸린 달만이 희미하게 거리를 비추는 가운데, 동네 사람들이 홀린 듯이 우리 집으로 모여들고 있었다. 마치 불나방들이 뜨거운 혀를 날름대는 모닥불을 향해 꼬여들 듯이. 우리 집만 자체적으로 전력 공급을 한 탓에 의도치 않게 이웃의 시샘을 산 것이다. 혹은, 목표물이 되었거나. 나는 그대로 문간에 발이 묶여 과거와 미래 사이의 문턱을 밟고 서 있었다. 어둠 속에 반짝이는 수십 개의 눈을 마주한 채.

뼛속까지 오싹했다. 내가 지금 보고 있는 눈들이 양의 것인지 늑대의 것인지 분간할 수 없었다.

4일 차
6월 7일 화요일

8) 얼리사

불쾌한 디지털 교향악에 눈이 떠졌다. 휴대폰 알람음이었다. 놀랍게도 배터리가 아직 살아 있었다. 새벽 5시 45분. 동이 트고 있었다. 나는 한숨도 못 잘 줄 알았다. 무슨 소리가 날 때마다 부모님이 왔거나 낯선 이가 침입한 줄 알고 신경이 바짝 곤두섰기 때문이다. 하지만 아무 일도 없었다. 중간에 아래층에 두 차례 내려갔는데, 그때마다 켈턴은 보이 스카우트처럼 손전등에 의지해 책을 읽고 있었다. 가공의 괴한이 창문을 깨고 들어와 우리 피를 빨아 먹을까 봐 감시하면서. 날이 밝으니 그저 우습기만 했다.

엄마 아빠가 여태 돌아오지 않았다는 사실만 빼고. 아무리 밝은 햇살도 그 암담함을 빛으로 바꾸지는 못했다.

개릿은 혼자 자도 괜찮다고 우기다가 이내 상남자 포스를 팽개치고 내 침대로 기어들어 오더니 아직도 꿈나라다. 아마 지금 개릿의 유일한 걱정거리는 만찬에 초대한 스파이더맨과 포켓몬들에게 무엇을 대접하느냐일 것이다. 뭐든 열 살짜리가 꿀 만한 꿈을 꾸겠지. 나는 동생을 깨우지 않고 침대를 빠져나와 아래층으로 향했다.

혹시 우리가 잠든 사이 부모님이 오셨는데 일부러 안 깨운 건 아닐까. 그러나 반쪽짜리 희망은 금세 날아갔다. 켈턴이 홀로 거실 소파 위에서 코를 골고 있었다. 감시는 무슨. 두 시간 전에 나와 교대하기로 했는데 아마 혼자서도 거뜬하다고 여겼나 보다.

그때 내 눈에 총이 들어왔다. 소파 옆 작은 탁자 위에 마치 장식품처럼 놓여 있었다. 탁자 등과 가족사진, 그리고 총. 아마 켈턴은 어제 내가 허락하지 않을까 봐 숨기고 들어왔을 것이다. 날 제대로 봤다. 다시 '오싹한 녀석'으로 강등할지 진지하게 고민되니까. 아니, 이제는 '오싹하게 총까지 지닌 녀석'이다.

총을 들어 보니 생각보다 무거워서 깜짝 놀랐다. 그러고 보니 총을 쥐어 본 적은 처음이다. 일격에 사람의 숨통을 끊을 수 있는 무기. 나는 총을 멀찌감치 밀어 놓고 켈턴을 흔들어 깨웠다.

정신이 들자마자 켈턴은 벌떡 일어났다.

"뭐야? 무슨 일이야? 다들 괜찮아? 나 잠든 거야?"

"잘 잤니? 이제 저 망할 총에서 총알 꺼내시지?"

켈턴은 나를 빤히 바라보다가 시선을 돌렸다.

"탄창은 내 주머니에 있어. 내가 바보냐."

"그냥 넘어갈 생각 마." 나는 손을 내밀었다. "내놔."

켈턴은 마지못해 탄창을 꺼내 내밀었다. 내 주머니에 넣긴 싫었지만 켈턴의 주머니에 있는 것보단 나았다. 총을 보니 다시 화가 치밀었다.

"난 총기 반대 시위까지 했다고! 어떻게 저 물건을 우리 집에 들일 생각을 해?"

"무기 반대 시위겠지." 켈턴의 목소리는 나보다 훨씬 차분했다. "얼리사, 네 입장은 존중해. 근데 이건 달라. 호신용이라고. 자신을 보호할 필요가 있을지도 모르잖아."

내가 반대하든 말든 허세를 부리며 총에 손을 뻗을 줄 알았는데, 의외로 켈턴은 내 허락을 기다렸다. 그 태도에 기분이 좀 풀렸다. 많이는 아니고. 나는 켈턴 쪽으로 권총을 살짝 밀었다.

"보여 주기 위한 용도라면 괜찮아. 절대 쏠 생각은 하지 마."

"알아들었어. 근데 말이야, 쏠 준비가 안 됐다면 총은 아무 가치가 없어." 켈턴이 대꾸했다. 보나 마나 제 아빠에게 세뇌를 당했으리라.

창밖을 보니 거리는 한산했다. 하긴 6시도 안 된 꼭두새벽에 누가 나와 있을까. 머릿속은 온통 부모님 걱정뿐이었다. 온갖 허무맹랑한 시나리오가 펼쳐지는데 아무리 애써도 떨쳐 낼 수 없었다. 다시 전화를 걸어 보았다. 엄마 쪽은 곧바로 음성 사서함으로 넘어갔고 아빠 쪽은 몇 번 신호가 가는 걸 보니 아직 꺼지지는 않은 듯했다.

켈턴은 타이어 펑크 방지제를 가지러 집에 갔다. 자전거 세 대를 움직여야 하니까. 잠시 후 돌아온 켈턴은 오리 사냥에나 어울릴 법한 차림새였다. 웬 밧줄에다 옷에는 주머니가 주렁주렁했다. 비옷을 기운도 없었지만, 언제부턴가 켈턴이 하는 일엔 뭔가 이유가 있으리라는 이상한 믿음이 들었다. 저 밧줄이든 주머니에 숨긴 무엇이든, 진짜 필요한 상황이 생기지 않을까?

솔직히 우리는 켈턴이 필요했다. 물이라면 켈턴이 더 잘 아는 데다가, 켈턴 없이 우리끼리 라구나비치까지 무사히 다녀올 자신도 없었다.

배낭은 어젯밤에 미리 챙겨 두었다. 소고기 육포와 남은 물 전부, 그리고 부엌칼까지. 나도 나름의 호신용품을 갖춰야 했다. 켈턴이야 주머니에 숨긴 장비들이 다가 아닐 테지만, 구태여 물어보지 않았다. 합기도든 복싱이든 가라테든, 켈턴의 살상용 무술에 기댈 생각은 없었다. 나는 킹스턴을 쓰다듬고 물을 조금 부어 주었다. 부족하겠지만 나눠 줄 수 있는 양이 많지 않았다. 집을 나서기 전에 다시 한번 스위치를 켜 보았다. 역시 기적은 없었다. 현재 몇 집이나 전기가 나갔을까? 아니, 알고 싶지 않다.

출동 준비를 마친 자전거를 끌고 밖으로 나갔다. 차고 문은 수동으로 닫아야 했다. 거리를 둘러보았다. 어느 정도 난장판을 예상했는데, 평소 보던 풍경 그대로였다. 손상은 아마도 내부에 있으리라. 마치 방사선 피폭처럼.

우리는 새벽 해를 등지고 앞으로 나아갔다.

"앨리소크리크캐니언에서 해변까지 이어지는 길이 있어." 내가 말했다. "따라 내려가 보진 않아서 얼마나 평탄할지는 몰라도."

"좋은 생각은 아냐. 그쪽은 허허벌판이라 인적이 드물어. 누가 물을 노리고 덮치기 딱 좋거든." 켈턴이 말했다.

피해망상이라고 쏘아붙이고 싶었지만 아예 틀린 말이 아니라 짜증이 났다.

"문명과 가까울수록 사람들도 문명인처럼 행동할 거야." 켈턴이 덧붙였다. "적어도 지금은."

동네를 벗어나 큰길 자전거 전용 도로로 접어들면서 나는 개릿에게 물었다. "괜찮아?"

"누나보다 낫지." 개릿이 빼겼다. "난 맨날 타지만 누나는 아니잖아. 잘 따라오셔." 개릿은 얄밉게 행동으로 내 물음에 답했다. 기운이 넘치는구나.

얼마 지나서 우리는 5번 국도로 이어지는 고가 도로에 다다랐다. 내려다보니 역시 차들이 많았다. 그런데 평소와 전혀 달랐다. 범퍼와 범퍼가 맞닿을 정도로 빽빽했다. 보통은 로스앤젤레스로 출근하려는 차들로 혼잡한데, 오늘은 양방향 모두 꽉 막힌 채 여기저기서 경적을 울려 대고 있었다. 새들백산 위로 떠오른 태양이 짙붉은 안개를 드리웠고, 차들의 행렬은 끝없이 이어져 안개 속으로 꼬리를 감췄다.

'신경 쓰지 말자.' 나는 순간 아찔했던 정신을 추슬렀다. 하지만 고가 도로를 가로질러 페달을 밟는 데 집중하면서도 우릴 둘러싼 현실을 떨쳐 내기 쉽지 않았다.

"다들 어디 가는 거야?" 개릿이 물었다.

"여기만 아니면 어디든." 켈턴이 대답했다.

"그래. 근데 못 갈 것처럼 보이는데."

개릿은 아직 현실의 깊이와 규모를 파악하지 못한 듯했다. 물론, 켈턴은 아니었다.

"피난길이라면 다른 사람들이 잘 모르는 경로가 있겠지. 고속 도로에만 막혀 있진 않을 거야."

'피난길'이라 말하며 켈턴이 앞에 '만약'을 붙이지 않은 게 영 찝찝했다.

오 분도 지나지 않아 개릿은 여정의 사기를 급격히 떨어뜨리는 한마디를 던졌다. "나 화장실 갈래." 이 소리가 왜 안 나오나 했다. 어디 안 보이는 데서 대충 싸라고 했지만, 아니나 다를까 개릿이 말한 화장실은 그 화장실이 아니었다. 나는 켈턴의 가스 차단액으로도 해결하지 못한 우리 집 변기의 무시무시한 실태를 떠올렸다. 개릿도 무서워서가 아니라 더러워서 피했을 것이다. 하지만 인간이 제아무리 버텨도 때가 되면 자연에 굴복하는 법. 그것도 언제나 최악의 시기에.

저 멀리 편의점이 딸린 낮익은 주유소가 보였다. 거기 화장실은 우리 집보다 더하면 더하겠지만, 굳이 입 밖에 내지는 않았다. 우리는 주유소를 향해 페달을 밟았다.

이윽고 편의점에 들어섰다. 주위를 둘러보니, 이곳도 바깥세상처럼 정상에서 살짝 벗어나 있었다. 칙칙하고 적막했다. 공기가 너무 탁해 목구멍에 걸릴 지경이었다. 에어컨은 꺼져 있었다. 하긴 켜져 있으면 이상했을 것이다. 이 시간에 여기까지 오는 길에도 가로등 하나 비추지 않았으니. 예상했던 대로 물과 음료가 있어야 할 냉장 코너는 텅텅 비어 있었다. 선반에 비치된 상품도 평소의 십 분의 일 수준이었다. 감자 칩 한 종류에 껌도 한 종류. 하지만 아무리 구색이 없기로서니 실낱같은 희망조차 없는 이 분위기는 뭘까. 불현듯 수업 시간에 본 다큐멘터리가 떠올랐다. 전쟁이 휩쓴 도시 한복판의 시장통. 구할 수 있는 식품이라곤 통조림 콩과 딱딱한 빵이 다인데 그마저도 머뭇거리다 놓치는 절망적인 풍경. 편의점의 음침한 분위기를 조롱하듯 구닥다리 라디오에서 리드미컬한 1950년대 두왑이 흘러나왔다.

통로 반대편 계산대에 점원이 있었다. 처음 보는 얼굴이었다. 나는 이 편의점에 꽤 자주 오는 편이었다. 축구 연습이 끝나면 항상 엄마와 이곳에 들러 파워에이드와 땅콩 스낵을 사 먹었다. 둘만의 작은 규칙이랄까. 아무튼 이곳 점원은 모두 안다고 생각했는데, 이 사람은 아니었다. 필요 이상으로 천천히 놀이터를 지나는 검정 승합차처럼, 부모님이 자녀에게 조심하라고 단단히 이를 법한 생김새였다. 산타클로스가 두 번의 베트남전 참전 후 돌아왔다면 이런 인상일까. 그는 음흉한 눈으로 우리를 주시했다. 한 손은 계산대 밑에 가려 보이지 않았다.

개릿이 화장실로 직행하자 점원이 소리쳤다. "변소는 구매 후 이용할 수 있다!" 개릿이 화장실 문을 닫는 걸 보고 켈턴과 나는 뭐라도 집으려고 옆 통로로 갔다. 점원의 끈적한 시야에서 서둘러 벗어나고 싶기도 했다.

나는 땅콩 봉지 하나를 집어 들고 계산대로 갔다. 가까이서 보니 점원은 더 나이 들어 보였다. 눈가가 거칠고 투박했다.

"처음 뵙네요." 그가 계산하는 동안 내가 말했다.

그가 나를 무심히 쳐다봤다. "새로 왔거든."

"도로가 언제부터 저렇게 막혔어요?" 내가 화제를 돌렸다.

점원이 목을 긁었다. "아마 어젯밤부터. 밤새 손님이 엄청나게 몰렸어. 그냥 들고 튀려는 놈들도 있었고."

"경찰 부르지 그랬어요?"

점원은 키득거렸다. 비웃음이 확실했다. "못 들었니? 긴급 전화도 소용없어. 911은 어제부터 계속 먹통이야." 점원은 그 사실이 재밌다는 듯이 씩 웃었다. "40달러란다."

처음에는 농담하는 줄 알았다. 그런데 아니었다. 진심이었다.

"자유 시장 경제, 수요와 공급의 법칙. 알지? 현재는 공급보다 수요가 훨씬 많거든." 그는 나를 향해 몸을 기울였다. "따라서, 다시 말하지만 40달러란다."

켈턴이 에너지바 하나를 들고 내 옆으로 왔다. 내가 점원과 나눈 대화를 못 들은 모양이었다. 그때 금전 등록기가 눈에 들어왔다. 박살 나다시피 열려 있었다. 그러고 보니 이 남자는 여기 점원들의 파랑과 노랑이 섞인 촌스러운 유니폼 차림이 아니었다. 어떻게 된 상황인지 이해하고 나니까 더는 알고 싶지 않았다.

개릿이 화장실에서 나왔다. 나는 켈턴의 손에서 에너지바를 낚 아채 계산대에 탁 내려놓고, 켈턴이 이의를 제기하기 전에 개릿의 손을 확 잡아서 다 함께 가게를 박차고 나왔다.

"망할 변소 사용료 내고 가!" 남자가 안에서 날카롭게 소리쳤다.

그대로 자전거에 올라타 페달을 밟았다. 내가 선두로 속도를 조절했다. 엄청 빠르게. 몇 블록 지나고 나서 슬슬 속도를 줄이자 개릿과 켈턴이 따라잡았다. 나는 고개를 돌려 편의점 사내가 우릴 쫓아오지 않는지 확인했다.

"방금 왜 그랬어?" 켈턴이 물었다.

나는 대답하지 않았다. 하기 싫어서가 아니라 더는 할 필요를 못느꼈기 때문이다. "그 총…… 네 배낭 안에 있지?"

"응……."

"어떻게 쓰는지는 알고?"

"빠삭하지."

나는 내 배낭 옆 주머니에서 총알 집을 꺼내 들었다. 탄창. 켈턴이 그렇게 불렀다. 손안의 물건을 물끄러미 들여다보았다. 내가 세상에서 가장 혐오하는 것들을 상징하는 물건이었다. 그러나 이 세상은 어제까지와는 다른 세상이다. 나는 켈턴에게 탄창을 건네주고 다시 페달을 밟았다. 총에 끼우는 모습까지는 보고 싶지 않았다.

그 시각, 오전 6시 30분, 북부행 주 연결 고속 도로

1960년대에 채리티가 처음 운전대를 잡았을 때 배운 바로는, 아무리 느리게 달리더라도 앞차와의 간격은 차 한 대 정도를 유지해야 했다. 그래야 브레이크를 밟을 여유가 있으니까.

하지만 앞차든 뒤차든 아무 데도 못 간다면 범퍼끼리 좀 닿는다고 문제가 될까?

정체다.

아니, 정체라고 표현하기에는 부족하다.

처음에는 평소 출근길 혼잡 시간처럼 가다 서기를 반복했다. 그런데 이번 화요일은 유독 심했다. 어찌나 갑갑한지 폐소 공포증을 유발할 지경이었다. 차들은 평상시보다 빽빽하게 들어섰고, 갓길까지 차선으로 만들어 깔때기처럼 모여들더니, 이내 줄줄이 멈춰 섰다.

채리티는 자기 나름대로 정체를 피하려고 새벽 5시도 되기 전에 집을 나섰다. 목적지는 네바다주 헨더슨이었다. 딸과 손주들 곁에서 이번 재난 위기를 넘길 계획이었다. 하지만 보아하니 오늘 피난을 결정한 사람은 채리티뿐만이 아니었다.

건너편 도로도 상황은 비슷했다. 아니, 더 심했다. 차 한두 대가 거꾸로 서서 오도 가도 못하고 있었다. 처음 보는 광경이었다. 아마 정체가 심해지자 되돌아가는 게 낫겠다고 생각해서 차를 돌렸다가 꼼짝없이 갇힌 모양이었다. 이런 계산법이 처음부터 고속 도로를 막히게 한 원흉이었을지도 모른다.

채리티는 주위를 둘러보았다. 오토바이를 탄 남자가 바늘에 실을 꿰듯 차 사이를 꾸역꾸역 비집고 나아가고 있었다. 일가를 태운 미니밴, 케이블 수리업자의 트럭도 보였다. 채리티는 이들이 각각 어떤 사람이며 어떤 삶을 사는지, 어디서 왔고 또 어디로 가는지 상상하면서 시간을 때웠다. 물론 수자원 위기는 심각하다. 그렇다고 이들 모두가 삶의 터전을 버리고 푸른 초원을 향해 떠날 작정일 리는 없다.

채리티는 운전석 앞에 끼워 놓은 흑백 사진을 바라보았다. 사별한 남편과 함께 찍은 사진이었다. '그이가 살아 있다면 지금쯤 발길질을 하며 소리를 질러 댔겠지.' 부부는 수십 년간 함께 전당포를 운영했는데, 손님 응대는 늘 차분한 채리티의 몫이었다. 그녀는 부모님이 기독교 7대 주선 중 하나를 골라 지어 준 이름에 따라 살고자 했다. 누구를 만나든 진심으로 대했다. 전당포 주인이 갖추기엔 흔치 않은 덕목이지만 그게 바로 자신의 이름에 담긴 뜻이었다. 절망 가운데 한 줄기 빛이 되는 존재. 하지만 지금, 차들이 끊임없이 빵빵대는 도로 한복판에서 채리티는 부모님이 자신의 이름을 페이션스로 지어 주지 않은 점이 심히 유감스러웠다.*

삼십 분째 제자리였다. 단 한 뼘도 움직이지 않고. 참다못한 사람

---

* 기독교의 일곱 덕목인 순결, 절제, 자선, 근면, 인내, 친절, 겸손 중에서 자선은 채리티(Charity), 인내는 페이션스(Patience)다.

들은 차 지붕 위에 올라서서 미어캣처럼 목을 빼고 전방의 상황을 파악하려 했다. 그때 한 남자가 어린 아들을 데리고 차 옆을 지나갔다. 그녀는 창문을 내리고 물었다.

"스트레칭이라도 하려고요?"

남자가 힘없이 웃었다. "왜 이렇게 막히나 좀 보려고요." 어떻게든 이 난관을 타개하려는 사람들을 보니 기분이 조금 나아졌다. 하지만 상황은 나아질 기미가 없었다. 이제 아이들은 차선을 누비며 차들 사이로 술래잡기를 하고, 부모들은 보닛 위에서 카드놀이를 하고 있었다. 문득 딸 생각이 났다. 딸은 채리티가 먼 길을 운전할 때마다 늘 걱정했다. 이 속도라면 해가 질 때까지 도착하지 못할 수도 있다.

다시 사십오 분이 흘렀다. 햇볕이 내리쬐고 신경질적인 경적도 멎었다. 차들 대부분은 시동을 껐다. 차 안의 사람들은 모든 희망을 내려놓은 듯했다. 그래도 어떻게든 버티고 있었다. 어떤 사람들은 갓길에 옹기종기 모여 있거나 차 그늘에 누워 있었다. 자다 일어나면 마법처럼 정체가 끝나 있길 바라는 듯이. 채리티는 손바닥으로 계기판을 두드렸다. 슬슬 애가 탔다. 아들과 함께 상황을 살피러 간 남자는 차로 돌아오지 않았다. 그대로 견인된다면 정체는 더욱 가중되겠지. 그녀는 문을 걸고 좌석을 뒤로 젖혔다. 잠시만 눈 좀 붙일까…….

삼십 분 후 채리티는 번쩍 눈을 떴다. 차들 사이로 비명이 터져 나왔다. 어디서 비롯된 일인지 알 수 없었다. 누군가가 창문 옆을 손살같이 지나쳤다. 한 사람이 아니었다. 정신을 추스르기도 전에 밖은 이미 난장판이었다. 사람들은 모두 자기 차를 버리고 남쪽으로 달아나고 있었다. 가던 방향과 정반대였다. 대체 무슨 일이기에 이제껏 가던 길과 반대로 달리는 거지?

자세히 보려고 차에서 내려 북쪽으로 걸어갔다. 우르르 지나치는 사람들을 피해⋯⋯. 그제야 사람들이 무엇으로부터 달아나고 있는지 보였다.

불이었다.

검은 연기가 자욱하게 피어올라 아침 하늘 위로 소용돌이쳤다. 대략 50미터 앞에 있는 차 한 대에서 불이 나고 있었다. 도망칠 만도 했다. 저러다가 갑자기 폭발하면 연쇄 폭발로 차들이 줄줄이 뒤집힐 수도 있다. 하지만 채리티는 그간의 세월로 배운 바가 있다. 혼란스러운 상황일수록 침착해야 한다는 것. 1960년대에 유년 시절을 보낸 사람으로서 군중을 맹목적으로 따르지 않는다는 게 그녀의 신조였다. 그 대신 세상의 통념과 반대되는 질문을 던지기로 했다. 틀을 깬 질문만이 틀을 깬 답을 끌어낼 수 있으니까.

채리티는 인파를 헤치고 나아갔다. 폭주하는 사람들이 눈덩이처럼 불어났다. 개중에는 왜 달리는지 모르는 사람도 있었다. 하지만 채리티는 망설이지 않고 화재 현장으로 나아갔다. 사람들은 넘어지고 짓밟혔다. 멍들고 피가 났다.

모두가 불난리에 눈이 먼 와중에, 채리티는 기회를 찾았다. 과거 남편과 전당포를 운영하던 시절, 폐물을 감별하는 법을 터득했다. 무조건 자세히 살펴야 한다. 그래야 쓰레기 속에서 보물을 찾아낼 수 있다. 가짜 금반지로 둘러싼 진짜배기 다이아몬드를 알아볼 수 있다.

채리티는 차 사이를 돌아다니며 불을 끌 만한 것이 있나 찾아보았다. '소화기를 장착한 차량은 없을까?' 그녀는 혹시나 하는 마음에 케이블 수리업자 차량으로 가서 뒷문을 열어 보았다. 그럼 그렇지. 전선이랑 잡동사니가 담긴 상자들뿐이었다. 그 순간 굉음이 나며 사태에 기름을 부었다. 불난 차가 폭발하며 보닛이 날아갔고, 근처 트럭 짐칸에 있던 소파에 불이 옮겨붙었다. 아수라장은 순식간에 아비규환으로 변했다.

채리티는 마지막이라는 심정으로 서둘러 차들을 훑었다. 그때 전력 업체 차량이 눈에 들어왔다. 전기 기술자는 자리를 뜬 지 오래였다. 잽싸게 뒷문을 열었다. 빙고! 문 안쪽에 소화기가 달려 있었다. 채리티는 소화기를 들고 폭발 현장을 향해 거침없이 걸어갔다. 두 눈에 타오르는 화염은 어떤 불바다보다 뜨거웠다.

9) 얼리사

우리는 라구나캐니언로드를 따라 내려갔다. 해변에 갈 때마다 타던 길이다. 나는 자전거를 운동 삼아 즐기던 시절을 떠올렸다. 느낌이 예전 같지 않았다. 건조한 바람이 사정없이 얼굴을 할퀴는 데다 종아리가 쑤셔 대는 통에, 운동이라기보다 형벌에 가까웠다. 시내 중심가를 지나면서 비교적 안전거리를 유지한 채 인가를 살필 수 있었다. 군데군데 전기가 들어오는 걸 보니 한결 마음이 놓였다. 누군가는 문제를 해결하고 있는 모양이었다. 통신 기지국도 전력이 없어서 먹통인지 모른다. 맞아. 그래서 엄마 아빠에게 전화할 때마다 연결이 안 되는 거야.

"전화 그만해. 배터리 닳아. 꼭 필요한 일이 생길지도 모르잖아." 켈턴이 말했다.

"거기 사람이 되게 많은가 봐." 개릿이 자기식으로 합리화했다.

"스타워즈 마지막 편 보려고 극장 앞에서 몇 날 며칠 기다리는 것처럼."

엄마 아빠가 물을 얻으려고 아직도 해변에서 진을 치고 있을까? 개릿과 내가 집에서 기다리는 걸 뻔히 알면서도? 나는 좀 더 간단한 답을 원했다. 나중에 어이없다는 듯 웃어넘길 수 있는. 하지만 무소식이 길어질수록 희망적인 미래를 그리기가 쉽지 않았다.

라구나비치에 도착했을 땐 아직 아침나절이었다. 해안선은 짙게 낀 해무로 그나마 시원했다. 바다 냄새가 났다. 소금기를 머금은 공기에 금세 옷이 축축해졌다. 멀리서 파도가 철썩거렸다. 늘 푸근하게 반겨 주던 바다의 음성. 그런데 오늘은 파도가 부딪치는 사이사이의 고요함이 왠지 낯설었다. 나는 자전거 핸들을 고쳐 잡고 마지막 구간을 힘차게 내달렸다. 눈앞을 가로지르는 태평양 연안 고속 도로 너머에 해변이 있다. 손에 잡힌 물집도, 다리의 통증도 느껴지지 않았다. 내 눈으로 해변을 확인해야 했다. 우리 부모님이 있는지, 그리고 무사한지 확인해야 했다.

하지만 고속 도로를 가로질러 판자 길에 이르자 끼익 멈출 수밖에 없었다. 어디에도 물을 배급받으려는 인파는 없었다. 모래사장만 휑하니 펼쳐져 있었다. 정처 없이 거니는 몇 사람을 제외하고는 그냥 황무지였다. 저 멀리 물가에 트럭에 묶인 기계들이 있었다. 해변을 따라 대여섯 대가 보였다. 가동될 기미는 없어 보였다. 그저 덩그러니 놓여 있었다. 심지어 한 대는 검은 연기를 뿜어 대고 한 대는 옆으로 누워 있었다.

자전거를 내팽개치고 판자 길을 따라 모래사장으로 내려갔다. 개릿과 퀠턴이 뒤를 이었다. 나는 엄마 아빠의 그림자라도 보일까 싶어 주위를 휙휙 둘러보았다.

그때 개릿이 말했다. "누나, 이 소리 들려?"

들렸다. 무슨 전자 음악 같은데, 파도 소리에 깔려 음산하게 울려 퍼졌다. 물가 쪽으로 갈수록 소리는 점점 커졌다. 그런데 소리의 출처는 한 군데가 아니었다. 여러 곳에서 섞여 들어 기이한 선율을 만들어 내고 있었다. 그 순간 알아챘다.

휴대폰.

휴대폰 착신음이었다.

모래사장 위에서 여러 대의 전화기가 한꺼번에 기괴한 8비트 교향곡을 만들어 내고 있었다. 수많은 발신자의 애타는 부르짖음이었다.

우린 어찌할 바를 몰랐다. 끊임없이 울리는 전화기들을 멍하니 바라봤다. 그러고 보니 나도 방금까지 쉴 새 없이 전화를 걸며 누구라도 받길 바라던 발신자 쪽이 아니었던가. 나는 모래에 반쯤 박혀 진동하는 아이폰 하나를 과감히 집어 들었다……. 손안에서 한 번 더 울릴 때까지 망설이다가, 마침내 모래 묻은 전화기를 귓가에 가져다 댔다.

"여보세요? 엄마?" 아이의 목소리였다.

개릿보다도 어린 듯했다. 나는 신중하게 말을 골랐다. "난 네 엄마 아니야."

"엄마 어딨어요? 누군데 우리 엄마 전화를 받아요?" 아이는 거의 울먹이고 있었다.

나는 아이를 어떻게 달래야 할지 몰라 머뭇거렸다. "여긴 바닷가야. 아마 너희 엄마가 해변에 전화기를 떨어뜨리셨나 봐."

"엄마가 거기 물 가지러 갔는데……."

"내가 보기에 물은 없는 것 같아. 주위에 어른 안 계시니? 어른한테 좀 말해 줄래?"

"우리 엄마 어딨어요?" 아이는 울음을 터뜨렸다.

최선의 답을 해 주고 싶었지만, 머릿속이 뒤죽박죽이었다. 나 자신에게도 답을 못 하는데 아이에게 해 줄 수 있을 리 만무했다. "미안해." 나는 전화를 끊고 전화기를 모래 위에 떨어뜨렸다. 다시 전화벨이 울렸다. 나는 아예 모래로 꽁꽁 덮어 버렸다. 단 하나라도 내 귀에 들리지 않도록.

"여기서 뭔 일이 벌어진 거야?" 켈턴이 물었다. 실마리가 조금씩 드러났다. 바로 저기, 모래밭 위에 펼쳐져 있었다. 흡사 토네이도가 휩쓴 자리처럼 잔해가 널려 있었다. 상상할 수 없는 어떤 끔찍한 사건의 그림자 같은 풍경이었다. 곳곳에 플라스틱 테이블과 의자가 나뒹굴고 갈매기들은 사방에 널린 쓰레기를 쪼아 댔다. 주인을 잃은 신발 한 짝이 유독 꺼림칙했다. 그리고 웬 검정 알루미늄 캔이 모래사장에 후추처럼 박혀 있었다. 수십 개는 돼 보였다. 그때 톡 쏘는 악취가 코를 때렸다. 표백제와 콧물을 섞으면 이런 냄새일까. 코를 부여잡아도 소용없었다. 켈턴이 손을 뻗어 캔 하나를 멀찍이 집어 들었다.

"최루탄이야. 여기서 폭동이 있었나 봐……." 켈턴이 말했다.

근처에 있는 담수화 설비에 다가갔다. 가까이서 보니 처참했다. 이 기계만이 아니었다. 스테인리스 표면은 까뒤집혀 내부가 드러났다. 내장을 드러낸 채 썩어 가는 사체 같았다. 계기판에 연결된 튜브며 배선은 탈장하듯 흘러나와 찌그러진 통 세 개로 이어졌고, 그 뒤로 멈춰 버린 피스톤들이 보였다.

사람들이 한 짓인가? 서로 물을 먼저 차지하겠다고? 너도나도 첫 모금을 마시겠다고 생명수를 걸러 낼 유일한 수단을 갈가리 찢어 고철 조각으로 만들어 놓았단 말인가? 그렇다면…… 우리 엄마 아빠도 그중 하나였을까?

지금 보니 각 설비 곁은 무장 경찰이 지키고 있었다. 그들은 자동 소총을 들고서 사람들에게 물러나라고 경고했다. 대체 지킬 게 뭐가 남았다고?

"무슨 일이 있었던 거죠?" 내가 안전거리를 유지한 채 가까운 경찰에게 물었다.

"물러나세요. 집에 가서 다음 지침을 기다리세요."

"여기 있던 사람들은 어떻게 됐어요? 다른 데로 갔나요? 혹시 다른 해변에?"

"여긴 안전하지 않습니다. 당장 집으로 돌아가세요."

나는 뒤로 물러나 동생을 챙겼다. 개릿은 두 눈에 눈물이 그렁그렁했다. 최루 가스 때문은 아니었다.

"엄마 아빠 어디 갔는지 대답하라고 해!" 개릿이 울먹였다. 내가 무장 경찰에게 지시를 내릴 수 있다고 여기는 모양이었다.

"저기…… 얘들아?"

켈턴은 바다를 바라보고 서 있었다. 나는 켈턴의 시선을 따라 앙심을 품고 바다를 쏘아보았다. 마시지도 못할 물이 약 올리듯 철썩대는 꼴이 괘씸했다.

"저게 뭐지?" 켈턴이 손가락으로 가리킨 곳을 보니 뭔가가 파도에 밀려 앞뒤로 왔다 갔다 했다. 밀려올 때는 어두운 윤곽에 가렸다가 쓸려 갈 때마다 얼핏 드러났다. "저거 설마……." 켈턴은 눈을 찡그렸다. "시체야?"

여기까지다. 더는 참을 수 없다. 알고 싶지 않은 정도가 아니었다. 얼마나 알고 싶지 않은지조차 알고 싶지 않았다. 나는 개릿을 잡아끌며 켈턴을 향해 외쳤다.

"켈턴! 빨리 와!" 무장 경찰에게는 명령할 수 없지만 켈턴에겐 얼마든지 할 수 있다. 그게 녀석을 위한 길이라면 더더욱.

지금은 부모님을 생각하지 않기로 했다. 그랬다간 걷잡을 수 없이 무너질 테니까. 집에 가는 길은 오르막길투성이다. 남은 정신을 무사히 집에 돌아가는 데 집중해야 한다.

우리는 판자 길에 버려둔 자전거로 돌아갔다.

"뭐라도 해야지! 이대론 못 가!" 개릿이 떼를 썼다.

그 순간 나 스스로도 알아차리지 못했던 화가 불쑥 치밀었다.

"개릿, 그 입 안 닥치면 내가 닫아 줄 거야!"

결국 개릿은 눈물을 터뜨렸다. 나도 울고 싶었지만 꾹 참았다. 애꿎은 동생에게 분노를 쏟아 내서 너무 미안했다. 나는 동생의 머리를 감쌌다. 조용히 품 안을 적시는 개릿을 안고 아무 말 없이 그대로 서 있었다. 당장 개릿에게 필요한 건 그게 전부였다. 개릿도 내가 한 말이 진심이 아니라는 걸 알 것이다. 내가 얼마나 꽉 끌어안았는지 느꼈을 테니까.

"얼리사, 이제 가야 해." 켈턴이 말했다. 아직도 물가의 미확인 물체에 잔뜩 겁먹은 얼굴이었다.

개릿은 천천히 내 팔을 풀었다. "그냥 가자." 개릿이 기운 빠진 목소리로 말했다.

왔던 길 그대로 돌아갈 계획이었다. 그런데 출발하기도 전에 길 건너편에 시선을 빼앗겼다……. 우리 또래이거나 한두 살 많아 보이는 남자애 세 명이 고함을 지르고 있었다. 다른 곳처럼 지금은 버려진 극장 앞이었다. 셋은 둘러선 채로 무슨 놀이를 하는 듯했다. 이 판국에 놀고 있다니, 현실 파아이 안 되나? 나는 그쪽으로 페달을 밟았다. 저 애들은 해변에서 정확히 무슨 일이 벌어졌는지 알 수도 있다. 주차된 승용차 너머로 비로소 정황이 드러났다. 녀석들은 놀고 있는 게 아니었다. 60대로 보이는 남자를 마구 밀쳐 대고 있었다. 삼 대 일인 데다 아저씨는 방어할 힘도 없어 보였다. 나는 자전거를 내팽개치고 다짜고짜 패거리를 향해 걸어갔다. 주먹에 꽉 힘이 들어갔다.

"얼리사, 잠깐." 켈턴이 외쳤지만 내가 그보다 한발 앞섰다.

"야! 너희들 지금 뭐 하는 거야?"

가장 큰 녀석이 돌아봤다. 헝클어진 탈색 금발 머리에 연푸른 눈이었다. 골 빈 운동광처럼 보였지만 얼굴에 피어싱이 주렁주렁한 걸 보니 아니었다.

"신경 꺼!" 놈이 말했다.

아저씨가 비틀거리며 넘어졌다. 놈은 그를 발로 찼다. 감히 발길질을!

"안 떨어져? 저 아래 있는 경찰들 부른다!"

"어차피 신경도 안 써. 아마 제자리에서 꿈쩍도 안 할걸." 다른 녀석이 말했다.

"이 인간 말종들이!" 내가 소리 지르자 금발이 푸른 눈을 부라렸다.

"말종? 우리가 말종이라고? 네가 뭘 알아!"

"눈에 보이는 만큼! 지금 무방비한 사람을 패고 있잖아!"

"이 자식이 어쨌는지 알아? 차에다 물을 감추고 한 방울도 안 나눠 줬다고!"

"그래서? 저 아저씨 물이잖아! 네가 무슨 권리로!"

"권리가 왜 없어!"

그제야 녀석의 입술이 얼마나 말랐는지 보였다. 그냥 마른 게 아니라 갈라져서 피가 나고 있었다. 세 녀석 모두 상태가 안 좋았다. 피부는 푸석하고 잿빛인 데다가 입가가 허옇게 일어났다. 무엇보다 저 흉포한 눈빛들이라니.

키 큰 녀석이 다시 발길질했다. "키 안 내놔?"

"제발." 아저씨가 애원했다. "나한테 꼭 필요한 물이야! 가족에게 갖다줘야 한다고!"

"나도 마찬가지야, 이 새끼야! 잘난 BMW 몬다고 네놈 목숨이 나보다 귀한 줄 알아?"

놈이 다시 발을 쳐들었을 때, 내가 뛰어들었다. 녀석의 발에 걸리는 바람에 종아리에 쥐가 났지만 적어도 피해자의 갈비뼈가 부러지는 일은 막았다.

"이놈들한테 아무것도 주지 마세요." 내가 말했다. 하지만 잔뜩 겁먹은 아저씨는 더 맞설 기력이 없어 보였다. 그는 주머니를 더듬더니 차 키를 꺼내 금발에게 내밀었다. 하지만 놈이 가로채기 전에 내 동작이 더 빨랐다. 나는 키를 손에 꽉 쥐었다.

"어림도 없어." 내기 말했다.

놈들의 표적에서 벗어난 아저씨는 BMW와 물을 버려둔 채 허둥지둥 달아났다. 목숨부터 부지하고 보자는 생존 본능이었다. 정신 차리고 보니 지금 그 본능이 필요한 것은 내 쪽인 듯했다. 금발 녀석은 나를 확 잡아 일으켰다. 목 끝까지 화가 치미는지 목을 덮은 문신이 움찔댔다. 생물학적 위험 경보였다.

"따끔한 맛을 보여 줘, 돌턴." 다른 녀석이 말했다.

"야, 혹시 애도 물 있는 거 아니야?" 또 다른 녀석이 말했다.

돌턴이라고 불리는 금발이 내 손에서 차 키를 뺏으려고 했다. 하지만 인간 같지도 않은 놈에게 호락호락 넘겨줄 순 없었다. 놈은 푸른 눈을 희번덕이며 내 얼굴을 뜯어보았다. 터진 입술이 꼬리를 그리며 올라갔다. 위험한 데다 미치기까지 한 놈이었다.

"땀을 흘리네? 물을 충분히 마셨나 본데……." 놈의 광기 어린 미소가 사라졌다. "어딨어?"

"우리 누나한테서 떨어져!" 개릿은 나를 향해 달려오다가 다른 녀석에게 붙잡혔다. 나는 돌턴의 손아귀에서 벗어나려 안간힘을 썼지만 역부족이었다.

"물 어딨냐고!" 녀석이 윽박질렀다.

그 순간 내 안에서 뭔가가 끓어올랐다. 동물적 본능이었다. "옛다, 여기." 나는 녀석의 얼굴에 침을 퉤 뱉었다.

놈은 꿈쩍도 안 했다. 덜컥 불길한 예감이 들었다. 머릿속에선 위험 경보가 시끄럽게 울리는데, 뇌는 그 이유를 식별하지 못했다.

그러나 곧 놈이 한 손으로 볼에 묻은 침을 쓱 훔치자, 비로소 불길한 느낌이 베일을 벗었다. 속이 메슥거렸다. 놈이 무슨 짓을 하려는지 눈치채 버린 것이다.

돌턴은 침으로 번들거리는 손가락을 쳐다보다가…… 그대로 핥았다. 나는 발버둥 쳤지만 녀석은 나를 벽에 거세게 밀치고 눈을 부라렸다.

"또 해 봐!" 놈이 요구했다. 내가 거부하자 놈은 몸을 바싹 갖다 붙였다. 꼼짝도 할 수 없었다. "안 해? 그럼 내가 직접 빨아내 주지!" 흉하게 말라 터진 놈의 입술이 나를 향해 다가왔다.

그때 몇 미터 밖에서 구원의 목소리가 날아들었다.

"당장 떨어져, 안 그러면 머리통을 날려 버릴 테니까!"

10) 켈턴

총을 꺼내 들 생각은 아니었는데, 멀대 같은 자식이 얼리사를 덮치는 순간 보호 본능이 발동했다. 나의 루거는 놈의 뒤통수를 겨냥했다. 정석대로라면 흉부를 노려야 했지만 지금 위치에서 총알이 놈의 등을 관통하면 얼리사가 다칠 수도 있다. 놈은 키가 크니 머리를 쏜다면 얼리사를 비껴가겠지.

떨거지 두 놈은 총을 보자마자 개릿을 팽개치고 꽁무니를 뺐다.

하지만 금발 멀대는 여전히 얼리사를 놓아주지 않았다.

"떨어지라고 했다!" 손이 달달 떨렸다. 다른 손으로 받쳐 봐도 마찬가지였다.

놈이 고개를 돌려 총을 보았다. 얼리사는 놈이 느슨해진 틈에 잽싸게 빠져나와 개릿에게 달려갔다.

금발은 제자리에서 나를 물끄러미 바라봤다. 내가 방아쇠를 당기든 말든, 자신이 죽든 말든 상관없다는 듯이.

나는 녀석의 푸른 눈을 빤히 쳐다보다가 얼른 다시 조준점에 집중했다. 두 손은 이제 떨리는 정도가 아니라 휘청휘청 흔들리고 있었다. 뇌가 보내는 신호가 두 팔까지 전달되지 않았다. 머리와 몸이 따로 놀았다. 두려움이 파도처럼 가슴을 휩쓸고 내려가며 폐를 쥐어짰다. 속이 다 얼얼할 지경이었다. 숨을 쉴 수 없었다. 헐떡이는 게 고작이었다.

"쟤 진짜 쏜다고!" 얼리사의 목소리가 쩌렁쩌렁 울려 퍼졌다. "친구들 따라 튀어!"

"아니." 녀석의 대답은 그게 다였다. 그러고는 나를 향해 저벅저벅 걸어왔다. 가만, 걸어오는 게 맞나? 이제는 시력마저 제멋대로였다. 뇌가 보내는 신호가 하나둘 꺼지고 있었다.

"쏴 버려, 형! 쏴 버려!" 개릿이 고함쳤다.

쏠 수 없었다. 그간 몸에 익힌 모든 호신술과 무기 사용법은 작전 본부의 퓨즈가 나가 버린 이상 아무짝에도 쓸모없었다. 나는 방아쇠에 건 손가락도 까딱할 수 없었다.

그걸 녀석도 알았다.

놈은 그대로 돌진해 나를 들이받았다. 손에서 총이 날아갔다. 안 돼! 놈한테 뺏기면 우린 다 죽는다! 그 정도로 미친놈이니까!

총은 쓰레기 쌓인 배수로에 떨어졌다. 우리는 총을 먼저 집으려고 동시에 엉겨 붙었다. 누가 더 절박한지 알 수 없었다. 가까스로 총이 떨어진 자리에 손을 뻗었는데, 웬걸, 아무것도 없었다. 고개를 들어 보니 어디서 나타났는지 모를 여자가 서 있었다. 난생처음 보는 여자가, 내 총을 들고 있었다. 그것도 나를 조준한 채.

여자는 총을 기울여 실탄을 약실에 장전했다. 군더더기 없는 손놀림이었다. 그제야 내가 안전장치도 풀지 않고 방아쇠를 당기려 했다는 사실을 깨달았다. 여자는 빙긋 웃었다. 사람을 거의 홀리듯이. 나를 조준한 게 아니란 걸 그때 알았다. 총구는 내 바로 뒤에 있던 멀대를 향해 있었다.

여자는 나를 보고 비키라는 듯 휘휘 손을 내저었다. 저 비뚤어진 자신감은 뭐지? 그러더니 멀대의 미간에 총부리를 갖다 댔다.

정체를 알 수 없는 여자의 등장에 황당한 건 얼리사도 마찬가지였다. 눈앞에 무슨 일이 벌어질지 몰라 잔뜩 겁먹은 얼굴이었다. 설마. 나는 불안을 떨쳐 내려 했다.

총구가 미간을 세게 압박하자 금발은 얼굴을 찌푸렸다. 나한테는 꿈쩍도 안 하더니 이제야 겁을 먹은 모양이었다. 녀석은 시간을 벌려는 듯 더듬거리며 변명을 늘어놓았다. "재, 재들이야. 물은 재네한테 있어. 왜 나한테 그래?"

"왜 너한테 그러냐고?" 여자는 그 와중에 곰곰이 생각했다. "글쎄, 네 면상이 맘에 안 드네. 한때는 봐 줄 만했겠지. 반반한 바닷가 놈팡이들. 내가 그것들한테 너무 많이 차였거든." 누가 감히 이 여자를 찰 수 있을까. 거친 정도가 아니라 야성미가 넘쳤다. 어둡고 신비로웠다. 그런데도 차였다면, 상 또라이가 분명하다.

여자는 시야를 방해하는 검은 머리카락을 후 불어 넘겼다. 감정을 읽을 수 없는 까만 눈동자가 드러났다. 놈의 푸른 눈과는 정반대의 방식으로 상대를 꿰뚫어 보는 눈이었다.

여자는 총을 떼지 않고 다른 손을 얼리사에게 뻗었다.

"키 좀 줄래?" 얼리사가 꿈쩍도 안 하자 여자가 덧붙였다. "안 주면 애 쏜다."

그제야 상황이 머릿속에 그려졌다. 차 키의 존재를 안다면 우연히 지나가다 끼어든 것은 아니다. 다 봤다는 뜻이다. 잠자코 기다리다가 이때다 싶을 때 나선 것이다. 그런데 상황을 모두 지켜봤다면 어떻게 얼리사가 놈을 구할 거라고 확신했지?

문득 깨달았다.

얼리사는 그럴 애니까. 이 여자는 몇 초 만에 얼리사를 간파한 것이다.

"제발." 놈이 눈물을 짜냈다. 수분이 더 남아 있었다면 오줌까지

지렸을 것이다. "살려 줘……. 엄마랑 여동생이 나만 기다리고 있어. 나를 죽이면 다 죽이는 거나 다름없다고!"

"와, 참 유감이네." 여자는 다시 총부리를 찍어 누르며 얼리사를 채근했다. "키는?"

"알았어." 얼리사가 여자를 달래듯 말했다. "여기서 누가 죽을 필요는 없잖아."

"아냐! 그냥 쏴 버리라고 해!" 개릿이 소리쳤다.

하지만 얼리사는 개릿을 무시하고 여자에게 키를 넘겼다.

여자는 금발 녀석의 이마에서 총부리를 치우는 동시에 가슴팍에 발을 찔러 넣었다. 금발은 뒤로 나자빠졌다. 이 여자, 대체 뭐지? 실컷 내키는 대로 행동하는 듯하면서도 실제로는 철저하게 계산적인 느낌이었다. 분명 머리가 비상하다.

금발은 그대로 땅에 웅크리고 누워 흐느끼듯 신음했다. 왠지 남은 평생을 그러고 있을 것 같은 모습이었다.

11) 얼리사

그녀를 본 건 내가 먼저였다. 켈턴이 총을 놓치자마자 난데없이 날아들었다. 총을 집어 들 때의 그 미소라니. 눈 깜짝할 새 일어난 일이었나. 그때까지도 내 정신은 온통 개릿을 보호하는 데 있었다.

대낮에 길 한복판에서 사람의 뇌가 흩뿌려지는 꼴을 보고 싶어 하는 사람은 우리 중 개릿밖에 없었다. 지금 그게 문제가 아니다. 이 낯선 여자가 우리의 새로운 위협이다.

그녀는 검은 옷차림에 머리카락도 검고 길었다. 피부는 올리브색에 가까웠다. 경험상 장단점이 있지만, 나와 개릿처럼 어떤 인종인지 알 수 없는 생김새였다. 군살 없이 탄탄한 몸에 여기저기 멍 투성이였다. 팔뚝에는 베인 상처도 있었다. 어디서 뭘 하다 얻은 상처인지 감도 안 왔다. 얼굴의 홍조가 눈에 띄었다. 갈증에서 비롯된 열감은 아닌 듯한데, 그 또한 원인을 알 수 없긴 마찬가지였다. 내가 아는 바라곤 남의 미간에 아무렇지 않게 총구를 들이밀 만큼 복잡한 인물이라는 것뿐이다. 이 사람은 위험한 순간에 우리를 구했다. 하지만 왜? 단순히 차 키를 얻으려고? 게다가 아직 켈턴의 총을 가지고 있다. 우리가 정말 안심해도 될까?

"진짜 멋있었어!" 개릿은 원더우먼을 만난 것처럼 눈을 빛냈다.

그녀가 성큼성큼 가 버리길래 냅다 쫓아갔다. 개릿과 켈턴도 따라붙었다.

"저기…… 그 총은 우리 건데." 내가 말했다. 상대방은 속도를 줄이지도 않았다.

"글쎄, 내가 워터좀비한테서 너희 목숨을 구해 줬잖아. 이 총으로 퉁쳐."

"워터좀비……." 켈턴이 중얼거렸다. "정확한 표현이야."

"인체의 60퍼센트가 물이거든." 그녀가 말했다. "내가 보기에 저놈은 45퍼센트 미만이야. 몇 퍼센트가 돼야 말라비틀어질지 모르지만, 저놈은 착실히 그 길을 밟고 있어."

잠시 극장 앞에 구겨져 있는 남자애를 돌아보았다. 조금 전까지만 해도 진저리 나게 무섭던 놈이 어찌 저렇게 무력해 보일까? 집에 도착할 때까지 저런 워터좀비를 몇이나 만나게 될까? 방어책 하나 없이. 내가 알던 안전하고 멀쩡한 세상이 순식간에 예측할 수 없는 위협으로 가득 찼다. 뭐가 더 위험할까? 예측할 수 없는 위협? 아니면 정체를 알 수 없는 여자?

"저기, 그 차 가져갈 거면 우리 좀 태워 줘." 내가 말했다.

그녀가 홱 돌아서 성질을 냈다. "너 몇 살이야, 열여섯? 귀한 집에서 자란 공주님? 네가 부탁하면 세상 사람 전부가 들어줘야 해?"

"그쪽이야말로 뭐가 그렇게 배배 꼬였어?" 나도 슬슬 열이 받았다.

그녀가 내 앞으로 다가왔다. 위험 거리 안으로 성큼. 힐끗 보니 총을 꽉 쥐고 있었다. 나는 애써 두려움을 숨겼다.

"여기서 무슨 일이 있었는지만 말해 줘. 우린 부모님을 찾으러 왔을 뿐이야."

내 말에 상대방은 살짝 누그러졌다. 그래도 피가 흐르는 인간인가? "나도 잘 몰라." 그녀가 말했다. "꽤 지저분했어. 내가 아는 건 그게 다야. 지금으로선 어디든 처박혀서 기다리는 게 상책이야."

총을 뺏긴 후로 줄곧 의기소침했던 켈턴이 끼어들었다. "팔의 그 상처, 감염된 것 같은데. 맞지?"

"그냥 긁힌 거야."

"감염된 상처는 딱 보면 알아. 보니까 상태가 심각한데."

그녀는 켈턴을 뜯어보고는 서슬을 누그러뜨렸다. "그래서?"

"감염이 혈관을 타고 퍼지게 되면, 차라리 목말라 죽는 편이 나을걸……. 마침 우리 집에 항생제가 있어. 거기까지만 태워 주면 그쪽이 필요한 걸 넘길게."

그녀는 손가락으로 긴 머리카락을 배배 꼬았다. 몇 살이나 됐을까? 열아홉? 어떻게 보면 서른까지도 보였다. 이게 진짜 바람직한 생각일까? 아닐 것이다. 하지만 현재로선 위험을 품지 않은 대안은 없다.

"너희 이름은?"

"난 얼리사. 여긴 내 동생 개릿. 쟤는 켈턴."

"켈턴? 누가 자식 이름을 켈턴이라고 짓냐?"

켈턴은 한숨을 내쉬었다. "나도 여전히 궁금하다."

그녀가 씩 웃었다. 반쯤 미친 사람 같았다. "난 재키. 항생제 얘기 거짓부렁이면 각오해. 얼른 여길 뜨자고."

길바닥에 널브러진 자전거를 돌아봤다. 오늘 손해가 이걸로 그친다면 나로선 감지덕지다.

12) 재키

실로 강렬한 느낌이다. 우주를 상대로 도전장을 내미는 기분. 달려오는 차량을 들이받기 일보 직전, 옥상에서 뛰어내리는 찰나, 아버지의 리볼버를 훔쳐 러시안룰렛 내기를 하는 순간. 물론 실제로 하지 않을 일들이지만, 어떤 기분인지는 누구나 알 수 있다. 낭떠러지에 위태로이 서 있는데 미풍이 등을 부드럽게 어루만지며 속삭이는 것이다. 만약에…… 만약에…….

그 속삭임이 바로 내 담당의, 돌팔이 박사가 진단한 '공허의 부름'이다. 엄연히 정신과 학술지에 나온 증상이란다.

내게는 떼려야 뗄 수 없이 친숙한 느낌이다. 아예 그 안에서 먹고, 자고, 꿈꾸니까. 공허가 내 이름을 부를 때면 언제든 즉각 대답할 준비가 되어 있다.

두 눈 사이로 총구를 들이밀었을 때 그 노랑머리로 탈색한 서퍼 나부랭이도 얼핏 감지했던 것 같다. 실제로 방아쇠를 당기지는 않을 테지만, 만약에…….

녀석을 위협할 계획은 아니었다. 전혀. 나는 구원자나 영웅 따위와는 거리가 멀다. 원래는 녀석들이 노인네를 패서 키를 얻어 내면 그때 끼어들어서 차와 물을 선수 치려고 했다. 그런데 웬 여자애와 꼬마가 나타나 상황이 꼬여 버렸다. 엎친 데 덮친 격으로 괴짜 하나가 총까지 들고 나타났다. 이 몸이 개입하지 않으면 좋게 끝날 상황이 아니었다. 고로 지금 내 수중엔 차량과 무기, 잘하면 물까지 있다. 화요일 아침의 일진이 나쁘지 않다.

이 친구들이 뭘 좀 알았다면 내가 우위를 점했을 때 꽁무니를 뺐을 것이다. 금발 녀석의 떨거지들이 그랬듯이. 적어도 내 예상은 그랬다. 하지만 단수 사태 이후로 도통 사람들의 행동을 예측할 수 없다.

어제 해변에서 무슨 일이 있었는지 말해 주지 않은 것도 그런 이유에서다. 내가 무슨 말을 해도 현실을 직시하지 못할 테니까. 침묵이라는 배려랄까.

나는 어제 현장에 있었다. 물을 얻기엔 늦었지만 단숨에 상황이 어그러지는 꼴을 목격하기엔 충분했다. 해변 별장에 머무른 지 일주일째였다. 라구나비치의 작은 만이 내려다보이는 절벽 위 독채로, 굴뚝에 'D' 자 모양의 커다란 철제 구조물이 있었다. 확실하진 않지만 한때 소유주가 벳 데이비스였다. 내가 제일 좋아하는 옛날 여배우인데, 전형적 미인은 아니어도 관능미가 철철 넘쳤다. 지금은 누가 주인인지 모르겠지만 올여름은 텅 비어 있었다. 그럼 그렇지. 졸부들은 어디든 돈을 처박으려고 이렇게 터무니없이 비싼 물건을 사들인다니까. 그만큼 돈이 썩어 나는 작자들이니 번거롭게 세놓을 생각도 없다. 언제건 이곳 별장 다섯 채 중 하나는 꼭 비어 있다는 뜻이다. 게다가 도난 경보기의 태반은 그저 보여 주기 격에 불과하니, 자물쇠 좀 깔짝거릴 줄 알고 남들 눈에 띄지 않게 거동하면 내킬 때마다 초호화 저택을 안방 삼아 드나들 수 있다. 보통은 에어비앤비 투숙객처럼 한 일주일쯤 머물고 뒷정리를 싹 하고 뜬다. 누가 왔다 갔는지도 모를 정도로. 다만 나는 염치가 있는 편이라 떠날 때마다 헬로키티 카드에 감사의 메시지를 남긴다. 호의에 감사하며, 다음 불청객을 위해 냉장고에 닥터페퍼를 채워 넣었다고. 남들 좀 골려 먹지 않으면 무슨 재미로 사나?

팔뚝의 상처도 위층 욕실 창문을 넘다가 얻었다. 그까짓 상처는 별거 아니었다. 단수 사태 전까지는. 바보같이 남들처럼 허를 찔리고 말았다. 보통은 한 수 앞을 보는 편인데 이번엔 생각이 짧았다. 남부 캘리포니아 해초 구정물에서 식수를 뽑아낸다고 발표했을 때 가장 가까운 지정 장소가 코앞에 있었다. 나는 빈 생수병을 열 개쯤 헬로키티 배낭에 담았다. 그래, 보기완 달리 헬로키티에 집착하는 면이 좀 있다. 그래서 뭐? 몰래 여자 속옷을 입고 다니는 폭주족도 있는데.

설비 가동 개시 한 시간 전에 해변에 도착했다. 하지만 이미 기나긴 줄이 해변은 물론 판자 길을 지나 건너편 극장 너머 골목길까지 늘어서 있었다. 수백 수천에 달하는 인파였다. 나는 나만의 철칙에 따라 절대 줄을 서지 않는다. 은근슬쩍 어우러지지. 자유의 여신상을 감쪽같이 사라지게 한 마술사 데이비드 코퍼필드가 울고 갈 실력으로. 그러려면 빈틈을 잘 노려야 한다. 그래서 해변을 빙빙 맴돌고 있었다.

담수화 설비는 생각보다 작았다. 인부들은 재난 관리청 직원인 듯했는데 유니폼이 남색이 아니라 연하늘색이었다. 알고 보니 재난 관리청이 고용한 자원봉사자들이었다. 헐, 이 판국에 이토록 중요한 임무를 자원봉사자들의 손에 맡겨? 일손이 암만 부족하기로서니 구호 활동 전체를 공무원 지망생들에게 넘길 수는 없다. 재난으로 가는 지름길인 데다가 가시밭길일 것이다.

설비가 가동을 개시했다. 초반에 봉사자들은 제대로 알고 하는 듯했다……. 그런데 설비 한 대에서 연기가 나기 시작하자, 곧 이들 역량의 한계가 드러났다. 수도꼭지를 틀었다 잠그는 게 끝이었다.

"해초 때문이야. 이 머저리들은 해초가 걸릴 생각을 못 한 거야." 어떤 잘난 양반이 말했다.

딱 보기에도 설비는 여과된 염수만 처리하도록 고안된 기계였다. 그제야 봉사자들이 임시변통으로 여과기를 만들려고 했으나 기계들은 이내 줄줄이 덜컹거리며 열을 뿜어냈다.

"진정들 하세요. 기술자들이 점검하러 오고 있어요. 곧 정상 가동될 겁니다." 순진해 빠진 자원봉사자들이 분통을 터뜨리는 사람들을 달랬다. 물론 아무도 오지 않았다. 어느새 제대로 작동하는 기계는 여섯 대 중 두 대에 불과했다.

그 와중에 책임자가 중대한 실수를 저질렀다. 망가진 기계 앞에 있던 사람들에게 멀쩡한 기계 뒷줄로 가라고 지시한 것이다.

쌍욕이 핵무기였다면 이미 지구를 쓸어 버리고 남았을 것이다.

"씨발, 지금 장난쳐? 우린 이 빌어먹을 땡볕 아래서 세 시간씩이나 지랄 맞게 기다렸다고!"

사람들은 구약 성서에 나오는 성난 민중처럼 이를 갈며 분을 삭였다.

그들은 지시를 거부하고 멀쩡한 줄에 파고들었다. 하지만 나처럼 교묘하게 끼어드는 솜씨는 없었다. 멀쩡한 기계 줄에서는 버티며 밀쳐 냈고 먹통 기계 줄에서는 더 세게 밀어붙였다.

"꺼져! 우린 여기서 종일 기다렸다고!"

"그래? 우리도 저 줄에서 온종일 죽쳤거든!"

"그럼 돌아가서 냄새나는 그쪽 기계 고칠 때까지 기다리든가!"

어느새 줄은 의미가 없었다. 사람들은 한 덩어리로 뒤엉켰다.

군중이 폭도로 변하는 현장은 눈이 아닌 몸으로 체감할 수 있었다. 나는 거의 깔려 죽을 뻔했다. 사람들이 밀고 당겨 대는 통에 제대로 가동 중이던 두 대 중 한 대마저 쓰러지고 말았다. 그 와중에 사람들이 빈 통을 들고 달려들었지만 담을 수 있는 물은 흙탕물뿐이었다.

이 틈에 물가로 빠져나가는 게 살길이었다. 그러나 사람들 틈에 꼼짝없이 갇힌 나는 모든 경과를 눈 번히 뜨고 지켜봐야 했다. 어느새 주먹다짐이 일파만파 번지더니 사람들은 죄다 이성의 끈을 놔 버린 듯했다.

군중에게 일어난 일은 이른바 '탈개인화'였다. 경찰이 제복을 걸쳤을 때, 혹은 사람들이 선글라스를 써서 상대방에게 자기 눈빛을 감출 수 있을 때 일어나는 현상. 평소의 자신을 벗어나 딴사람이 된 듯한 착각을 일으키며 딴사람처럼 행동하게 만드는 증상. 워터좀비에 둘러싸인 목마른 이들에게 벌어질 수 있는 일? 그중 하나가 되는 것이다.

한 노인이 밟혀 죽었다. 어떤 엄마는 남의 자식에게서 막무가내로 물을 빼앗았다. 심지어 한 남자는 칼을 꺼내 들고 낯선 이를 향해 무참히 휘둘렀다. 폭도는 기계로 진격해 인부들을 공격했고, 당황한 그들은 총을 꺼내 들고 군중을 향해 발포했다.

곧 전투 경찰대가 우르르 나타나 폭동 진압용 방패를 밀고 들어왔다. 사람들을 죄다 바다에 빠뜨려 죽이려는 심산인 듯했다. 실제로 몇몇은 파도에 휩쓸려 모습을 감췄고, 노약자나 맥주병 부류는 발버둥 치다 가라앉았다. 경찰들은 고무탄을 쏘고, 최루 가스를 던지고, 곤봉을 휘둘렀다.

나는 가까스로 물가를 벗어나 해변 끄트머리의 바위 위로 기어올라갔다. 헬로키티 배낭은 여전히 빈 병으로 가득했다. 몸이 뜨거웠다. 팔뚝의 상처가 덧나서 곪고 있었다. 나는 숨을 고르며 저 멀리 공허의 부름에 잇따라 굴복하는 인파를 지켜보았다.

광풍이 휩쓴 지 한 시간쯤 지나자 수백 명이 연행되고 폭도의 수는 줄어들었다. 구급차가 사상자들을 차례차례 실어 갔다. 일몰 무렵 해변은 거의 텅 비었다. 경찰 몇 명이 남아 망가진 기계 근처로 다가오는 사람들을 향해 경고 사격을 날렸다. 짐작하기로 한두 발은 경고에 그치지만 않았다.

나는 별장으로 돌아가지 않기로 했다. 가 봤자 내게 남은 건 없다. 물도, 생필품도. 지금 내가 살 길은 사람들에게서 숨는 게 아니라 그 속에 섞여 드는 것이다. 생존의 기회는 그 안에 있으니까. 사람들은 잘 속고, 휩쓸리고, 희생한다. 내가 그만큼 사회성이 좋냐고? 이 얘기의 요지는 따로 있다. 되도록 나쁜 소식은 떠들지 말자. 적어도 내 입으로는. 얼리사와 개릿의 부모님? 모르긴 몰라도 낭자한 피와 엎질러진 물 사이 어디쯤 있을 것이다. 혹은 안치되었거나.

BMW를 찾는 와중에 열이 점점 심해졌다. 텅 빈 점포들을 지나쳐 옥외 주차장에 들어섰다. 차 키를 눌러 봐도 응답이 없었다.

얼리사와 꼬마는 주변을 하염없이 둘러보았다. 물론 BMW를 찾는 게 아니었다.

"부모님 차가 뭔데?"

"파란색 프리우스." 개릿이 대답했다. 웃음이 나왔다. "잘해 봐. 라구나의 절반은 그 차니까." 나는 다시 차 키를 쳐들고 패닉 버튼*

<hr>

* 자동차 스마트키에 장착된 기능으로, 버튼을 누르면 차에서 경고음이 울리고 비상 경고등이 켜진다.

을 눌렀다.

"키를 머리에 대면 주파수 도달 거리가 늘어날 거야." 켈턴이 말했다. "전류가 뇌척수액을 타고 머리를 안테나로 바꿔 주거든."

차는 여전히 응답하지 않았다. 하지만 켈턴은 실실 쪼갰다. 쓸모 없는 지식을 뽐내서 만족스러운 얼굴이었다. 책으로 배운 지식은 스케이트보드나 다름없다. 두 발로 직접 걸어야 할 때가 되면 아무 쓸모 없으니까. 죽느냐 사느냐 하는 상황에선 오직 경험이다. 난 두 가지를 다 가졌기에 운이 좋은 편이다. 주소나 고정 수입 없이 홀로 선 지 어언 이 년째. 다달이 갈아 치우는 남자 친구에게 신세를 지든, 담보 잡힌 집에서 머물든, 남이 안 쓰는 별장에서 호사를 부리든, 내 나름대로 잘 지내 왔다. 성격상 떠돌이 삶이 편했다. 학교 다닐 때도 마찬가지였다. 수업에 빠지면 큰일 나는 줄 아는 범생이도, 극단적 자의식으로 똘똘 뭉친 아웃사이더도 아니었다. 그저 멍청한 집단을 견딜 수 없었다. 이른바 힙스터가 될 바에야 학교 게양대에 목을 맸으리다.

우리 부모님은 본인들이 문제투성이라 내게도 문제가 있으리라 확신했다. 툭하면 심리 치료사며 정신과 의사에게 데려갔다. 그들은 내 문제가 화학 물질의 불균형이 아니라 환경에 의한 기능 장애라고 진단했다. 부모님은 황당하다는 반응이었다. 대체 환경이 왜? 남편이 괘씸해 일부러 덜 익힌 고기를 주는 엄마, 자기애가 너무 강해 나이 마흔에 주름 성형을 하는 아빠가 뭐가 어때서? 부모님은 기어이 만족할 만한 진단을 찾아냈다. 허무주의 성향이 강한 해리성 장애. 내가 본디 서글서글한 애는 아니란 뜻이다. 그렇게 약을 처방받았다. 수고가 많습니다, 돌팔이 박사님.

치료는 나쁘지 않았다. 적어도 그들에게는. 나는 이의를 제기하기도, 신경 쓰기도 귀찮았다. 약은 정 필요한 사람에겐 진정한 구세주이지만, 그렇지 않은 이에겐 골칫거리일 뿐이다.

엄마가 마침내 용기를 내 이혼 의사를 밝혔을 때 나는 집을 나왔다. 암만 좌석이 좋아도 볼 필요 없는 시시한 구경거리니까. 그후로 간간이 전화를 걸어 엄마 아빠가 서로 잡아먹지 않았는지, 혹은 사이비 종교에 빠지지 않았는지 확인했다. 그거 말고는 각자의 비무장 지대를 지켰다.

지난 이 년간 혼자 떠돌아다니며 인신매매를 당할 뻔하거나 죽음의 문턱까지 간 적도 있다. 심지어 단수 사태가 벌어지기도 전 일이다. 회고록에 쓸 거리가 이토록 풍성한데 죽기 전에 쓸 수 있으려나.

아무튼, 나는 지금 성가신 애들 셋의 기사 노릇을 해야 한다. 그누가 알겠는가? 이 길의 끝에서 내 생애 가장 위험한 상황을 마주할지.

뒤쪽의 버려진 부지에서 마침내 BMW를 찾아냈다. 매끈한 은색 차체가 한눈에도 비싸 보였다. 금발 녀석 말대로 물이 있을 가능성이 컸다. 생각만 해도 아드레날린이 샘솟았다. 하지만 막상 내부를 들여다보니 난장판이었다. 온갖 쓰레기, 종이 더미, 재생할 일 없는 DVD 등등……. 이럴 수는 없다. 어떤 삼류 수집광이 이 판국에 생필품 대신 쓰레기를 모은단 말인가? 시트를 구석구석 뒤져도 마찬가지였다. 트렁크마저 쓰레기로 넘쳐 났다. 조수석 사물함에서 드디어 구원을 만났다. 적어도 500밀리리터쯤 되는 생명수. 뚜껑을 따고 그대로 꿀꺽꿀꺽 들이켰다. 나눠 줄 생각은 없었다. 보아하니 각자 물이 있는 듯했다. 나는 숨을 쉬려고 겨우 병에서 입술을 뗐다.

숨을 크게 내뱉고 나서 쓰레기를 마저 훑었다. 차 주인의 사진 수십 장이 나왔다. 번지르르한 가족사진 속 인물들은 모두 식상한 터틀넥 차림이었다. 왜, 액자라도 갖다 끼우시지. 하지만 사진을 보면 볼수록, 왠지 모르게 심란했다. 어처구니가 없었다. 차 주인은 내가 알지도 못하는 사람이다. 하지만 나를 동요케 한 것은 사진 자체가 아니었다. 그가 마지막으로 챙긴 물건이 사진이라는 사실이었다. 거처를 잠시, 혹은 영영 떠나면서 지니기로 한 물건인 것이다. 그 절절한 심정이 고스란히 전해졌다. 복잡한 감정도 잠시, 다시 사태의 위중함이 덮쳤다. 어지러웠다. 열 때문이다. 나는 운전대를 잡아야 하므로 정신을 붙들어 맸다. 지금은 감상에 젖거나 고통에 발목 잡힐 때가 아니다. 집중해야 한다.

나는 다시 물을 들이켰다. 얼리사가 나를 빤히 보고 있었다.

"아껴 마셔야 해." 얼리사가 말했다. 덜떨어진 동생이랑 만화를 보다가 주워들은 공익 광고 대사를 읊는 꼴이었다.

나는 얼리사를 똑바로 바라보며 말했다. "켈턴이 조수석에 앉아. 성가시긴 해도 유용하니까." 물론 진짜 이유는 따로 있었다. 원래 가장 위험한 사람을 제일 가까이 앉혀야 한다. 지금으로선 자기 총도 못 쏜다 해도 붉은 머리 괴짜를 앉히는 게 그나마 낫다. 게다가 정말로 유용해지려고 했다.

"길 안내는 내가 할게. 비포장도로를 타야 할지도 몰라." 켈턴이 말했다.

얼리사는 날 마뜩잖은 듯이 쏘아보더니 다시 그 큰 입을 열었다. "누가 그쪽더러 명령하래?"

"내가. 맘에 안 들면 집까지 자전거 타고 가시든가." 내가 시동을 걸며 대꾸했다.

얼리사는 입을 다물고 뒷좌석에 올랐다. 그럼 그렇지. 해 질 무렵엔 더욱 내가 필요할 테니. 나야 물론 혼자가 낫다. 멍청한 남매가 이 차에 있는 유일한 이유는 켈턴이 그들을 두고 가지 않을 게 뻔하기 때문이다. 켈턴에게는 항생제가 있다. 거짓말이 아니라면. 하지만 켈턴은 정직한 애다. 너무 정직해서 자칫 죽을 수도 있지만.

얼리사? 신뢰가 안 가긴 나도 마찬가지다. 다만 주도권을 내가 쥐고 있다면 상관없다. 생존은 그 무엇도 남의 손에 맡기지 않는 태도에 달렸다. 그런데 백미러로 얼리사의 얼굴을 자세히 뜯어보니, 아까는 미처 몰랐던 요소가 있었다. 처음 봤을 땐 짖기만 하고 물지는 않는 소형견 같았다. 그런데 지금 얼굴 위로 굴절하는 햇빛이 여태껏 눈치채지 못한 뭔가를 비추고 있었다. 눈빛이 첫인상만큼 흐리멍덩하지 않다. 예리하다. 이는 장차 문제가 될 수도 있다는 뜻이다.

13) 얼리사

백미러로 재키의 두 눈이 나를 계속 훑었다. 내가 자길 싫어할뿐더러 신뢰하지 않는다는 사실을 이미 알고 있다. 생물 시간에 배운 동물의 습성이 떠올랐다. 무리 지어 생활하다가 탈선하는 놈은 대체로 너 굶주리고 포악하다. 무리 없이는 사냥하기 힘든 탓이다. 근데 애초에 무리에서 왜 떨어져 나왔을지 생각해 보라. 이 사람은 이름 없는 약병에 들어 있는 정체불명의 내용물이다. 게다가 우린 지금 이 사람에게 속수무책으로 휘둘리고 있다. 내 생각이 맞는다면 우린 납치당한 것이나 다름없다.

앞자리에서 켈턴이 라디오를 틀었다. 컨트리 음악이 흘러나오는데 불필요하게 끈적했다. 루크 브라이언이 비와 술을 소재로 제 여자가 딴 남자와 놀아나는 내용을 노래하고 있었다.

"당장 채널 안 돌리면 널 쏘고 나도 뒤따르겠어." 재키가 켈턴을 향해 말했다.

켈턴은 움찔했다. "대체 뭔 생각으로 비가 나오는 노래를 튼 담?" 켈턴은 구시렁대며 채널을 돌렸다.

"단수 상황이 남부 전체로 확산되면서 주 정부는 주민들에게 다음과 같이……."

재키가 라디오를 꺼 버렸다.

"잠깐! 중요한 내용일 수도 있잖아!" 내가 따졌다.

"계속 똑같은 내용이야. 오전 내내 들었다고. 대피소 같은 건 없어. 적어도 아직은."

"내버려 둬." 개릿이 말했다. "난 이제 아무것도 듣기 싫어."

듣고 싶지 않은 건 나도 마찬가지였다. 단지 어두운 생각에 갇히기 싫었을 뿐이다. 그런데 나보다 켈턴의 생각이 더 어두우리란 생각은 미처 못 했다.

"이제 하나씩 무너질 거야. 주요 시설은 폐쇄되고 비관적인 담론만 주야장천 이어지겠지. 조만간 도시형 자연 도태가 이뤄질 거야. 인간이 짐승이 되기까지 사흘이면 족하다는 설이 있거든. 그게 뭐냐면……."

"안 궁금해, 켈턴. 좀 닥쳐 줄래?" 내가 쏘아붙였다.

"알았어." 하지만 켈턴은 입을 다물지 않았다. "다만 오늘이 나흘째니까, 그 가설에서 이미 하루가 지났다고."

인정하긴 싫지만, 퀠턴의 말이 맞을지도 모른다. 단수 사태, 폭동까지는 그렇다 치자. 하지만 사회가 완전히 붕괴한다고? 그게 지금 우리가 마주한 현실이라고? 머릿속에 종말 이후의 미래상이 떠올랐다. 그날이 우리 집 우유 유통 기한보다 빨리 올 줄은 몰랐다.

"너네 진짜 웃긴 거 알아? 서로 못 잡아먹어 안달이잖아. 그러다 운전자한테 불똥이 튀겠지. 아직 멀었냐면서." 재키가 말했다.

"아직 멀었어?" 개릿이 넙죽 받아쳤다.

나는 개릿의 무릎을 찰싹 때렸다. 뜻하지 않게 세게 때렸는데, 별 반응이 없었다. 그저 시무룩하게 창밖만 바라봤다. 개릿도 자기만의 생각에서 벗어나려는 듯했다.

"자꾸 우릴 애 취급하는데, 그쪽도 끽해야 열여덟 정도로 보이거든?"

"열아홉이야."

고가 도로를 지나며 고속 도로를 내려다보니 차들이 그대로였다. 다만 명명백백 버려져 있었다. 나는 애써 주의를 다른 데로 돌렸다.

"그래서, 학교는 어디로 다녔어?" 그저 잡념을 떨쳐 버리기 위한 질문이었다.

"미션." 재키의 대답에 놀랐다. 우리 학교였다. 마주친 적은 없어도 다니던 시기가 겹쳤으리라. 하긴, 미션비에호는 꽤 큰 학교니까.

"그럼 디아블로*야?" 켈턴도 놀란 말투였다.

"였었지. 중퇴하기 전까지는." 재키가 대답했다.

갑자기 켈턴이 숨을 들이켰다. "재키…… 설마 재키 코스타는 아니지?"

재키가 켈턴을 노려보았다. "뭐야, 내 이름을 어떻게 알아?"

"장난해? 그 이름은 거의 전설이야." 켈턴이 나를 향해 고개를 돌렸다. "교무실에 있는 상패 알지? 대학 입학시험 고득점자 중에서도 만점에 가까운 사람이라고!" 켈턴이 다시 재키에게 고개를 돌렸다. "얼마나 꼴 보기 싫은 이름이었는데!"

"이제 꼴 보기 싫은 얼굴까지 생겼네."

"근데 왜 중퇴했어?" 내가 정말 궁금해서 물었다.

아니나 다를까 재키는 즉답을 피했다. "더 중요한 일이 많으니까."

"흠, 그쪽 단수는 꽤 오래전에 시작했나 보네."

또다시 백미러로 날카로운 시선을 느꼈다. 이제 더는 적대감을 불러일으키지 않기로 했다. 재키에겐 총이 있다. 양심은 쪼글쪼글한 건포도 수준일 것이다. 사흘이 걸리기는커녕 애초에 짐승인지도 모른다.

---

* 붉은색의 악마 모습을 한 미션비에호 고등학교의 공식 마스코트.

우리 동네로 접어들자 마음이 놓이면서도 한편으론 바짝 긴장됐다. 집에 돌아온 것은 안전을 의미하기도, 실패를 의미하기도 했다. 그사이 부모님이 돌아오지 않았다면. 나는 썩은 동아줄 같은 희망을 움켜쥐었다. 다른 대안을 떠올릴 자신이 없었다.

뜨거운 태양 아래 늘어선 집들이 보였다. 주민들은 보이지 않았다. 떠날 때와 비슷한 모습이었다. 나는 고개를 수그려 차창 유리에 얼굴을 바짝 대고 우리 집 쪽을 주시했다. 반 블록 멀리 우리 집 차고 진입로가 보였다. 여전히 엄마 차는 없었다. 차고와 쪽문도 닫혀 있었다.

그런데, 대문이 열려 있다!

재키가 차를 멈추기도 전에 개릿과 나는 차에서 뛰어내렸다.

"왔나 봐! 역시 그냥 기다려야 했어! 내가 그럴 줄 알았다고!" 개릿이 외쳤다.

근데, 왜 대문을 활짝 열어 두었지?

황급히 달려간 문에는 쪽지 하나가 붙어 있었다. 한순간 부모님이 남긴 쪽지인 줄 알았는데 자세히 보니 오늘 저녁에 긴급 주민 회의를 소집한다는 전단이었다. 그러고 보니 문간에 웬 나무 부스러기가 있었다. 문은 그냥 열린 게 아니었다. 강제로 열린 것이다.

"아빠? 엄마?" 개릿이 소리쳤다.

개릿은 망가진 문설주를 보고도 끝까지 현실을 부정했다. "열쇠를 잃어버렸나 봐. 아니면 바질 삼촌이 왔는데 문이 안 열려서."

지푸라기라도 잡는 꼴이었다. 무단 침입이 분명했다. 그리고 퍼
뜩 든 생각은…….

"킹스턴!"

홀로 침입자를 상대했을 우리 집 개가 생각나 황급히 집 안으로
뛰어 들어갔다.

집 안은 엉망이라고는 할 수 없지만, 정상도 아니었다. 바닥에는
얇은 철판과 구리 파이프 부품들이 널브러져 있고, 카펫 위에 기름
진 발자국이 찍혀 있었다. 모퉁이를 돌자 거실 탁자 위에 우리 집
온수기가 난파선처럼 덩그러니 놓여 있었다. 뜯기고 터진 외장이
꼭 수술대 위에서 숨을 거둔 환자 같았다.

다행히 거실과 부엌 사이 문간에서 킹스턴이 모습을 드러냈다.

"킹스턴, 이리 온! 나쁜 놈들 내쫓았어?"

손을 뻗어도 킹스턴은 오지 않았다. 낑낑거리며 머뭇머뭇했다.
딱히 반항은 아닌데 뭔가 이상했다.

"킹스턴?" 여전히 반응을 읽을 수 없었다. 아침에 밥을 안 주고
가서 배가 고팠나? 나는 주머니에서 육포를 꺼내 내밀었다.

그러자 부엌에서 다른 개가 나타났다. 고기 냄새를 맡은 모양이
었다. 길 건너 사는 로트바일러였다. 이상하다. 이 개가 왜 여기 있
지? 물을 찾아 열린 대문으로 들어왔을까? 평소 사람 손을 잘 타던
순한 개인데, 지금은 그렇게 친근해 보이지 않았다.

불안한 마음으로 일어나서 육포를 반으로 쪼개 녀석들에게 던

져 주었다. 하지만 둘 다 코만 킁킁댔다. 개들이 원하는 건 육포가 아니었다. 뭘 원하는지 알았지만 내 수통도 비어 있었다.

그때…… 어디선가 또 다른 개가 나타났다. 한 번도 본 적 없던 도베르만이었다. 녀석의 눈을 보니 육포보다 사람 쪽이 더 구미가 당기는 듯했다.

그 순간 심장이 덜컥 내려앉았다. "개릿, 뒤로 물러서."

그러자 도베르만이 으르렁거렸다.

"킹스턴!" 하지만 킹스턴은 두 녀석 쪽에 서서, 불러도 오지 않았다. 더는 우리 집 개가 아닌 것 같았다. 우리가 필요한 만큼 물을 주지 않아서 다른 무리에 합류한 것이다.

도베르만의 근육이 불뚝거렸다. 당장이라도 달려들 기세였다. 나는 개릿을 붙들고 문을 향해 힘껏 뛰었다.

"안 돼! 킹스턴을 두곤 못 가!" 개릿이 소리쳤다.

개들이 뒤에서 동시에 짖어 댔다. 우릴 쫓아오는 건지 쫓아내는 건지 분간이 안 갔다. 당장 설명할 여유가 없으니 일단 개릿을 잡아끌었다. 어떤 상황에서도 끝까지 충성하리라 믿었던 우리 집 개는 생존을 위해 본능적인 선택을 한 것이다.

14) 켈턴

얼리사와 개릿은 집에서 뛰쳐나와 허겁지겁 뒷좌석에 오르더니 문을 쾅 닫았다. 이유는 금세 드러났다. 험상궂게 생긴 도베르만이 쫓아왔다. 그 뒤를 킹스턴과 또 다른 개가 따랐다. 세 녀석은 도베르만을 선두로 우리 차를 둘러쌌다. 얼리사가 자초지종을 얘기하자 재키가 총을 빼 들었다.

"아니야! 잠깐만 있어 봐." 내가 말렸다.

킹스턴은 앞발로 뒷좌석 문을 짚고 서서 슬픈 눈으로 주인을 쳐다봤다. 개릿은 눈물이 그렁그렁했다. 킹스턴은 이내 두 녀석을 따라 집 안으로 들어갔다. 얼리사는 그제야 안도의 한숨을 내쉬었다.

"그래서 방금 개 몇 마리한테 집을 내준 거야?" 재키가 빈정거렸다.

얼리사는 고개를 푹 숙인 채 대꾸도 안 했다. 마지막 희망이 사라져서 넋이 나간 것이다.

"상관없어. 어차피 우리 집이 더 안전하니까." 내가 말했다.

물론 이들을 집에 들이려면 아빠라는 산을 넘어야 한다. 오늘 상황이 돌아가는 꼴을 보니 지금쯤 아빠는 특공대 수준으로 무장하고 있을 게 뻔했다. 총을 다 장전하고 트럭은 벙커로 가기 위한 만반의 준비를 마쳤겠지. 게다가 아침에 쪽지 하나 달랑 남기고 사라진 아들에게 머리끝까지 화가 나 있을 테다. 하지만 나는 얼리사

남매와 동행한 일이 옳은 일이었다고 맞설 작정이었다.

재키? 불가피한 모험이다. 체스로 따지면 초반에 희생해야 하는 말이랄까. 승부수를 띄우려면 어느 정도 위험을 감수해야 한다. 물론 재키를 여기 데려온 것은 상당한 위험이다. 하지만 아무리 우리 마음에 들지 않아도, 아무리 얼리사가 대놓고 불신해도, 재키는 우릴 무사히 돌아오게 한 장본인이다. 상처를 발견해서 다행이었다. 감염 부위를 보니 항생제를 그냥 지나칠 상태가 아니었다. 우리와 합류한 결정도 아마 본인만의 수였으리라. 현재로선 거래가 성사되고 나서 뒤통수를 맞지 않길 바랄 뿐이다.

진입로에 차를 세우고 내가 앞장섰다. 아빠가 오전 내내 바쁘게 움직인 흔적이 보였다. 마당에 파 놓은 구덩이는 살포시 덮여 있고 보안 덧문은 내려져 있었다. 게다가 군데군데 감시 카메라가 추가되었다.

재키는 휘둥그레진 눈으로 마당을 둘러보다가 아스팔트 밖의 잔디를 밟았다. 발이 닿는 순간 땅이 꺼졌다. 내가 잽싸게 팔을 붙들었다. 깊이는 1미터도 안 되지만 못 박힌 널빤지가 깔린 구덩이였다. '인디아나 존스' 시리즈에 나오는 것과 같은.

"부비 트랩이야. 발 조심해." 내가 말했다.

재키는 머리를 흔들었다. 겁먹었다기보단 감탄한 표정이었다. "대체 언제부터 종말에 대비한 거야?"

"꽤 됐지. 지구 멸망 시나리오가 우리 가족 취미거든."

재키는 마당의 서늘한 미학에 마음을 빼앗긴 모양이었다. "뜨개질보단 훨씬 낫네."

난관은 이제부터다. 나는 심호흡을 하고 열쇠를 만지작거리며 현관문에 다가섰다. 하지만 열쇠를 구멍에 꽂기 전 멈칫했다. 재키가 내 총을 가진 사실이 뒤늦게 떠올랐다. 아빠가 본다면 영락없이 불난 집에 기름 붓기다. 낯선 사람에게 총을 넘긴 행위는 무책임한 걸 넘어서 앞으로 그 총으로 뭔 짓이 벌어지든 전적으로 내가 책임져야 한다는 뜻이었다.

그때 저절로 문이 열렸다. 아빠였다. 마치 우릴 기다리고 있었다는 듯이.

"왔니? 모험은 재밌었고?" 아빠는 얼음장 같은 얼굴로 물었다.

"전혀요. 예상하신 대로예요."

"고속 도로는?"

"꽉 막혔어요."

엄마가 달려 나와 날 안아 주었다. 민망할 만큼 아주 꽉.

"켈턴, 다친 덴 없니? 우리가 얼마나 걱정했는지 알아?" 재키의 표정은 안 봐도 훤했다.

아빠는 엄마에게 잠시 빠져 있으라고 신호했다. 자신이 처리하겠다는 뜻이다. "친구들 데려왔구나. 어서 와라, 얼리사, 개릿."

남매는 어색하게 인사했다.

아빠는 재키를 훑었다. "이분은 누구실까?"

"재키라고 해요. 아저씨 아들내미 목숨 구해 준 대가로 항생제 받으러 왔어요." 재키는 거침없이 다가섰다.

아빠는 얼굴이 붉으락푸르락했지만 고함을 치는 대신 심호흡을 했다. 분노를 가라앉히는 모양새로 고개를 주억거렸다. "사실이니, 켈턴?"

"네. 우릴 구해 주고 무사히 여기까지 데려다줬어요."

"고맙구나, 재키. 그런데 미안하지만 항생제는 우리 아들이 맘대로 줄 수 있는 게 아니란다."

재키는 아빠를 사납게 노려보았다. 얼리사네 집에 있던 도베르만의 눈빛과 다를 바 없었다. 좋게 끝날 리 없다는 예감에 가슴이 두방망이질 쳤다. 재키는 아빠에게 한 걸음 더 다가섰다.

"그런 허접한 핑계는 안 통해요."

나는 재키가 허리춤에 감춘 총을 떠올렸다. 아빠가 보면 어쩌지? 어떻게 하면 아빠가 못 보게 할까. 둘 사이에 불꽃이 튀기 전에 내가 얼른 끼어들었다. "내 목숨을 구해 준 사람이라니까요!" 분개한 척하려고 했는데 그럴 필요가 없었다. 정말로 화가 났으니까. "아들 목숨이 그깟 항생제만도 못해요?"

"켈턴, 요점은 그게 아니라……."

"아예 얼리사랑 개릿까지 내쫓지 그래요?"

"자기 집이 코앞이잖아!"

"도둑이 든 데다 안전하지도 않다고요! 부모님도 행방불명이

고요!"

아빠는 내게 바짝 다가와 낮은 목소리로 경고했다. 귓속말까진 아니어도 나한테만 들리게끔.

"이 대화는 없던 거다. 상황 파악 좀 하렴."

나는 끝내 폭발했다. 아마 집 안에 있는 엄마도 들었으리라.

"네, 어떤 상황인지 잘 알겠네요! 아빠 말대로 없던 걸로 하죠! 당장 여기서 나갈 테니까!"

나는 등을 돌려 뚜벅뚜벅 걸어 나갔다.

"켈턴!"

아빠의 불호령에 본능적으로 몸이 굳었지만 나는 이를 이용했다. "이제야 브래디 형이 왜 집을 나갔는지 알겠네요. 전 열여덟 살까지 안 기다려요!" 나는 동료들에게 손짓했다. "다들 빨리 나와! 재키, 가자. 항생제는 딴 데 가서 얻으면 돼."

재키가 내 의도를 파악하고 장단에 맞춰 주길 바랐다. 실제로는 죽어도 내 지시를 따르지 않을 테니.

다행히 재키는 눈치가 빨랐다. 어깨를 으쓱하고는 아빠에게 조소를 날리며 "또 봬요, 딕."이라고 했다. 그 순간 재키가 우리 아빠 이름을 어떻게 아나 했다. 물론 그게 아니라는 걸 금방 깨달았지만.*

---

*영어 이름 리처드는 '딕'이라는 애칭으로 줄여서 부르기도 한다. '딕'은 싫은 사람, 특히 성인 남자를 경멸하듯 부를 때도 쓰인다.

차 가까이 갔을 때 엄마가 뛰쳐나왔다.

"켈턴! 너 그 차 타기만 해!" 엄마의 으름장은 아빠보다 거셌다.

나는 엄마를 돌아보며 짐짓 망설이는 척했다.

"얼리사, 개릿, 당연히 여기 있어도 된단다. 재키, 어서 들어오렴. 여긴 물도 있고 먹을 것도 있어." 엄마는 아빠 눈을 똑바로 바라보며 덧붙였다. "물론 항생제도."

엄마는 얼리사와 개릿을 집 안으로 떠밀었다. 아빠는 감히 막아서지 못했다.

"메리베스, 잠깐 상의 좀 할까?"

"아니."

엄마는 아빠를 단칼에 무시했다. 전세가 역전된 것이다.

나는 속으로 쾌재를 부르면서도 걱정이 됐다. 아빠는 이날의 굴욕을 잊지 않고 언젠가 내게 앙갚음할 것이다. 그러나 오늘은 아니다.

재키는 느긋하게 아빠 곁을 지나치며 빈정거렸다. "환대해 주셔서 감사해요!" 이번엔 '딕'을 붙이지 않았지만, 재키는 호의를 베풀듯이 문밖에 붙어 있던 분홍색 주민 회의 전단을 떼어 아빠 손에 쥐여 주었다.

나는 무표정을 유지한 채 아빠 얼굴을 보지 않고 지나쳤다. 속으로는 웃고 있었다. 난생처음 아빠에 대한 두려움을 전화위복의 계기로 만든 것이다.

그간 내가 어울리던 친구들은 주로 보이 스카우트 단원, 프레퍼 족* 그리고 치과 의사 자녀들이었다. 따라서 얼리사와 개릿, 재키 가 우리 집에 온 것은 꽤 특별한 일이다. 나는 집 구경을 시켜 주기 로 했다. 우선 내가 제일 좋아하는 안전실부터. 위급 시에만 손댈 수 있는 구호품들, 즉 응급 의약품과 물통, 총, 탄약, 통조림 등을 저장해 놓은 곳이다. 경첩이 달린 책꽂이 뒤쪽에 숨은 장소다. 어 떤 책 하나를 꺼내자 책장이 활짝 열렸다.

"아빠가 옛날 영화 '제임스 본드' 시리즈를 본떠 만든 방이야." 손님들이 아빠를 다시 봐 주길 바라는 마음에 한 말이다. 역시 감 탄한 표정들이었다. 안전실은 아빠가 항생제를 숨겨 둔 곳이기도 했다. 다양한 물약과 알약 병들이 지퍼 백에 들어 있었다.

"혹시 항생제 알레르기 있어?" 나는 재키에게 물었다.

"아니."

재키에게 주황색 케플렉스 약병 두 개를 건넨다. "한 병이면 되 겠지만 혹시 모르니까." 재키는 끝까지 미심쩍은 듯 망설이다가 내 손에서 약병을 낚아챘다. 그러고는 두 알을 꺼내 물도 없이 삼 켰다.

---

*자연재해나 재난 따위로 지구 종말의 날이 올 것에 대비하여 생존을 미리 준비하 는 사람들을 일컫는다.

"드디어." 재키는 한숨을 내쉬며 약병을 주머니에 챙겼다. 그리고 나를 보며 웃었다. 처음으로 제정신인 것 같은 미소였다. "고마워, 켈턴." 진심인 듯했다.

"여긴 잠금장치 없어?" 얼리사가 주위를 둘러보며 물었다.

"안에서만 잠글 수 있어. 안전실이니까. 왜?"

"그야 내가 한밤중에 들어와서 싹쓸이할까 봐 그러지." 재키가 말했다.

"모든 게 다 그쪽 얘긴 아니거든?" 하지만 얼리사가 재키의 눈을 피하는 걸 보니 정곡을 찔린 모양이었다. 다 이유가 있어서 한 질문이겠지.

"걱정 마. 내부에 동작 탐지 경보기가 있거든. 한밤중에 누가 들어오면 바로 알 수 있어." 사실 동작 탐지기는 집 주변에만 있지만, 재키가 알 필요는 없으니까.

밖으로 나와 사격 연습장을 보여 주었다. 나는 간이 화장실을 가리켰다. "우린 내부 화장실 안 써. 물 낭비니까. 볼일은 여기서 보도록 해." 누가 이동식 변기를 좋아하겠는가. 하지만 아무도 불평하지 않았다.

부엌으로 이동해 현재 우리의 식수 공급원인 스테인리스 드럼통을 보여 주었다. 나는 안전 고무마개를 풀어 수도꼭지를 대기시켰다. "나중에 아빠가 물을 배급할 거야." 나는 주변에 아빠가 없는지 살폈다. 아빠는 차고에서 다시 작업에 열중하는 듯했다. "근데 일단 지금 가진 병들 채워."

재키는 눈이 왕방울이 되어 거의 군침을 흘렸다. 이미 우리 집에 잘 적응한 모양이었다.

재키는 자기 생수병을, 얼리사와 개릿은 내가 준 수통을 채웠다. 그런데 얼리사는 바로 입을 대지 않고 그저 수통의 시커먼 주둥이를 들여다봤다.

"왜 그래?" 내가 물었다. 개릿과 재키는 이미 부엌을 떠난 뒤였다.

"아니야." 얼리사는 고개를 흔들고서 수통을 입술에 가져다 댔다. 그와 동시에 두 눈에 눈물이 차올랐다. 참아 왔던 감정이 둑을 넘어 터진 것이다. 얼리사는 팔을 뻗어 나를 꽉 안았다. 나도 두 팔을 감았다. 예전에 품었던 흑심과 달리 가슴에서 우러나온 위로였다. 이런 느낌은 처음이었다. 낯설면서도 옳은 느낌. 얼리사는 금세 몸을 떼고 눈물을 훔쳤다. "미안. 바보같이 굴어서."

"뭐? 아니야……." 나는 이런 상황에서 어떻게 해야 할지 몰라 머쓱했다.

얼리사는 젖은 눈가를 닦아 내며 "웬 물 낭비람." 하고 웃었다.

"누구나 조금은 물 낭비를 할 때가 있어. 침대보를 적시는 것보 단 낫지." 내 평생 가장 멍청한 말이었다. 하지만 얼리사는 끅끅대 며 웃었다. 나를 향해서가 아니라 나와 함께. 적어도 내 옆에서.

"지난주까지만 해도 너희 집을 괴상하다 여겼는데, 지금 보니 진짜 대단하다." 얼리사가 내 눈을 보고 말했다. "고마워, 켈턴. 전부 다. 우리가 머물 수 있게 애써 나서 준 것도."

나는 한쪽 입꼬리를 씩 올렸다. 이왕이면 더 웃기고 싶었다. "이래 봬도 이글 스카우트*라고. 알지?" 역시 효과가 있었다. "게다가, 아까 나 해변에서 아무 쓸모 없었잖아. 만회하고 싶기도 했고."

"쓸모없다니 무슨 소리야."

"어둠의 여왕이 겨우 우릴 구해 줬잖아."

"네가 실제로 방아쇠를 당겨서 그 남자애를 죽였다면 어땠겠어?"

어땠을까? 아빠가 누누이 말했다. 완벽히 사용할 준비가 되지 않았다면 절대로 무기를 뽑지 말라고. 나는 준비가 안 되었던 것이다. 차라리 그편이 다행이었는지도 모른다.

우리는 위층으로 올라갔다. 재키와 개릿은 이미 오락실에 있었다. 재키는 핀볼 삼매경이었다. 트와일라이트 존이라는 고전 핀볼 오락기였다. "아, 내 인생. 핀볼만큼 단순했다면." 재키는 막대 손잡이로 구슬을 쳐 올리며 중얼거렸다. 개릿은 팩맨 오락기를 요리조리 만져 보더니 구리다며 투덜댔다.

"오, 주여. 저자의 무지를 용서하소서." 내가 천장에 대고 말했다. 얼리사가 개릿에게 도전장을 내밀었다. 막상 개릿은 순식간에 게임에 빠져들었다.

---

* 공훈 배지를 21개 이상 받은 보이 스카우트 단원.

재키는 어느새 게임을 접고 빈백 의자에 대자로 뻗어 있었다. 전보다 달뜬 얼굴이었다.

"괜찮아?"

"괜찮아. 좀 내버려 둬."

나는 욕실 찬장에서 진통제를 꺼내 와 재키에게 건넸다. "항생제는 하루 정도 지나야 들어. 이거 먹으면 열이 좀 내릴 거야."

재키는 약병에서 세 알을 꺼내 물과 함께 삼켰다. 이번에는 고맙다는 말도 없었다. 재키에게는 감사 인사도 배급제인 모양이었다.

나는 아래층에 내려가 텔레비전을 보는 엄마 곁에 앉았다. 엄마는 뉴스 말고 영화 「백 투 더 퓨쳐」를 보고 있었다. 채널을 돌리다 걸리면 안 볼 수 없는 영화다. 닥터 브라운이 시간 여행을 위해서는 1.21기가와트가 필요하다고 말했다. '지가와트'라고 잘못 발음하는 부분이 늘 거슬렸다.

엄마가 뉴스를 안 보는 데는 이유가 있다. 매번 암울한 전망만 일삼으니까. 비관적 관점은 아빠 하나로 족하다. 예언가들이 진실을 과소평가한다고 보는 아빠에 비하면 엄마는 낙관적인 편이다. 그래서 서로 가까스로 균형을 유지하는지도 모른다.

엄마는 볼륨을 낮추고 나와 눈을 맞췄다. "가서 아빠랑 풀어."

"지금요?"

"시간 끌면 더 힘들어져."

엄마 말이 옳다.

아빠는 차고에서 새로운 장비를 용접하고 있었다. 삽 반대쪽에 도끼를 붙인 것으로, 연장인지 무기인지 알 수 없었다. 어느 쪽이든 별로 유용해 보이지 않았다. 나는 아빠의 등 뒤에서 뜸을 들였다. 무슨 말부터 꺼내야 할지 몰랐다.

"아빠……." 겨우 입을 열었다.

아빠는 용접기에서 손만 떼고 돌아보진 않았다. "불렀니?" 아빠는 차갑게 대꾸했다.

"해변에서 무슨 일이 있었는지 말씀드리려고요."

"맞혀 볼까? 담수 처리는 실패하고 폭동이 일어났겠지."

"뉴스에 나왔어요?"

아빠는 얼굴을 가린 용접면을 들어 올리고는 고개를 저었다. "이제 뉴스가 일일이 따라잡기도 힘든 상황이야. 과거 재난 관리 실태를 돌아보면 그 정도는 쉽게 예상할 수 있지."

"네, 상황을 직접 보진 못했는데 현장을 보니 엉망이더라고요." 나는 목을 가다듬고 가까스로 본론을 꺼냈다. "아까는 곤란하게 해 드려 죄송해요. 그런데 저한테 선택권을 안 주셨잖아요."

"우린 내일 떠난다." 아빠는 내 사과를 받아들이지도, 거절하지도 않고 툭 통보했다.

"벙커로요?"

아빠는 고개를 끄덕였다. "때가 됐어."

"브래디 형은요?"

"이대로 계속 기다릴 순 없다." 아빠에게도 쉽지 않은 결정이었던 듯했다. "여기서 배운 걸 잊지 않았다면 긴급 물자는 챙겼겠지. 잘하면 스스로 벙커를 만들었을 수도 있고."

"얼리사랑 개릿은요?" 재키는 별로 걱정되지 않았다. 어차피 나는 이미 아빠의 대답을 알고 있었다.

"못 데려간다." 아빠는 단호했다. 이번만큼은 입씨름할 여지가 없었다. 이제 우린 각자의 길을 가야 한다.

"그럼 여기 머물게 해 주세요. 물과 음식이 있으니까요. 보안 시스템 작동법은 우리가 가르쳐 주고요."

아빠는 망설였다. 단칼에 거절하지 않으니 승산이 있다. 나는 한 번 더 밀어붙였다.

"이대로 거리로 내쫓을 순 없잖아요……."

그때 아빠의 눈과 마주쳤다. 뜻밖에도 평소처럼 뼛속까지 얼어붙게 만드는 눈빛이 아니었다. 어딘지 흐릿하고, 취약해 보였다. 여태껏 본 적 없던, 감정이 적나라하게 드러난 눈빛이었다. 표정 하나로 아빠의 개인 압축 파일이 풀린 느낌이었다. 수년간 꽁꽁 억눌러 온 감정이 별안간 터져 나온 듯했다. 내가 감당하기에는 벅찬 감정이었다. 아빠의 분노 아래 숨은 감정. 어릴 때 내 몸집보다 큰 장난감을 사 주고, 잦은 노여움과 간섭으로 브래디 형을 밀어내고, 엄마마저 놓칠 위기에 놓인 진짜 이유. 그 모든 게 자신의 공포를 가리기 위한 얇은 껍데기에 지나지 않았던 것이다.

어릴 때는 누구나 부모를 우러러본다. 우리 눈에 비친 부모님은 완벽하다. 주변 세상과 나 자신을 재단하는 척도니까. 십 대가 되면 슬슬 부모님이 훼방꾼처럼 느껴진다. 더는 완벽하지 않을뿐더러 심지어 내 인생을 쥐고 흔드는 것 같다. 그러다가 어느 순간 깨닫게 된다. 부모님은 영웅도 아니고 악당도 아니라는 사실을. 그저 나약한 인간이라는 뼈아픈 진실을. 문제는 우리가 그 진실을 인정하고 받아들일 수 있느냐다.

아픈 데를 찔린 사람처럼 아빠는 가만히 서 있었다. 손에 든 괴상한 복합 연장은 아빠가 두려워하는 모든 것의 구현물이었다. 내가 할 수 있는 말은 고작 이게 다였다. "부비 트랩 잘 되더라고요."

아빠는 무장 해제되었다. "진짜?"

"네. 재키도 빠질 뻔했어요. 전혀 눈치 못 채더라고요."

기대했던 대로 아빠의 얼굴은 압축 파일 상태에서 벗어나 화색을 띠었다. "멋져!" 아빠는 어린애처럼 말했다. "내 말은, 효과가 있다니 안심이라고."

"재키도 진짜 멋지다고 생각한 모양이에요. 불구가 될 뻔했지만요."

아빠는 연장인지 무기인지를 바라보며 말했다. "이것만 끝내고 나서 친구들에게 집 구경 좀 시켜 줘야겠다."

이미 내가 했다는 사실은 굳이 말하지 않았다.

15) 얼리사

"지금은 통화량이 많아 연결할 수 없습니다. 잠시 후 다시 걸어 주시기 바랍니다."

구글맵과 시리를 교배한 듯한 음성이 흘러나왔다. 활기차고 자신감 넘치지만 영혼은 하나도 없는 목소리. 행여나 부모님을 찾을까 싶어 라구나비치 근처 병원들에 전화를 걸어 봤다. 하지만 일일이 병원 문을 두드리지 않는 한 소용없는 듯했다. 나는 끊고 다시 걸어 보았다.

"지금은 통화량이 많아 연결할 수 없습니다. 잠시 후 다시 걸어 주시기 바랍니다."

버라이즌*도 지금 남부 캘리포니아의 휴대폰 대부분처럼 끊겼단 말인가? 충전도 못 하는 마당에 어떻게 통화량이 많을 수 있지? 나는 전화를 끊고 개릿에게 문자를 보냈다.

'이건 무시해. 시험 삼아 보내는 거야.'

문자는 전달되었다. 개릿은 달랑 'ㅇ'이라고 답장했다. 요즘 애들한테는 'ㅇㅋ'도 길다. 일단 기지국이 아직 정상이라는 데 만족한 나는 911에 전화를 걸어 보았다.

----

* 미국 최대의 이동 통신 업체.

"지금은 통화량이 많아 연결할 수 없습니다. 잠시 후 다시 걸어 주시기 바랍니다."

홧김에 전화기를 집어 던지고 싶었으나 순간적인 만족에 비해 감내할 손해가 컸다. 따지고 보면 긍정적인 구석이 없지는 않다. 내가 엄마 아빠에게 닿기 위해 노력하는 만큼 부모님도 똑같이 애쓰고 있을 것이다. 통신 환경이 원활한데도 연락이 안 되면 훨씬 절망스럽지 않을까?

나는 잡념을 떨쳐 내려고 다른 사람들은 뭘 하나 둘러보았다. 재키는 여전히 빈백 의자에 쓰러져 있고 켈턴의 아빠는 차고에서 거친 기계 소음을 냈다. 켈턴은 동에 번쩍 서에 번쩍 했다. 마치 감시견처럼 쉴 새 없이 돌아다니며 자신의 세계가 안전한지 확인했다.

"괜찮아?" 계단에서 마주친 켈턴이 물었다. 한 시간도 안 돼서 벌써 세 번째였다.

"응, 아직 괜찮아."

날 다정히 챙겨 주는 건 고마웠다. 하지만 정신 차리자. 켈턴 매크래컨이 다정해? 역시 내가 알던 세상이 아니다.

켈턴의 엄마는 마당 온실에 있었다. 토마토인지 뭔지, 작물과 씨름하고 있었다. 스트레스 해소를 위해 우리 엄마가 청소를 한다면 켈턴의 엄마는 정원 일을 하는 모양이었다. 부엌에서 개릿을 포착했다. 멍하니 창밖을 바라보고 있었다. 그러더니 식탁 위에 놓인 장식용 사발을 들고 대문으로 향했다. 뭘 하려는지 알 수 없었다.

개릿은 수상하게 움직이며 대문을 빠져나갔다. 누나로서 캐묻고 싶은 마음이 굴뚝같았지만, 일단 조용히 따라갔다.

개릿은 출구의 보안 문을 지나 우리 집 진입로로 들어섰다. 그러고 나서 그릇을 내려놓고 자신의 수통을 열어 그 안에 있던 내용물을 모두 쏟아부었다. 그제야 깨달았다.

킹스턴을 위한 물이었다.

개릿은 문까지 갈 엄두는 안 나는지 그 자리에 우뚝 서 있었다. 대문은 여전히 활짝 열려 있었다. 아무 소리도 안 들렸지만 개들이 어디서 튀어나올지 몰랐다. 아예 집을 나갔을 수도 있고. 다시는 킹스턴을 못 볼지도 모른다는 생각에 가슴이 먹먹했다.

개릿이 돌아서다가 나를 발견했다. 금세 두 볼이 붉게 달아올랐다. "킹스턴 물 챙겨 주는 일은 내 몫이었잖아." 개릿은 내 눈을 쳐다보지도 못하고 우물쭈물 말했다. "근데 맨날 까먹었단 말이야. 그래서 늘 엄마가 해 줬는데, 지금은 엄마가 없으니까……."

개릿의 은밀한 행동의 배후에는 복잡한 사연이 있었다. 물론 우리 물이 아니니 함부로 나눠 주면 안 되지만, 옳은 일을 하려면 그른 일부터 해야 할 때도 있다. 그렇게 생각하니 나에게도 할 일이 있었다. 약간 그르지만 훨씬 옳은 일. 그 일을 하려면 공범이 필요했다.

"개릿, 중대한 임무가 있어."

"임무?" 개릿이 눈을 반짝였다.

"켈턴한테 가서 체스복싱이 뭔지 물어봐."

개릿은 혼란스러운 표정이었다. "난 그게 뭔지 안 궁금한데?"

"상관없어. 켈턴한테 가서 보여 달라고 해."

켈턴과 체스복싱이라면 적어도 내게 한 시간은 벌어 줄 것이다. 아줌마는 정원 일에, 아저씨는 차고 일에 흠뻑 빠져 있으니 이때만큼 알맞은 때도 없었다.

개릿이 임무를 수락했다. 이해는 못 해도 나를 믿는 눈치였다.

우리는 켈턴네 집으로 돌아갔다. 나는 즉시 현관 쓰레기통을 뒤졌다. 휴지, 포장지, 종잇조각 사이로 분홍색 전단이 나왔다. 긴급 주민 회의 시간과 장소가 적힌 전단이었다.

이번에는 좀 더 주의 깊게 읽었다. 장소는 번사이드 할아버지 댁이고 모임은 이미 삼십 분 전에 시작했다.

나는 켈턴의 학교 가방을 비워 낸 다음 복도에 아무도 없는지 확인하고 계단 근처의 책장으로 갔다. 안전실로 통하는 문이었다.

열쇠 역할을 하는 책이 어떤 책인지 까먹어서 일일이 시도해야 했다. 마침내 걸쇠가 덜컥하며 책장이 열렸다. 생존용품을 비축해 둔 보물 창고가 드러났다. 무기, 공구, 통조림 그리고 가장 귀중한, 물이 쌓여 있었다.

500밀리리터짜리 생수병을 가방 안에 쑤셔 넣었다. 딱 열 개가 들어갔다. 그 순간, 나는 얼어붙었다. 안전실에는 나 혼자가 아니었다.

켈턴의 엄마가 입구에 서 있었다.

들켰다. 나는 변명이라도 하려고 머리를 굴렸다. 지금 내 꼴이 얼마나 염치없어 보일까. 하지만 켈턴 엄마의 얼굴은 온화했다. 나를 다독이듯 환하게 웃었다.

"양쪽 주머니에 더 들어가겠다." 부인은 생수병 두 개를 건넸다. "모임이 이미 시작했으니 서두르렴."

뜨끔한 나머지 대꾸도 못 했다. 켈턴의 엄마는 그대로 군말 없이 입구에서 사라졌다. 마치 아무것도 못 봤다는 듯이.

아침에 해변에서 있었던 일 탓인지 익숙한 우리 동네인데도 으스스했다. 밖에 너무 오래 있으면 뭔가가 확 덮칠 것 같았다. 뭐랄까, 바닷물에 허리까지 담갔는데 언뜻 상어의 그림자를 본 듯한 느낌이랄까. 망상일 뿐이라 해도 쉽사리 떨쳐 낼 수 없었다. 하지만 이제 와서 발을 뺄 수도 없다. 나는 누가 볼세라 얼른 거리로 뛰어들었다. 매크래컨 일가네를 대놓고 들락날락하면 내가 남들만큼 목마르지 않다고 공공연히 떠벌리는 셈이다. 아니, 실은 내가 이 집에 드나드는 걸 떠나 내 얼굴을 보기만 해도 충분히 수분을 섭취했다는 사실을 알 수도 있다.

맞은편에서 내 또래 남자애 하나가 걸어오고 있었다. 얼굴은 아는데 이름이…… 무슨 제이컵이었던 것 같다. 나는 그 애가 지나가기만 바랐다. 난생처음 사회 부적응자가 된 느낌이었다.

제이컵은 땅에 뭔가를 질질 끌고 있었다. 무슨 막대기 같았다. 콘크리트 긁는 소리가 났다. 그 애는 나와 눈을 마주치지 않았다. 나만큼 이 상황이 거북한 듯했다. 가까이서 보니 그 애가 끄는 물건은 막대기가 아니었다. 골프채였다. 헤드가 나무로 된 드라이버.

"안녕." 제이컵이 나를 지나치면서 말했다.

"안녕."

제이컵은 자기 길을 가고 나도 내 길을 갔다. 굳이 돌아보지 않았다. 골프채로 뭘 하려는 걸까. 모르긴 몰라도 골프와 관련된 일은 아닐 것이다.

모퉁이를 돌아 모임 장소인 번사이드 할아버지 댁에 도착했다. 원래 이 집 정원은 아름답기로 유명했다. 장미와 진달래, 야자수 줄기를 타고 오르는 분꽃 덩굴까지. 지금은 아직 죽지 않은 야자수 말고는 모두 사라지고 없었다. 푸르렀던 잔디밭은 이제 강가의 조약돌로 만든 무채색 모자이크화로 변했다. 코코펠리였다. 아메리카 원주민 문화의 상징인 피리 부는 곱사등이 문양. 아마 번사이드 부인이 샌타페이나 타오스 같은 곳에 들렀다가 영감을 받아서 꾸몄을 것이다. 돌로 꾸민 정원도 썩 나쁘지 않았다.

문은 잠겨 있지 않았다. 문간에 들어서니 거실 가득 사람들이 모여 있었다. 대충 헤아려 보니 동네를 떠난 집을 제외하고 집마다 대표로 한 명씩 모인 듯했다.

사람들은 인력을 모집하고 있었다. 육체적, 지적 능력을 가리지 않았다. 자비스 부인은 동생이 풍수지리 전문가라며 '아주 낮은 수수료'로 수맥을 찾을 수 있다고 말했다. 말레키 씨는 정원 가득한 선인장을 믹서기로 갈아 물 몇 리터는 뽑아낼 수 있다고 했다.

번사이드 부인이 문간에 서 있는 나를 발견하고 다가와 안아 주었다. "앨리슨, 와 줘서 고맙다." 진심으로 반기는 듯해서 틀린 이름을 굳이 정정하지 않았다. "부모님은 어디 계시니? 오실 줄 알았는데."

나는 심호흡을 하고 말했다. "부모님은 지금 안 계세요." 틀린 말은 아니었다. 그저 질문이나 걱정을 불러오기 싫었다. 둘 중 어느 쪽도 지금은 감당할 자신이 없었다.

"그래, 안부 전해 다오. 몸조심하라고. 상황 돌아가는 꼴이 심상치 않으니까."

가방을 고쳐 메고 집 안으로 몇 걸음 들어섰다. 나는 대화가 잠잠해진 틈에 번사이드 할아버지의 주의를 끌려고 했다.

"실례합니다." 목소리가 작았는지 아무도 듣지 못한 모양이었다. 사람들은 더위 해결법으로 대화 주제를 옮겼다. 누군가가 알코올로 피부를 닦으면 시원해진다고 말했다. 글쎄, 알코올은 이미 다른 용도로 충실히 쓰이고 있지 않을까.

"실례합니다." 이번에는 좀 더 크게 말했다. "저한테 물이 좀 있는데요."

그 순간 거실에 있던 사람들 모두가 내 쪽으로 고개를 돌렸다. 살면서 이토록 남의 이목을 끌어 본 적은 처음이었다.

"물이 있다고?" 누군가가 말했다.

나는 가방을 앞으로 돌려 메고 지퍼를 살짝 열어 생수병 하나를 꺼내 들었다. "제 말은…… 얼마 안 되긴 해도 없는 것보단 나을 테니까요."

사람들은 내게서 눈을 떼고 서로의 얼굴을 바라보았다.

"얼마나 가지고 있니?" 리슨 씨가 기대와 의심이 섞인 목소리로 물었다.

그때 번사이드 할아버지가 다시 주도권을 잡았다. "그것참, 가뭄에 단비 같은 소식이구나. 어린아이 하나가 그들을 이끌지니." 무슨 성서 구절을 따왔거나 대충 갖다 붙인 듯했다. 할아버지는 거실에 있는 머릿수를 세었다. "모두 열일곱 집이군. 얼마나 있니, 얼리사?"

"500밀리리터짜리 열두 병요."

잠시 정적이 거실을 메웠다.

누군가가 다 아는 사실을 짚어 냈다. "다섯 집은 못 받는다는 얘기네요."

"잠깐만. 꼭 그렇지만도 않네." 번사이드 할아버지가 말했다.

이제 사람들은 저마다 한마디씩 했다.

"수학적으로 따져서 가구당 70퍼센트씩 가져가면 돼요."

"그건 말도 안 돼!"

"어린아이가 있는 집은 한 병씩 줘야죠!"

"그건 불공평하지!"

"제 아내는 임신 중이라고요."

그때 번사이드 할아버지가 손을 들어 중재했다. "자, 자, 진정들 합시다!"

하지만 요정 지니는 이미 램프 밖으로 나왔다. 사람들은 자기들 끼리 쑥덕대기 시작했다. 몇 초 만에 여기저기 동맹이 형성되며 모래 위로 선이 그어지고 있었다. 모두에게 절실한 생필품을 부족한 물량으로 공급하겠다고 나선 내 탓이다.

"양동이에 쏟아붓고 가구당 한 컵씩 떠 가자고요."

"그게 공평합니까? 우리 집은 식구가 다섯이에요."

"그럼 인원수대로 나눕시다."

"반려동물은 어떻게 해요?"

"반려동물? 지금 장난합니까?"

"저 애더러 결정하라고 해요!"

다들 잠잠해졌다.

"그래요. 저 애가 가져온 물이니까 결정권을 주자고요."

그리하여 오 분 만에 내가 다시 이목의 중심이 되었다. 나는 쉽게 주눅이 드는 성격이 아니다. 교실 앞에 나가 발표도 곧잘 하는 편이다. 내가 관심 있는 주제라면 누구와 말씨름을 해도 이길 자신이 있다. 하지만 내 손으로 누군가의 운명을 결정지은 적은 없다. 나는 갑자기 소심해졌다. 스스로 이토록 작아 보이긴 처음이었다.

"음…… 제 생각엔…… 아마도 우리가…… 어…….'"

"다들 정말 어린 여자애 손에 이 중대사를 맡길 작정입니까?" 리슨 씨가 소리쳤다.

그 순간 나도 모르게 불쑥 내뱉었다. "아, 그럼 열일곱 집이 아니라 열여섯 집만 고려하면 되겠네요. 맞죠?"

진심은 아니었다. 진심이었나? 모르겠다. 하지만 그렇게 말한 이상 리슨 씨에게 응당 한 병 줘야겠지. 근데 그렇게 되면 누군가는 물을 못 받는다. 불공평하다.

"애야, 얼리사, 우린 네 결정을 믿는단다. 너는 똑똑하고 정직한 애잖니." 나를 잘 알지도 못하는 모랄레스 씨가 말했다.

"하! 넌 그냥 비위 맞추는 거잖아, 빅토리아! 알랑거려서 한 모금이라도 더 얻으려고?" 바우면 부인이 쏘아붙였다.

"자, 자, 한배를 탄 사람들끼리 이러지 맙시다." 누군가가 말했다.

맞는 말이었다. 하지만 그 배는 타이태닉호다. 구명보트가 하나 남았는데, 그 보트가 바로 나였다. 싫다. 정말 싫다. 이제 와서 후회해도 소용없지만 애초에 물을 들고 오는 게 아니었다.

사람들의 눈빛은 해변의 불량배들과 비슷했다. 입술이 허옇고 거칠었다. 모두 다급하고 예민한 상태였다. 그 초조함이 내게 스포트라이트처럼 쏟아지고 있었다.

"그래서 뭐, 어쩌자는 거니?" 처음 보는 남자가 참다못해 소리 쳤다. "온종일 이러고 있을 순 없어!"

나는 대답하지 않았다. 남자의 얼굴에 잠깐 스친 험악한 표정을 읽었기 때문이다. 이제야 내가 서서히 식별하게 된 눈빛, 이다음에 어떤 일이 벌어질지 예상되는 눈빛이었다.

그때 번사이드 할아버지가 아내에게 신호를 주었다. 이들 역시 다른 부부들처럼 텔레파시를 주고받는 모양이었다. 번사이드 부인이 내 곁으로 다가와 조심스럽게 가방을 가져갔다.

"이만 돌아가렴, 얼리사." 이번에는 내 이름을 제대로 불러 주었다. "우리가 해결을 볼게. 물은 정말 고맙다. 그리고 곤란하게 만들어서 미안하구나. 우리가 알아서 할 문제지 네 책임이 아니란다."

나는 대꾸하지 않았다. 가방을 돌려받을 생각도 없었다. 상관없다. 그저 이곳에서 벗어나고 싶었다.

밖으로 나와서야 그 가방에 켈턴의 이름이 박혀 있었다는 사실이 떠올랐다. 사람들이 그때까지 매크래컨 일가의 집에 물이 있다는 사실을 몰랐다면, 이제는 확실히 알게 되었을 것이다.

해가 지고 다 함께 식사 자리에 모였다. 내 평생 가장 불편한 저녁 식사가 될 예감이었다. 음식조차 비현실적이었다. 소고기 통조림과 양배추, 그리고 디저트로는 가운데 부분이 채 녹지 않은 호박 파이가 나왔다.

"그냥 먹어." 켈턴이 몸을 기울여 속삭였다. 아무래도 상관없었다.

그런데 켈턴이 그토록 자랑하던 자체 전력 시스템은 어디 가고 집 안의 모든 불이 꺼져 있었다. 켈턴의 엄마는 식탁 위 초에 불을 붙였다.

상석에 앉은 켈턴의 아빠는 매서운 눈으로 참석자들을 둘러보았다. 마치 자신의 세력을 한자리에 규합한 군주 같았다. 이런 아버지 밑에서라면 밥을 다 먹은 뒤에도 허락을 구하고 자리를 떠야겠지. 물론 콩이나 당근을 싹 비우고 나서. 아저씨의 도끼눈은 유독 재키를 떠날 줄 몰랐다. 재키는 벌써 세 접시째였다. 양 볼 가득 고기를 우적우적 씹던 재키가 포크로 초를 가리키며 물었다. "근데 웬 초예요?"

"좋은 질문이다. 나도 궁금하던 참이거든." 아저씨가 애꿎은 소고기를 노려보며 중얼거렸다. 분명 아내한테 하는 말이었다.

"동네방네 전력을 과시할 필요는 없잖아." 아줌마가 태연히 받아쳤다.

"자가 전기 설비를 구축하는 데 반년이나 걸렸어. 이럴 때 쓰려고." 아저씨가 말했다. "게다가, 고작 향초 몇 개로 이웃들 눈초리를 피할 수 있겠어?"

"진작 좀 베풀고 살았으면 눈치 볼 필요도 없지."

"아예 모조리 불러서 연회를 베풀지 그래."

"좋은 생각이야." 아줌마는 팽팽히 맞섰다.

아저씨는 배심원을 향해 변론하는 검사처럼 엄숙한 눈으로 우리를 둘러보았다. "전부 나눠 줄 것 아니면 아예 나눠 주지 마. 중간은 없다."

"지당한 말씀이세요, 요다 선생님." 재키가 이죽거렸다.

이런 식의 언쟁이 처음이 아닌 듯, 켈턴이 서둘러 끼어들었다. "결핍의 심리학이죠. 거기에 군중 심리가 더해지면, 다 같이 부족해질 때까지 뺏고 뺏길 테니까요." 갑자기 아버지 편을 드는 켈턴의 발언은 차라리 아첨에 가깝게 들렸다.

"결핍의 심리학이라. 그럴듯하네. 조만간 내 대학 입학시험 점수도 따라잡겠다." 재키가 소고기 한 덩어리를 더 집어 들며 말했다.

"그래? 내가 보기엔 자기 잇속만 차리는 깍쟁이 심리 같은데." 아줌마가 말했다.

"아저씨 말이 맞아요." 내 입에서 나온 말에 다른 사람은 물론 나조차 놀랐다. 아까 생수병을 두고 옥신각신하던 이웃들이 떠올랐다. 나에게 공격의 날을 세운 사람은 한둘이 아니었다. 정작 물을 가져온 사람에게. 인정하긴 싫지만 아저씨의 말은 일리가 있었다. 그들의 잘못이라는 게 아니다. 나는 사람들이 생명의 위협을 어떻게 느끼는지, 남은 선택지가 없다면 어떻게 행동하는지 깨달았다. 손해 보기 싫다면 애초에 판에서 손을 떼야 한다.

"문을 활짝 열어 주든가, 아예 걸어 잠가야 해요. 애매하게 믿기엔 사람들은 너무 복잡해요."

켈턴의 엄마는 나를 뚫어져라 바라봤다. 약간 배신감을 느꼈을지도. 아저씨는 놀란 얼굴이었다. 거의 대견해하는 듯한 그 표정에 나는 속이 울렁거렸다. 이제 완전히 암흑세계에 들어선 느낌이었다.

아저씨는 헛기침으로 목을 가다듬었다. "어쨌든 상관없다. 우린 새벽녘에 벙커로 떠날 테니까."

"벙커가 뭐예요?" 개릿이 물었다.

"긴급 대피소야. 대규모 재난이 벌어질 때 몸을 숨기는 장소." 켈턴이 설명했다.

"그래서, 언제 떠나?" 재키가 우적거리며 물었다.

켈턴은 대답이 없었다. 그 침묵으로 알았다. 우리는 매크래컨 일가의 관계식에 포함되지 않는다는 것을.

"가족을 위한 공간밖에 없단다. 미안하구나." 아저씨가 말했다. 진심으로 미안해하는 듯했다. 솔직히 말해서 나는 이 식사 후의 상황조차 그려 보지 않았다. 앞으로 무엇을 어떻게 해야 할지 고민할 겨를이 없었다. 당장 코앞에 놓인 미래도 불투명했다. 그때 아저씨가 놀라운 말을 꺼냈다.

"얼리사, 집 열쇠는 네게 맡겨 두마."

"예?" 무심결에 외쳤다.

"내가 보안 시스템 작동법이랑 부비 트랩 위치를 알려 주마. 우리가 없는 동안 이 집은 너희 거다." 아저씨는 재키를 힐긋 보고 마지못해 덧붙였다. "너희 세 사람."

나는 아저씨가 자신의 성이나 다름없는 이 집의 열쇠를 내게 맡기는 이유가 궁금했다. 혹시 고도의 방범 계획인가? 휴가 때마다 엄마가 집 안에 사람이 있는 척 일부러 텔레비전을 틀어 놓고 가는 것처럼? 설마 켈턴이 부탁했나? 아니면 인간의 본성이 악하다고 보는 아저씨의 관점에 내가 자발적으로 동조해서?

앞으로 상황이 어떻게 될까. 물론 끝나긴 하겠지. 아저씨도 '우리가 없는 동안'이라고 하지 않았는가? 길어야 한두 주 안에는 단수가 끝날 것이다. 잠시나마 희망적인 미래를 그리던 그 순간, 사태가 나락으로 빠져들었다.

휴대폰이 동시에 울리고 진동했다. 께름칙한 불협화음이었다. 각자 휴대폰을 꺼내 문자를 확인했다.

경보
로스앤젤레스, 오렌지, 벤투라, 리버사이드,
샌버너디노, 샌디에이고 카운티 비상계엄 발령.
추가 공지 대기 바람.

16) 켈턴

프레퍼 실전서에 나온 내용이 그대로 펼쳐지고 있었다. 예상했던 일이라고 위안이 되지는 않았다. 전혀. 종말론은 이론일 때 흥미로운 법이다. 나는 차라리 가설이 모두 엉터리이길 바랐다.

계엄령은 사회가 무너지기 일보 직전에 발령된다.

이론에 따르면 이제 두 갈래 길이 남았다. 첫째, 계엄령이 효과를 거둔다. 폭동이 대규모로 번지지 않고 서서히 진압되며 상대적으로 질서가 쉽게 회복된다. 둘째, 계엄령이 실패로 돌아간다. 군부가 시민들의 위기의식을 과소평가하거나 신속하게 대처하지 못한 탓에 폭도들은 좀 더 조직화되고 격렬해진다. 남부 캘리포니아는 붕괴하고 정상화되기까지는 수년이 걸릴 것이다. 정상화가 되긴 된다면.

"그럼 이제 어떻게 되는 거야?" 잠자리에 들기 전에 얼리사가 물었다.

"지켜봐야겠지." 나는 두 가능성을 굳이 공유하지 않았다.

얼리사는 야무진 애다. 우리 가족이 떠난 후에도 집을 잘 건사할 테니 크게 걱정되지 않았다. 내가 우려하는 사람은 재키다. 분명 주도권을 잡으려 할 텐데, 내가 보기엔 별로 좋은 일이 아니다.

잠들기 직전까지 했던 생각이다. 머릿속이 복잡해 잠이 안 올 줄 알았는데, 이따금 내 몸이 스스로 우선순위를 결정할 때가 있다.

무척 고단했는지 몇 분 만에 곯아떨어졌다.

퍼뜩 잠에서 깼다. 동작 탐지기 경보음이었다. 우리가 가진 2세대 동작 탐지기는 움직이는 물체가 사람 크기는 되어야 발동한다. 그 말인즉슨 누가 우리 집 울타리를 넘었다는 뜻이다. 나는 시계를 확인했다. 5시가 다 되었다. 나는 오락실로 달려갔다. 얼리사와 개릿, 재키도 이미 일어나 경계 태세에 있었다.

"대체 뭔 일이야?" 재키가 외쳤다.

"침입자 경보." 의도와 달리 과학 소설 대사 같았다. "우리 아빠 봤어?"

아무도 대답하지 않았다. 마침 아래층에서 아빠가 날 불렀다. 그때 창밖을 내다본 재키가 나를 돌아봤다. 금방이라도 튀어나올 듯한 눈으로. 재키에게 이런 표정이 있는 줄 처음 알았다.

"이거 좋지 않은데……." 재키가 중얼거렸다.

창밖을 확인했다. 수십 개의 불빛이 어둠에 수놓은 별처럼 총총히 빛났다. 나는 눈을 비벼 초점을 맞추었다……. 그제야 제대로 윤곽이 드러났다. 사람들이 손전등을 들고 우리 집을 향해 다가오고 있었다.

"무슨 일이야?" 얼리사가 물었다.

그때 누가 현관문을 두드렸다.

쿵쿵쿵!

"창문에서 떨어져 있어." 나는 황급히 아래층으로 뛰어 내려갔다.

아빠는 우리보다 한발 앞서 거실에 가 있었다. 이미 거실 탁자 위에 무기들을 펼쳐 놓았다. 총, 탄약, 칼, 그리고 용도를 알 수 없는 작전 도구들이 모두 나와 있었다.

엄마는 안전실로 직행한 듯했다. 우리가 모두 들어갈 수 있도록 허겁지겁 물건을 옮기고 있을 것이다.

쿵쿵쿵!

드디어 늑대들이 접근했다. 위가 쪼그라드는 느낌이었다. 침착하자. 문은 보강했고 창문도 방탄유리다. 우리 집은 아무나 뚫고 들어올 수 없다. 근데 그게 사실이라면 왜 이렇게 떨리는 거지?

"켈턴!" 아빠가 소리쳤다. 얼리사와 개릿, 재키도 내려와서 내 뒤에 섰다. "안전실에 친구들 데려다주고 총 가져와라."

아빠의 명령은 제대로 입력되지 않았다.

아빠가 내 표정을 읽고 물었다. "네 권총 어디 됐어?"

"여기요." 재키가 허리춤에 꽂아 넣은 총의 손잡이를 가리키며 말했다.

아빠의 시선이 총, 재키, 그리고 나에게로 옮겨 왔다. 어쩌다 이런 어처구니없는 일이 벌어졌는지 헤아리는 표정이었다. 재키의 위험도를 가늠하는지도 몰랐다. 결국, 아빠는 집 밖의 위협이 재키보다 크다고 판단했는지 자초지종을 묻지 않았다. 어차피 재키는 총을 쉽게 넘겨줄 사람도 아니다. 나만 나중에 된통 깨지겠지.

아빠는 복도에 있는 두꺼비집을 열어 차단기를 내렸다. 집 밖의 투광 조명등은 물론 집 안에 있는 모든 불이 나갔다. 아빠의 손전등 불빛을 제외하면 사방이 암흑이었다. 아빠는 총마다 적외선 투시경을 장착했다. 이제 침입자는 우리를 보지 못할 것이다.

문을 두드리던 소리는 잠시 멈췄다가 다른 방향에서 다른 크기로 들렸다. 이번에는 현관문이 아니라 뒷문이었다. 소리가 아까보다 거셌다. 뒷문은 이중 걸쇠 잠금장치로 단단히 잠겨 있었지만, 아빠는 문틀이 얇다며 늘 탐탁지 않게 여겼다. 아무리 튼튼한 걸쇠라도 문틀이 견고하지 않으면 소용없다.

엄마가 우리를 안전실로 보내려고 했지만, 재키와 얼리사는 한 발짝도 움직이지 않았다. 개릿도 자기 누나 없이는 아무 데도 안 갈 것이다.

아빠는 총을 장전하고 안전장치를 제거했다.

"리처드, 당신 뭐 하는 거야?" 엄마가 사색이 되어 소리쳤다. 무기를 꺼내는 것과 실제로 장전하는 것은 차원이 다른 일이다.

"내 가족을 지키는 거야." 뒷문을 두드리는 소리는 더욱 사나워졌다.

"너무 선불리 결론짓지 말자." 엄마의 목소리가 떨렸다.

아빠는 엄마 말을 무시하고 방탄조끼를 걸쳤다. "애들 안전실로 데리고 들어가."

엄마는 길길이 날뛰었다. "당신도 같이 가! 이럴 필요까진 없잖아!"

"아니, 있어!"

아빠는 총을 전부 장전했다. 손이 떨리고 있었다. 지금 아빠의 정신을 붙들어 줄 수 있는 건 그동안 애지중지 길들인 살상용 무기들뿐이다.

"원하는 게 뭔지 들어나 보자고!" 엄마가 악을 썼다.

"당신도 이미 알잖아!"

마침내 아빠가 엄마의 눈을 똑바로 마주 봤다. 아주 오랜만에 처음으로. 내가 어제 차고에서 본 그 눈빛으로. 분노로 무장한 헐크가 아니라 날것 그대로의 인간, 우리와 마찬가지로 이 집에 갇혀 뼛속까지 두려움에 떠는 인간의 모습으로.

아빠는 엽총을 집어 들고 부엌으로 가서 자세를 잡았다. 뒷문을 조준하기 적당한 위치였다. 안전실로 향하는 사람은 아무도 없었다. 다들 요지부동이었다. 무슨 일이 벌어지는지, 사태가 어떻게 흘러가는지 제 눈으로 확인하겠다는 의지였다. 다들 제자리를 지키면 어떻게든 화를 막을 수 있다고 여기는 모양이었다.

쾅쾅 소리가 이어졌다. 손잡이가 거칠게 덜거덕거렸다.

바깥에서 웅성거리는 소리도 덩달아 커졌다. 그때 보안 문이 박살 나는 소리가 들렸다. 누군가 앞마당의 부비 트랩에 빠져 비명을 질렀다. 하지만 몇 안 되는 부비 트랩으로 침입자들의 습격을 막기엔 역부족이었다.

그때 뒷문을 두드리던 소리가 멎었다.

아빠는 심호흡하고 몸을 수그렸다. 그리고 총을 들어 뒷문을 조준했다. 무슨 일이 닥쳐도 즉각 반응할 수 있도록. 나도 문에서 눈을 떼지 않았다. 꼼짝하지 않고 눈도 깜빡이지 않았다. 마치 어릴 때 괴물이 숨어 있다고 믿었던 옷장 문을 주시하듯이. 상대가 사람이든 괴물이든 내가 먼저 보고 말 테다. '문도 잠겨 있잖아. 단단히 잠겨 있으니 아무도 못 들어와.'

그때 친숙하면서도 소름 끼치는 소리가 났다. 걸쇠가 풀리며 손잡이가 돌아갔다. 문이 끼익 열렸다. 우리의 철통 보안이 뚫린 것이다.

그다음엔 그저 섬광처럼 스쳐 가는 혼란스러운 낱장의 이미지들이 이어졌다. 현실이 현란한 광선처럼 내 주위를 마구 난사했다.

문이 활짝 열렸다.

누가 집 안으로 성큼 들어왔다.

아빠가 고함을 지르며 방아쇠를 당겼다.

총이 발사되는 소리에 온 세상이 흔들렸다.

침입자가 나가떨어졌다.

사방에 피가 흩뿌렸다.

내 얼굴에도 피가 튀었다.

한쪽 눈이 따끔거렸다.

침입자는 문간에 부딪히며 앞으로 고꾸라졌다.

그 문에는……

열쇠가 꽂혀 있었다.

열쇠 하나가 오롯이.

아빠가 숨을 골랐다. 여전히 방아쇠를 당긴 충격에서 헤어 나오지 못해 얼떨떨한 상태였다.

그때 엄마가 앞으로 나섰다. 무언가에 홀린 듯……

아빠가 총을 떨궜다……

그리고 털썩 무릎을 꿇었다……

그제야 현실이 조각조각 맞춰졌다.

바닥에 얼굴을 처박고 누워 있는 시체는 갈증에 미친 약탈자가 아니었다.

우리 형, 브래디였다.

아빠가 울부짖으며 형의 몸뚱이를 뒤집었다. 눈앞의 현실은 뒤집을 수 없었다. 충격이 온몸을 휩쓸었다. 하지만 정말 이상하게도, 공허했다. 아무런 감각도 느낄 수 없었다. 마치 타인의 몸에 갇혀 비현실적인 광경을 바라보는 느낌이었다.

축 늘어진 브래디 형 위로 엄마가 엎어졌다. 하얀 나이트가운이 붉은 피로 물들었다. 아빠는 현실을 부정하며 형의 얼굴을 연신 두들겼다. 아들을 악몽에서 깨우려는 듯했다.

"안 돼 안 돼 안 돼 안 돼……"

나는 눈앞의 광경에 압도된 나머지 주변에서 무슨 일이 벌어지

느지 뒤늦게야 알아차렸다. 열린 뒷문으로 사람들이 우르르 들어왔다. 이웃들. 약탈자들. 그들은 그림자처럼 움직이며 온 집 안을 샅샅이 뒤졌다. 눈빛이 사납고 거칠었다. 다들 삽, 벽난로 부지깽이, 야구 방망이 따위를 들고 있었다.

하지만 엄마 아빠는 완전히 정신이 나가 있었다. 무슨 상관인가? 이 마당에 대체 뭐가 대수인가? 우리 형이 죽었는데.

형은 이미 우리가 보낸 메시지를 읽었다. 동틀 무렵에 벙커로 떠난다는 소식을 듣고 언제나처럼 맨 마지막에 나타난 것이다. 그리고 무장한 주민들이 다가오는 걸 보고 우리에게 미리 알리기 위해 다급히 문을 두드렸던 것이다.

손잡이가 돌아갈 때 눈치챘어야 했다. 그래야 마땅했다. 아빠는 오래전부터 형을 위해 항상 같은 곳에 열쇠를 숨겨 두었으니까. 뒷문 포치 난간에 있는 빈틈, 의도적인 보안 결함이었다.

등 뒤에서 얼리사가 고함을 쳤다. 그 음성은 몇 초 지나서야 내 귀에 입력되었다.

"켈턴, 떠나야 해! 당장!"

떠나긴 어딜 떠나. 나는 형을 버리고 가지 않을 것이다. 우리 엄마 아빠와 마찬가지로. 다리가 후들거렸다. 나는 얼리사를 지나쳐 거실 한가운데로 갔다. 손에 닿는 대로 집어 들었다. 아빠가 떨군 엽총이었다.

총열에 한 발을 재장전했다.

나는 늑대들의 형형한 눈빛을 주시했다.

이들은 오늘 내 손에 죽는다. 한 명도 남김없이.

물 한 상자를 들고 있는 사람의 머리를 겨누었다.

방아쇠를 당겼다.

눈앞이 캄캄해졌다.

17) 재키

누가 사진틀에 맞아 기절하는 모습을 보게 될 줄은 상상도 못 했다. 그것도 제 얼굴이 박힌 가족사진에. 하긴, 모든 일에는 처음이 있는 법이니까. 금속 액자가 적당히 무겁기도 했거니와 때마침 얼리사가 제대로 휘둘렀다. 켈턴은 주저하지 않았다. 정말로 사람을 쏘아 죽이려고 했다.

내가 파악할 수 있는 거라곤 사방에서 쏟아지는 눈부신 손전등 불빛이었다. 나는 손을 허리춤 가까이에 두었다. 물론 정말 필요한 상황이 아니면 실탄을 아낄 요량이었다.

그때 얼리사가 나를 향해 차 키를 꺼내 보였다. BMW 키였다. 혼란스러운 틈에 챙긴 모양이었다. 다들 충격에 사로잡혀 있을 때 얼리사는 탈출을 궁리한 것이다.

"지금 당장 나가야 해." 얼리사는 기절한 켈턴을 가리키며 말했다. "쟤 좀 챙겨 줘."

얼리사가 차 키를 꽉 쥐었다. 가만 보니 차 키가 주도권 경쟁의
열쇠였다.

"누가 너더러 명령하래?" 내가 따졌다. 그러나 거의 탈탈 털린
이 집에 머무는 것도 더는 의미가 없었다. 그 벙커라는 데가 지금
으로서 이상적인 피난처라면 길 안내를 위해 켈턴이 필요했다. 즉
얼리사가 옳았다. 젠장.

얼리사는 부엌으로 달려가 켈턴의 부모님을 끌어내려 했다. 부
부는 꿈쩍도 하지 않았다. 지금 그들이 유일하게 원하는 바는, 유
일하게 할 수 있는 일은 그저 죽은 아들의 얼굴을 하염없이 쓰다
듬는 것뿐이었다.

"가. 그냥 가……." 비통에 잠긴 부모는 흐느꼈다.

그 와중에 침입자들은 하이에나처럼 온 집 안을 구석구석 뒤
졌다.

어쩌면 피할 수 없는 운명이었는지도 모른다. 이 집은 전기와 물
자를 한껏 과시해야 했다. 켈턴의 아빠는 가족의 영웅이 되어야 했
다. 하지만 집을 지키는 데 혈안이 된 나머지 정작 그 안의 가족을
지키지 못했다.

겨드랑이 밑에 팔을 끼워 켈턴을 일으켰다. 그리고 소파 옆에 웅
크리고 숨어 있는 개릿에게 눈짓했다. 우리는 복도를 지나 대문까
지 켈턴을 끌고 갔다. 얼리사가 앞장서서 길을 텄다. 주변 상황을

파악하고 싶은데 너무 어두워서 형태만 겨우 알아볼 수 있었다. 하지만 소리만큼은 생생했다. 퀠턴 부모님은 구슬프게 흐느꼈고, 수많은 발이 원목 마루 위를 삐걱대며 휘젓고 다녔다. 누군가가 방문을 발로 차서 열었다. 나무 쪼개지는 소리가 났다. 부엌에선 유리병이 쨍그랑 깨졌다. 찬장에서 떨어졌거나 이미 장물을 한 아름 챙긴 자가 놓쳤는지도 몰랐다. 어젯밤 우리가 들고 올라갔던 물 주전자는 계단을 덜컹거리며 내려와 바닥에 쏟아졌다. 이 집은 폐허만 남을 때까지 뜯기고 파헤쳐질 것이다.

얼리사가 현관문을 열자 사람들이 더 들어왔다. 앞뒤로 워터좀비들이 홍수처럼 밀려들고 있었다.

밖으로 나가자 어떤 남자가 얼리사를 위협하며 야구 방망이를 휘둘렀다. 남자는 이내 얼리사를 알아봤는지 슬그머니 무기를 내렸다.

"우리에게 선택의 여지를 안 줬어!" 남자가 구차하게 변명했다.

얼리사는 무시했다. 실은 일말의 정당화도 용납하지 않은 것이다. 얼리사는 남자를 그대로 밀치고 진입로에 있는 BMW로 직행했다.

나는 개릿과 함께 축 늘어진 퀠턴의 몸을 뒷좌석에 실었다. 꼭 납치하는 느낌이었다. 따지고 보면 아니라고 할 수도 없었다. 얼리사가 퀠턴을 돌보기 위해 뒷좌석에 올랐다. 자연히 개릿이 샷건을 차지했다. 조수석을 샷건이라 부르기가 찜찜하기는 이번이 처음이다.

나는 운전석에 올라타 문을 닫고 잠금단추를 눌렀다. 툭, 하고 만족할 만한 소리가 울려 퍼졌다. 어차피 약탈에 정신이 팔린 사람들은 우리가 빠져나가는지도 몰랐다.

나는 얼리사에게 손을 내밀었다. "운전대 맡길 거면 그 키 줘."

얼리사는 넘겨줄 생각이 없는지 주먹을 꾹 쥐었다. "스마트키야. 그냥 시동 단추 누르면 돼."

망할 BMW. 스마트키는 어떤 코흘리개의 손아귀에 있든 차 안에만 있다면 시동을 걸 수 있다. 어쨌든 지금은 선택지가 별로 없다. 나는 시동을 걸고 워터좀비들을 피해 차를 뒤로 뺐다가, 어둠속으로 돌진했다. 하마터면 헤드라이트도 안 켜고 달릴 뻔했다.

좌회전 그리고 우회전, 한 번 더 우회전 그리고 다시 좌회전.

너무 빠르다. 나도 안다. 하지만 속도가 내 마음처럼 줄어들지 않았다. 아드레날린이 내 발을 이끌었다. 길 위의 뭔가를 밟았는지 차 바닥을 찍 긁는 소리가 났다. 비나이다, 비나이다, 제발 기름 탱크에 구멍이 나지 않았기를.

"나, 속이 이상해. 토할 것 같아." 개릿이 칭얼댔다.

"남자답게 꾹 삼켜!"

"내 동생한테 그런 식으로 말하지 마!"

다시 우회전. 이유는 없었다. 갈림길이 나오길래 선택했을 뿐이다. 나는 상향등과 하향등을 전부 켰다. 상대 운전자가 눈이 먼다 해도 상관없었다. 마주 오는 차량은 한 대도 없었다. 목적지가 있던 사람들은 이미 도착했거나 중도 하차했거나 둘 중 하나다.

신중하게 처신했다면 이 상황까지도 안 왔을 텐데. 밤중에 차 키를 챙겨 튀었어야 했다. 풍요로운 집의 아늑함에 취해 방심했다. 안도감은 착각이었다. 알고 보니 전혀 안전하지 않은 집이었다. 갖가지 무기류며, 목마르고 화난 이웃들이라니. 저들만 몰랐지 그 집은 휘몰아치는 폭풍우 속 피뢰침이었다. 하긴, 세상을 등지고 사는 괴짜 가족 아니던가. 그게 켈턴 일가의 본모습이었다. 코믹콘* 입장권을 총기 쇼 입장권과 바꿀 사람들. 스타트렉 삼부작에 열광하는 대신 최신형 무기에 눈을 빛낼 사람들. 그러면서 실제로 타인의 목숨을 끊는 기분은 진지하게 상상해 본 적 없는 사람들. 뭐, 켈턴의 아빠는 이제 뼈저리게 알겠지만. 총으로 중무장한 얼간이라. 세상엔 별별 사람이 다 있다.

"우리 지금 어디 가는 거야?" 개릿이 다행히 구토를 참고 물었다.

"저 망할 집에서 멀리 떨어진 곳으로." 내가 줄 수 있는 유일한 대답이었다. 우리가 떠나온 곳과 엇비슷한 거리가 나왔다. 방 세 개짜리 단독 주택이 길가에 빼곡히 늘어서 있었다. 한때 생기가 넘

---

* 코믹 컨벤션(Comic Convention)의 준말로, 만화, 애니메이션, 영화를 주제로 열리는 대규모 문화 축제.

쳤을 집들은 이제 절망에 지쳐 눈을 감은 얼굴들 같았다. 마치 방사능 누출 사고로 버려진 동네 같았다. 황량했다. 희망조차 그대로 시들어 버릴 만큼 음산했다.

좌회전했다. 또다시 막다른 주택가였다. 망할! 나는 운전대를 끝까지 확 꺾어 돌아 나왔다.

"자꾸 빙빙 돌 거야?" 얼리사가 뒤에서 따졌다.

"좋아! 그럼 길 안내 좀 해!"

"어디로?"

"아무 데나!"

얼리사는 고개를 앞으로 내밀고 주위를 살펴보았다. 밖은 어두컴컴했지만, 얼리사는 어딘지 아는 모양이었다.

"알았어. 오른쪽으로 꺾어. 여기서 말고, 다음에."

길을 두 차례 더 꺾자 비로소 주택가를 벗어나 큰길로 접어들었다. 그러나 목적지를 모르는 이상 크게 의미가 없었다.

백미러로 힐끗 보니, 켈턴은 차 문에 기댄 채 여전히 의식 불명이었다.

"쟤 좀 깨워 봐."

"좀 자게 놔뒀으면 좋겠는데." 얼리사가 대꾸했다.

"죽었으면 어쩌려고? 네가 좀 세게 내리쳤냐."

"숨 쉬고 있어." 얼리사는 발끈했다. "죽은 사람은 숨 안 쉬거든."

개릿이 몸을 돌려 켈턴을 살펴보았다. "둘 다 맞는 거 아냐? 뇌사일지도 몰라." 개릿의 말에 얼리사는 더욱 울컥했다.

"뇌진탕일 수도 있고. 일어나 봐야 알지."

"그럼 좀 깨워 봐." 내가 다시 말했다. 얼리사는 마지못해 몸을 숙여 켈턴을 흔들었다. 켈턴이 반응했다. 그 순간 얼리사도 나만큼 안도한 기색이 역력했다.

켈턴은 쿨럭대더니 뒤통수를 어루만지며 눈을 끔뻑였다. 아직 어지러운 모양이었다.

본인이 기절해서 차까지 끌려온 사실을 알까? 자기 집에서 무슨 일이 있었는지 기억할까? 뇌가 큰 충격을 받으면 일시적으로 기억을 잃을 수 있다. 마지막 몇 분이 통째로 사라지는 것이다. 문서 저장 버튼을 깜빡해서 날려 버린 몇 문단처럼.

잠시 안개가 걷히자, 켈턴은 기억이 나는지 길길이 날뛰었다.

"안 돼!!! 지금 뭐 하는 거야? 돌아가!"

얼리사가 두 손을 뻗어 진정시키려 했지만 켈턴은 거칠게 뿌리쳤다. "당장 막아야 해!"

"켈턴, 이미 늦었어." 얼리사가 타일렀다.

켈턴은 아랑곳하지 않고 손잡이를 잡아당겼다. 정말로 달리는 차에서 뛰어내릴 작정이었다. 어린이 보호 장치가 걸려 있기에 망정이지, 하마터면 큰일 날 뻔했다.

켈턴은 분노로 울부짖으며 손잡이가 부러지도록 발로 찼다. 독일 기술력도 여기까지인가. 하지만 차 문은 열리지 않았다.

나는 차선을 홱 바꿔 켈턴을 문짝에서 떨어뜨렸다. 켈턴이 얼리사의 무릎 위로 나동그라졌다. 얼리사는 생각보다 강하게 켈턴을 붙들었다. 켈턴이 몸부림쳤다.

"우리 엄마 아빠는 어떡해!"

"내가 모시고 나오려고 했는데, 계속 거부하셨어!"

"사람들이 해칠지도 몰라!"

그때 개릿이 웬일로 그럴듯한 말을 했다. "글쎄, 형네 부모님은 반격할 의지가 없었어. 워터좀비들이 원하는 건 하나잖아. 안 그래? 싸우려 들지 않는 이상 안 건들 거야."

그제야 켈턴은 조금 진정되었다. 적어도 얼리사가 놔줄 만큼. 켈턴은 좌석에 털썩 기대며 머리를 세차게 흔들었다.

"아니, 아니야, 아니야, 안 돼, 안 돼……." 켈턴은 맥없이 웅얼거렸다. 몸에서 분노가 빠져나갈 때까지 잠시 잠잠했다. 그리고 이내 숨어 있던 진짜 감정이 올라왔다.

"우리 형이 죽었어……."

나는 아무 말도 하지 않았다. 무슨 말을 하겠는가? 이미 벌어진 일이다. 혀 깨물고 죽든지, 이 악물고 받아들여야 한다. 켈턴이라면 당장은 전자를 택할지도 모른다. 지금 얼마나 어둡고 피폐한 생각이 켈턴의 머릿속을 지배하고 있을까? 상상조차 안 갔다. 위로는 얼리사에게 맡겼다. 적어도 나보다는 나을 테니. 나는 십오 분

전 상황을 머릿속에서 반복 재생했다. 되풀이하면 할수록 아까 개릿의 심정이 이해가 갔다. 속이 메슥거렸다. 그토록 잔악무도한 광경은 처음이었다.

"켈턴, 정말 유감이야." 얼리사가 말했다.

하지만 켈턴은 그 말에 이성을 놓았다.

"유감? **유감**이라고? 아니, 중간고사 망쳤을 때가 유감이지. 휴대폰을 변기에 빠뜨렸을 때나 유감이라고! 우리 아빠가 우리 형을 쏴 죽였어! 그것도 내 눈앞에서! 유감이라는 말로 모욕하지 마!"

켈턴이 갑자기 운전석을 힘껏 발로 찼다. 나는 하마터면 운전대를 놓칠 뻔했다. "감히 날 기절시켜? 너 절대 용서 못 해!"

"나? 나도 그랬다면 좋았겠지만, 널 때려눕힌 건 내가 아니야."

"내가 그랬어, 켈턴. 어쩔 수 없었어. 넌 리슨 씨를 죽일 뻔했다고."

"그게 뭐? 죽였어야 했어! 다 죽어 마땅하니까! 전부 다!"

"두고 봐, 켈턴. 나중에 분명 고마워할 테니까."

켈턴은 이를 악물고 얼리사를 외면했다. 벌게진 두 눈에 눈물이 차올랐다. 백미러로 나와 눈이 마주쳤다.

"뭘 봐, 씨발!"

평소라면 따끔한 맛을 보여 줬을 것이다. 하지만 켈턴은 지금 제정신이 아니다. 슬픔은 사람을 비뚤어지게 한다. 그러니 한 번은 봐주기로 했다.

길은 구불구불 이어졌다. 길 양쪽의 24시 패스트푸드점들은 닫혀 있었다. 큰 교차로를 막 지났을 때, 대형 마트인 타깃 앞에 텐트와 차량이 장사진을 치고 있었다. 임시 피난처인 모양이었다. 아무런 구호도 없는 구호 센터랄까.

"혹시 저기 물이 있을까?" 얼리사가 물었다.

나는 고개를 저었다. "전혀. 예수의 재림을 기다리는 셈이야." 사람들로 인산인해였다. '역시 절망은 전염성이 강해.' 가만. 그러고 보면 희망도 마찬가지 아닌가? 그렇지 않다면 나도 이 덜떨어진 무리와 함께하지 않을 테니.

텐트촌을 지나면서도 현실성이 없었다. 지난주까지 내가 발붙이고 살던 땅이 맞나? 어떻게 그토록 '완벽'하던 오렌지 카운티가 하루아침에 광란의 도가니로 변하지? 생각할수록 어이가 없었다. 한때는 이곳이 너무 싫어서 메뚜기 떼가 뒤덮거나 성형 보형물이 죄다 터져 버리길 기도했었다. 하지만 눈앞에서 남부 캘리포니아 전체가 홍역을 치르는 꼴을 보니 뭐랄까, 실망스러웠다. 이제 좋고 싫고를 떠나서, 사람들에게 환멸을 느꼈다. 얼마나 정신력이 약해 빠졌으면 물이 부족하다고 서로에게 흉기를 휘두른담? 이거 하나는 확실하다. 이제 맹세코 그들과 같은 리그에서 뛸 일은 없다. 아니, 같은 구장을 밟지도 않을 테다.

내가 남들보다 고결하다는 말은 아니다. 나도 남의 집 창문을 여러 번 깼고 냉장고를 수시로 털었으며 창고를 밥 먹듯이 뒤졌다.

무단 침입이 취미였고 고급 저택을 내 집인 양 드나들었다. 차이가 있다면 타인에게 해를 끼칠 만한 일은 걸렀다는 점이다. 물론, 내 범죄 행각에 피해자가 없다면 거짓말이다. 하지만 피해자들은 대체로 뭐가 없어졌는지도 모를뿐더러, 보험도 이미 빵빵하게 들어 놓았다. 나는 윙크와 미소로 무장한 잡범일지언정 개념 없이 폭도에 가담해 남의 집을 습격하는 무뢰한은 아니다. 차라리 훔친 물건이 담긴 트럭을 몰고 튀는 쪽이지. 헬로키티 카드에 '또 보자, 호구들아.'라고 남기면 금상첨화고. 그게 바로 내가 생각하는 벳 데이비스식 행보다.

"저기 봐!" 개릿이 외쳤다. 개릿의 손가락이 가리킨 곳은 교회였다. 촛불 집회가 열린 모양이었다. 회당은 가득 찼는지 열린 문 밖으로 인파가 이어졌다. 가족들은 옹기종기 모여 갈증에서 구원해 달라고 기도했다. 우리 할머니도 기도의 힘을 믿는 분이었다. 기독교 신자들이 입버릇처럼 하는 말이 있다. '하나님은 모든 기도에 응답하신다. 다만 원하던 응답이 아닐 때도 있다.' 할머니의 생각은 달랐다. '하나님은 항상 원하는 응답을 주신다. 그저 오늘 주시지 않을 뿐.' 바로 이 촛불 집회 위로 비처럼 쏟아지는 응답이었다.

켈턴은 뒷좌석에서 아무 말이 없었다. 잠시 사고 회로가 합선된 모양이었다. 내가 보기에 이 난리 통에 살아남으려면 아예 재부팅이 필요할 것이다.

개릿이 켈턴의 얼빠진 얼굴에 대고 자기 수통을 내밀었다. "여기, 마셔. 좀 나아질 거야." 헛웃음이 나왔다. 이 혼란 속에서 가장 중요한 걸 챙긴 유일한 인물이 개릿이라니.

켈턴은 쳐다보지도 않았다. 마치 물이 자기 형을 죽게 한 원수라도 되는 양. 아예 틀렸다고 할 수도 없었다.

본인이 안 마시겠다면야. 나는 수통을 가로채 한 모금 들이켠 뒤 개릿에게 돌려줬다. 개념 없는 워터좀비와는 달리 신중히 계산된 한 모금이었다. 얼리사가 눈을 부라리며 입술을 앙다물었다. 또 헛소리가 튀어나올 뻔했나 보다. 그러고는 자기도 동생에게 수통을 받아 들고 조심스럽게 한 모금 마셨다.

그 와중에도 여전히 목적지가 없었다. 제자리걸음은 벗어났지만, 정처 없이 방황하기는 마찬가지였다.

"켈턴, 벙커가 어디쯤이야?" 내가 물었다.

"엿이나 먹어."

"어이쿠, 누구 입이 걸레가 되셨네." 내가 비꼬았다. 켈턴은 이글 스카우트의 기본 정신에 극히 어긋나는 표정으로 응수했다.

"쟤 좀 그냥 내버려 둬." 얼리사가 끼어들었다.

"나한테 한 번만 더 명령해. 등짝에 '마셔 주세요.'라고 써서 도로 한복판에 던져 줄 테니까."

내 말에 켈턴이 아주 희미하게 콧방귀를 뀌었다. 좋아. 진전이 있군.

오른쪽 길가에 수십 명의 가족이 떼 지어 이동하고 있었다. 꼭 성지 순례를 떠나는 행렬처럼 보였다. 적어도 이들은 가만히 앉아서 누가 구해 주기만 기다리지는 않았다. 사람들은 난국을 타개할 방법을 두고 각자의 믿음에 따라 여러 진영으로 나뉘고 있었다.

"다들 어디로 가는 걸까?" 개릿이 물었다.

"저들도 모를걸." 내가 대답했다.

"우리처럼?" 얼리사가 지적했다.

그때 켈턴이 앞을 가리켰다. 저 멀리 새벽빛이 아스라이 산머리를 비추고 있었다. "애로헤드 호수로 향하는 거야." 켈턴이 말했다. "근데 아마 못 갈 거야. 산맥과 카운티 경계를 두 차례나 통과해야 하니까."

순례 행렬 덕분인지 켈턴은 현실 세계로 돌아온 듯했다. 나는 이 기회에 슬쩍 떠보았다.

"벙커도 거기 있어?"

켈턴은 고개를 가로저었다. "아니…… 앤젤레스 국유림에. 훨씬 가깝지. 동쪽이 아니라 정북이야." 켈턴은 시선을 돌렸다. "이 차로는 어림도 없어. 차체가 더 높아야 해. 사륜구동으로."

"바질 삼촌 트럭처럼?" 개릿이 물었다.

"그래, 바질 삼촌 트럭처럼." 켈턴이 대답했다.

"삼촌은 전 여자 친구랑 같이 있어. 도브캐니언에." 얼리사가 말했다.

드디어 목적지가 정해졌다.

3장

균열

18) 헨리

인생에서 진정으로 성공하고 싶다면 특정한 사고방식이 필요하다. 세계 최고의 섬유 회사를 운영하든, 나사에서 신기술 추진 장치를 개발하든, 제2의 모나리자를 탄생시키든 마찬가지다. 물론 그때쯤이면 떼돈을 벌겠지만, 진정한 부를 목표로 한다면 그에 맞는 사고방식을 갖춰야 한다.

진정한 부는 사고방식에서 오기 때문이다.

내 멘토인 교감 선생님의 말씀에 따르면 '돈'은 명사, '부'는 동사라 했다. 실은 둘 다 명사지만, 포인트는 그게 아니다.

진정한 부를 원한다면 한 가지만 머릿속에 잘 익혀 놓으면 된다. 투자 대비 수익이 높은 자산에 투자할 것. 그런즉 미미한 투자 비용으로 추진한 나의 수분 공급 사업은 현재 성층권을 뚫고 고공 행진 중이다.

내가 부모님과 함께 사는 이곳 도브캐니언은 외부인 출입 제한 주택 단지다. 오렌지 카운티에 사는 중상류층, 특히 협곡 지대의 부촌에서는 고도가 곧 힘이다. 그래서 우리 엄마 아빠도 언덕배기에 있는 집에 투자했다. 동네에서 가장 큰 저택 중 하나로, 골프 코스를 비롯해 우리와 우편 번호를 공유하는 집 대부분이 한눈에 들어온다. 지난주에 부모님이 휴가를 떠난 관계로, 이 혼란의 시기에 나 홀로 집을 지키고 있다.

나에게 이번 단수 사태는 사회의 당당한 일원으로 거듭나는 발판이자 사업에 직접 발을 담가 보는 유익한 기회였다. 자초지종은 이러하다. 예전부터 아빠는 엄마더러 사업을 시작해 보라고 권유했다. 그러던 차에 엄마가 다단계를 하는 친구의 꼬드김에 넘어가 아구아비바 60박스를 주문했다. 구기자 열매가 함유된 알칼리성 미네랄워터를 터무니없는 가격에 720병이나 사들인 것이다. 그래 봤자 물은 물이었다. 아무래도 비싼 돈 주고 사 먹으려는 사람이 없었기에 그 물은 손님방에 반년 가까이 처박혀 있었다. 그리하여 물의 가치가 기하급수적으로 치솟은 지금, 나는 단일 품목으로 짭짤한 수익을 올리는 중이라 하겠다.

내가 알아본 바에 따르면 위대한 투자자들은 어려운 시기에 대박을 터뜨렸다. 냉정하게 들릴지는 모르지만, 불황일수록 흔들리지 않고 수익을 창출하는 것이 큰손들의 역할이다. 그래야 점차 소비가 늘고 경제가 살아나기 때문이다.

초인종이 울렸다. 지난번 아빠 회사 파티 후 남은 감초 젤리와 쿠키를 먹고 있던 참이었다. 손님이로구나! 현관으로 나가 보니 놀랍게도 스펜서였다. 우리보다 좀 더 윗집에 사는 애로, 내가 별로 좋아하지 않는 녀석이다. 스펜서의 집은 언덕 맨 꼭대기에 있다. 우리 집보다 고지에 있지만, 집만 놓고 보면 우리 집 천장이 더 높다. 초등학생 때는 길을 사이에 두고 레모네이드 가판을 열어 경쟁했고, 좀 더 커서는 학교 기금 마련을 위해 잡지 구독자 끌어모으기 경합을 벌였다. 스펜서의 부모님은 아들이 질세라 기꺼이 자비로 잡지를 사서 친구들에게 돌렸다. 우리 부모님에겐 씨알도 안 먹히는 일이다. 덕분에 나는 만년 2등이었다. 당시엔 좀 분했지만, 철이 들고 보니 일찌감치 공정한 경쟁의 가치를 배운 셈이다. 그래도 스펜서 녀석은 여전히 맘에 안 든다.

"안녕, 헨리."

"여어, 어쩐 일이야, 스펜서? 일단 들어와."

나는 스펜서를 거실로 안내했다. 스펜서는 눈에 띄게 미적거렸다.

"뭐 필요한 거 있어?" 나는 예의상 물었다. 협상을 시작하는 기술이다.

스펜서는 가죽 소파에 앉았다. 안색이 좋지 않았다. 열에 달뜬 얼굴이었다. 그러고 보니 요즘 다들 상태가 비슷비슷했다. 흔한 탈수증은 아닌 듯했다.

"괜찮아?" 내가 물었다. 전혀 괜찮아 보이지 않았지만, 녀석이 순순히 인정할지 궁금했다.

"오래된 물탱크 때문이야." 스펜서가 대답했다. "잘은 모르겠지만 뭔가 잘못됐나 봐."

남부 캘리포니아 주민 대부분이 물을 구하려고 고군분투하는 동안 도브캐니언은 비교적 느긋했다. 물탱크의 물은 진작 바닥났지만, 언덕 꼭대기에 사용하지 않는 오래된 물탱크가 있었다. 누군가의 기지로 수도관을 연결해 봤더니, 빙고! 다른 곳보다 이틀은 더 쓸 수 있는 양이 남아 있었다. 문제는 동네 사람 전체가 그 물을 마시고 탈이 난 것이다. 정확히는 나만 빼고. 나는 예전부터 수돗물을 믿지 않았다. 게다가 진정한 사업가라면 무엇보다 자기 상품을 믿고 애용해야 한다.

스펜서는 한숨을 몰아쉬더니 목을 한 바퀴 돌리고는 운을 뗐다. "너한테 물이 있다고 들었어."

"맞아." 나는 가까운 소파에 몸을 털썩 파묻었다. 분위기를 좀 더 껄끄럽게 만들려고 일부러 뜸을 들였다.

"페이턴 매닝 사인 볼 넘길게." 첫 거래 조건이었다. 스펜서는 먼저 패를 보임으로써 스스로 불리한 처지에 놓았다. 제 딴에는 최선의 제안일지 모르나 협상은 이제 막 첫발을 뗐을 뿐이다.

"생수 반병 값어치도 안 돼. 그리고 알잖아, 나 풋볼에 별로 관심 없는 거. 게다가 이미 알아봤어. 그 공은 시가로 250달러밖에 안 해."

스펜서는 재빨리 머리를 굴렸다. "그럼 공 받고 조니워커 한 병어때. 킹 조지 한정판. 너희 아버지가 좋아하실걸."

마음은 가상하지만 거절해야 했다. 물물 교환 경제 체제에서 사람들이 쉽게 저지르는 실수는 바로 소모성 상품끼리 거래하는 것이다. 부를 쌓고 싶다면 부가 가치가 높은 상품에 투자해야 한다. 늘 다양성을 강조했던 아빠의 가르침에 따라 나는 꽤 다양한 품목을 손에 넣었다. 나중에 이베이에 올려 이윤을 크게 남길 자산 목록이다. 입체 음향 설비, 빈티지 레코드판 컬렉션, 유명 화가 토머스 킨케이드의 작품, 탐정 소설의 대가 대실 해밋의 친필 사인이 담긴 『몰타의 매』 초판본, 비늘이 노란 볼비단구렁이 등등.

내 화려한 컬렉션에 스펜서가 더해 줄 만한 품목이 뭐가 있을까?

"내 엑스박스는 어때?" 스펜서가 물었다.

나는 고개를 저었다. "너무 흔해."

녀석도 내가 뭘 원하는지 알았다. 협상은 순조롭게 무르익고 있었다. 스펜서네 다락방에는 마이클 조던의 친필 사인이 담긴 농구 유니폼이 액자에 걸려 있었다. 대학 시절의 하늘색 유니폼으로, 거의 2천 달러를 호가하는 희귀한 아이템이다.

스펜서는 좀처럼 입을 열지 않았다. 제 입으로 꺼내기는 싫은 모양이었다. 좋아, 그렇다면야.

"조던 유니폼. 열두 개들이 생수병 한 상자에."

"안 돼! 우리 아빠가 날 죽일 거야."

"그게 거래 조건이야." 나는 어깨를 으쓱했다.

스펜서는 이를 악물고 아픈 똥을 싸듯이 얼굴을 찌푸렸다. "그럼 두 상자." 이로써 승자는 정해졌다.

나는 벌떡 일어나 협상을 끝내는 척했다. "장난이라면 이만 돌아가 줘."

"한 상자 반?"

나는 한숨을 내뱉었다. "좋아. 하지만 옛정을 생각해서다." 사실 두 상자도 나쁘지 않은 거래였다. 하지만 아까 말했듯이 나는 녀석이 싫다.

소파 밑에 손을 뻗어 생수병을 꺼냈다. 시음용으로 챙겨 놓은 물이었다. 삼 분의 일밖에 남지 않았길래 그냥 던져 주었다. "거래 성사 기념 보너스야."

스펜서는 냅다 들이켰다.

"아구아비바의 원산지는 포르투갈이야. 지표면 아래 약 1.5킬로미터 지점의 자분 대수층에서 끌어올린 물을 이온화시켜서 완벽한 수소 이온 농도를 맞추었지. 혈중 산소를 늘려 온종일 활력을 유지할 수 있게 해 주는 거야. 게다가 밀봉 전에 항산화 성분이 풍부한 구기자 열매 추출물을 넣었어. 간 해독뿐 아니라 면역 기능 개선에 특효약이지."

병을 비운 스펜서는 나를 사랑에 빠진 눈으로 바라보았다. 기분 탓인가? 안 그래도 들리는 소문이 있다. 에이, 설마. 생명의 은인을 향한 인류애겠지.

"이렇게 하자." 내가 말했다. "한 상자 반에 유니폼, 사인 볼, 그리고 조니워커까지."

스펜서는 고개가 부러지게 주억거렸다. "그래, 그래. 알았어. 고마워, 헨리!"

나는 다정하게 웃었다. "우리 사이에 뭘." 진심이었다. 내 기준에 윈윈보다 좋은 거래는 없다.

19) 얼리사

도브캐니언 입구 앞에는 분수가 있었다. 가뭄이 그냥 예삿일일 때, 즉 물 사용 규제가 본격화되기 전에는 퓨마들이 이 분수에 내려와 목을 축였다. 마치 집고양이가 물그릇을 찾아오듯이 인가에 얼씬댔다. 그때 조금만 관심을 기울였다면 위험 신호를 미리 감지했을 텐데.

센트럴밸리가 서서히 건조 지대로 변하자 사람들은 농업 공동체를 버리고 이미 과밀한 도시들로 몰려들었다. 덩치 큰 고양이들이 메마른 산을 떠나는 것과 같은 이치였다. 이쯤 되면 심각한 경고였지만 사람들은 그때까지도 심각하게 받아들이지 않았다. 정부의 공식 대응은 사실상 밑 빠진 독에 물 붓기였다. 정원에 물을 준다고 벌금을 무는 남용 금지법, 물 절약을 일깨우는 공익 광고들. 전부 소용없었다. 물은 점점 말라 갔다. 도브캐니언의 분수도 말라 버린 지 오래였다. 퓨마들은 죽거나 어디론가 떠났다. 이제 인간도 그 두 갈래 길에 서 있다.

도브캐니언 주택 단지의 출입구는 딱 한 곳으로, 평소에는 경비원들이 철저히 지켰다. 친절한 사람도 있었지만 몇몇은 대통령 관저를 지키는 경호원처럼 굴었다. 오늘은 아무도 없었다. 철문 또한 경첩이 떨어져 나간 채 쓰러져 있었다.

"여긴 안전할 거라며? 아마 이 문은 단수 첫날 뚫렸을걸." 재키가 말했다.

"누나, 저기 봐." 개릿이 전방을 가리켰다.

무너진 철문 너머로 기괴하게 생긴 임시 장벽이 서 있었다.

우리는 길가에 차를 세우고 내려서 장벽을 향해 걸어갔다. 무슨 의도인지는 몰라도 철문이 쓰러지고 난 뒤에 세운 게 분명했다.

"급조했나 본데." 켈턴이 말했다.

가까이서 보니 온갖 고물이 뒤엉켜 있었다. 사다리, 선반, 낡은 이케아 책꽂이, 접이의자, 녹슨 자전거 등, 차고 세일에서 헐값에 팔아 치울 법한 잡동사니들이었다. 이곳 주택 소유주 협회라면 차고 세일조차 금지하겠지만.

"삼촌이 그랬어. 도브캐니언은 단수여도 물이 나온다고." 내가
말했다.

"맞아. 그래서 침입자들을 쫓아내려고 했나 봐." 개릿이 맞장구
쳤다.

극성맞은 이곳 학부모들과 집값 지킴이들이 힘을 모아 침입자
들을 물리치는 상상을 하니 실소가 나오려다…… 매크래컨 일가
의 비극이 떠올라 웃음기가 쏙 들어갔다.

임시 장벽은 차량 진입만 막아 놓았지 사람이 통과하기는 어렵
지 않았다. 우리는 장벽을 에돌아 단지 안으로 진입했다. 이때까지
사람이 한 명도 보이지 않았다. 뭔가 불안했다.

"이상하지 않아?" 재키가 말했다. "기껏 장벽까지 만들어 놓고
망보는 사람 하나 없다는 게?"

"이상해." 퀠턴이 대답했다. 하지만 둘 다 논리적으로 추론할 의
지는 없어 보였다.

의연하던 개릿도 어느새 겁을 집어먹었다. "누나, 나 여기 싫어.
그냥 가자."

"안 돼. 우린 바질 삼촌 트럭이 필요하잖아." 내가 말했다.

"아냐, 없어도 돼! 오는 길에 비슷한 트럭 많이 봤잖아. 전선 같
은 걸로 시동 걸면 돼. 재키 누나라면 할 수 있을 거야. 그렇지, 누
나?"

재키가 개릿을 쏘아보며 대꾸했다. "무슨 근거로 사람을 범죄자

로 몰아? 기분 나쁘게."

"할 수 있어?" 내가 물었다.

"어. 근데 기분이 나쁘다고."

길가에는 나무들이 늘어서 있었다. 녹지대의 풀은 대체로 푸릇푸릇했다. 이곳 조경은 자체적으로 재활용한 물을 이용한다고 삼촌이 말했다. 전기가 모두 나갔을 때 켈턴의 집만 홀로 환하게 빛났던 것처럼, 이곳 도브캐니언의 녹지도 외부인의 눈에 유독 푸르러 보였을 것이다.

"삼촌이 있는 곳은 출입구에서 별로 안 멀어. 첫 번째 표지판에서 오른쪽으로 꺾은 다음 400미터쯤 가면 돼." 나는 덧붙였다. "차를 훔치는 건 최후의 수단이야."

재키는 셔츠 끝자락을 들어 올려 권총을 슬쩍 보여 주었다. "혹시 뭔 일이 생기면."

확 짜증이 났다. "혹시 뭔 일이 생기면, 문명인처럼 행동해야지."

"재키는 진짜로 쏘겠다는 게 아니잖아." 켈턴이 말했다. "웬만한 사람들은 총을 보기만 해도 물러설 테니까."

나는 숨을 크게 들이쉬고 입을 다물었다. 켈턴이 내 편을 들지 않아 조금 놀랐다. 그것도 재키와 폭력을 상대로. 하기야 켈턴은 애초에 우리 집에 총을 들고 온 장본인이 아니던가. 놀라기보단 걱정해야 했다. 엽총을 집어 들던 켈턴의 눈빛이 떠올랐다. 이제 재키와 켈턴 중 누가 더 예측 불허인지 알 수 없었다.

바질 삼촌의 전 여자 친구 대프니 언니는 원래 머데스토에서 부동산업을 했다. 삼촌도 근처에서 아몬드 농장을 운영했다. 그런데 하필 아몬드 나무가 다른 작물보다 물을 많이 먹고 배수량은 턱없이 부족한 탓에 가장 먼저 폐농했다. 삼촌은 파산 신청 후 농장을 은행에 넘기고 대프니 언니 집으로 들어갔다. 한때는 어마어마한 부동산 목록을 자랑하며 떵떵거리고 살던 대프니 언니였지만, 부동산 호황기도 하룻밤 꿈에 지나지 않았다. 제정신이 박힌 사람이면 머데스토에 집을 사려 들지 않았다. 집값은 곤두박질쳤다. 설상가상으로 언론에서 센트럴밸리를 '태평양 흙먼지 지대'로 낙인찍었다. 사람이 살 만한 곳이 아니라고 친절히 못을 박아 준 셈이다. 아마 지금쯤 머데스토는 베이커스필드, 프레즈노, 머세드와 마찬가지로 유령 동네로 변했을 것이다. 다행히 둘은 한발 앞서 머데스토를 떠나면서 '대이동'의 혼란은 면할 수 있었다. 그렇게 최대한 짐을 간소하게 꾸려 의탁한 곳이 바로 이곳 도브캐니언 저택으로, 언니네 어머니가 갑자기 돌아가시면서 남겨 준 유산이었다.

하지만 언니는 곧 삼촌을 내쫓았고 삼촌은 우리 집에서 지냈다. 두 번이나.

언니의 심정은 이해했다. 아니, 그럴 만도 했다. 단순히 삼촌이 일하지 않아서는 아니다. 삼촌은 일자리를 찾아 나설 의지도 없었다. 농장을 잃은 뒤로 크게 낙심한 탓이었다. 언니는 삼촌에게 한

번 더 기회를 주었지만 별로 달라지지 않았던 모양이다. 삼촌이 다시 돌아왔을 때는 우리도 이미 둘 사이가 끝났음을 직감했다.

"자리 잡을 때까지만 신세 좀 질게." 삼촌은 입버릇처럼 말했다. 하지만 마음 둘 곳도 없는 마당에 어디서 자리를 잡겠는가?

어느새 대프니 언니네 집 근처였다. 여전히 사람은 코빼기도 보이지 않았다.

단지 내 조경이 아직 살아 있다고는 하나, 앞마당은 우리 동네와 다를 바 없었다. 죽은 채 방치된 갈색 풀과 이파리 없는 나무들, 선인장과 돌멩이로 꾸민 사막 같은 풍경들. 세 집 중 하나는 시퍼런 인공 잔디가 깔려 있었다. 별문제 없는 척 겉치레만 번지르르한 교외 지역 특유의 자존심이었다. 대프니 언니네 집도 마찬가지였다. 앞마당에 우뚝 서 있는 가짜 무화과나무는 이 구역에서 유일하게 잎이 무성했다. 차마 못 볼 걸 본 느낌이었다.

바질 삼촌의 트럭은 진입로에 보이지 않았다. 제발 차고에 있기를.

"이미 떠났으면 어떡해?" 개릿이 말했다. "농장을 떠나온 것처럼 여기도 버리고 갔으면?"

그런 생각은 좀 더 일찍 해야 했다. 나는 말없이 대문으로 가서 초인종을 눌렀다. 물론 작동하지 않았다. 뭘 바랐을까. 나는 문을 두드렸다. 쾅쾅.

반응이 없었다. 개릿의 말이 옳았나 싶던 찰나, 삐걱 문이 열렸다. 바질 삼촌이었다.

"얼리사? 개릿?" 삼촌은 우릴 보고 놀라면서도 반가워했다. 하지만 목소리엔 기운이 없었다. "여기까진 어떻게 왔어? 엄마랑 아빠는?"

여전히 생각하기 싫은 질문이었다. 부모님 걱정은 한구석에 꼭꼭 눌러 놓았다. '우리도 몰라요.'라는 말조차 울지 않고는 못 할 것 같았다. 그래서 대답하지 않았다.

"들어가도 돼요?"

"그래, 물론이지." 삼촌이 옆으로 비켜서자 우리는 안으로 들어갔다. 집 안은 더웠다. 불쾌할 정도로. 남향에다 창문이 많은 집이었다. 블라인드가 모자라 곳곳에 침대보를 걸어 놓았지만, 쏟아지는 햇빛과 열기를 막아 내기에는 역부족이었다. 게다가 이상한 냄새가 감돌았다. 퀴퀴하고 시큰한, 환기를 시키지 않은 병실 같았다. 이때부터 뭔가 잘못되었음을 직감했지만, 이는 내게 닥친 수많은 비현실 가운데 하나일 뿐이었다. 곱씹을 여력이 없었다.

삼촌은 탈수증에 시달리는 듯했다. 아니, 그보다 심각해 보였다. 창백한 얼굴에 탄력이 없었다. 마치 피부가 뼈에 달라붙어 있기도 힘든 모양새였다. 눈 주위가 푹 꺼지고 거무튀튀한 게 꼭 마약 중독자처럼 보였다. 하지만 그럴 리는 없다. 어쩌다 한 번씩 마리화나를 즐기긴 해도 그쪽으론 원칙이 있는 사람이니까.

"물 좀 줄까?" 삼촌이 물었다. "넉넉히 있는데."

"진짜요?" 개릿이 나만큼 놀라 되물었다.

"네, 주세요." 재키가 냉큼 대답했다.

삼촌을 따라 부엌으로 갔다. 생수병 한 상자가 있었다. 여섯 병인가 남아 있었다. 삼촌은 일회용 컵을 꺼내 우리에게 조금씩 따라 주었다. 다 따르고 나서 삼촌은 조리대를 움켜잡더니 감은 눈을 찌푸렸다. 서 있기조차 버거워 보였다.

"허브 삼촌?" 왠지 삼촌을 별명으로 부를 분위기가 아니었다. "괜찮아요?"

"괜찮아질 거야." 삼촌이 대답했다. 지금은 괜찮지 않다는 얘기다.

"안 괜찮아 보이는데요. 꼴이 말이 아니에요." 재키가 무례하게 직설적으로 말했다.

"별거 아냐. 아까 설사를 해서 그래."

설사라. 필시 전기가 나간 뒤 냉장고에서 상한 음식을 먹고 탈이 났을 것이다. 삼촌은 늘 엄마가 미처 버리지 못한 음식을 찾아 먹곤 했다.

"대프니 언니는요?"

"쉬고 있어. 대프니도 몸이 안 좋거든."

켈턴이 날 향해 의미심장한 표정을 지어 보였다. 무슨 뜻인지 감이 안 왔다. 그러다 내가 물을 마시려고 하자 내 팔을 붙들었다. 켈턴은 자기 컵을 확인하고 냄새를 맡더니 조심스럽게 한 모금 마셨다.

"괜찮네." 켈턴이 중얼거렸다.

"안 괜찮을 건 뭔데?" 나는 삼촌이 따라 준 생수병을 흘깃 보았다. 아구아비바. 내 기억으론 터무니없이 비싼 물이었다. 그 값이면 와인도 살 수 있었다.

"배들 고프니?" 삼촌이 물었다. "통조림이 좀 있는데. 종류는 별로 많지 않지만, 이런 마당에 뭘 가리겠어?"

선반에는 식재료가 차곡차곡 쌓여 있었다. 대부분 양념 종류였다. 종류만 다른 살사소스가 족히 열 개는 되었다. 즉석 케이크 믹스, 몇 년 묵은 통조림도 있었다. 파인애플, 마름 열매, 올리브 따위였다. 수량은 넉넉해도 배를 채우기는 좀 그랬다.

"저흰 괜찮아요." 내가 말했다.

다들 선반을 훑어보고는 내 말에 토를 달지 않았다. 허기진 상태였지만 어제 켈턴네 집에서 잘 먹기도 했고, 이게 삼촌과 대프니 언니에게 남은 유일한 식량이라면 괜히 축내고 싶지 않았다.

켈턴이 수상하게 굴었다. 싱크대의 수도꼭지를 틀었다. 물론 아무 반응 없었다. 그러더니 코를 갖다 대고 킁킁거렸다. 켈턴은 삼촌을 향해 물었다. "듣자 하니 여긴 단수 뒤에도 물이 나왔다면서요?"

"응, 한동안은. 옛날에 쓰던 물탱크를 연결했거든. 이틀 정도 물이 졸졸 나오더라고. 씻을 만큼은 아니어도 마실 만큼은 나왔지."

켈턴은 끄덕이더니 나를 향해 말했다. "얼리사, 잠깐 얘기 좀 할까?"

켈턴은 내 팔을 잡고 거실로 이끌었다.

나는 팔을 흔들어 뺐다. 끌려다니는 건 내 체질이 아니다. "얼마나 중요한 얘기길래 여기까지 와서 해?"

"얼리사, 여기서 나가야 해." 켈턴이 목소리를 깔고 말했다.

"갈 거야. 근데 갑자기 나타나서 트럭만 가지고 떠날 순 없잖아."

"내 말은 그게 아냐!" 켈턴의 목소리는 작지만 격렬했다. "온 동네가 쥐 죽은 듯 조용한 거 이상하지 않았어?"

그러고 보니 이상하긴 했다. 우리가 어딜 가든 얼마나 고요하든, 사람의 자취는 있었다. 하지만 이곳은 사람 그림자조차 보이지 않았다.

켈턴이 바짝 다가와 심각한 어조로 속삭였다. "수돗물이 잘못된 거야. 단순히 쉬거나 상한 게 아니야. 내 생각에 너희 삼촌은 이질에 걸렸어. 아마 도브캐니언 주민 전부."

이질? 정확히는 몰라도 개발 도상국에서 흔히 발생하는 끔찍한 설사라고 알고 있다.

"그럼…… 이제 어떻게 해야 해?"

켈턴은 고개를 저었다. "우리가 할 수 있는 건 없어. 전문 의약품이 없는 이상." 켈턴은 내가 제대로 이해했는지 살피는 눈치였다. 이해는 했다. 받아들이기 싫을 뿐이지.

"아무것도 만지면 안 돼. 특히 아무것도 먹지 마." 켈턴이 말했다.

"다 캔에 들어 있잖아!" 나는 먹을 생각도 없으면서 괜히 우겼다.

"그래, 근데 너희 삼촌이 만지면 전염된다고!"

나는 더 따지지 않았다. 편집증적인 망상으로 들려도 꽤 일리가 있었다.

부엌으로 돌아갔을 때, 바질 삼촌은 개릿에게 파인애플 통조림을 덜어 주고 있었다.

"내가 달라고 한 거 아니야! 삼촌이 자꾸 권해서……."

삼촌은 개릿 앞에 숟가락을 놓았다. "영양가는 별로 없어도 에너지를 좀 보충해야 해. 내가 보는 데서 굶길 순 없다."

개릿은 체념한 듯 숟가락을 집으려 했다.

"안 돼!" 내가 다급히 외쳤다. 거의 숟가락을 내려칠 뻔했다. 변명의 여지가 없는 행동이었기에, 삼촌에게 곧이곧대로 말하기로 했다.

"허브 삼촌, 삼촌이 탈이 난 건 수돗물 때문이에요." 나는 삼촌이 현실을 부정할까 봐 아예 못을 박았다. "이질인 것 같아요. 전염되는 병이라 삼촌이 만진 건 아무것도 먹으면 안 돼요. 죄송해요."

삼촌은 탄식했다. 진작 깨닫지 못한 자신에게 화가 난 듯했다. "새 캔 따 주마. 손 세정제 쓸게."

하지만 개릿은 입맛이 떨어졌는지 식탁에서 물러났다.

"괜찮아요. 어차피 배도 안 고팠어요."

그러고 보니 삼촌은 지금쯤 대프니 언니가 얼마나 아픈지 모를 것이다. 그때 재키가 말했다. "그 손 세정제 제가 좀 쓸게요." 얼굴을 보니 다시 열이 오른 모양이었다. 재키는 상처 부위를 가리켰다. 딱 봐도 짓무른 듯했다. "거즈도 있으면 좀 주실래요?"

"물론이지." 삼촌은 손 세정제를 집어 자기 손과 용기를 닦고서 재키에게 건네주었다. "위층 왼쪽 두 번째 문이 화장실이거든? 세면대 아래 구급상자가 있을 거야." 삼촌이 힘겹게 미소 지으며 말했다.

계단을 오르는 재키를 바라보다가 불현듯 생각났다. 재키는 항생제가 있잖아. 어디에다 뒀지? 주머니에? 차에? 설마 소란 중에 켈턴네 집에 두고 오진 않았겠지? 혹시 내가 그걸 뺏어서 삼촌에게 준다면? 아니, 그러진 말자. 아무리 재키가 싫어도 남의 물건을 훔칠 수는 없지. 아무리 나에게 소중한 사람이라도 남을 희생시키면서 돕지는 않을 테다. 그렇게 되면 나도 약탈자들과 다를 바 없으니까.

"삼촌, 여기서 떠나야 해요. 대프니 언니도요. 사람들이 임시 대피소를 세우고 있어요. 물은 몰라도 약은 있을 거예요."

하지만 삼촌은 고려할 생각도 안 했다. "대프니는 지금 어딜 떠날 수 있는 상태가 아니야. 우린 이미 바닥을 쳤어."

삼촌이 말하는 바닥이 병의 진행을 뜻하는지 이번 사태를 뜻하는지 아리송했다. 어느 쪽이든 내 대답은 하나였다.

"제가 보기에 바닥까지는 아직 멀었어요……."

그러나 삼촌의 마음을 돌릴 순 없었다. "걱정하지 마. 우린 괜찮을 거야."

나도 삼촌을 믿고 싶었다. 그 어느 때보다 간절히. 하지만 가만히 앉아서 기다리는 시기는 끝났다. 희망이 우리 주위를 은밀히 맴돌다가 상어처럼 우릴 삼켜 버릴지도 모른다.

20) 재키

화장실에 들어가 문을 닫았다. 주머니에서 주황색 약병 하나를 꺼내 들었다. 어떤 약병부터 시작했는지 긴가민가했다. 아무렴 어때? 나는 초록색 캡슐을 가만히 바라보았다. 손바닥에 굴러다니는 이 작은 알맹이가 사람의 생사를 가른다는 사실이 새삼 경이로웠다. 지금쯤 같은 무게의 금보다 백배는 비쌀 것이다. 아니지. 사람의 목숨에 어찌 가격을 매기겠는가. 자, 위하여.

다음은 붕대였다. 구급상자는 허브인지 바질인지 딜인지 하는 양반이 알려 준 대로 세면대 밑에 있었다. 거즈가 상처에 들러붙어 잘 떼어지지 않았다. 뭐, 적어도 낫고는 있었다. 고통스럽지만 알코올 솜으로 상처 부위를 닦고 행여나 감염되지 않도록 조심조심 새 붕대를 감았다. 좋아. 깔끔해.

나는 2층을 좀 둘러보았다. 좋은 집이었다. 상황이 달랐다면 임시 거주지로 낙점했을 것이다. 다만 내 취향과 달리 장식이 지나치게 얌전 빼는 스타일이었다. 바질 씨의 여자 친구는 레이스와 손뜨개를 좋아하는 취향이 분명했다. 이름이 뭐였더라. '로즈메리?' 피식 웃음이 나왔다.

다시 계단 쪽으로 가면서 안방의 쌍여닫이문을 지나치는데, 문이 살짝 열려 있었다. 그 틈으로 새하얀 침대 위에 누워 있는 한 여자의 실루엣이 보였다. 퀴퀴한 냄새가 풍겼다. 음침한 광경이었다. 보통 사람이라면 뒷걸음칠 그 광경에 나는 왠지 마음을 빼앗겼다. 저항할 수 없는 힘에 이끌리는 기분, 바로 공허의 부름이었다. 나는 문을 열고 문지방을 넘었다. 벼랑 위에서 바람에 몸을 맡기듯이.

퀸 사이즈 침대 위로 늘어뜨린 캐노피 모기장은 질병을 쫓아내기보다 오히려 가둬 두는 느낌이었다. 이름이 생각났다. 대프니. 이 병든 여왕의 이름은 대프니다.

숨 막힐 듯한 정적이 흘렀다. 곧 그 이유를 깨달았다.

여자는 숨을 쉬지 않았다.

공허에 이끌리는 것 이상이었다. 교통사고 현장, 토네이도 피해 지역을 맞닥뜨린 느낌이었다. 나는 가까이 다가갔다. 건드릴 생각은 없었다. 모기장도 만지지 않았다. 다만 내 눈으로 확인해야 했다. 가슴이 오르락내리락하는지 봐야 했다. 알아야 했다. 가까이 갈수록 냄새가 코를 찔렀다. 담즙과 유황 가스, 우리가 평생 멀리

하려 애쓰는 유기 화합물의 고약한 악취였다.

자세히 살피려는 찰나, 이불 밑에서 그녀가 살짝 뒤척였다. 가슴이 쿵쾅거렸다. 설마 내 심장 소리가 들렸을까, 그녀가 고개를 돌려 나를 바라보았다. 하지만 눈동자는 어둡고 텅 비어 있었다. 말을 할 기력도, 왜 낯선 이가 자기 집에 있는지 의심할 기운도 없었다.

살아는 있지만, 대프니의 몸은 그 사실을 모르는 듯, 이미 부패하고 있었다. 시선은 날 향해 있어도, 좀처럼 눈을 마주치는 느낌이 아니었다. 가만 보니 날 보고 있는 게 아니었다.

공허를 보는 것이었다.

잠시 후 나는 계단을 내려가 무리에 합류했다. 아무 말도 하지 않았다. 아무 생각도 안 났다. 어딜 봐도 대프니의 모습이 망막에 어른거렸다. 얼리사는 자기 삼촌에게 대프니와 함께 대피소로 떠나라고 설득했다. 물론 바질 씨는 거부했다. 아무리 부추겨도 소용없었다. 바질 씨는 대프니의 상태를 알까? 아는 게 마땅했다. 그도 조카들을 위해 간신히 버티고 있지만 어쩌면 여자 친구 곁에 누워 최후를 맞이하고 싶은 마음이 굴뚝같을지도 모른다. 훅 소름이 끼쳤다. 방금 내가 2층에서 본 광경이 이 주변의 얼마나 많은 집에서 벌어지고 있을까? 호화 주택 단지가 하루아침에 고급 시체 안치소로 둔갑한 셈이다.

얼리사는 트럭 얘기를 꺼내지도 못했다. 아마 저 나약한 심성으로 조만간 자폭하겠지. 우리까지 질질 끌고서. 마침 켈턴의 인내심도 바닥난 모양이었다. 켈턴이 총대를 메고 본론을 꺼냈다.

"어디 안 가실 거면, 트럭 좀 빌려주세요. 사륜구동이 필요하거든요."

"그러고 싶은데……." 당황했는지 바질 씨의 얼굴은 잠시나마 혈색이 돌아왔다. "교환했거든."

"뭘 어째요?" 나도 모르게 소리쳤다.

"너희가 지금 마시는 물, 아구아비바랑. 물론 사태가 진정되면 다시 찾아올 거야. 내가 보기에 법적 구속력은 없어." 바질 씨는 바닥을 보며 말했다.

"누구랑 교환했는데요?" 얼리사가 물었다.

바질 씨의 고개는 땅에 떨어질 듯했다. "윗동네 꼬마."

어처구니없이 큰 집이었다. 주변 집들도 마찬가지였다. 법이 허락하는 상한선에 가까스로 끼워 맞춘 느낌이었다. 옅은 갈색으로 갓 칠한 외벽이 꼭 선탠을 한 몸처럼 번들번들했다. 이른바 맥맨션이라 불릴 만한 건축 양식이었다. 맥도널드 체인점처럼 특색 없이 찍어 낸 과시형 대저택.

차고 문은 땅에서 한 뼘 정도 열려 있었다. 그 사이로 매연이 뿜어져 나왔다. 안쪽에서 발전기 돌아가는 소리가 났다. 누가 훔쳐 갈까 봐 바깥에 있던 발전기를 차고로 옮긴 것이다. 어떤 녀석인지 바보는 아니다. 발전기가 윙윙대는 소리 너머로 일렉트로닉 댄스 음악이 흘러나왔다. 좋아. 집에 계시는군.

얼리사는 현관문 중앙의 거대한 황동 쇠고리를 무시하고 손으로 문을 두드렸다. 대답이 없었다. 얼리사는 짜증이 났는지 문을 마구 연타했다. 마침내 문을 열고 집주인이 모습을 드러냈다. 번듯하고 잘생긴 소년이었다. 비싼 사립 학교인 샌타마거리타 가톨릭 고등학교의 짙은 남색 재킷 아래 폴로셔츠를 받쳐 입고 있었다. 이 더위에. 비록 발전기 덕에 에어컨은 켜져 있다지만, 그래도 교복 재킷은 좀 아니었다. 에라, 알 게 뭐야. 바질 씨에 따르면 녀석의 부모는 현재 집을 비웠다. 세상 물정 모르는 금수저 외아들을 혼자 두고. 신이 우릴 돕는구나.

"어떻게 도와드릴까요?" 녀석은 맥맨션에서 치즈버거 주문을 받는 아르바이트 직원처럼 환히 웃었다.

"우리 삼촌 트럭 찾으러 왔어." 얼리사가 말했다.

녀석은 서비스를 거부할 권리가 있다는 듯 응답했다. "죄송하지만 도와드릴 수 없겠네요." 문을 닫으려는 찰나, 내가 발을 턱 끼워 넣었다. 녀석은 몸으로 문을 밀어냈다. "한 발이라도 들이면 무단 침입으로 간주하겠어!" 어쩜, 으름장을 놓아도 전혀 위협적이지 않았다. 동화에 나올 법한 문고리부터 알아봤어야 했다. "당장 문에서 발 안 떼면 심각한 법적 책임을 물 수 있어!"

나는 어깨까지 끼워 넣었다. "문 열어, 꼴통아."

얼리사와 켈턴도 가세했다.

"우리 아빠 변호사야. 고소당하기 싫으면……."

어쭙잖은 협박을 마치기도 전에 켈턴이 문을 힘껏 들이받았다. 그 타격으로 문이 활짝 열렸다. 금수저 녀석이 발랑 나동그라졌다. 녀석은 화려한 페르시아산 러그를 딛고 몸을 일으켰다.

그러더니 잽싸게 현관 입구 서랍장을 열어 총을 꺼내 들었다.

빌어먹을.

'성급하게 행동하지 말자.' 나는 천천히 허리춤에 손을 가져갔다.

"옳지, 다들 물러나. 두 손 보이게 들고." 놈은 텔레비전에서 본 대사를 흉내 냈다.

우린 모두 꼼짝하지 않았다. 켈턴만 빼고. 켈턴은 놈을 향해 저벅저벅 걸어갔다. '저 또라이가 진짜!'

금수저는 총을 꽉 쥐고 소리 질렀다. "이건 정당방위야! 진짜 쏠 거야!"

켈턴은 움찔하지도 않았다. 그러더니 홱 달려들어 놈의 손목을 낚아채고 등 뒤로 확 꺾었다.

녀석이 꽥 악을 썼다. 하지만 거기서 끝이 아니었다. 켈턴은 등 뒤로 꺾인 녀석의 팔을 냅다 밀어 올렸다. 팔이 애처로운 각도로 접히며 뚝 소리가 났다.

금수저는 바닥에 쓰러지며 고통으로 울부짖었다. 그 순간 켈턴도 우리만큼 놀란 눈치였다. '어라, 되네?' 하는 표정이었다. 바닥을 뒹구는 녀석을 뒤로하고 켈턴은 총을 집어 들어 천천히 살폈다.

"켈턴, 정신 나갔어? 너 죽을 수도 있었어!" 얼리사가 외쳤다.

"아니." 켈턴이 말했다. "이건 WG 팬서라고, 비비탄총이야. 즉 장난감이지. 봐, 주둥이 끝에 주황색 부분을 매직으로 검게 칠해 놓았어."

망할 비비탄총에 놀아났다니. 화딱지가 났다. 확 발로 차 버리고 싶었지만, 팔이 빠져 버린 꼴을 보고 참았다. 쌤통이다.

켈턴은 한쪽 무릎을 꿇고 금수저에게 손을 뻗었다. 녀석은 엉덩이로 질질 내빼며 멀쩡한 팔을 휘둘렀다. "싫어! 이 사이코패스 좀 저리 치워!" 녀석이 악을 썼다. 나 말고 딴 사람이 사이코패스 취급을 받으니 뭔가 신선했다. 그나마 켈턴이라 다행이지, 나한테 걸렸어 봐. 팔 빠지는 걸로 끝나지 않았을 테니까. 진짜 총알맛이 어떤지 보여 줄 수도 있고.

"가만히 있어. 도와주려는 거야." 얼리사가 말했다. 의외로 금수저는 얌전해졌다. 좋든 싫든 사람들은 얼리사의 말을 믿는 경향이 있다. 나도 믿기는 믿었다. 유통 기한이 며칠 지난 우유만큼. 딱 게워 내지 않을 정도만.

켈턴은 녀석을 똑바로 누이고 빠진 팔을 단단히 잡았다. "크게 숨 들이쉬고 멈춰. 준비됐어? 자, 하나…… 둘……" 셋에 팔이 제자리를 찾았다. 녀석이 비명을 질렀지만 팔이 빠졌을 때보다는 덜 시끄러웠다.

녀석은 몸을 일으켜 벽에 기댔다. 이마에 땀이 송골송골했다. "얼음, 얼음 좀 갖다줘."

그 말은 한 번에 입력이 안 됐다. 얼음? 얼음이 있어? 가만 보니 이 녀석은 다른 이들보다 훨씬 많은 것을 누리고 있었다.

"냉장고에 있어." 녀석은 우리의 순수한 충격을 멍청함으로 착각한 모양이었다.

"알았어, 로이크로프트." 나는 씩 웃으며 말했다. 개릿이 내 눈짓을 받고 얼음을 가지러 자리를 떴다.

금수저가 눈을 치켜떴다. 화가 났다기보다 당황한 듯했다.

"뭘 그리 놀라서. 재킷에 뻔히 박혀 있는데."

"아, 그렇지."

"이제 우린 통성명한 사이네."

"난 그쪽 이름 모르는데."

"그러게. 세상 참 재밌게 돌아가지?"

나는 주위를 둘러보았다. 뭔가 좀 이상했다. 돈지랄도 유분수지, 노트북이 한 무더기에 엑스박스 게임기도 몇 대나 있었다. 아니 대체 어떤 집에 엑스박스가 몇 대씩 있어? 한쪽에는 스포츠 기념품도 쌓여 있었다. 그리고 복도 끝에 있는 수조 안에는 거대한……

나는 눈을 질끈 감고 돌아섰다.

뱀!

나는 몸을 가누고 심호흡했다. 내가 인디아나 존스와 공통점이 하나 있다면, 바로 뱀을 무서워한다는 점이다. 아, 채찍을 잘 다루는 것도. 이건 전혀 다른 얘기지만.

금수저 녀석은 어깨를 부여잡고 가죽 소파에 걸터앉았다.

"이 물건들은 다 뭐야?" 내가 물었다.

녀석은 철저히 무력화된 상태에서 가까스로 쿨한 미소를 지었다. "내가 공정한 교환을 통해 얻은 자산들이지."

얼리사가 끼어들었다. "우리 삼촌 트럭 가져갈 때도 공정했니?"

"물론이지." 녀석은 얼리사의 비난조에 발끈했다. "서류까지 작성했다고."

"삼촌을 이용한 거지!"

"물 가격이 뛴 게 내 탓은 아니잖아." 녀석은 방어적으로 대꾸했다.

얼리사는 주먹을 그러쥐었다. 어디 한 군데 더 탈구시킬 기세였다. 그럼 돈 주고 구경해도 아깝지 않을 텐데.

"그쪽이 먼저 날 찾아왔다고." 금수저는 여전히 자신을 범죄자 취급하는 게 못마땅한 듯 툴툴거렸다.

켈턴도 녀석의 뻔뻔함에 질린 기색이었다. "이곳 물은 오염됐어. 병에 걸리면 이따위 물건들이 다 무슨 소용인데?"

"난 수돗물 안 마셔. 자체 수분 공급법이 따로 있거든."

"너 밖에 나가 본 적 없지? 지금 어떤 상황인지 알기나 해?"

녀석은 말을 멈추고 생각에 잠겼다. 켈턴의 말이 사실이었다. 이 철없는 어린 왕자는 단수 이후로 줄곧 자기 행성을 떠나지 않은 것이다.

"그나저나 왜 이 넓은 집에 혼자 있어?" 내가 물었다.

"부모님은 크루즈 여행 중이야. 집은 나한테 맡기고. 대서양 한 가운데가 아니었다면 벌써 집에 오셨을걸."

"운도 좋으시지."

개릿이 다가와 작은 얼음 봉지를 금수저에게 건넸다. 녀석은 얼음을 어깨에 댔다.

"요즘 뉴스도 안 봤어?" 얼리사가 물었다.

녀석은 고개를 저었다. "텔레비전은 전기를 너무 많이 잡아먹어서."

금수저는 우리를 가족실로 데려갔다. 60인치 텔레비전이 떡하니 자리한 것이, 안방극장이 따로 없었다. 녀석 말대로 텔레비전은 전력을 꽤 많이 먹는 모양이었다. 전원을 켜자 전등 불빛이 약해졌다. 켈턴이 리모컨으로 지역 뉴스 채널을 찾았다. 화면에 보이는 건 색색의 조정 화면 신호뿐이었다.

채널을 다른 지역 방송으로 돌렸다.

이번에는 흑백 노이즈였다.

송신탑 문제겠지, 설마 방송국 자체의 문제겠어? 채널을 연방 종합 방송으로 돌렸다. CNN에서 마침 관련 소식을 전하고 있었다. 차라리 안 보는 게 나았다. 이미 알고 있는 현실을 거대한 고화질 화면으로 보니 더 거북했다.

흡사 허리케인 이동 경로를 표시히듯, 남부 켈리포니아 지도상에 동그라미가 쳐 있었다. 하단에 **남부 캘리포니아 단수 지역**이라는 자막이 큼직하게 떴다. 마치 다른 지역 사람들의 흥미를 끌기 위한 이벤트로 전락한 듯했다. 내 기억에 나는 늘 다른 지역의 피해 소식을 접하는 쪽이었지, 재난의 한복판에 있어 본 적은 없었다.

주위를 둘러보니 다들 나만큼 심란해 보였다. 금수저 녀석마저도.

"드디어 전 국민이 사태의 심각성을 알게 됐네." 얼리사가 말했다.

"알아 봤자 이미 늦었지만." 켈턴이 덧붙였다. 틀린 말은 아니었다. 이 정도 재난 규모에 구호물자를 조달하려면 족히 일주일은 걸릴 것이다. 자료 화면이 획획 지나가고 한데 섞여들었다. 일일이 머리로 따라가기도 벅찼다.

헬기를 탄 기자가 로스앤젤레스 시내에서 벌어지는 폭동을 보여 주었다. 이에 비하면 1990년대 로스앤젤레스 폭동은 다과회처럼 느껴질 만큼 큰 규모였다. 한 특파원은 리버사이드 변두리에서 안전거리를 유지한 채 혼란의 도가니를 취재했다. 한편 저 멀리 플로리다주에서는 한 무리의 초등학생이 수돗물 절약 운동을 벌이고 있었다. 마치 그 물이 여기까지 흘러와 상황을 도울 수 있다고 여기는 모양이었다. 연방 재난 관리청 직원들의 모습도 나왔다. 자원봉사자들이 아닌 실제 공무원들이 대피소에 물을 나눠 주고 있었다. 하지만 끝없이 이어지는 피난민 행렬은 저만한 인력으로 감당할 수 있는 규모가 아니었다. 그런가 하면 록 스타들은 뜻을 모아 구호 기금 마련 콘서트를 열 계획이라고 했다. 연예인들은 저마다 자선 홍보 대사를 자처했다. 그동안 흔히 보던 자기만족식 노력이었다. 차이점이라면 지금은 우리가 피해자라는 것이다. 방구석에 편안히 누워 기부 앱으로 5달러를 송금하며 뿌듯해하는 망할 기부 천사가 아니라는 것이다.

"지금 이 방송을 보는 남부 지역 주민 여러분은 긴급 대피 명령을 따르시기 바랍니다." 앵커인 앤더슨 쿠퍼가 말했다. 곧이어 화면이 바뀌며 거대한 군용 트럭에 올라타는 사람들과 그들에게 물을 나눠 주는 군인들이 나왔다. "현재 남부 캘리포니아 곳곳의 학교 체육관, 교회, 대형 마트에는 긴급 대피소가 마련되어 피난민의 행렬이 끊임없이 이어지고 있습니다. 하지만 정부의 명령에 협조하지 않고 자체적으로 움직이는 시민들의 수도 상당한 것으로 보입니다."

"긍정적인 면도 있네." 내가 말했다. "적어도 마트는 망할 일 없잖아."

다음 자료 화면이 나왔다. 구불구불한 산길을 따라 강줄기처럼 이동하던 사람들이 우거진 숲속으로 자취를 감췄다. "이들은 산정호수인 애로헤드와 빅베어레이크로 향하던 가족 단위 피난민들로, 현지 보도에 의하면 아직도 숲을 통과하지 못한 것으로 보입니다……."

다들 묵묵히 화면만 바라보고 있었다. 내가 켈턴에게 물었다.

"야, 벙커 보이. 저들도 숲에 들어가 못 빠져나오는데, 우리라고 별수 있겠냐?"

"말했잖아. 우린 종착지가 달라."

다행이군. 호수에 이르지 못하면 저들에게 남은 종착지는 하나뿐이다. 돌아갈 곳은 없다.

21) 헨리

분별없고 막돼먹은 자들을 상대하려면 집중력과 냉철한 이성, 극도의 인내력이 필요하다. 즉 평상심을 유지해야 한다. 내가 감명 깊게 읽은 책, 피어스 티드웰의 『역전의 힘』에서 강조한 내용이다. 그때그때 기지를 발휘하려면 감정을 다스리는 법을 배워야 한다. 그래야 바람직한 결과를 얻을 수 있다. 감정에 굴복하지 말고, 감정을 이용해야 한다.

고로 지금 나는 오른쪽 어깨가 지독하게 욱신거리는 고통에 굴하지 않고 그 고통을 이용해 (진짜 격하게 아프지만) 날 선 감각을 유지하는 중이다. 고통에 나를 맡길 순 없다. 감히 나를 장악하게 두진 않을 테다. 이 통증을 발판 삼아 형세를 뒤집고 말리라.

뉴스는 여태껏 일부러 안 봤다. 쓸데없이 선동적이기 때문이다. 지금 보니 단수 사태는 확연한 재앙이며 구호 노력은 흉내 내기에 불과했다. 도심지의 피해는 특히 참혹했다. 방심하다가 궁지에 몰린 하층민들이 서로의 터전을 무참히 짓밟았다.

하지만 절망은 곧 기회이기도 하다. 어떻게 이 기회를 나에게 유리하게 바꿀지가 관건이다. 어쨌거나 일단 나부터 잘살고 봐야 공익을 위해 나설 수 있지 않겠나?

모든 상황을 고려해 볼 때, 지금은 밑천을 쥐고 있기보다 불려야 할 시점인 듯했다. 사태가 이 지경까지 왔다면 내 물 사업은 황금알을 낳는 거위나 다름없다. 지금까지 얻은 전리품은 앞으로의 거래에 비하면 콩고물 수준이다. 속이 쓰렸지만 냉정함을 유지했다……. 거상은 뜻밖의 횡재로 얻은 성과에 연연하지 않는 법이다. 나는 현재 '유동 자산'의 재고량을 확인해 보기로 했다. 조용히 일어나 아빠의 서재로 향했다. 아구아비바를 보관해 둔 곳이다.

"어디 가, 로이크로프트?" 세 보이는 여자가 물었다. 툭하면 기분 나쁘게 실실 웃는 인물이다. 세 보인다고 했지 실제로는 그리 세지 않을 것이다. 분명 나사가 한두 군데 풀려 있으리라.

"얼음 좀 더 가지러."

의심을 사진 않았는지 아무도 따라오지 않았다. 다들 뉴스 화면에 사로잡혀 있었다. 내 팔이 이 지경이 되었다고 더는 날 위협으로 여기지 않는 듯했다. 큰 실수였다. 상대를 얕잡아 볼수록 자기

들만 불리하니까.

서재 문을 닫고 프라이버시가 확보되자, 나는 마지막 아구아비바 상자를 꺼냈다. 꽤 커다란 상자였다. 열두 병짜리 네 묶음은 들어 있을 크기였다. 그러나 상자를 열자 예기치 못한 난관이 닥쳤다.

위기를 넘길수록 성장하는 것이 인간이라 했다. 우리는 위기를 기회로 삼을 줄 알아야 한다. 위기란 이런 것이다. 생수병 마흔여덟 개가 있어야 할 자리에 다단계 홍보 책자만 가득한 상황.

이럴 때일수록 감정 상태를 차분히 유지해야 한다.

침착하자. 침착해.

나는 이 개인적 악재 속에서 한 가지 긍정적인 면을 주목했다. 적어도 여기 남을지 말지 고민할 필요는 없다. 어차피 떠나는 것 말고는 선택지가 없다. 발전기는 곧 연료가 바닥날 테고, 그간 취득한 전리품은 다락방 구석, 크리스마스 장식품이 담긴 상자 뒤에 숨겨 두면 된다. 아, 근데 비단뱀은 어쩌지. 하긴 비단뱀은 더운 기후에 잘 적응할뿐더러 밥 없이도 몇 주는 살 수 있다. 따져 보니 어쩌면 떠나는 편이 더 나을지도 모른다. 이곳 도브캐니언이 정녕 박테리아 소굴이라면 어딜 가도 여기보단 안전할 테니.

때마침 불청객들이 찾아온 게 오히려 호재로 작용할 수도 있다.

어깨만 탈구되지 않았더라면 훨씬 수월했을 텐데.

나는 상자를 박스 테이프로 꽁꽁 밀봉했다. 아예 열어 볼 수 없게 둘둘 감았다. 그때 불청객 하나가 들어왔다. 여자 두 명 중에 그나마 말이 통하고 덜 능글맞은 쪽이었다. 자기 삼촌이 내게 넘긴 트럭을 요구한 여자애였다.

"얼음 가지러 간 줄 알았는데."

"다 썼더라고. 마침 물이 얼마나 남았나 해서." 나는 아무렇지 않게 대꾸하며 아구아비바 로고가 크게 박힌 상자를 툭툭 두드렸다.

잠시 껄끄러운 침묵이 이어졌다. 이 대화의 행로는 정해져 있었다. 트럭으로 향하는 일방통행이다. 분명 이들은 원하는 바를 얻기 전에는 떠나지 않을 것이다. 사 대 일. 계산기를 두드리지 않아도 내가 열세다. 특히나 그 광견병 걸린 붉은 머리가 있는 한 이길 공산은 없다. 트럭은 밑지는 셈 치고 넘겨줄 수밖에 없다. 까놓고 말해 협상을 할 처지가 아니었다. 하지만 이 여자애는 자세한 사정을 모른다. 그리고 지금은 우리 둘뿐이다. 선수를 치려면 지금이 절호의 기회다.

"그러고 보니 통성명을 안 했네. 난 헨리라고 해." 나는 눈웃음을 치며 왼손을 내밀어 악수를 청했다. 오른손은 아직 무리였다.

상대방은 조금 수상쩍은 듯 망설였다. 이해는 갔다. "내 이름은 얼리사야."

"만나서 반가워, 얼리사." 나는 미소를 머금고 목을 가다듬었다. "있잖아, 가족과 친구를 생각하는 네 마음은 높이 살 만해. 그렇게 보면 트럭도 아예 터무니없는 요구는 아니야."

얼리사는 팔짱을 꼈다. 하지만 내 말을 끊지는 않았다.

"그래서 돌려줄까 하는데." 나는 의도적으로 잠시 뜸을 들였다. "조건이 하나 있어."

상대방이 한쪽 눈썹을 치켜올렸다.

"나도 데리고 가 줘."

얼리사는 생각에 잠겼다. 난 이미 승세가 내 쪽으로 기울었음을 직감했다. R. J. 셔먼의 책 『성공하는 간부』에 따르면 불황에 일자리를 유지하는 가장 좋은 방법은 자신을 꼭 필요한 존재로 만드는 것이다. 아니면 적어도 상대방이 그렇게 생각하게 만들거나. 짐작대로 얼리사는 심사숙고했다. 아마 지금쯤 판단력이 여러 감정과 뒤엉켜 혼란스러운 지점에 도달했으리라. 나는 이때다 싶어 살짝 추를 얹었다.

"이 아구아비바 상자 가져갈게." 내가 애교 있게 싱긋 웃으며 말했다.

"우리가 그냥 뺏어 갈 수도 있어." 얼리사가 정곡을 찔렀다.

"맞아……. 하지만 넌 그럴 사람이 아니잖아. 다른 애들은 모르겠지만, 넌 아니야."

눈을 들여다보니 얼리사는 이미 결정을 내린 듯했다. 날 데려가면 저들은 원하는 바를 얻고 나는 나대로 새로운 활로를 보장받는다. 이것이 바로 윈윈, 상생의 미덕 아니겠는가.

듣자 하니 세 보이는 여자의 이름은 재키였는데, 자신이 운전한다고 고집을 부렸다. 상관없었다. 일단 지금은. 나는 트럭이 비탈길을 내려가는 동안, 내가 그간 이 동네의 물 부족 사태를 과소평가했다는 점을 인정할 수밖에 없었다.

뉴스에서 본 도시 지역 폭동 현장과는 또 다른 느낌이었다. 사람들이 빽빽이 모여 사는 도심지야 원래 크고 작은 소란이 잦다. 하지만 도브캐니언 같은 고소득층 주택 단지에서는 깨진 창문 한 장도 심상치 않게 다가온다. 부유해서 잘났다는 게 아니다. 인간의 본성은 어딜 가나 똑같으니까. 다만 개인적인 공간이 드문 도심에서는 작은 불씨도 들불처럼 번지기 쉽다. 한 사람이 고함을 지르면 백 집이 듣는 식이다. 그러니 반대로 도시 외곽이나 고급 주택지에서는 질 나쁜 집단행동이 벌어지기가 좀처럼 쉽지 않은 것이다.

그렇게 믿었다.

차창 너머로 불량한 행동의 흔적이 속속 드러났다. 깨진 창문이 다가 아니었다. 차들은 길가의 턱을 넘어 울타리나 우편함을 넘어뜨렸고, 온갖 잡동사니가 여기저기 널려 있었다. 하나부터 열까지 철저하게 계획된 주택 단지 내에서는 낯선 풍경이었다. 이곳 사람들이 유독 깔끔을 떤다는 게 아니라, 부동산 가치에 목을 매느라 잘 꾸민 앞마당을 훼손할 바에야 차라리 죽는 편을 택하리라고 말하고 싶은 것이다.

"삼촌을 이대로 두고 가도 괜찮을까?" 옆에 앉은 얼리사가 말했다. 얼리사는 뒷좌석에 앉아 나와 붉은 머리 사이코 사이에서 완충재 역할을 했다. 원래 조수석에 타고 싶었는데, 얼리사의 남동생이 미리 선점했다. 먼저 찜한 사람이 임자라는 전통마저 따르지 않는다면 이런 판국에 질서가 남아나겠는가?

"파슬리 씨는 괜찮을 거야. 안 괜찮아도 어쩌겠어? 본인이 안 가겠다잖아. 이미 끝난 얘기야." 재키가 말했다.

얼리사의 표정을 보니 머리론 이해해도 못내 찜찜한 듯했다.

"적어도 그분은 아구아비바를 충분히 마시고 있잖아. 밑으로 죄다 쏟아 버린다 해도 어느 정도는 전해질 덕을 볼 거야. 실제로 아구아비바의 특허받은 제조법은 삶의 질을 개선한다는 연구 결과가 있거든."

"와. 이보다 유익할쏘냐. 굿 헤어*가 들려주는 정보성 광고." 재키가 말했다.

비아냥으로 들려도 칭찬은 칭찬이었다. 나는 긍정적인 면만 보고자 했다. 그게 내 주특기니까. "그 정보가 사람을 살릴 수 있어. 때에 따라선 굿 헤어가 주는 정보도."

트럭 안은 더웠다. 에어컨은 출발할 때부터 줄곧 더운 바람만 내

---

* 백인처럼 직모에 가까운 흑인의 모발을 가리킨다. 미의 기준을 백인에 두었다는 점에서 인종 차별 언어로 비판받기도 한다.

뽑었다. 마침 재키도 불쾌했는지 이리저리 조작해 보았다.

"이거 왜 이 모양이야?" 재키가 투덜거렸다.

"아, 에어컨 고장 났어. 맨날 고친다고 말만 하더니 아직도 안 고쳤나 봐." 얼리사가 말했다.

재키가 얼리사를 쏘아보았다. "그걸 왜 이제 말해."

우리는 창문을 모두 내렸지만 덥기는 마찬가지였다. 계기판을 보니 섭씨 36도였다. 바깥 기온은 체온보다 훨씬 높게 느껴지기 마련이다. 얼리사의 삼촌은 나와 거래하기 전에 에어컨 고장 사실을 밝혔어야 했다. 이런 하자를 숨기다니, 상도덕에 어긋나는 짓이다.

그때 얼리사의 동생이 뒤를 돌아보며 물었다. "형은 무슨 팀 소속이야?"

나는 교복 위에 부착된 패치들을 가리켰다. 재킷은 무진장 더웠지만 벗을 생각은 추호도 없었다. "이건 축구팀 마크고." 그 순간 얼리사의 눈이 반짝이는 걸 포착했다. "그리고 이건 라크로스* 팀 마크."

"라크로스라. 어쩐지 무기를 잘 다루더라." 재키가 말했다.

굳이 대꾸하지 않기로 했다.

얼리사가 다른 마크를 가리켰다. "게다가 토론 팀 주장이라고?"

-----

* 각각 열 명의 선수로 이뤄진 두 팀이 그물이 달린 스틱으로 상대의 골에 공을 넣어 득점을 겨루는 구기 종목.

나는 별거 아니라는 듯 어깨를 으쓱했다. "내가 말발이 좀 센 편이라."

"손목에 문신들은 뭐야?" 얼리사의 동생이 내 소매 밑으로 빼꼼히 드러난 글자들을 가리키며 물었다.

"문신은 아니고 그냥 잉크야."

"뭐라고 쓴 건데?"

나는 손목에 쓰인 글씨를 보여 주려고 소매를 조금 걷었다. 어깨가 너무 쑤셨다. 뼈는 제자리를 찾았지만 통증은 좀처럼 누그러지지 않았다. 단어가 보일 만큼 가까스로 팔을 들어 올렸다. 얼리사의 동생이 떠듬떠듬 읽었다.

"대-화-재. 폐-기-물."

"오늘의 단어들이야."

얼리사는 조금 놀란 눈치였다. "팔뚝에 단어를 적고 다녀?"

"어휘도 그때그때 물을 주지 않으면 메말라 버리거든." 에벌린 워가 했던 말이다. 에벌린 워가 누군지는 잘 모른다. 인용구란 알맞은 곳에 활용하는 데 의의가 있으니까. "기억이 희미해지면 당시 입력한 어휘가 그때 일을 상기시켜 준다고."

"나도 네 팔뚝에 새겨 주고픈 단어가 몇 개 있는데." 재키가 이죽거렸다.

출입구에 다다르자 생뚱맞은 임시 장벽이 막아섰다. 물 부족 사태가 이 동네를 얼마나 심하게 할퀴었는지 보여 주는 또 다른 징

표였다. 조잡한 구색을 보니 주민회에서 만든 게 틀림없었다. 흡사 비버들이 세운 댐 같았다. 엄지와 상체가 발달한 비버.

"저걸 깜빡했네." 재키가 말했다.

"그냥 밀고 지나가면 어때? 이 트럭은 차체가 꽤 높아." 붉은 머리 사이코가 말했다.

"얼리사의 삼촌 차를 망가뜨리면 되겠어? 내려서 해체하자." 내가 말했다.

사실상 유일하고 합리적인 대책이기도 했지만 먼저 꺼낸 사람이 나라는 게 중요했다. 이렇게 조금씩 지도자의 위치에 다가가는 것이다.

우리는 모두 차에서 내려 팔을 걷어붙였다. 힘을 보태고 싶었지만 몸이 따라 주지 않았다. 재키가 눈에 쌍심지를 켰다.

"뭐야, 로이크로프트? 지체 높은 양반이라 이런 허드렛일은 못 하시겠다?"

"내버려 둬. 저 형 어깨 작살났잖아." 개릿이 말했다.

나는 씩 웃으며 한쪽 어깨를 으쓱했다.

대충 길이 나자 다들 차에 올랐다. 잽싸게 앞자리를 찜할까 고민했지만, 당분간은 현상 유지가 현명하다고 판단했다. 나는 잠자코 얼리사 옆에 앉았다. 뒷좌석은 조금 끼였지만 불평할 처지는 아니었다.

"저기 봐." 출구를 빠져나오며 내가 말했다. "누가 BMW를 길가에 그냥 버려 놨어."

"그러게." 재키가 대꾸했다. "웬 멍청이들이."

도브캐니언을 빠져나오며 나는 길동무들을 하나하나 따져 보았다.

재키는 인정하지 않을 테지만, 당장 주도권을 쥔 사람은 얼리사인 듯했다. 얼리사의 남동생 개릿은 아까 날 두둔해 준 걸로 봐서 이미 내 편이라고 봐도 무방했다. 그리고 사이코 녀석. 이 녀석만 아니었다면 훨씬 순탄했을 텐데. 이런 부류는 뻔하다. 가학적인 다혈질 사이코패스. 일찍이 학교를 중퇴하고 범죄자의 진로를 착착 밟고 있으리라. 마약상이 제격이겠지. 이런 족속은 이글 스카우트를 재미로 두들겨 패기도 한다.

어차피 녀석의 신망을 얻을 생각은 추호도 없었다. 나는 재키를 판독하는 데 집중했다. 보통 사람이라면 재키의 피부색을 보고 히스패닉계라 여기겠지만, 내 눈은 못 속인다. 억양과 몸짓, 깊고 어두운 두 눈을 보니 유럽계에 가까웠다.

재키가 백미러로 내 시선을 포착했다. 나는 일부러 눈을 피하지 않았다.

"이탈리아?" 내가 과감히 찍었다.

"그리스. 근데 네가 알아서 뭐 하게?" 재키가 퉁명스레 대답했다.

"그럼 그리스 로마라고 할 수 있네. 완전히 틀리진 않았어. 어쩐지 고전미가 느껴지더라니까. 밀로의 비너스에게 팔이 있었다면 그쪽이랑 닮았을걸."

"밀로의 비너스가 팔이 있었다면 널 훨씬 두드려 팼을걸." 재키가 대꾸했다.

"우리도 맞혀 봐." 얼리사의 동생이 말했다.

"괜한 짓이야, 개릿. 아무도 못 맞히니까." 얼리사가 말했다.

하지만 개릿은 내 대답을 기대하는 눈치였다. 어쩐 궁지에 몰린 느낌이었다. 사회가 이토록 흉흉해진 마당에 말 한마디 함부로 했다가 상황이 재미없게 돌아갈지도 모른다.

"글쎄, 바탕은 유럽 쪽인데 이국적인 혈통이 조금씩 섞였달까……."

얼리사는 살짝 감탄한 듯했다. "오…… 아주 헛다리는 아닌데?"

개릿이 맞장구쳤다. "독일, 프랑스, 자메이카, 우크라이나가 사분의 일씩 섞였어!"

"완벽한 멜팅 포트*네! 우리 아빠라면 '풍미 가득한 스튜'라고 표현했을 거야." 사실 우리 아빠는 '잡탕'이라고 표현했을 것이다. 정작 아빠 쪽 계통은 멀어지는 편이 후손에게 이롭다. "아무튼, 여기 바이킹족 친구에 비하면 훌륭한 족보네."

"스칸디나비아인 아니거든!" 켈턴이 내 도발에 발끈했다. "스코

---

* 다양한 재료가 녹아들어 특유의 맛을 낸다는 의미로, 흔히 여러 인종과 문화가 뒤섞인 미국 사회를 가리킨다.

틀랜드와 잉글랜드야. 우리 선조는 메이플라워호를 타고 신대륙을 밟은 건국 시조라고."

"진짜? 쥐랑 바퀴벌레 중 어느 쪽이었는데?"

얼리사라는 방파제가 있기에 가능한 수위였다. 나중에 아무도 안 볼 때 앙갚음을 당할지도 모른다. 하지만 이 한마디로 개릿이 빵 터졌고, 동생의 웃음은 얼리사를 미소 짓게 했으니 위험을 감수할 만했다. 나는 메이플라워 선생만 빼고 이 작은 집단의 일원이 된 느낌이 들었다. 집단이 함께 우여곡절을 겪으면 관계에 쉽게 금이 가지 않는 법. 절호의 기회도 그 안에서 찾아야 한다.

"그럼 넌 어디 쪽이야?" 얼리사가 내게 물었다.

"몰라. 난 입양아거든."

도로를 달리며 주변의 적막함에 덩달아 기분도 가라앉았다. 어딜 봐도 우리 동네처럼 음산했다. 긍정적으로 생각하자. '여긴 적어도 이질은 없겠지.' 가만, 이질이 없다는 것으로 안전하다고 판단한다면 기준이 너무 낮잖아.

어려운 시기일수록 사기가 생명이다. 스트레스가 독이 되는 걸 막아 주는 유일한 요소. 하지만 사기는 맨땅에서 솟아나지 않는다. 위에서 부어야 아래로 흘러간다. 그게 바로 내가 할 일이다. 텅 빈 거리와 고장 난 신호등, 드문드문 등장하는 좀비 무리에 흔들리지 말아야 한다. 고작 그런 것들에 발목 잡히면 안 된다. 암담한 현실에 사로잡혀 판단력이 흐려지면 상황이 어찌 나아지겠는가? 내가 보기에 이 나약한 집단은 유능한 지도자 이상이 필요하다. 영웅이 필요하다. 나는 이 기회에 최선을 다해 보기로 했다.

그 시각 1, 대형 수송 헬기 CH-47 치누크

앨리스 메러스코는 노련한 헬기 조종사지만 구호 작전은 이번이 처음이었다. 계엄령이 선포되고 주 방위군이 긴급 편성에 돌입한 지금, 대피소에 식수를 공수하라는 명령이 앨리스에게 하달된 것이다.

앨리스도 다른 이들과 마찬가지로 사태의 심각성을 뒤늦게 깨달은 쪽이었다. 피해자의 수와 절망적인 처지를 볼 때 이번 인재는 천재지변이나 다름없었다. 물론 사전 경고가 없었던 것은 아니다. 실은 몇 년이나 계속된 경고였다. 하지만 물 절약 공익 광고 수준의 경고는 전면적인 수도 공급 중단과는 차원이 달랐다. 하루아침에 물이 '뚝' 끊기리라는 경고는 어디에도 없었으니까.

앨리스는 치매를 앓는 삼촌을 만나러 이따금 터스틴의 한 요양원을 방문했다. 그 동네는 피해 지역 한가운데에 있었다. 삼촌이 안전히 대피했는지 확인할 길이 없어 답답했던 앨리스는 이 기회에 경로를 살짝 틀어 요양원 쪽으로 헬기를 몰았다. 높은 상공이라 자세히 파악할 순 없지만 전경을 내려다보는 것만으로도 왠지 마음이 놓였다. 정확히 뭘 찾는지도 모르면서 거리를 유심히 훑었다. 문득 어디선가 읽은 기사가 떠올랐다. 재난 발생 시 타격이 가장 심한 곳이 요양원이라 했다. 일반 병원과 달리 구호물자나 도움의 손길을 기대하기 어려운 데다가, 위기 시에는 고사하고 평소에도 인력과 장비가 턱없이 부족한 탓이었다.

한편 지역 공동체를 위한 페이스북 페이지가 속속 개설되었다. 안전하게 대피했거나 물을 구한 사람들은 체크인으로 안부를 알리기 시작했다. (물론 피난처와 식수가 함께 제공되는 곳은 드물었다.) 해당 페이지들은 사실상 피난민 등록소로 등극했다. 비공식이었지만 가장 정확했다. 앨리스도 혹시 아는 사람이 있나 뒤져 보았지만 허사였다. 삼촌의 행적은 애초에 기대도 안 했다. 삼촌에게 소셜 미디어란 기껏해야 여러 사람과 함께 신문을 읽는 행위일 테니.

삼촌 동네는 다른 곳과 다를 바 없었다. 8킬로미터당 하나꼴로 개미탑처럼 들끓는 대피소를 제외하면 어딜 가나 쥐 죽은 듯 고요했다. 하늘에서 내려다보니 더욱 생동감이 없었다. 흡사 플라스틱 나무와 스티로폼 건물로 꾸민 미니어처 건축 모형 같았다. 특정 건물까지 찾을 여유는 없었다. 찾는다 해도 뭘 어쩌겠는가? 마침 부조종사가 경로 이탈을 지적했고, 앨리스는 마지못해 방향을 틀었다.

이윽고 개미탑 하나가 보였다. 쇼핑센터 주차장에 피난민 수천 명이 득실대고 있었다. 지금 고도에서 보니 마치 코첼라 뮤직 페스티벌 같았다. 속이 부대꼈다. 유흥이야말로 지금 이들에게 가장 쓸모없는 짓 아니겠는가.

순식간에 주차장에 둥그런 공터가 생겼다. 사람들이 마구 뒤로 밀치며 공터를 넓혔다. 생명수를 실은 헬리콥터를 위한 임시 착륙장이었다.

하지만 앨리스가 이들을 위해 해 줄 수 있는 일은 없었다.

이곳은 앨리스의 목적지가 아니었다.

심지어 이곳은 공식 대피소도 아니었다.

감정이 훅 북받쳤다. 난기류가 오장육부를 강타한 느낌이었다. 계산해 보자. 현재 대피소는 대략 200군데다. 남부 캘리포니아 인구의 절반이 대피소로 향했다면 1,200만 명에 달하는 인파가 물을 기다리고 있을 것이다. 대피소당 6만 명인 셈이다. 그러나 헬기가 하루에 조달할 수 있는 물의 양은 고작 6천 명분이다.

그 말인즉슨 오늘 열 명 중 아홉 명은 물을 얻지 못한다는 뜻이다.

그나마도 공식 지정된 대피소에 한정된 얘기다.

눈물이 차올라 시야를 흐렸다. 앨리스는 얼른 눈가를 훔쳤다. 이 헬기로 실어 나르는 물이 고작 새 발의 피일지언정 누군가의 목숨을 살릴 것이다.

앨리스는 빽빽한 주차장 위를 지나치며 속으로 기도했다. 주여, 이 영혼들을 굽어살피소서.

그 시각 2, 타깃

여섯 대.

어제 타깃 주차장에 도착한 후로 할리의 머리 위를 지나간 헬리콥터의 수였다. 사람들은 입을 모아 말했다. 군용 헬기가 대피소마다 물을 조달 중이니 곧 이곳에 와서 모두를 구할 거라고. 그 믿음 하나로 헬기가 나타날 때마다 '책임자'란 작자들이 사람들을 몰아내 착륙 공간을 만들었고, 사람들은 꼬불꼬불 길게 늘어선 줄에 가족 중한 명을 세워 두었다. 만약을 위해 줄을 서 둘 필요가 있었으니까.

북쪽에서 또 한 대가 날아왔다. 사람들은 애타는 얼굴로 하늘만 쳐다봤다. 요란한 소음에 귀가 먹먹했다. 이제껏 본 헬기 중에 가장 가까웠다. 헬기 그림자가 급조한 착륙장을 무심히 가로질렀다. 엔진 소리는 남쪽으로 향하며 점점 희미해졌다. 이로써 일곱 대.

"군용 헬기는 안 올 거야." 옆에 있던 여자가 누구라도 들으라는 듯 말했다. 그저 혼잣말인지도 몰랐다. "투하 지점이 따로 없는 헬기면 몰라도." 여자는 담뱃불을 붙이며 초조함을 달랬다. "어쨌든 민간용 헬기도 있으니까."

'어디?' 할리는 묻고 싶었다. 무슨 헬기를 말하는 거야? 물을 실을 만큼 큰 민간용 헬기가 대체 어딨어? 소형 헬기는 서너 명을 겨우 태울 만큼 작다. 이 여자는 여행사 따위가 헬기를 동원해 우리에게 물을 날라다 주리라 믿는 것인가?

할리는 엄마에게 돌아갔다. 엄마는 여전히 줄을 지키고 있었다. 앞에는 접이의자 따위를 포함해 줄잡아 30명뿐이었다. 그렇다고 모녀가 일찍 도착한 편은 아니었다. 먼저 온 지인이 화장실에 다녀온다며 자리를 부탁하고는 그 뒤로 감감무소식이었다. 아마 더 푸른 초원을 꿈꾸며 떠났으리라. 그렇게 엄마는 냉큼 자리를 차지했다. 굴러 들어

온 기회를 제 발로 차 버릴 사람이 아니다.

"망할 놈들." 엄마가 이를 갈았다. 할리는 엄마 곁에 털버덕 앉았다. 엄마가 말하는 망할 놈들이 누군지는 말할 필요도 없었다. 뻔했다. 이곳을 무시하고 지나가는 헬기 조종사들이었다. 마치 물의 신이 주사위를 던져 어디로 물을 보낼지 정하는 느낌이었다.

"다음엔 우리 차례일 거야." 할리는 엄마를 위로했다.

엄마는 보일 듯 말 듯 미소 지었다. 망상에 가까운 희망이라는 걸 두 사람도 알았다. 하지만 지금으로선 유일한 희망이었다. 달리 도리가 없었다. 물은 와야만 했다. 모녀는 아무 데도 가지 않을 거니까. 엄마는 절대로 이 명당을 버리고 떠나지 않을 것이다.

단수 사태가 터지고 이틀가량은 물이 있었다. 엄마는 코스트코에서 딸의 축구팀 동료가 선점한 물을 가로챘다. "망설이면 지는 거야." 계산대에서 엄마가 말했다. "처세술이라고 생각해."

하지만 정작 엄마가 깜빡한 처세술은 한두 개가 아니었다. 가령 '병에 든 물이 전부라면 머리는 감지 말라, 땀을 내지 않으려면 아침 조깅을 포기하라.' 그리고 누가 봐도 뻔한, '실내용 화초는 그냥 죽게 내버려 두라.' 같은 것들.

생수병 한 묶음은 그렇게 이틀 만에 동났다.

주차장 너머 길가에 빨간색 폴크스바겐 마이크로버스가 멈춰 섰다. 록 페스티벌에서 흔히 볼 수 있는 캠핑카였다. 미니밴이 등장하기도 전에 만들어진 미니밴이랄까. 어제도 여기 왔었다. 두 번이나. 오늘은 할리 또래의 여자애 세 명이 내렸다. 운전석은 안 보였지만 할리는 운전자가 남자라는 걸 직감으로 알았다.

"딸, 시원한 그늘에 좀 가 있어. 건물 벽에 기대고 있든지. 사람들이 뭐라고 하는지도 좀 들어 보고. 유익한 정보라도 없나."

"쓸데없는 말뿐이야."

"대부분은 그렇겠지. 근데 하나라도 얻어걸릴 수 있잖아."

뙤약볕 아래 엄마를 두고서 발걸음이 떨어지지 않았지만, 임무를 맡은 이상 움직일 수밖에 없었다. 할리는 걸음을 옮기며 지난 며칠을 돌아보았다.

집을 떠나기 전, 엄마는 작년에 이혼한 옆집 와이드너 씨에게 은근히 추파를 던졌다. 사실 어제오늘 일은 아니었지만, 와이드너 씨에게 물이 있다는 걸 알고는 좀 더 적극적으로 들이댔다. 기대했던 반응은 돌아오지 않았으나 인심 좋은 와이드너 씨는 생수 한 병을 건네주었다.

"임무 완수." 엄마는 집에 돌아와 말했다. 은근히 딸의 눈을 피하면서.

다음 날 아침, 할리는 엄마의 처세술을 따라 길 건너 사는 꼬마 녀석에게 축구 발재간을 좀 가르쳐 주었다. 버르장머리 없는 녀석이었지만, 그 집에 물이 있다는 소문이 있었다. 기대했던 대로 집주인은 자기 아들과 놀아 주느라 수고한 할리에게 물 한 바가지를 하사했다. 땀은 땀대로 한 바가지 흘렸지만, 아주 헛수고는 아니었다. 집에 온 할리는 엄마에게 물을 나눠 주었다. 엄마는 한사코 사양하며 딸을 마시게 했다.

그리고 하염없이 구호물자만 기다리는 지금, 할리의 머릿속에는 케케묵은 인용구 하나가 맴돌았다.

'한 번도 가지지 못한 것을 원한다면 한 번도 해 보지 않은 일에 도전하라.'

언젠가 축구팀 코치가 했던 말이다. 진부한 말인데 왠지 뇌리를 떠나지 않았다. 한 번도 가지지 못한 것이 아닌, 가졌다가 잃은 것이라면? 그런데도 여전히 간절히 원하는 것이라면?

할리는 건물 그늘에 앉아 있는 시드니에게 달려갔다. 말은 많은데 정작 요점은 하나도 없기로 유명한 친구였다.

"진짜 미친 거 아니야?" 시드니가 말했다. "아니, 대체 이게 다 무슨 짓거리냐고. 안 그래? 내 말은, 누가 좀 설명이라도 해 달라고. 나 원 참. 무슨 말인지 알지?"

"내 말이." 할리는 가장 무난한 대답을 골랐다.

그러자 시드니가 몸을 바싹 붙이며 말했다. "보여 줄 게 있어."

시드니는 가방 안쪽 주머니를 슬며시 열어 작은 생수병을 보여 주었다. 그 영롱한 자태에 할리는 숨이 멎었다. 그 순간 시드니는 할리의 절친이 되었다.

"이리 와서 한 모금 해." 시드니가 속삭였다.

둘은 말라비틀어진 덤불 뒤로 이동했다. 시드니는 누가 볼세라 물병을 가리면서 할리에게 넘겼다. 할리는 불법 거래라도 하는 줄 알았다. '홀짝'하려던 게 저도 모르게 '꿀꺽'으로 바뀌자, 시드니는 냅다 병을 채 갔다. 화가 난 건 아니었다. 한번 입을 대면 멈추기 어렵다는 걸 시드니도 모를 리 없다.

"어디서 났어?" 할리가 물었다. "어제까진 없었잖아."

시드니는 턱짓으로 옆쪽을 가리켰다. 빨간 폴크스바겐이 서 있는 쪽이었다. 운전자는 어느새 차에 기대 담배를 피우고 있었다. 이십 대 후반에서 삼십 대 초반쯤일까? 말총머리에 구레나룻이 수북했다. 갈기갈기 찢어진 청바지도 개성이라기에는 꼴사나웠다.

"저 사람이 공짜로 줬어. 근데 아무한테나 주진 않아. 알지? 좀 까다롭다고. 무슨 말인지 알겠어?" 시드니는 멋쩍게 웃었다. 세상에 공짜는 없다는 냉엄한 현실을 떨쳐 내려는 듯한 웃음이었다. 할리는 그제야 시드니가 왜 도통 안 보였는지 깨달았다. 아까 저 빨간 미니밴에서 내린 세 명 중 하나가 시드니였다.

"나쁜 사람은 아니야. 심지어 우리 가족한테 갖다주라며 한 병 챙겨 줬다니까……."

그때 처음 보는 반반한 여자애 하나가 미니밴으로 다가갔다. 말총머리는 신사 흉내를 내며 냉큼 문을 열어 주었다.

"고맙지만 난 사양할게." 분노가 끓어오르는 걸 느끼며 할리는 자리를 털고 일어났다. 그러나 시드니가 팔을 움켜잡았다.

"바보같이 굴지 마, 할리. 아직 모르겠어? 구조대는 안 와! 여기 있는 사람 다 목이 타 죽을 거야. 너도 그 꼴 나고 싶어?"

할리는 그 말을 믿을 수 없었다. 여기서 그런 일이 일어날 리 없다. 하지만 시드니는 팔을 놓아주지 않았다. 왠지 절박해 보였다.

"왜 그렇게 신경 쓰는데?" 할리가 참다못해 쏘아붙였다. "넌 네 물 얻었잖아. 그냥 좀 내버려 둘래?"

그제야 시드니가 속내를 털어놓았다. "그게, 친구 데려오면 한 병 더 준다잖아. 딱 너 같은 애⋯⋯."

할리는 손목을 뿌리치고 자리를 떴다. 뒤도 안 돌아봤다.

엄마에게 돌아가는 길에 머리 위에서 반가운 소리가 들렸다. 헬리콥터! 이번엔 소리가 유독 컸다. 이렇게 가까이 온 적은 처음이었다. 애, 어른 할 것 없이 일제히 박차고 일어나 반짝이는 눈으로 하늘을 쳐다봤다. 꼭 불꽃놀이라도 기다리는 모양새였다.

나무 우듬지 사이로 헬리콥터가 모습을 드러냈다. 생각보다 크지 않았다. 아까 그 여자가 말한 민간용 헬기인가? 헬기는 군중 위를 크게 맴돌았다. 세 바퀴째에서 할리는 헬기의 정체를 파악했다. 방송국 헬기였다. 이번 사태가 연출한 비극적인 드라마를 온 세상에 생중계하려고 온 것이다. 과연 저 위에 있는 뉴스 취재진은 알까? 자신들의 존재만으로 수많은 사람의 희망이 산산이 부서졌다는 사실을.

한 바퀴 더 돌고 나서 헬기는 멀어져 갔다. 사람들은 믿기지 않는 듯 우두커니 서 있었다. 이대로 버티고 있으면 돌아올지도 모른다. 어쩌면. 어쩌면.

"망할 놈들!" 엄마는 분통을 터뜨렸다.

할리는 엄마 얼굴과 대로변을 번갈아 봤다.

'한 번도 해 보지 않은 일에 도전하라, 한 번도 가지지 못한 것을 원한다면. 혹은, 다시는 영영 가질 수 없는 것을 원한다면.'

"금방 올게, 엄마. 약속해."

할리는 빨간 폴크스바겐 마이크로버스로 향했다. 말총머리가 신사처럼 문을 열어 주었다.

22) 헨리

성공적인 팀워크의 열쇠는 카리스마 넘치면서 잘 호응해 주는 리더다. 그렇다면 훌륭한 리더의 조건은? 바로 예리한 관찰력과 절묘한 조종술이라 하겠다. 너무 교묘해서 팀원들이 조종당하는지도 모를 솜씨가 필요하다. 따지고 보면 정부의 국정 운영 비결도 이와 다르지 않다.

나는 이동하는 동안 되도록 말을 아꼈다. 본성을 거스르긴 해도 지금으로선 요긴한 전략이다. 눈으로 보고 귀로 듣기. 그리고 머릿속에 기록하기.

"자, 사륜구동도 얻었고, 이제 어디로 가야 해?" 재키가 옆에 앉은 붉은 머리 사이코에게 물었다.

"말했잖아. 앤젤레스 국유림." 켈턴이 대꾸했다.

"그래서, 거기까지, 어떻게 가냐고?" 재키는 가까스로 성질을 죽이며 물었다.

"나도 잘 몰라. 벙커는 두 번밖에 안 가 봐서. 지도 보면 딱 알 수 있는데."

얼리사가 바로 휴대폰을 꺼내 들었다. 하지만 구글맵을 켜자 에러 메시지가 떴다.

"젠장, 지도가 먹통이야."

"그럼 웨이즈 앱을 써 봐." 개릿이 훈수를 두었다.

나도 재키를 따라 피식 웃을 뻔했지만, 정중하게 말했다. "너희 누나 말은 내비게이션 서비스가 안 된다는 뜻일 거야. 하지만 여기 어딘가에 지도가 있을지도 몰라. 믿기지 않겠지만 아직도 종이 지도를 사용하는 사람들이 있거든."

"바로 우리 삼촌이 그런 사람 중 하나야." 얼리사가 말했다.

나는 미소 지었다. 득점이다.

조수석 서랍에는 자동차 등록증과 껌 종이, 먼지 제거용 돌돌이뿐이었다. 문 쪽 수납공간에서는 빈 음료수 캔과 잉크 새는 펜, 또 다른 껌 종이가 나왔다. 켈턴이 앞자리 사이의 보관함을 열었다. 켈턴이 지도 대신 꺼내 든 것은 손바닥만 한 지퍼백이었다.

"뭐야?" 켈턴이 갓 삶은 감자를 집어 들기라도 한 듯 얼리사를 향해 지퍼 백을 던졌다. 얼리사가 물건을 확인했다. 의심의 여지가 없었다. 말린 마리화나 한 봉지였다. 남매는 동시에 중얼거렸다.

"마리화나 삼촌."

"뭐, 갈증으로 죽을 판에 뭔 상관이야." 재키가 말했다.

갈증이라는 단어에 개릿은 자기 수통을 열어 보았다. 척 보니 바닥난 지 오래였다.

"패서디나 북쪽에 있는 숲 말하는 거지? 일단 241번 타고 91번으로 빠진 다음 57번에서 210번 도로로 넘어가면 가까울 거야." 내가 말했다.

"소용없어. 고속 도로는 다 죽었어. 양방향 전부." 재키가 말했다.

"다른 길이 있을 거야. 샛길이…… 어쨌든 일단 지도를 봐야 해." 켈턴이 말했다.

갑자기 머리 위에서 군용 헬기가 굉음을 내며 낮게 지나갔다. 맞은편 도로에서는 군용 트럭이 우릴 지나쳤다. 다른 차는 뜸했다. 멀리 전방에서 도로를 봉쇄해 차량 진입을 막고 있었다. 위장복 차림의 군인들이 팔을 왼쪽으로 휘두르며 소리쳤다.

"공무 수행 중입니다! 좌회전하십시오! 표지판을 따라 대피소로 이동하십시오!"

"무시해. 대피소는 최후의 행선지야." 켈턴이 말했다.

"나보고 어쩌라고?" 재키가 따졌다. "뚫고 지나가라고? 눈이 있으면 저 기관총 크기를 봐라."

"일단 시키는 대로 좌회전해. 그러고 나서 우회로를 찾자." 나는 얼리사가 할 말을 선수 쳤다. 재키가 내 명령을 따를 리 없지만 달리 어쩌겠는가. 상황을 부드럽게 리드하는 요령이다.

"나도 동의." 얼리사가 덧붙였다. 좋아, 추가 득점이다.

좌회전해서 엘토로 도로를 탔다. 아까보다 차가 늘어났다. 덩달아 교통 차단 구간도 늘었다. 보아하니 민간 차량은 싹 다 한쪽으로 모는 듯했다.

"아예 반대 방향을 타야겠어." 켈턴이 말했다.

"초조해하지 마. 이 보 전진을 위해 일 보 후퇴할 때도 있으니까." 내가 형님다운 말투로 말했다.

"넌 뭐, 명언 수집가냐, 로이크로프트? 그럼 이건 어때? 살다 보면 그냥 폭삭 망할 때도 있다." 재키가 쏘아붙였다.

"진정들 해. 지금 이 상황에서 서로 날 세우는 게 무슨 소용인데?" 얼리사가 중재했다.

나의 다음 대사를 위해 친히 멍석을 깔아 준 셈이다.

"맞아, 얼리사." 내가 다 이해한다는 투로 너그럽게 말했다. "재키는 그냥 스트레스와 두려움이 겹쳐서 그래. 자기만의 해소 방식일 거야."

"네까짓 게 뭔데 날 판단해!" 재키가 발끈하며 도리어 내 추측을 증명했다.

얼리사와 눈이 마주쳤다. 나는 입꼬리를 살짝 올리며 어깨를 으쓱했다. 얼리사는 동감의 표시로 눈썹을 씰룩했다. 이는 우정 어린 미소를 나누기 바로 전 단계라고 할 수 있다. 좋아, 이제 전환점이다. 아직 주도권은 얼리사가 쥐고 있지만, 이제 얼리사가 우리 둘을 한 팀으로 보기 시작했다. 전세 역전의 기반을 공고히 다진 셈이다. 슬슬 얼리사가 내 의견을 따르기 시작하면, 누가 운전대를 잡든 사실상 운전석을 차지한 쪽은 이 몸이나 다름없다.

어느덧 도로는 꽤 붐볐다. 차들은 모두 오른쪽으로 우회했다. 정신을 차리고 보니 원뿔형 플라스틱 교통콘으로 통행로가 구획되어 있었다. 공식 대피소로 지정된 엘토로 고등학교로 진입하는 길이었다. 한곳에 이토록 많은 인파가 모인 광경은 처음이었다. 옥외 주차장, 테니스 코트, 농구 코트마다 사람들이 넘쳐 났다. 긴급 헬기 착륙장으로 쓰이는 공터를 제외하면 그야말로 인산인해였다. 아까 본 군용 헬기가 무장 군인들로 철벽을 두른 채 물을 내리고 있었다.

전방에서 장병 하나가 길가에 차를 세우라며 수신호를 했다.

"양 떼처럼 울타리 안으로 몰려갈 순 없어." 켈턴이 말했다. "다 이렇게 시작하는 거야. 사지로 향하는 지름길이라고."

"와, 거참, 암울하네." 재키가 말하니 정말 암울했다.

켈턴은 고집을 부렸다. "길을 잃었다고 해. 늦기 전에 차를 돌릴 수 있을 거야."

군인이 운전석 창문을 두드렸다. 재키는 어쩔 수 없이 창문을 내렸다.

"길가에 차를 대고 행렬을 따라가십시오."

"길을 잘못 들었어요." 재키가 켈턴이 지시한 대로 읊었다.

"네, 저흰 다른 대피소로 가고 있었거든요." 켈턴이 덧붙였다.

군인은 순순히 넘어가지 않았다. "그럼 왜 제때 이동하지 않았습니까?"

다들 우물쭈물하던 그때, 개릿이 강아지 같은 눈망울을 들이대며 말했다. "제발요, 할머니를 모시고 와야 해요! 우리 할머니가 기다리고 계세요!"

생각보다 영리한 녀석이다. 그건 인정.

"할머니가 개를 두고는 못 간다고 버티셔서……." 개릿은 잔뜩 풀 죽은 목소리로 자작극에 양념을 쳤다. 훗날 공직에 출마할 재목이다. 무조건 한 표는 보증이다.

하지만 군인은 호락호락하지 않았다. "주소를 알려 주시면 댁에 사람을 보내 모셔 오겠습니다."

개릿은 꿀 먹은 벙어리가 되었다. 개릿의 깜찍한 말풍선이 펑 터지기도 전에, 군인이 차 안을 들여다보며 다시 입을 열었다.

"꼬마야, 그게 뭔지 말해 주겠니?"

우리는 일제히 개릿의 무릎 위에 놓인 지퍼 백을 내려다보았다. "오, 이런." 이로써 꼬마 정치인의 꿈은 일장춘몽에 그쳤다.

다들 입을 열어 한마디씩 했다. 그러나 가만히 있는 게 나았다.

"생각하시는 그런 거 아니에요!" 얼리사.

"차에서 그냥 딸려 온 거예요!" 켈턴.

"그냥 찻잎이에요." 재키.

이토록 사이좋게 제 무덤을 파기도 쉽지 않은 일이다.

"좋아. 다들 내려." 군인은 신병 훈련소 교관으로 돌변했다. "내린다. 실시!"

우리는 허둥지둥 차에서 내렸다. 빼도 박도 못할 현장 발각이다. 하필 계엄령이 내려진 이 시점에. 재키의 말이 이보다 적절할까. 폭삭 망했다. 아무리 봐도 빠져나갈 구멍이 없다.

재키는 군인에게 키를 넘겼다. 이로써 바퀴 달린 도주 수단을 잃은 셈이다.

"뒤돌아! 차량에 손 올려." 군인이 기관총을 휘두르며 지시했다.

나는 노력했지만 얼굴만 잔뜩 구겨졌다.

"손 올리라고 했다!"

"죄송한데요, 어깨가 탈구돼서요."

"맞아요. 제가 그랬어요." 켈턴이 덧붙였다.

"그럼 그냥 양손 보이게 둬." 군인의 자비가 아니었다면 팔이 도로 빠질 뻔했다. 하지만 그보다 겁이 났다. 진심으로 무서웠다. 대로변에는 수갑을 차고 앉아 있는 사람들이 있었다. 사고를 쳤든 싸움질을 했든, 허튼짓해서 결박당한 자들이었다. 계엄령하에 이들이 어디로 향할지는 아무도 모른다. 나는 애써 침착했다. 리더라면 압박감 속에서 의연한 척이라도 해야 한다.

그때 얼리사의 입에서 나온 말은 마법과 같았다.

"그래서, 지금 마리화나를 소지했다고 우리를 전부 체포하는 거예요? 마리화나는 이제 합법이라고요!"

"달리는 차 안이라면 문제가 되지. 너희들은 다 미성년자고!"

얼리사는 물러서지 않았다. "그래서요? 지금 이 상황에 그게 최우선 문제라는 건가요?"

"조용히 해!" 군인은 켈턴의 몸을 더듬어 수색했다. 다음은 얼리사 차례였다.

"이건 미성년자에게 신체적, 정신적 위해를 가하는 행위예요! 이런 짓을 계엄령이라고 용인하지는 않을 텐데요! 우리 사촌이 로스앤젤레스 타임스 기자인데 이 얘길 들려주면 아주 좋아할 겁니다!"

기적처럼, 군인이 물러섰다. 지퍼 백을 들고서. "물건은 압수다. 이제 행렬을 따라 이동해!"

그렇게 우리는 풀려났다. 하긴, 이 많은 사람을 상대해야 하는데 우리 같은 조무래기까지 연행하면 골치만 아플 것이다. 우리는 허겁지겁 자리를 떴다. 수갑을 찬 비참한 사람들을 줄줄이 지나, 학교 건물로 향하는 인파에 합류했다. 그제야 다들 한숨을 돌렸다.

"방금 진짜 대단했어." 내가 얼리사에게 말했다. 아첨이 아니었다. 진심이었다. "네가 아니었으면 우리 다 죽은 목숨이었어. 게다가 허튼 말 한 것도 아니잖아!"

"사실, 로스앤젤레스 타임스에 근무하는 사촌은 없어."

별안간 사랑에 빠진 느낌이었다.

23) 얼리사

'오히려 잘된 일인지도 몰라.' 이제 단수 실태가 널리 알려지고, 구호물자를 퍼 나르고 있다. 사태는 어떻게든 나아지고 있다. 굳이 실체를 알 수 없는 벙커로 향하는 험난한 여정을 택할 필요가 있을까? 어차피 처음부터 딱히 내키지도 않았는데.

문제는 자꾸 덫에 걸린 짐승처럼 구는 켈턴이었다. 제 발을 물어 뜯어서라도 달아날 기세였다. 길 한가운데 떡 버티고 서서 나아가길 거부했다. 덩달아 우리도 인파에 휩쓸리지 않게 애써야 했다.

"여기 있으면 안 돼!" 켈턴이 고집을 부렸다.

"이미 늦었어." 재키가 되받아쳤다. "받아들여."

켈턴이 겪은 일을 생각하면 매몰차게 굴기보다 좀 더 부드럽게 타이르는 편이 나았다.

"그렇게 나쁜 상황은 아닐 거야. 우리가 죄수도 아닌데 설마 가둬 놓기야 하겠어? 그리고 혹시 알아? 여기 머무는 편이 나을지도 모르잖아." 내가 말했다.

물밀듯 밀려드는 인파에 치여 조약돌처럼 반들반들해질 지경이었지만, 달리 선택의 여지가 없어 보였다.

"엄마 아빠도 여기 있을지 몰라." 개릿이 헬리콥터 소음에 맞서 소리쳤다. 만약 그랬다면 진작 우릴 찾으러 왔을 것이다. 아니면

아까 군인이 가상의 할머니를 모셔 오겠다고 했듯이 집에 군인을
보냈든가. 이미 우린 떠난 뒤였겠지만.

"그럴 수도 있고." 나는 개릿의 희망을 굳이 깨뜨리고 싶지 않
았다.

그때 재키가 소리쳤다. "로이크로프트 자식은 어디 갔어?"

주위를 둘러보았지만 헨리는 없었다. 그림자도 보이지 않았다.

"그놈은 신경 쓰지 마." 켈턴이 으르렁거리듯 말했다. 누가 치고
가는 바람에 하마터면 넘어질 뻔했다. "여기 있고 싶으면 있으라
해. 근데 우린 떠나야 해!"

"좀! 안 그래도 스트레스받아 죽겠는데 왜 자꾸 난리야!" 재키
가 윽박질렀다.

켈턴은 얼굴이 시뻘게져서 이를 갈았다. "아직 상황 파악이 안
되지? 여긴 포로수용소나 다름없어!" 그러고는 작은 언덕배기에
있는 축구장을 가리켰다. "가서 담장 안을 확인해 봐. 그리고 사
람들한테 한번 물어봐. 여기서 얼마나 죽치고 기다렸냐고. 자, 얼
른!"

켈턴을 진정시키기 위해 내가 나섰다. "금방 올 테니 흩어지지
말고 기다려." 나는 사람들을 헤치고 풀 덮인 둔덕을 올라갔다. 위
에서 보니 입이 떡 벌어졌다. 관중석, 경주로, 구장 할 것 없이 사
람들로 빽빽했다. 잔디가 안 보일 정도였다. 듬성듬성 우산을 펼쳐
놓았지만 쏟아지는 뙤약볕을 가리기에는 턱없이 부족했다.

흔한 고등학교 축구장답게 철조망은 꽤 높았다. 경쟁 팀 응원단이 서로 싸우는 걸 방지하고 표를 구하지 않은 얌체 관객의 출입을 막기 위한 담장이었다. 오늘은 한술 더 떠 무장한 군인들까지 지키고 서 있다. 인정하긴 싫지만, 퀠턴의 말이 맞았다. 현시점에 이 장벽의 기능은 사람들을 가둬 두려는 것뿐이다. 수천 명의 워터 좀비들을 격리하기 위해.

"저기요!" 나는 아무나 응답하길 바라며 철조망 너머로 외쳤다.

헝클어진 갈색 머리에 비쩍 마른 여자가 다가왔다. "봤니? 어디로 가져갔는지 봤어?" 여자가 물었다.

나는 뭘 말하는지 몰라 머뭇거렸다.

그녀는 발을 동동 굴렀다. "물! 어디로 가져갔는지 봤냐고. 헬기가 왔었잖아. 어디로 실어 갔냐고!"

아까 본 바로는 분명 헬기에서 물을 내리고 있었다. 하지만 내려서 어디로 보냈는지는 몰랐다. 학교 터 곳곳에 숙영지가 있으니 물은 어디로든 갈 수 있었다. "아니요, 죄송해요. 못 봤어요."

여자는 철조망에 머리를 쾅 박았다. 철조망이 파르르 떨렸다. 그녀는 입술을 깨물고 두 눈을 찡그리며 연신 끔뻑거렸다. 대체 왜 그러나 했더니, 울고 있는 것이었다. 그저 눈물이 나오지 않을 뿐이었다.

마침내 나는 조심스럽게 물었다. "여기 얼마나 계셨어요?"

"어제 오후에 왔어. 여기 온 뒤로 헬리콥터만 석 대를 봤는데 물은 구경도 못 했어. 이놈의 줄은 움직일 생각도 안 하고! 물이 어디로 갔는지 좀 알아봐 주겠니?"

어느새 재키가 내 뒤에 다가와 섰다. "보니까 체육관으로 가던데요. 그쪽도 사람이 넘쳐 나요."

철조망을 어찌나 꽉 부여잡았는지 여자의 손가락 관절이 하얗게 변했다. "우리에게 좀 갖다주겠니? 체육관에 가서 조금만 얻어다 주면 안 될까? 응? 그래 줄 거지?"

내가 해 줄 수 있는 말은 없었다.

"그래 준다고 약속해. 제발!"

"얼리사, 가자."

"죄송해요……. 그게 저는……."

재키가 내 앞을 가로막더니 내리막길을 향해 등을 떠밀었다. "끼어들지 마. 그래 봤자 아무 도움도 안 돼. 특히 너 자신한테."

문득 트럭 화물칸에 담요로 덮어 둔 아구아비바 한 상자가 떠올랐다. 혹시 누가 빼돌렸을까? 아직 그대로 있을까? 상자를 열어서 철조망 너머로 한 병씩 던져 주면? 그러다 어제 번사이드 할아버지 댁에서의 일이 떠올랐다. 여기 이 사람들은 훨씬 더 목마른 상태다.

'끼어들지 마.'

어떻게 그래? 아니, 그래야 한다.

"그래서, 보니까 어때?" 우리가 돌아가자 켈턴이 물었다. 내 표정을 보고 뻔히 알면서 물은 것이다.

24) 헨리

일행을 떠날 계획은 없었다. 그저 주변 상황을 파악하느라 정신이 없었고, 행렬이 갈라질 때 다른 쪽으로 갔을 뿐이다. 하지만 괜찮다. 애들은 금방 찾을 수 있다. 나야 언제 어디서든 단독으로 활약할 수 있지만, 지금으로선 이 기묘한 친목을 유지하는 편이 더 이득이라는 생각이 들었다. 적어도 얼리사만 넘어온다면. 두고 보시라.

나는 당면한 상황에 집중했다. 어떤 상황이든 기회는 있다. 지금 눈앞에 펼쳐진 것처럼 어수선하고 착잡한 상황이라도……. 그러나 눈을 씻고 봐도 기회의 틈은 보이지 않았다. 수천 명의 목마른 사람들, 체육관으로 실려 가는 물통, 그 곁을 호위하는 중무장 대원들. 물통의 그림자라도 보려고 달려드는 사람들. 마치 바로크 회화에서 막 튀어나온 것처럼 격정적인 광경이었다.

아까 군인과 대치한 일로 놀란 가슴이 진정되지도 않았는데 상황은 나빠지기만 했다. 야구장으로 흘러들던 행렬은 입구에 멈춰서 요지부동이었다. 구장은 이미 만원이었다. 아니, 어쩌려고 이 많은 사람을 무턱대고 들여보내?

긴 줄이 점차 거대한 떼로 바뀌자, 난 슬그머니 빠져나왔다. 사방에 군인이 있었지만 곳곳이 무방비 상태였다. 이제껏 총성은 못들었으니, 줄을 이탈한다고 사람들을 쏘지는 않는 모양이다. 비교적 한산한 곳으로 발걸음을 옮겼다. 체육관으로 향하는 물통에서 눈을 떼지 않고서. 아빠는 늘 말했다. 허락되지 않은 곳에 거하고 싶다면 그냥 들어가서 내 자리인 양 행세하라고. 그러면 열에 아홉은 성공이라고. 하지만 이번 경우는 아홉을 쓰고 남은 열 번째인 듯했다. 그래, 운이 좋아 들어갔다고 치자. 그다음엔? 또다시 물 한 모금 마시려고 기다리는 수천 명 중 하나일 것이다. 기회를 잡기는 커녕 본전치기도 못 하는 셈이다.

모퉁이를 돌자 수영장이 보였다. 텅 비어 있었다. 급한 불을 끈답시고 고등학교 수영장 물을 죄다 뽑아 가더니 결국 학교가 긴급 대피소가 될 줄은 몰랐겠지. 뭐 한 치 앞을 못 본 사례가 이뿐이랴. 수영장 물이 씨가 마른 건 아무래도 좋았다. 정작 내 눈길을 사로잡은 건 수영장 가장자리에 놓인 물체였다.

시체 운반용 자루.

하나가 아니었다. 못해도 열 자루는 넘었다. 직감에 의하면 이게 끝이 아니었다.

좋아, 좋아. 이젠 진짜 장난이 아니다. 좋아, 좋아. 애초에 장난이 아니었겠지. 좋아, 좋아. 죽은 사람이 있어. 저 자루 안에. 헬리콥터가 창공을 가로지르며 날아갔다. 아득했다. 과연 저 헬기가 제때 물을 퍼 나를 수 있을까? 사람들이 스스로 자루 안에 드러눕기 전에. 맹세컨대 과거에도, 앞으로도 없을 테지만 이번에는 정말, 진짜로, 지릴 뻔했다.

"어이! 거기 너! 여긴 출입 금지 구역이야!"

어차피 가려고 했다. 나는 돌아서서 아직 걷고 숨 쉬는 사람들에 합류했다. 켈턴이 옳았다. 여기 있으면 안 된다. 그리고 이제 내가 뭘 해야 하는지 정확히 파악했다. 절대 쉽지 않을 것이다. 하지만 승부수를 띄울 사람은 오직 나뿐이다.

25) 얼리사

줄이 별안간 멈춰 섰다. 앞에선 꼼짝도 안 하는데 뒤에선 계속 밀려들었다. 꼭 축사에 갇힌 가축 꼴이었다. 행여나 떨어질세라 개릿의 손을 꼭 붙들었다. 무턱대고 밀고 들어온 건 군인들이었다. 사람들을 몰아내며 길을 넓히고 있었다. 그 공간으로 통학 버스가 들어섰다. 평범했던 등교 시간이 주마등처럼 스쳐 지나갔다.

"주목해 주시기 바랍니다!" 지직대는 확성기로 누군가의 목소리가 울려 퍼졌다. "이 대피소는 수용 인원을 초과했습니다!" 늦어도 한참 늦은 공지였다. 이 대피소는 수용 인원의 극소수를 거두기에도 벅찼다. "지금 버스에 오르시면 다른 시설로 모시겠습니다!"

"어디요? 대체 어디로 데리고 간다는 거요?" 누가 소리쳤지만, 대답은 없었다.

통학 버스가 줄줄이 들어서자 군인들이 공간을 확보하려고 계속 사람들을 몰아댔다. 다들 불쾌할 정도로 따닥따닥 붙어 있었다. 기대도 안 했지만, 사람들의 체취는 별로 좋지 않았다. 귓속말을 하려고 켈턴이 굳이 내게 몸을 기울일 필요도 없었다. "저들도 모르니까 답을 안 해 주지. 아직 정해진 목적지가 없을지도 몰라. 만약 있더라도 우리가 생각하는 대피소는 아닐 거야. 더 이상 대피소를 차릴 만한 시간도 인력도 없으니까. 저들의 임무는 그저 남아도는 시설에 사람들을 쏟아 버리는 것뿐이야."

재키는 팔꿈치로 사람들을 막으며 개인 공간을 지키려고 애썼다. "넌 어째 모르는 게 없냐?"

켈턴은 비아냥을 무시하고 말을 이었다. "병원에서 부상자들의 우선순위를 어떻게 정하는지 알아? 모르지? 난 알아. 대규모 응급 상황이 발생하면 일단 도울 수 있는 환자와 도울 수 없는 환자를 분류해. 도울 수 없다면? 그대로 두고 자리를 뜨는 게 상책이야." 켈턴은 첫 번째 버스를 넌지시 바라보았다. 이미 사람들은 순순히 버스에 오르고 있었다. "장담하는데 저 버스에 오르는 사람 중절반은 이미 죽은 목숨이야. 어디로 향하든 물이랑은 멀어질 테니까."

나는 까치발을 들어 사람들의 머리 너머 군인들의 움직임을 주시했다. 장병 하나가 버스에 오르는 할머니를 조심스레 부축했다. 누군가를 사지로 보낼 의도는 없어 보였다. 하지만 물 없이 며칠이 지난 지금, 죽음은 따로 초대장을 보낼 필요가 없을지 모른다.

"이 주차장은 담장이 없잖아. 아직 갇힌 신세는 아냐." 내가 말했다.

그런데 나갈 궁리를 짜내기도 전에 어디선가 헨리가 나타났다. 허겁지겁 달려온 헨리는 사나운 눈빛으로 숨을 헐떡였다.

"내가 뭘 얻었는지 봐." 헨리가 눈앞에서 차 키를 흔들었다. 행운의 토끼 발이 달린, 틀림없는 바질 삼촌의 차 키였다. 판도를 뒤집을 열쇠였다.

"어떻게 한 거야?" 나는 내 눈을 믿을 수 없었다.

"거래를 했지. 설명할 시간 없어. 따라와!"

우리는 버스로 향하는 인파를 헤치며 헨리를 뒤쫓았다. "잠깐, 우리 키를 가져간 사람이랑 거래했다고?" 개릿이 감탄한 듯이 물었다. "우릴 체포하려던 그 군인이랑? 그게 가능해?"

"그게 내가 하는 일이거든! 자, 빨리! 서둘러야 해."

무사히 트럭에 도착했다. 나는 곧바로 화물칸의 담요를 걷어냈다. 상자가 없었다. "물!"

물이라는 말에 수십 명의 눈이 일제히 내 쪽으로 쏠렸다.

"잊어버려!" 헨리가 외쳤다. "키랑 맞바꿨으니까!"

재키의 입이 떡 벌어졌다. "마지막 남은 물을 이깟 똥차 키랑 맞바꿨다고? 야매로 시동을 걸든지 다른 트럭을 찾을 생각은 안 들디? 멀쩡한 에어컨이 달린?"

하지만 헨리가 대답하기도 전에 낯선 목소리가 끼어들었다.

"어이! 로이크로프트! 기다려!"

그 소리에 헨리는 더욱 서둘렀다.

근육질 얼뜨기 하나가 군중을 뚫고 다가왔다. 입술이 갈라지고 눈이 퀭했지만, 아직 워터좀비는 아니었다. 녀석은 헨리의 어깨를 잡아 돌려세웠다. 얼뜨기의 표정에 당황한 낯빛이 스쳤다.

"잠깐…… 트렌트 로이크로프트가 아니잖아?"

헨리는 녀석을 무시하고 우리를 향해 소리쳤다. "다들 차에 타!"

하지만 얼뜨기는 그냥 지나치지 않았다. "너 누구야? 누군데 로이크로프트 재킷을 입고 있어? 로이크로프트는 어딨어?"

헨리는 허둥지둥하다가 그만 차 키를 놓치고 말았다. 키는 트럭 아래로 떨어졌다.

"야! 귀먹었어?" 얼뜨기가 소리쳤다.

헨리가 트럭 밑으로 쑥 사라졌다. 키를 줍는다기보다는 달아나는 모양새였다. 돌아보니 재키도 없었다.

"누나!" 개릿이 외쳤다. "형이 타라잖아!"

문은 잠겨 있지 않았는지 개릿과 퀠턴은 이미 뒷좌석에 올라탔다. 아무리 주위를 둘러봐도 재키는 보이지 않았다. 망할! 이내 헨리가 트럭 반대편으로 빠져나와 운전석 문을 열었다. 차 키도 들고서.

"야! 내가 물었잖아!" 얼뜨기가 소리쳤다. 차가 둘 사이를 가로 막고서야 헨리는 비로소 답을 했다.

"꺼져!"

헨리는 차에 올라타고 문을 쾅 닫았다.

얼뜨기는 화가 나기보다 좀 놀란 듯했다. "야, 너 샌타마거리타 학생도 아니잖아?"

헨리는 시동을 걸었다. 나도 조수석에 올라탔다.

"재키 기다려야 해!" 내가 말했다.

"그럴 시간 없어!"

헨리는 어딘지 나사가 빠진 듯했다. 이름이 헨리가 맞는다면. 이 제 뭐가 뭔지 뒤죽박죽이었다. 헨리는 후진 기어를 넣어 뒤의 도요 타를 쿵 박고, 전진 기어로 바꿔 앞의 아우디도 쿵 박았다. 그리고 또 한 번 도요타를 처박고 나서야 겨우 차를 뺄 공간을 확보했다.

그때 저 멀리 재키가 보였다. 우릴 향해 전속력으로 달려오고 있 었다. 아구아비바 상자를 들고서!

"안 돼애애애애!" 헨리가 재키를 보고 비명을 질렀다. 트럭은 실 컷 얻어맞은 차량 사이를 비집고 겨우 출발했다. 버스로 향하던 사 람들이 돌진하는 트럭에 놀라 뿔뿔이 흩어졌다. 그제야 군인들이 눈치를 챘다. 낯익은 한 명은 재키를 쫓아오고 있었다. 하지만 재 키는 너무 빨랐다.

헨리는 급히 유턴하다가 차선 사이 중앙 분리대를 침범해 백일홍 나무를 쓰러뜨렸다. 화단에 걸친 바퀴가 헛돌면서 나뭇잎과 분홍 꽃잎이 마구 튀었다.

그 덕분에 재키가 차를 따라잡았다. 짐칸에 상자를 내던진 재키는 헨리가 자신을 기다려 줄 생각이 없다는 걸 눈치채곤, 그대로 범퍼를 밟고 화물칸에 뛰어올랐다. 그렇게 물 상자와 함께 재키는 바질 삼촌의 잡동사니와 동석했다.

헨리가 욕을 내뱉으며 액셀을 밟았다. 나는 잔소리를 하는 대신 손을 뻗어 기어 조작을 도왔다.

차가 급발진하며 앞으로 휘청했다. 나뭇조각을 흩뿌리며 트럭은 드디어 학교를 벗어났다. 사람들은 얼빠진 표정으로 멀어지는 트럭을 바라보았다. 군인들도 더는 따라올 생각이 없는 듯했다. 그들에게는 오히려 골칫거리가 줄어 다행인지도 몰랐다.

"너 미쳤어?" 내가 헨리에게 소리 질렀다. "너 때문에 다 죽을 뻔했어!"

헨리는 날 향해 눈을 희번덕거렸다. "뭐? 죽을 뻔해? 내가 오히려 구해 줬지! 고맙다고는 못 할망정 뭔 소리야!"

"속도 좀 줄여!" 내가 외쳤다. 헨리는 좀처럼 진정하지 않았다. 차선도 무시한 채 난폭하게 달렸다. 도로 위에 차가 드물기에 망정이지, 까딱했으면 트럭째 산산조각이 났을 것이다.

헨리는 운전대를 꼭 붙들고 전방을 주시했다. "좋아, 좋아." 헨리는 심호흡하며 중얼거렸다. 차가 중심을 잡사 그제야 엑셀에서 발을 살짝 뗐다. "좋아, 좋아. 조절했어. 이제 괜찮아." 그러고는 날 향해 입을 열었다. "거기에 시체 운반용 자루들이 있었어. 몇 개는 이미 차 있고 빈 자루도 수두룩했다고."

"진짜로?" 개릿의 눈이 휘둥그레졌다. 귀신 목격담이라도 들은 표정이었다.

"내가 왜 너흴 데리고 거기서 빠져나왔는지 모르겠어, 얼리사? 우릴 구하려고 한 거라고. 내가 아니었다면 누가 나섰겠어?"

내가 끄덕였다. "알았으니까 앞이나 봐."

헨리는 다시 앞을 보고 "좋아, 좋아." 하고 중얼대며 스스로 다독였다. 침착한 척하는 티가 역력했다. 운전 실력은 꽝이었지만 이 마당에 누군들 여유롭게 차를 몰겠는가?

그때 퀠턴이 입을 열었다. "시체 자루에 그리 겁먹을 건 없어. 질병 확산을 막는 운반 도구에 불과하니까. 내 방에도 하나 있어. 빨래 바구니 대신 쓰거든."

뒤에서 재키가 머리카락을 휘날리며 후방 창문을 두드렸다. 표정을 보니 심기가 매우 불편해 보였다.

"차 세워. 안에 태우게." 내가 말했다.

"일단 여길 좀 벗어나면 기꺼이 태울게."

잠시 후 안전거리를 확보했다고 여겼는지, 헨리는 서서히 브레이크를 밟고 길가에 차를 세웠다. 재키가 뛰어내려 곧장 운전석으로 다가왔다.

"내려! 내가 운전해."

"뒷자리 아니면 안 돼." 헨리가 대꾸했다.

"헛소리하지 마."

"좋아. 그럼 안 되는 거지 뭐." 헨리는 기어를 넣고 액셀을 밟았다. 먼지구름 속에 재키를 남겨 둔 채.

"제기랄!" 재키가 달려오며 소리쳤다.

"야! 진짜 두고 갈 셈이야?" 내가 당황해서 소리쳤다.

"아니!" 헨리는 조금 진정된 기색이었다. "이건 협상의 기술이야. 세게 나갈 필요가 있다고." 헨리는 다시 차를 세우고 재키가 따라잡을 때까지 기다렸다. "야생마를 길들이려면 너무 호락호락해선 안 돼. 알겠어?"

재키는 씩씩대며 온갖 다채로운 욕을 쏟아 냈다. 헨리는 눈도 깜빡하지 않았다.

"뒷자리로 가. 아니면 여기서 작별 인사 하고."

재키는 이를 갈며 뒷좌석에 올라타 문을 쾅 닫았다. 개릿은 가운데 끼었다. "뒤통수 조심해라, 로이크로프트."

문득 헨리의 신분이 노출될 때 재키가 없었다는 사실이 떠올랐다. 헨리는 운전석을 지켜 내자 평정심을 되찾았다.

"그래서, 로이크로프트는 누군데?" 내가 물었다.

헨리는 순순히 대답했다. "아구아비바 두 병에 이 재킷을 넘긴 재수 없는 자식."

"잠깐, 뭐? 여태껏 우릴 속인 거야?" 재키가 윽박질렀다.

"내 입으로 로이크로프트라고 한 적 없어. 그쪽이 멋대로 짐작한 거지. 난 그냥 장단 맞춰 준 거고."

"**진짜 이름은 뭔데?**" 내가 물었다.

"알잖아."

"성이 뭐냐고."

"우리 다 성 빼고 부르는 사이 아니었어? 상관없잖아?" 헨리는 켈턴을 돌아보고 물었다. "그래서, 그 벙커라는 데는 어떻게 가?"

그 시각, 13 리지크레스트, 도브캐니언

허브는 오전에 얼리사와 개릿의 얼굴을 보고 한시름 놓았다. 조카들은 무사했다. 단지 누나와 매형이 걱정이었다. 애들만 이곳에 보낼 리는 없었다. 분명 얼리사가 털어놓지 않은 뭔가가 있었다. 그리고 그 낯선 여자애는 누굴까. 얼리사의 친구는 아니었다. 켈턴은 그렇다 치자. 특이하긴 해도 해를 끼치지 않는 이웃집 녀석이니까. 그런데 그 재키란 애는 꼭 걸어 다니는 위험 신호 같았다.

눈을 감고 계단 난간에 기대 잠시 몸을 가누었다. 몸이 천근만근 불덩이였다. 계단이 꼭 에베레스트산처럼 느껴졌다. 심호흡을 해 봐도 한숨만 파르르 나왔다. 일단 눈앞의 위기에 집중하자. 지금은 누나 내외의 행방이나 조카의 길동무를 걱정할 때가 아니다.

애들이 다시 돌아오지 않아 다행이었다. 비탈길을 타고 내려가는 트럭 소리를 똑똑히 들었다. 누구 트럭인지는 눈 감고도 맞출 수 있었다. 조카 일행이 타고 있는 게 분명했다.

한 번에 한 계단씩 이동했다. 올라설 때마다 숨이 턱 막혔다. 그 와중에도 낡은 물탱크를 무턱대고 믿은 자신을 책망했다. 동네 사람들은 막 단수가 터졌을 때 임시방편을 마련해 둔 자신들의 지혜에 도취했다. 모두가 그 물을 마셨다. 허브도 마시고, 대프니도 마셨다. 컴컴한 탱크 안에 얼마나 오래 고여 있었는지 모를 물을 기쁘게 받아 마셨다.

물맛은 나쁘지 않았다. 찡그리며 뱉어 낼 정도는 아니었다. 그래, 좀 쌉싸름하긴 했지만 그뿐이었다. 마시기 전에 끓일 생각을 한 사람도 있을까? 아마 없을 것이다. 영롱하게 빛나는 부엌 수도꼭지를 틀면서 안전 문제를 염려할 사람은 없다. 물론 수돗물 맛이 정수기 물에 비길 리 없다. 불소니 염소니 하는 독한 소독약으로 처리하니까. 하지만 언제는 그런 처리제들이 인체에 치명적이라고 의심하고 마셨나? 그러니 누가 알았겠는가?

동네는 유난히 고요했다. 한동안은 미처 몰랐다. 이 평화로운 걸모습이야말로 사태의 심각성을 가장 잘 드러내는 지표였음을. 사람들은 집 밖으로 한 발짝도 나오지 않았다. 자신과 대프니처럼 아프고 무기력하기 때문이다.

계단은 이제 겨우 중턱이었다.

한 손으로 아구아비바를, 다른 손으로는 난간을 잡았다. 어쩌면 지금 몸을 가눌 수 있는 것도 아구아비바 덕분이다. 물론 마시는 족족 밑으로 쏟아 내긴 했지만, 병든 장을 통과하면서 일부는 흡수되었으리라. 그 덕에 얼리사와 개릿이 눈치채지 못하게 간신히 버티고 서 있을 수 있었다. 게다가 조카들의 얼굴을 보니 잠시나마 아드레날린이 샘솟았다.

하지만 그때 기운을 너무 끌어다 썼는지, 어지러움이 잇따라 파도처럼 밀려왔다.

마지막 한 계단. 욱신거리는 뼈마디를 무시하며 숨을 헐떡였다. 어쩌면 이번 생애 마지막 계단일지도 모른다.

잠시만. 이대로 잠시만.

안방으로 들어서자 악취가 점점 심해졌다. 오늘만 해도 안간힘을 다해 두 번이나 시트를 갈았다. 그 짓을 과연 다시 할 수 있을까. 그러나 스스로도 알았다. 어떻게든 해내리란 걸.

대프니에게는 일부러 말을 걸지 않았다. 어제부터였다. 아무리 불러도 대답 없는 모습에 가슴이 미어졌기 때문이다. 그저 조용히 곁을 지켰다. 죽을 한술 떠먹이고 아구아비바를 조금씩 입 안에 흘려 넣었다. 하지만 대프니는 금세 캑캑거리며 하얀 시트 위로 게워 냈다.

침대 끄트머리에 앉아 대프니의 창백한 얼굴을 쓰다듬었다. 얇디얇은 피부 아래 혈관이 비쳤다. 탁한 유리구슬 같은 눈동자가 자신을 바라보았다. 이제는 깜빡이지도 않았다.

숨소리가 들릴락 말락 했다. 귀를 가슴에 가져다 댔다. 심장 박동은 미약하면서 부자연스러웠다. 손 하나 까딱 못 할 뿐이지, 대프니도 자기만의 에베레스트산을 오르고 있었다. 만약 가슴에 귀를 대도 심장 소리가 들리지 않으면, 그땐 어찌해야 할까?

시트를 갈기 위해 몸을 일으키려던 그때, 대프니의 머리맡에 있는 뭔가가 눈에 들어왔다.

못 보던 주황색 약병이었다. 누가 두고 갔나? 누가? 왜?

허브는 원래 기적을 믿지 않았다. 농장이 망할 때도, 소중한 것을 눈앞에서 잃을 때도, 사무치도록 현실적이었다. 그러나 '케플렉스'라

고 표기된 약병을 발견한 순간, 허브는 자신이 알던 현실성을 의심해
야 했다.

26) 켈턴

　낯선 사람들. 나는 지금 낯선 사람들과 한차에 동승해 있다. 재키? 종잡을 수 없고 반쯤 미쳤다. 헨리? 여태껏 자신의 정체를 숨겼다. 이제는 얼리사와 개릿마저 물음표다. 내가 알던 애들이 맞나 싶다. 하지만 여기서 가장 낯선 사람은 바로 나다. 물론 내 이름도 알고 내가 사는 곳도 안다. 아니, 살던 곳이라고 해야 하나? 이제 내가 그곳에 사는지도 모르겠다. 지난 기억은 물론 그대로다. 하지만 새로운 기억, 특히 골을 뒤흔드는 총성과 함께 머릿속에서 반복 재생되는 기억을 기점으로, 그 이전의 기억들은 나와 전혀 무관해진 느낌이다.

　오늘 아침 동트기 전, 투쟁이냐 도피냐 하는 갈림길에서 나는 끝내 투쟁을 택했다. 도피라면 무력에 휩쓸리기라도 하지, 투쟁일 때는 더 큰 무력에 굴복하는 수밖에 없다. 얼리사가 기절시키지 않았다면 남을 참혹하게 해쳤을지도 모른다. 투쟁의 불씨는 적어도 내 안에 살아 있었다. 그게 뭔지, 어떤 느낌인지 알았으니 이제 조절하기만 하면 된다.

하지만 마음처럼 쉽지 않았다. 더 폭력적이고 파괴적인 생각에 굴복하는 나 자신을 발견했다. 군인이 나에게 총구를 겨누었을 때, 마음 한구석에서는 뇌가 터져 산산이 흩어지길 원했다. 헨리가 운전대를 잡았을 때, 사람들을 그대로 들이받길 원했다. 뭔가가 폭발해서 모두가 그 날카로운 파편을 느끼길 바랐다. 옳지 않다는 건 안다. 하지만 오장육부를 타고 줄줄 흐르는 감정을, 내가 뭐라고 막겠는가?

그때 엄마의 음성이 들렸다. 죽었는지 살았는지도 모를 엄마가 말했다. 다 지나갈 거야, 켈턴. 아무리 큰 일도 지나고 보면 작아 보이기 마련이니까.

뒤이어 아빠의 목소리도 들렸다. 완고하지만 연륜이 밴 음성이었다. 경험은 다 뼈가 되고 살이 된다, 켈턴. 배우고 성장해라. 그래야 단단해진다.

부모를 기리는 가장 좋은 방법은 부모 말을 새겨듣는 것이다. 그대로 믿고 따르는 것. 물론 매우, 매우, 매우 어려운 일이다.

"그래서, 그 벙커라는 데는 어떻게 가?" 헨리가 물었다. 그 순간 내게 주어진 사명을 깨달았다. 폭발을 무릅쓰고 파편을 막아 내기. 그래, 한편으로는 여전히 사람들이 나와 같은 고통을 느끼길 원한다. 하지만 나는 그보다 나은 사람이다. 그깟 망령 같은 총성에 사로잡힐 사람이 아니다. 우리 형은 죽었다. 하지만 나는 아니다. 오늘은 내게 주어진 사명을 다하리라.

"일단 샌티애고 하천을 찾아야 해. 여기서 멀지 않을 거야." 내가 말했다.

"하천이라고?" 재키가 솔깃해하며 물었다.

"바싹 마른 지 오래야. 도심 한복판에 있거든. 낙서로 뒤덮인 콘크리트를 상상하면 돼."

"아깐 지도가 필요하다며?"

"지도가 있으면 더 좋겠지만, 일단 기억나는 수로가 몇 군데 있어. 우리 집 차고에 송수로랑 배수로가 표시된 지도가 붙어 있거든."

헨리가 나를 외계인 보듯 쳐다봤다. 해명할 필요를 느꼈다.

"우리 집은 예전부터 이런 사태를 대비했어."

"아직 몰랐구나." 재키가 말했다. "단수 사태는 켈턴에게 크리스마스나 다름없거든."

울컥 화가 치밀어 올랐다. 하지만 지난날을 돌이켜 보면 영 틀린 말은 아니었다. 정확히 말하면 크리스마스의 악몽이다. 나는 재키를 향해 눈총을 쏘았다. 이 세상에 정의가 있다면 지금쯤 머리에 구멍이 났으리라. 처음으로 재키는 분위기를 파악하고 입을 다물었다.

북쪽으로 갈수록, 짐작했던 현실은 점점 뚜렷해졌다. 군인을 한 가득 싣고 지나가는 트럭, 모퉁이마다 세워진 군용 지프, 요란하게 하늘을 가르는 헬리콥터. 군부 장악은 명백했다. 어느새 도로는 꽉 막혔다. 저 멀리 군인들이 외곽으로 차량을 몰고 있었다. 보나 마 나 다른 고등학교나 남아도는 시설로 향하는 길목이겠지. 한번 들 어서면 영영 물을 못 볼 수도 있다. 이제 남부 캘리포니아에는 우 리가 원하는 곳으로 갈 수 있는 길이 없다.

얼리사가 헨리에게 다급히 말했다. "이대로 다시 잡힐 순 없어."

"나는 종말론 신봉자께서 길 안내하는 줄 알았지."

헨리 '안' 로이크로프트가 내 별명을 지어 내느라 저리도 애쓰 는데 화를 내야 하나, 고맙다고 해야 하나.

"지도 외웠다고 하지 않았어?" 재키가 물었다.

"내가 기억하는 건 송수로지, 도로가 아니야. 게다가 성적으로 따 지면 그쪽이 나보다 똑똑해야 하는 거 아니야? 여기서 어떻게 빠 져나갈지 나 대신 좀 알려 주지 그래?"

"내 활동 구역이 아니라서." 재키가 어깨를 으쓱했다. "너보다 똑똑하다는 칭찬은 고맙게 받을게."

"수로를 찾겠다는 거야? 아니면 티격태격하다가 다 같이 지옥 행 버스로 갈아탈래?" 얼리사가 끼어들었다.

"잠깐, 거기 혹시, 애들이 스케이트보드 타는 콘크리트 도랑 같 은 데야?"

우리는 일제히 개릿을 주목했다. "맞아!"

"나 어딘지 알아! 여기서 우회전한 다음, 못생긴 소가 나오면 좌회전해. 그리고 나서 잭 인 더 박스 매장을 찾아. 거기 주차장 뒤에 있어."

개릿이 일러 준 대로 가니 모퉁이에 맘 앤드 팝이라는 아이스크림 가게가 있었다. 가게 지붕에 플라스틱 젖소 모형이 있었는데, 살다 살다 그렇게 우울해 보이는 소는 처음이었다.

"여기서 좌회전? 아니면 더 못생긴 소를 찾아?"

헨리는 개릿이 대답하기도 전에 왼쪽으로 꺾었다. 몇십 미터 더 가니 잭 인 더 박스가 나왔다.

텅 빈 주차장을 가로질러 뒤쪽 철책에 다다랐다. 내려다보니 과연 끝이 보이지 않을 만큼 긴 콘크리트 수로가 펼쳐졌다. 놀라웠다. 이런 장소가 동네를 버젓이 관통하는데 대부분 자각도 못 하고 지낸다니. 프레퍼족이나 스케이트보더들이나 알까. 콘크리트는 과거 홍수 침전물로 얼룩덜룩했으나 물은 씨가 마른 지 오래였다.

차를 세웠다. 아무리 둘러봐도 입구가 없었다. 상단에 가시철사를 두른 높다란 철책만이 끝없이 이어졌다. 아빠라면 입구가 어딘지 알 텐데. 쓸모없는 생각이다.

"난 저 구멍으로 들락날락했어." 개릿이 말했다.

"트럭이 지나가기엔 너무 작아." 얼리사가 뻔한 사실을 지적했다. 척 봐도 철책의 기능과 목적은 뚜렷했다. 시간이 아무리 많아도 트럭이 통과할 만한 틈을 찾아내긴 어려울 듯했다. 얼리사의 삼촌이 트럭에 절단기를 싣고 다닐 가능성은 더 희박했다.

"저 아래서 자전거도 타고 그러던데……. 어떻게든 들어갔을 거 아냐." 개릿이 말했다.

헬기 한 대가 머리 위를 가로질렀다. 그 끈질긴 날개 소리에 초조해졌다. 입구를 찾는 데만 몇 시간이 걸릴지 모른다.

"그냥 뚫고 지나가자." 재키는 목소리에 흥분을 감추지도 않았다. 겁 없는 돌출 행동이야 한두 번이 아니지만, 딱히 다른 방도도 없었다.

다들 운전석을 주시했다. 헨리는 부담스러운 얼굴로 돌아봤다. "뚫어 버린다 해도 꽤 가파르잖아."

가파른 정도가 아니었다. 수로를 내려다보자 속이 울렁거렸다. 마치 워터 슬라이드를 타기 직전의 느낌이었다. 실은 안 좋은 추억이 있다.

수로는 내리막 경사면, 갑작스러운 평지 구간, 오르막 경사면으로 이루어진 역사다리꼴이었다. 이런 구간을 보면 어김없이 영화 「그리스」의 레이싱 장면이 떠오른다. 물론 존 트라볼타의 운전 실력이 헨리보다 뛰어나리란 건 자명했다. 막판에 공중 곡예까지 선보이니 말 다 했지.

헨리는 차를 후진했다. 당장이라도 투우사를 향해 돌진할 태세였다.

"다들 정말 헨리에게 운전대를 맡겨도 되겠어? 팔은?" 얼리사가 초조하게 물었다.

"이제 멀쩡해." 헨리가 말했다.

허세다. 아직 쑤시겠지. 하지만 운전에 지장을 줄 정도는 아닐 것이다. 그래도 걱정이 되긴 매한가지였다. "운전은 재키가 더 능숙할 것 같은데." 내가 말했다.

"아니, 내가 할 거야." 헨리는 고집을 부렸다.

"너 몇 살인데? 끽해야 열일곱이 운전 경력이 길어야 얼마나 길다고?" 재키가 따졌다.

"난 열세 살 때부터 운전했거든. 그 이상은 묻지 마." 우리도 더는 토를 달지 않았다. 이러니저러니 해도 헨리는 고등학교 대피소에서 우리를 탈출시킨 장본인이다. 물론 그 과정에서 멀쩡한 차 두 대와 죄 없는 나무들이 희생되긴 했지만. 평범한 상황이라면 운전대를 믿고 맡길 만한 실력은 아니다. 그러나 지금이 어디 평범한 상황인가.

나는 머리를 굴렸다. "철망을 뚫을 만큼 세게 달리되 중심을 잃고 바닥에 처박힐 만큼 빠르면 안 돼."

"그래서 얼마나 빨리?" 헨리는 헛기침으로 목소리의 미세한 떨림을 숨겼다.

나는 변수를 따지며 어림짐작했다. 사실상 두드려 맞히기지만 티는 내지 않았다. "시속 50킬로미터. 그리고 달릴 공간이 거의 없다는 점 잊지 마. 내려갔다 싶을 때 곧장 왼쪽으로 틀어.”

헨리는 심호흡했다. 애써 즐거운 기억을 떠올리려는 듯했다. “좋아. 다들 준비됐어?”

“됐으니까 그냥 해!” 재키가 뒷좌석에서 윽박질렀다.

“좋아, 좋아.”

그렇게, 우리는 출발했다.

헨리는 액셀을 힘껏 밟았다. 차체 아래 타이어가 쌩 울며 차가 앞으로 튀어 나갔다. 반동으로 몸이 등받이에 딱 붙었다. 눈 깜짝할 새 철조망이 코앞이었다. 그때 헨리가 확 브레이크를 밟았다. 지난날 내가 워터 슬라이드 입구에서 꽁무니를 뺐던 것처럼.

하지만 이미 늦었다. 속도가 너무 빨랐다.

트럭은 철조망에 꽝 부딪혔다. 그러나 철조망은 뚫리지 않고 그대로…… 서서히 앞으로 기울었다. 불길한 소리가 났다. 지지대와 철망 사이 금속 이음새가 후두두 떨어지더니 철망이 섬뜩한 악기처럼 쩔그렁거렸다. 트럭이 그대로 앞으로 쏠리면서 눈앞에 롤러코스터 낙하 구간 같은 골짜기가 드러났다.

경사면은 보기보다도 훨씬 가팔랐다. ‘이제 우린 죽는다.’ 하는 생각뿐이었다. 그런데 심장이 쪼그라들려는 찰나, 해먹을 탄 것처럼 차가 철망에 대롱대롱 매달렸다. 마침내 철망이 뒤로 넘어갔다. 트럭은 그대로 철망을 타고 활강했다. 위장이 목구멍으로 튀어나올 것 같았다. 토하기 직전 같았다.

온몸에 바짝 힘이 들어갔다. 바닥을 치는 순간, 콘크리트가 충격을 대부분 흡수했다. 그런데도 우리는 좌석에 패대기쳐졌다. 차 안의 모든 게 일제히 튀어 올랐다.

지시받은 대로 헨리는 운전대를 왼쪽으로 확 꺾었다. 차 후미가 좌우로 휘청거렸다. 이내 중심을 잡은 헨리는 몸을 똑바로 세우고 액셀을 밟았다.

어느새 우리는 콘크리트 바닥을 질주하고 있었다.

창밖을 보았다. 마치 수로 한복판을 서핑하는 느낌이었다. 아까는 그토록 거칠게 떨어지더니, 지금은 너무나 매끄러웠다! 어이가 없어 헛웃음이 나왔다. 재키는 환호성을 질렀다. 나머지는 그저 안도한 듯했다.

"진짜 짜릿했어!" 개릿이 반짝이는 눈으로 운전석을 향해 말했다. 지금 개릿의 눈에 헨리가 얼마나 멋지게 비칠지는 모르겠지만, 방금은 정말 위험천만했다. 속도가 조금만 더 빨랐어도, 각도가 조금만 더 컸어도 트럭은 산산이 조각나거나 뒤집혔을 테니까.

헨리가 우쭐한 미소를 지었다. "아무래도 시속 50킬로미터는 너무 빠르다 싶었지." 아까 브레이크를 밟은 게 치밀한 계산이었다는 말투였다. 하지만 지금으로선 가짜로 달에 착륙했다 해도 트집을 잡지 않기로 했다. 그저 살아 있다는 사실에 감사했다.

그때 불현듯 뭔가가 머리를 스쳤다. 아구아비바! 나는 자리에서 휙 돌아 후방 창문으로 화물칸을 확인했다.

"아직 거기 있어." 재키가 모두를 안심시켰다.

"혹시 몇 병은 터졌을지 모르니까, 한번 열어서 확인해 볼까……?" 개릿이 넌지시 물었다. 물론 그러고 나서 벌어질 상황은 불 보듯 뻔했다. 다들 예상했으리라. 헨리가 나섰다.

"아구아비바 용기는 저밀도 폴리에틸렌으로 내구성을 높였어. 내가 보증하는데 절대 샐 리 없으니 안심해."

헨리에게 동조하자니 손발이 오그라들었지만 나도 한마디 덧붙였다. "선택의 여지가 없으면 그때 열도록 하자." 유혹은 현재 우리의 적이다. 벙커에 도착하기 전까지는 긴급 상황에 대비해 아껴 둘 필요가 있다. 아니, 그 전에 저 아구아비바 상자를 탈환했다는 사실이 여전히 믿기지 않았다. 나도 모르게 재키를 향해 고개를 절레절레 흔들고 있었다.

"물을 도로 뺏어 오다니, 본인도 미친 거 알지?"

낯설겠지만 칭찬인 걸 아는지 재키는 씩 웃었다.

"너만큼은 아니지." 재키가 받아쳤다. 나 역시 칭찬으로 듣기로 했다.

만약 다른 상황에서 재키를 만났다면 어땠을까? 생각해 보니 그럴 일은 없다. 우리와 다른 차원의 세계에 사는 사람이니까. 단수 사태가 벌어지지 않았다면 재키는 그저 넘볼 수 없는 대학 입학시험 고득점자에 그쳤을 것이다.

피폐하기만 했던 생각에서 벗어나자 비로소 한숨을 돌릴 수 있었다. 다들 나름대로 여유를 찾은 듯했다.

재키가 몸을 숙여 라디오를 켰다. 비상경보 방송뿐이었다. 어디로 가라, 가지 마라, 무조건 침착하라 등, 사실상 아무에게도 도움이 안 되는 판에 박힌 행동 지침이었다.

"삼촌은 위성 라디오 가입자인데." 얼리사가 위성 방송으로 채널을 돌리자마자 마이클 잭슨의 「스무드 크리미널」이 고막을 때렸다. 이 순간, 이 장소에 이보다 더 적절한 배경 음악은 없었다. 충동의 대명사 재키가 벌떡 일어나 선루프를 열더니 상체를 위태롭게 내밀고 솟구치는 아드레날린을 만끽했다.

잠시 후 얼리사가 재키의 옷자락을 끌어 앉혔다. "그만해." 그러더니 씩 웃으며 날름 차 지붕 위로 고개를 내밀었다. 재키가 심술난 자매처럼 얼리사를 쿡 찔렀다. 이에 질세라 개릿도 자기 차례라며 나섰다. 공유라. 잠시 잊고 있던 개념이다. 우리가 만약 콩가루 가족이라면, 지금이야말로 하나로 뭉쳐서 기능하는 유일한 순간이리라.

나는 창문을 내려 손을 내밀었다. 두 눈을 감고 손가락 사이사이 스치는 바람을 느꼈다. 차창 밖 세상이 새삼 경이로웠다. 늦은 오후의 뿌연 햇살이 쏟아져 내리며 콘크리트 길 위로 황금 띠를 그렸다……. 그러고 보니 실로 오랜만에 느끼는 자유였다. 집이라 부르던 곳에서 도망친 일도, 교외 지역의 몰락도 그저 꿈 같았다. 지난 24시간은 여전히 생생하지만, 콘크리트 위를 질주하는 이 순간

만큼은 잠시나마 뒤로할 수 있었다. 지금껏 어떤 일이 있었고 앞으로 무슨 일이 벌어지든, 삶은 계속되리라는 신의 귀띔이었다.

그때 헨리가 우리를 현실로 데려왔다. "앞에 갈림길이 있어." 획획대는 바람 소리를 뚫고 헨리가 소리쳤다.

"계속 왼쪽을 유지해." 내가 말했다.

얼리사는 우리가 산이 아닌 바다 쪽, 남서쪽으로 달리고 있다고 지적했다.

"걱정하지 마. 우린 하천계를 따라가니까. 계속 이 지류를 타고 본류까지 가야 해." 내가 말했다.

헨리가 갈림길에서 왼쪽으로 들어섰다.

"본류 강바닥에 이르면 바로 오른쪽으로, 산맥으로 이어지는 길로 빠지면 돼."

평소에 자칭 암기왕이라고 떠들고 다녔는데, 이번이 그 자격을 입증하는 시험이었다. 우리가 있는 곳은 인공미 없이 실제 강바닥처럼 거친 구간이었다. 길은 이내 다시 매끄러운 콘크리트 길로 이어졌다.

다시 갈림목이 나오자 헨리는 바로 오른쪽으로 꺾었다. 계기판의 나침반이 비로소 북쪽을 가리켰다. 이제 수로는 좀 더 넓어졌다. 샌타애나강이다. 아니, 샌타애나강의 흔적이라고 해야 하나? 남부 캘리포니아의 수로들은 모두 절단된 팔다리나 다름없다. 그 자리에 있는 듯하지만 실은 시멘트로 빚어낸 허상일 뿐이다.

지도가 아쉬웠다. 지도상에는 길 안내를 돕는 명소들이 표시돼 있다. 에인절 스타디움, 혼다 센터, 그러고 보니 멀지 않은 곳에 디즈니랜드도 있을 텐데. 지금쯤 그곳엔 어떤 광기가 펼쳐지고 있을까? 작년에 디즈니랜드는 지역 사회를 돕는다는 명분으로 인공 수로를 모조리 비워 냈다. 실상은 약삭빠른 마케팅 전략이었다. 정글 크루즈는 가상 현실 라이드로, 캐리비언의 해적과 스몰 월드는 자기 부상 열차로 탈바꿈했다. 톰 소여의 섬을 둘러싼 못 자리에는 그랜드캐니언랜드가 들어섰다. 혹시 누군가 파란 색소에 새똥으로 오염된 물이라도 마셔 보려고 담장을 넘으려 고민하고 있다면 단단히 헛다리를 짚은 셈이다.

끝없이 뻗은 콘크리트 수로를 따라가노라니 둘로 찢어 벌어진 세상의 틈새를 가로지르는 느낌이었다. 어제의 세상과 내일의 세상, 우린 지금 그 어느 쪽에도 속해 있지 않다. 적어도 나는 그랬다. 내게 의미 있던 모든 것들은 이제 손을 뻗어도 닿지 않는 머나먼 저편에 있다. 형을 떠올렸다. 엄마 아빠를 떠올렸다. 무덤덤했다. 지독한 화상처럼, 한차례 끔찍한 통증이 물러가자 말초 신경이 무뎌진 듯 아무 감각이 없었다. 그저 우리가 알던 세상의 너덜너덜한 틈새가 지금 내 자리로 적격이었다.

틈새 여정은 변화무쌍했다. 어떤 구간은 돌멩이와 나뭇가지, 한때 급류에 휩쓸려 떠내려온 쓰레기들 탓에 속도가 안 났다. 어떤 구간은 미로나 다름없었다. 1.5미터는 돼 보이는 바위들을 피해 거의 기다시피 움직여야 했다. 물의 흐름을 인위적으로 조절하기 위해 불도저로 떠민 바위들이었다. 이쯤 되니 길 자체가 방해물 코스 같았다. 그러나 어떤 것도 우리를 막을 순 없었다.

한 시간쯤 지나자 댐이 나왔다.

"네 머릿속 지도에도 이런 게 있어?" 재키가 물었다.

나는 대답 대신 이렇게 말했다. "댐이라면 분명 진입로가 있을 거야. 중장비가 넘나드는 통로." 댐의 벽을 따라 달리다가 100미터쯤 돌아가니 과연 진입로가 나왔다. 철문은 굳게 닫혀 있었지만 제법 녹이 슬어 있었다.

우리는 무작정 들이받았다. 몇 차례 들이받자 경첩은 금세 헐거워졌다.

재키는 신이 나서 장단을 맞추고 개릿은 싱글벙글했다. 얼리사는 애써 참는 기색이었다. 헨리는 흐트러짐 없이 운전대에서 두 손을 떼지 않았다. 나? 나는 여전히 무감각했다. 철문이 떨어져 나가는 순간에 심박수가 미세하게 올라갔을 뿐이다.

반대편 철문은 열려 있어서 헨리가 재공연을 펼칠 필요는 없었다. 어느새 광활히 펼쳐진 수몰 지구 한복판이었다. 오렌지 카운티에서 리버사이드 카운티로 넘어온 것이다.

슬슬 눈꺼풀이 무거워졌다. 지난 나흘간 제대로 쉬지 못해 몸에 수면 빚을 진 탓이다. 그러고 보니 수분 빚도 만만치 않았다. 무더위에 땀을 잔뜩 흘렸으니까. 마지막으로 마신 물은 이른 아침에 얼리사의 삼촌이 조금 따라 준 게 다였다. 37도의 땡볕에서 체내 수분은 두 배, 세 배로 빠르게 줄어들기 마련이다. 때는 늦은 오후를 지나고 있었다. 해가 지면 좀 나으려나? 그 전에 부디 벙커에 도착하길 바랄 뿐이다.

어디선가 연기 냄새가 났다. 희미하면서도 꾸준히 이어졌다. 뉴스에서 본 산불 중 하나일까? 질 나쁜 공기는 분지에 고이는 경향이 있다.

"여기야? 여기 어디쯤 벙커가 있어?" 헨리가 물었다.

"아직 멀었어. 우린 지금 프라도 댐 홍수 조절 구역에 있어. 세 강이 이쪽으로 흘러드니까…… 맨 왼쪽 수로를 따라가."

"좋았어. 첫 번째 관문 뒤에 뭐가 있는지 가 보자고." 재키가 말했다.

트럭은 먼지 쌓인 벌판 위를 덜컹거리며 나아갔다. 전방에 다시 콘크리트 수로가 나타났다. 샌타애나강보다는 너비가 좁고 양 벽이 일자로 뻗은 수로였다. 배수로에서 흔히 볼 법한 잡동사니로 가득했다. 폐타이어, 녹슨 쇼핑 카트, 어디서 굴러떨어진 듯한 소파 등, 새로운 난코스였다. 우리는 구불구불한 길을 좌우로 비틀대며 나아갔다.

"걸리적거리기가 아주 등받이 쿠션 뒤에 숨은 물건들 같네." 재키가 구시렁댔다. "스케일만 다를 뿐이지."

이곳의 벽화 예술은 한결 다채로웠다. '땡', '홍청망청', '똥명

청이' 등 예술가 저마다의 상징어가 색색으로 눈길을 사로잡았다. 외계어처럼 알아볼 수조차 없는 글자도 많았다. 다른 세계에 들어선 느낌이 한층 짙어졌다.

수로를 탄 지 한 시간쯤 지나자 양 벽을 따라 야영지를 차린 사람들이 보였다. 이번 사태로 흘러들어 온 사람들은 아닌 듯했다. 방수포와 담요를 얼기설기 걸쳐 만든 보금자리가 수십 개는 돼 보였다. 빈민촌이 따로 없었다. 재키가 한 말이 떠올랐다. 그런데 이 세상의 쿠션 뒤에는 물건만 숨어 있는 게 아니다. 사람도 있다.

해가 저물고 그림자가 길어지면서 주변은 땡볕 아래 있을 때보다 한결 음산해졌다. 아무래도 노숙자들은 이곳에 뼈를 묻을 작정으로 보였다. 그렇다면 이들은 『손자병법』을 읽어 보지 않았으리라. 배수로에 진영을 꾸리는 것은 자살행위나 다름없다. 고지대에서는 넓은 시야를 확보할 수 있지만, 저지대에서는 매복한 적군에게 발각되기 쉬우니까. 물론 이들은 적군의 매복 따위를 걱정할 군번이 아니었다.

"속도 줄이지 마." 얼리사가 전방을 주시하며 말했다.

"그럴 생각도 없어." 헨리가 대답했다.

얼리사는 앞만 보며 노숙 진영에 눈길도 주지 않았다. 얼리사답지 않았다. 그러다가 어제 얼리사가 우리 아빠에게 동조했던 일이 떠올랐다. 다 줄 수 없으면 아무것도 주지 말라. 그제야 얼리사가 주위를 둘러보지 않는 이유를 눈치챘다. 얼리사 같은 애는 언제나 문제를 해결하려 한다. '아무것도 주지 말라.'는 얼리사식 해결책이 아니다. 본능을 떨쳐 내기란 쉽지 않은 일이다. 고통스러울지도 모른다. 하지만 어느샌가 동생과 자신이 살려면 마음을 독하게 먹어야 한다는 것을 깨달은 모양이다. 축구장에서나 발휘하던 강경한 태도 말이다. '상대 팀 선수가 넘어져도 손을 내밀지 말라.' 오늘 자 얼리사의 해결책이다.

몇몇 노숙자들이 텐트에서 나와 우리가 지나가는 모습을 멀거니 바라봤다. 그저 바라만 볼 뿐, 트럭을 막아 세우거나 주의를 끌지는 않았다. 경계심이었을 것이다. 자신들에게 해를 끼치지 않는지 확실히 하기 위해서. 다들 피골이 상접하고 누더기 같은 차림새였다. 저들의 이야기는 무엇이며 어쩌다 이곳까지 흘러들어 왔을까? 저들을 걱정하고 저들의 안녕을 바라는 사람이 있을까? 그러다 문득 저들도 같은 호기심으로 우리를 바라보고 있다는 걸 깨달았다.

그곳을 벗어나자 얼리사가 들릴 듯 말 듯 안도의 한숨을 내쉬었다.

"얼마나 더 가?" 헨리가 물었다. 노숙 진영을 떠난 지 사십오 분쯤 지났을 때였다.

땅거미까지는 아니지만 이제 수로는 그늘에 완전히 가렸다. 나는 눈을 가늘게 뜨고 주위를 살폈다. 어두워서 안 보이는 건 둘째 치고 아무런 지표가 없었다.

"그냥 계속 가. 조만간 산등성이 도로가 나올 테니까. 앤젤레스 국유림은 그 길 바로 지나서야."

계기판의 나침반이 북서쪽을 가리키니 맞게 가고 있다는 예감이 들었다. 흔한 굴다리라고 여겼던 터널에 들어서기 전까지는……. 터널이라 여긴 그곳에는 출구가 없었다. 사방이 암흑이었다. 헨리가 브레이크를 밟고 급정거했다.

"전조등 켜!" 얼리사가 소리쳤다.

"못 찾겠어!"

당황한 헨리가 이것저것 눌러 대는 소리가 들렸다. 마침내 전조등을 찾았다. 막 켜는 찰나에, 차창 너머로 티라노사우루스의 눈을 마주할 것만 같았다. 어째서 느닷없이 그런 뜬딴지같은 장면을 떠올렸는지 모르겠지만, 불이 켜지는 순간 나도 모르게 머리털이 쭈뼛 섰다. 물론 터널 안에는 아무것도 없었다. 그냥 배수 도랑이었다. 골이 진 벽에는 마른 이끼가 군데군데 벗겨져 있었다. 전조등은 끝없이 이어진 터널을 비추었다. 그것도 외눈박이 전조등이었다. 한쪽만 멀쩡했다. 잘됐네, 이제 날이 어두워질 텐데.

"이것도 도시 하천 체험의 일부야? 아니면 길을 잃은 거야?" 재키가 빈정거렸다.

"조용히 해 봐. 생각 중이니까."

다시 말하지만, 나도 벙커에는 한두 번 와 본 게 다다. 그것도 정상적인 도로를 타고서. 참, 아빠를 따라 가상으로 답사한 적은 있다. 파워포인트로 아주 세세하게. 하지만 이토록 긴 터널 구간이라면 기억에 남았을 텐데.

"어디선가 잘못 접어들었나 봐." 나는 별수 없이 인정해야 했다. 문제는 어디서 길을 잘못 들었는지를 모른다는 것이었다. 분명 수몰 지구에서는 올바른 수로를 탔다. 하지만 그건 몇 시간 전의 일이다. 여기까지 오면서 무심코 갈림길을 지나쳤을 가능성은 무궁무진했다.

이토록 긴 터널이라면 깊이 들어갈수록 축축하겠지. 혹시 여기 어딘가에 물이 있지 않을까? 그러다 문득 이 부근에 서식하는 다양한 동물들이 생각났다. 물이 오염됐다 해도 이곳에 우글거리고 있을 가능성이 컸다. 그렇다면 사람들도 같은 생각으로 이곳을 배회하고 있지 않을까? 나는 나쁜 생각을 몰아내려 애썼다. 우리가 두려워해야 할 상대는 티라노사우루스가 아니었다. 사람이었다.

"얼른 차 돌려." 내가 말했다.

유턴은 불가능했다. 헨리는 후진 기어를 넣고 트럭을 뒤로 뺐다. 터널을 빠져나오자 바깥은 땅거미가 지고 있었다. 어두운 데다 통로가 좁아서 왔던 길 그대로 계속 후진해야 했다. 희미한 붉은색 미등에 의지한 채 우리는 천천히, 조심스럽게, 뒤쪽으로 나아갔다. 하지만 삼십 분이 넘도록 갈림길은 나오지 않았다.

"아까 그대로 쭉 갔어야 하는 거 아니야? 터널 지나서?" 얼리사가 물었다.

"맞아. 아니, 잘 모르겠어." 나는 결국 솔직히 털어놓았다.

"아까 그 노숙자들한테 신세 좀 지면 어때? 꽤 반겨 주실 텐데." 재키의 빈정거림은 점점 신랄해졌다.

왔던 길을 몇 분 더 되돌아갔을 때 얼리사가 소리쳤다.

"저기 봐! 보여?"

보였다! 우측에 북쪽으로 뻗은 곁가지 도로가 있었다. 입구에 잡목이 무성한 데다가 좌측의 화려한 벽화에 눈길을 뺏겨 무심코 지나쳤던 길이다. 안도감은 이루 말할 수 없었다. 이 길을 찾지 못했다면 어땠을지 생각도 하기 싫었다.

드디어 트럭은 역주행을 벗어나 올바른 길에 안착했다. 하지만 새로운 길에 들어선 지 얼마 지나지 않아, 또다시 갈림길이 나왔다. 이쯤 되니 애초에 맞는 수로를 택했는지 의심이 들었다. 하필 비가 와도 꼭 쏟아진다는 말이 있지 않은가? 이제 내릴 비가 없으니 하늘이 어떻게든 심통을 부리는 듯했다.

때마침 연료 경고등에 불이 들어왔다.

기가 찼다. 달려온 거리가 얼만데 한 번도 기름 생각을 못 했다니. 길을 인도한 내 잘못도 있지만, 이번만큼은 운전자 탓을 안 할 수 없었다.

"어떻게 여태 연료계도 확인 안 했냐?"

"미안한데, 좀 바빴거든!"

"뭘 그렇게 난리야." 재키가 말했다. "좀 전에 차도로 거슬러 가는 길목 있지 않았어?"

"그게 무슨 소용이야? 주유소가 문을 닫았는데. 군사 우회로로 이어질 게 뻔하고." 얼리사가 말했다.

"아직도 모범 시민에서 벗어나지 못하셨네." 재키가 비꼬았다.

얼리사는 어리둥절한 표정이었지만 나는 무슨 말인지 알아들었다. "버려진 차에서 연료를 빼돌리자는 거지?"

재키가 고개를 끄덕였다. "고속 도로 위에 쌔고 쌨을 거야."

27) 얼리사

헨리가 합류한 뒤로 힘의 균형이 크게 달라지긴 했다. 다만 득인지 실인지 감이 안 왔다. 일단 헨리는 자신감이 넘쳤다. 노련한 기사는 아니었지만 운전 중에 한눈을 팔지는 않았다. 헨리가 차 키를 탈환한 덕분에 대피소에서 무사히 빠져나올 수 있었다. 가만 보면 우릴 도우려는 마음은 진심인 듯했다. 그러나 한편으론 우리 삼촌을 포함해 이웃들을 등쳐 먹던 기회주의자가 아니던가. 자기 정체를 속이고 다른 사람 행세를 하기도 했다. 어떤 녀석인지 갈피를 잡을 수 없었다. 게다가 짜증 나게도, 인물이 썩 나쁘지 않았다. 이는 내 판단력을 흐릴 수 있는 요소였다.

차도 진입로까지는 생각보다 좀 더 멀리 돌아가야 했다. 아직 기름이 바닥나지 않아 다행이었다. 가까스로 접어든 콘크리트 길은 너무 좁아서 창밖으로 땅이 내려다보이지 않을 정도였다. 정상을 향해 간다기보다 추락 구간만 늘어나는 느낌이었다. 우측 타이어가 자칫 길을 이탈하면 바닥에 처박힐 때까지 몇 바퀴는 구를 게 뻔했다.

마침내 평지로 올라섰다. 무슨 동네인지 감이 안 왔다. 남부 캘리포니아는 어딜 가나 비슷하다는 사실이 새삼 당혹스러웠다. 분명 우리 동네는 아니지만, 낯설면서도 익숙했다. 낡은 단층 주택 단지를 보면 우리 동네보다 오래된 듯한데, 상점과 식당이 일렬로 늘어선 번화가는 판에 박은 듯했다. 맵고 싸한 공기에 숨이 턱 막혔다. 산불 연기였다. 캘리포니아에서는 이 일대를 인랜드 엠파이어라 부른다. 바람에 실려 온 불순물이 산 아래 갇혀서 늘 스모그가 심하다는 지역. 언젠가 이 동네에서 축구 경기를 뛴 것 같기도 했다. 어쩌면 여기서 100킬로미터쯤 떨어진 다른 판박이 동네일 수도 있고.

우리는 고속 도로 진입로로 향했다. 후진으로 진입하자고 재키가 제안했다. 그래야 어떤 차를 고르든 주유구에 더 가까이 댈 수 있다는 것이었다. 무질서의 세계라면 켈턴이 전문가인데 정작 그 세계를 살아 본 쪽은 재키인 듯했다.

막상 후진할 필요는 없었다. 버려진 차들로 꽉 막혔으리라는 예상과 달리, 진입 차선은 뻥 뚫려 있었다. 생각해 보니 그리 놀랄 일은 아니다. 영구적인 교통마비를 눈치챈 사람들은 더 늦기 전에 차 머리를 돌렸을 테니까. 차를 버리고 떠나는 것만이 유일한 살길이라고 판단하려면 좀 더 깊숙이 엉겨들어야 한다. 과연 텅 빈 고속도로를 50미터쯤 더 가니 버려진 차가 하나둘 모습을 드러냈다. 이내 출구 없이 꽉 막힌 정체 구간이 눈앞에 펼쳐졌다.

차들은 이상한 각도로 서 있거나 아예 반대 방향을 보고 있었다. 차 문은 활짝 열려 있고 차창은 부서졌으며 유아용 카 시트는 지붕 위에 나뒹굴었다. 노란색 통학 버스도 보였다. 해변에서 본 장면과는 결이 다르나, 심란하기는 매한가지였다. 해변이 폭력과 공포로 얼룩졌다면 이곳은 절망과 체념으로 물든 현장이었다. 사람들은 아이들을 양팔에 끼고 옷가지만 챙겨 떠났을 테고, 뒤이어 약탈과 파괴가 이어졌을 것이다. 그 말은 약탈자들이 여전히 이 근방을 배회하거나 워터좀비들이 곳곳에 도사리고 있다는 뜻이었다.

"우선 호스를 찾아야 해." 차에서 내리며 재키가 말했다. 우리는 각자 흩어져서 호스가 있을 만한 차량을 수색했다. 조경 업체 트럭 따위가 반갑게 맞아 줄 리 없었다. 그때 뭔가 감이 왔다. 나는 바질 삼촌의 트럭 화물칸을 확인했다. 온갖 잡다한 물건이 한데 뒤섞여 있었다. 삼촌이 헨리에게 차를 급히 처분하면서 챙기지 못한 잡동사니들이었다. 하도 거칠게 달리느라 뒤죽박죽이 된 물건 속에서 삼촌의 물 담뱃대를 찾아냈다. 엄마가 집 안에 못 들이게 하고 대프니 언니는 꼴도 보기 싫다고 해서 결국 트럭 화물칸에 방치된 1미터 남짓의 물 담배 호스였다. 이번 작업에 쓰기에 너무 짧지 않기를 바랄 뿐이었다.

헨리는 트럭을 정체 구간 끄트머리에 버려진 차 가까이 대고는, 내려서 주유구를 찾았다. 하지만 찾아낼 리 없었다. 전기차였으니까. 가장 먼저 눈치챈 재키가 나를 툭 치더니 턱짓으로 테슬라 로고를 가리켰다. 헨리는 여전히 호스를 꽂을 구멍을 찾아 두리번대고 있었다. 우리는 일심동체로 헨리가 언제 알아차릴지 지켜보기로 했다.

비단 테슬라뿐이 아니라 헨리라는 녀석 자체의 아이러니에 웃음이 나왔다. 온 세상이 말라 가는 줄도 모르고 혼자만의 작은 오아시스에서 살지 않나, 뚜렷한 이유도 없이 자신을 다른 사람으로 착각하게 내버려 두지 않나. 머리는 비상한데 묘하게 세상살이에 어둡달까. 분명 의심쩍은 구석이 있는데, 두 눈을 들여다보면 왠지 믿고 싶어졌다. 헨리도 자기를 믿어 주기 바라는 눈치였다. 우리의 신뢰 자체를 원동력으로 삼는 듯했다. 나도 부디 헨리가 신뢰에 보답하길 바랐다. 가만, 그렇다면 내가 먼저 저 애를 믿어야 한다는 뜻인가? 문득 헨리의 뇌 구조가 궁금했다.

"누가 좀 도와줄래?" 끝내 헨리가 지친 표정으로 물었다.

"아니. 계속 찾아봐."

재키의 조롱 섞인 표정에 헨리는 감을 잡은 듯했다. 그제야 눈을 들어 테슬라 로고를 확인했다.

"그럼 그렇지."

개릿이 깔깔 웃었다. 나도 제멋대로 올라가는 입꼬리를 어쩔 수 없었다.

"즐거웠다니 다행이야." 헨리가 말했다. "내가 베푸는 서비스 중 하나거든."

그때 나는 켈턴의 손에 차 키가 들려 있다는 걸 알아챘다. 애초에 헨리가 우릴 믿고 차에 꽂아 두고 내린 키였다. 켈턴이 헨리에게 차 키를 건넸다. 이제 우릴 싣고 휘발유 차를 찾아 이동하라는 뜻이었다. 하지만 켈턴의 행동은 무언의 의사 표시이기도 했다. 헨리를 향한 불신일까, 위세일까? 둘 다일지도 모른다.

마구 뒤엉킨 차 사이로 연비 나쁜 미니밴 하나를 발견했다. 재키가 먼저 내려 트럭을 인도했다. 헨리는 시동을 끄고 이번에는 차 키를 챙겼다. 하지만 먼저 내린 켈턴이 운전석 문 앞을 떡 가로막았다.

"차 키 줘." 켈턴이 말했다.

헨리는 아등바등 차 문을 열고 내렸다. 켈턴은 물러서지 않았다. 나는 다 같이 힘을 합쳐도 모자랄 판에 괜히 딴지를 거는 켈턴이 영 마음에 안 들었다.

"내가 뭘 어쩌겠어?" 헨리가 따졌다. "차를 몰고 곧장 산으로 갈까 봐? 기름도 없는 데다 길은 네가 아는데?"

하지만 켈턴은 타협할 생각이 없어 보였다.

헨리가 이쪽으로 힐긋 눈길을 던졌다. "좋아." 그러고는 나에게 차 키를 던져 주었다.

켈턴은 면전에서 무시를 당하자 이를 악물었다. 그러더니 내게 키를 넘기라는 눈짓을 했다. 나는 모르는 척했다. 지금 재수 없게 구는 쪽은 켈턴이니까. 나는 키를 내 주머니에 찔러 넣었다. 헨리가 나를 그나마 이성적인 인간으로 본다면, 나쁘지 않지 뭐. 신뢰에 부응해 주지.

다행히 주유구는 굳이 차 문을 따지 않고도 외부에서 수동으로 열 수 있었다.

"좋아. 이제 어떻게 해?" 내가 재키에게 물었다.

"나도 몰라. 맥가이버 씨?" 재키는 켈턴에게 물었다.

"범죄라면 그쪽이 전문이잖아." 켈턴이 어깨를 으쓱했다.

"맥가이버가 누구야?" 개릿이 물었다.

재키는 한숨을 쉬었다. "1980년대 드라마 주인공. 쓰레기로 기똥찬 물건들을 뚝딱 만들어 내는 꽁지머리 아저씨."

하지만 우리 중 누구도 그런 손기술은커녕 꽁지머리조차 없었다. 우리에겐 물 담배 호스가 전부였다. 이제 보니 다들 물 밖의 고기였다. 재키의 길거리 지식도, 켈턴의 생존 기술도 남의 차에서 기름을 빼돌려야 하는 지금의 특수한 상황에서는 아무 쓸모가 없었다.

"내가 아는 바로는 이 호스를 주유구에 끼우고 기름을 빨아들여야 한다는 거야." 내가 말했다. 장님이 장님을 인도하는 격이었다.

입 안 가득 휘발유를 빨아들이길 네 번째, 재키는 결국 호스를 바닥에 내동댕이치며 뒷골목 여왕의 왕좌에서 내려와야 했다. 나는 혹시 재키가 휘발유를 그대로 삼키고픈 충동이 들지는 않았는지 괜히 궁금했다. 그러자 목이 더 말랐다. 나는 잡생각을 떨쳐 냈다.

다들 뭐가 문제인지 한마디씩 거들었다. 하지만 오래전 명맥이 끊긴 이 기술에 대한 지식은 초등학교 때 과학실이나 영화에서 본 게 다였다. 열띤 논의가 이어지는 가운데, 개릿이 보이지 않았다. 그러고 보니 첫 시도 때부터 줄곧 코빼기도 안 보였다.

"개릿?" 내가 소리쳤다.

귀뚜라미 우는 소리, 바람, 그리고 침묵.

나는 트럭 안을 확인했다. 트럭 주위도 확인했다. 테슬라가 있던 곳까지 뛰어가 보았다. 없었다.

"개릿!"

"쉿!" 켈턴이 손을 입에 가져다 댔다. 나도 안다. 이 고요 속, 여자애의 불안한 외침은 상어 떼 앞에서 피 냄새를 풍기는 꼴이겠지. 하지만 어떤 행동이 바람직한지 따질 때가 아니었다. 동생을 찾아야 했다.

나도 모르게 다리가 후들거렸다. 허겁지겁 차량의 바다로 뛰어들었다. 차와 차 사이를 비집고 다니며 개릿의 이름을 애타게 불렀다. 하지만 애써 목소리를 죽이니 안 부르니만 못했다. 머리가 빙글빙글 돌았다. 고속 도로가 죽음의 덫으로 보였다. 안다. 켈턴에게 세뇌를 당한 탓이겠지. 지금 누가 개릿을 위협하고 있다면, 개릿의 안전이 최우선이다. 혼자가 아니라고 몸을 사릴 수는 없다.

저 멀리 어디선가 연기가 피어오르고 있었다. 불이다. 여기저기 산불이 기승을 부리는 줄은 알았지만, 고속 도로 한복판에? 나는 무턱대고 돌진했다. 차 지붕에 기어오르고 미끄러지고 넘어지면서도 속도를 줄이지 않았다. 곧 연기의 정체가 드러났다.

쓰레기통에서 피우는 모닥불이었다. 그 주위로 열 명이 넘는 사람들이 모여 있었다.

그들이 개릿을 데리고 있었다.

개릿은 다섯 살 무렵 동물원 사파리 투어에서 낙오된 적이 있다. 하마터면 기린 발굽에 치일 뻔한 동생을 내가 가까스로 구해 냈다. 여섯 살 때는 마트에서 다른 가족을 따라갔다. 그 집 아이들이 끝내주는 장난감을 가지고 있다는 이유에서였다. 아홉 살 때는 이케아 매장을 싸돌아다니다가 레이싱 카 모양 침대에서 잠이 들기도 했다. 부모님이 놀라서 경찰을 부르기 전에 매장을 이 잡듯이 뒤져 찾아낸 것도 나다. 쇼룸이 너무 안락해서 제집 삼고 싶었다나 뭐라나. 말없이 사라지기는 개릿의 주특기다. 기어코 최악의 시점에 사라져서 사람 속을 뒤집어 놓는다. 하지만 이번에는 화가 나기보다 두려움이 앞섰다. 이미 사람의 탈을 쓴 짐승들을 여럿 보았기 때문이다. 이 모든 사태가 끝나기 전에 더 흉악한 악당을 마주치리라는 불길한 예감이 들었다.

개릿은 낯선 이들에게 둘러싸여 있었다. 문득 켈턴의 집을 습격했던 약탈자들이 떠올랐다. 나는 그들의 얼굴을 살피며 상황을 읽으려고 했다. 연령대가 다양했다. 개릿이 나를 발견하고 빙그레 웃었다.

"저기 오네요. 우리 누나예요."

심장은 여전히 경보음을 울렸다. 머리가 지끈거렸다. 기운을 한껏 끌어다 써서 살짝 어지러웠다. 수분이 부족한 탓이었다. 나는 조심스레 다가갔다. 한 여자가 앞으로 나왔다. 구불거리는 백발에, 안색이 부드러웠다. 두 눈이 심상치 않게 빛났다. 알고 보니 이글거리는 불이 비추고 있었다.

"어서 오렴."

"개릿, 가자." 내가 지시했다.

"괜찮아, 누나. 기름 담을 양동이를 찾아 헤매고 있는데, 이분들이 날 발견했어." 개릿이 내 쪽으로 걸어오며 말했다.

나는 경계를 살짝 풀었다.

"네가 얼리사로구나." 그녀가 상냥하게 말했다.

"누구세요?" 나는 날이 선 목소리를 숨길 수 없었다.

그때 꼬마 여자애 하나가 끼어들었다. 접힌 이불을 안아 들고 있었다. "우리는 물의 수호자라고 하는데."

백발의 여자는 온화하게 웃었다. "오, 그만두렴. 내 이름은 채리티란다. 분에 넘치게 사랑스러운 이름이지만."

마음이 조금 놓인 나는 그녀를 자세히 뜯어보았다. 우리 할머니랑 비슷한 연배로 보였다. 한 일흔 살쯤? 그런데 반듯한 자세와 날카로운 눈빛 때문일까, 훨씬 팔팔해 보였다.

재키와 켈턴, 헨리가 곧 따라붙었다. 하지만 멀찍이 서서 상황이 돌아가는 낌새를 파악하는 눈치였다.

"여긴 우리 거처라고 봐도 무방해." 채리티가 말했다. "당분간이지만."

주위를 둘러보니 모닥불은 하나가 아니었다. 차로 가득한 도로 위에 별자리처럼 듬성듬성 불빛이 피어올랐다. 아까 본 노숙 진영과는 생판 다른 분위기였다. 온갖 다양한 사람들이 이곳에 발이 묶인 김에 위기가 지나갈 때까지 의기투합하기로 한 모양이었다.

켈턴이 머리를 흔들었다. "하지만 여긴 완전히 노출된 곳이잖아요. 위험하지 않아요?"

"때로는." 채리티가 말했다. "하지만 다 함께 안전하게 지낼 방도를 찾아냈지. 목도 축이고."

마지막 말에 다들 솔깃했다.

"여기 물이 있어요?" 재키가 대뜸 다가서며 물었다.

"물은 사방에 널렸단다. 잘 찾는 게 관건이지." 채리티는 희미한 미소를 띤 채 우리를 훑어보았다. 꼬질꼬질한 행색을 보고 우리의 몸과 마음이 얼마나 고단한지 파악한 듯했다. "우리와 함께 지내는 게 어떠니?" 채리티는 내가 머뭇거리자 덧붙였다. "네 동생은 여기가 꽤 마음에 드는 눈친데."

"여기 괜찮아 보여. 안전……스럽잖아." 개릿이 말했다.

'안전스러움'은 현재 우리가 누릴 수 있는 최고의 혜택이었다. 하지만 역시 켈턴은 못 미더운 기색이었다. "저희는 목적지가 따로 있어요." 켈턴이 말했다.

"그럼 오늘 밤만 자고 가든지. 시간이 너무 늦었잖니. 아침에 출발하렴." 채리티는 잘 생각해 보라며 모닥불로 돌아갔다.

헨리가 먼저 입을 열었다. "난 여기 머문다에 한 표. 발도 뻗고, 목도 축이고."

"우리에겐 아구아비바 한 상자가 있잖아." 나는 말하면서 아차 싶었다. 트럭 화물칸에 그냥 버려두고 온 것이다. "트럭 앞자리에 물을 숨겨 놓고 잠시 여기 있는 게 어때? 게다가 저 사람들이라면 기름 넣는 걸 도와줄 수도 있잖아. 그러고 나서 떠나는 거야."

"어디로? 또 저 망할 송수로로 돌아가서 길을 잃자고?" 헨리가 따졌다.

"이제 길 잃을 리 없어. 벙커까지는 얼마 남지도 않았고." 켈턴이 반박했다.

재키가 중재에 나섰다. "수로는 해가 있어야 이동하기 훨씬 수월해. 맞지? 그러니까 물의 수호자의 초대를 수락해서 오늘 밤만 여기서 보내자. 이 소규모 추종 집단에 아예 합류하자는 것도 아니잖아."

다들 재키의 말에 동의했다. 사람이든 사물이든 불신하고 보는 켈턴마저도.

나는 애들을 두고 홀로 채리티를 찾아갔다. 그녀는 물을 끓이고 있었다. 수증기로 증류수를 모으려는 모양이었다. "좋아요. 하룻밤만 신세 좀 질게요. 그런데 차에서 기름 빼는 것 좀 도와주실 수 있을까요?"

"물론이지. 우리가 어떻게 이 큰 모닥불을 피웠겠니?" 채리티가 윙크하며 말했다.

"그리고, 그 물, 식으면 좀 얻어 마실 수 있나요?" 재키가 내 옆에 다가와 물었다.

채리티는 대답 없이 몇 발짝 다가와 재키의 얼굴을 물끄러미 들여다보았다. 그러고는 갑자기 재키의 손등을 꼬집었다.

"아오! 뭐예요?"

"미안. 아직은 물을 못 주겠구나. 아직 피부에 탄력이 있는 걸 보니 그리 심각한 상태가 아니야."

"정확히 짚으셨네." 켈턴이 거들었다. 재키가 입 모양으로 '배신자.'라고 말하며 켈턴에게 눈을 흘겼다.

개릿은 또래 아이 하나랑 앉아서 얘기하고 있었다. 채리티는 개릿 쪽을 힐긋 보고는 우리에게 말했다. "갈증이 얼마나 괴로운지 안다. 그래도 양심상 물이 더 간절한 사람을 두고 너희를 먼저 챙겨 줄 순 없어. 그 대신 먹을 것 좀 줄게."

먹을 것! 그제야 얼마나 굶주렸는지 깨달았다. 위가 쪼그라들다 못해 내장을 갉아 먹는 느낌이었다. 하지만 먹을 것이 주어진다 해도 입 안이 바싹 말라서 씹어 넘길 엄두가 안 났다. 물을 삼키는 상상만으로도 목구멍이 따끔거렸다. 그보다 느낌이 싸했다. 갈증이 이 지경인데도 물을 못 마신다면 대체 상태가 얼마나 나빠야 물을 마실 자격을 얻는단 말인가?

"일단 차 문제부터 해결하고 나서 쉴 자리와 먹을 것을 좀 챙겨 주마." 물의 수호자는 모닥불 주위에서 카드 게임을 하는 남자들을 향해 말했다.

"맥스, 얘네 좀 도와줄 수 있어? 휘발유가 좀 필요하다는데."

"그럼요." 한 남자가 일어섰다. 몸집이 우락부락한 사내였다. 폭주족 우두머리처럼 발끝까지 가죽옷 차림이었다. 첫인상에 살짝 움찔했지만, 지난 일을 돌이켜 보면 겉모습 따위에 지레 겁먹을 필요가 없었다. 외모가 어떻든 차림새가 어떻든, 오늘날 사람의 행동을 결정짓는 요소는 다름 아닌 물이었다. 과거의 나였다면 이 남자를 믿지 않았을 것이다. 하지만 지금, 여기서는 그럴 이유가 없었다. 그는 워터좀비가 아니었으니까, 아직은.

잠시나마 이들의 의도를 오해해서 조금 미안했다.

"다만, 조건이 있어. 다들 조금이라도 일손을 도와야 해." 채리티가 말했다. "우린 곧 쓸 만한 물건을 구하러 상행선을 수색할 예정인데, 몇 명이 힘을 좀 보태 주렴. 맥스가 너희 차를 손보는 동안."

"제가 갈게요." 헨리가 나섰다.

"저도요." 개릿이 헨리를 따라 냉큼 자원했다.

나도 본능적으로 따라나설 뻔했다. 개릿이 또 사라지거나 곤경에 처하지 않는지 감시하려고. 하지만 마음을 고쳐먹었다. 요 며칠 개릿은 딱히 말썽을 부리지 않았다. 한발 멀리 떨어져서 믿어 줘도 괜찮지 않을까? 동생이 좀 더 쓸모 있는 존재가 되고자 하는데 누나가 가로막아서야 되겠는가? 나는 과감히 누나 보호막을 내려놓고 개릿에게 채리티를 잘 따르라고 일렀다. 그러고는 재키, 켈턴과 함께 덩치 좋은 폭주족 아저씨를 따라갔다.

맥스는 흰 소형 트럭에서 빨간 플라스틱 기름통과 정원용 호스를 꺼냈다. 우리끼리 그토록 찾아 헤맬 때는 안 보이던 호스였다.

"차에 든 휘발유를 주유구에서 다른 주유구로 직접 뽑아내기는 어려워. 먼저 호스를 수직으로 두고 이런 기름통에다 뽑아내는 거야. 중력의 원리지."

"중력의 원리라……." 켈턴은 자신에게 실망한 기색이 역력했다. 그 원리를 알아차린 쪽은 오히려 개릿이었다. 본능적으로 양동이를 구하러 돌아다녔으니까. 오늘은 각자 한 번씩 자신의 멍청함을 되새기는 날이다.

우리는 차량 사이를 지그재그로 이동하며 삼촌의 트럭으로 향했다. 몸이 천근만근이었다. 한 발 한 발 뗄수록 점점 무거워졌다. 숨기려 해도 우리의 고단함은 티가 나는 모양이었다. "자." 맥스는 주머니에서 작은 과자 봉지를 꺼내 건넸다.

"초코파이야. 지금 우리의 주식이지."

"고마워요." 재키는 날름 봉지를 뜯어 초콜릿과 마시멜로가 어우러진 파이를 한 입 깨물었다. 마른입으로 힘겹게 우물거리다가 하나뿐이라는 걸 깨닫고 마지못해 남은 걸 둘로 쪼개 나와 켈턴에게 건넸다.

"맛있게 먹어. 이틀 전에 트럭째 발견했거든. 몇 년 전인가, 유람선 한 대가 좌초된 일 혹시 아니? 그때 긴급 식량으로 스팸이랑 냉동 페이스트리를 상공에서 투하했는데, 너희들은 어떨지 모르겠다만 개인적으로는 초코파이가 훨씬 나아."

"그럼 여기서 이틀이나 계셨어요?" 내가 물었다.

"사흘." 맥스가 말했다. "단수 이틀 뒤에 고속 도로를 탔다가 꼼짝없이 갇혔지. 애초에 남들보다 상태가 안 좋았어. 혈압약 때문에 경주마처럼 땀을 흘렸거든. 탈수 증세가 심각한데 물은 한 방울도 구할 수 없어서 결국 쓰러지고 말았어. 그때 물의 수호자가 날 발견하고 살려 낸 거야. 기력을 회복하고 나서는 줄곧 채리티를 따라다녔지. 어느새 수십 명이 함께 일하며 서로 돌봐 주게 되었단다."

"무슨 공동체 같네요." 켈턴이 말했다.

"뭐 그런 식으로 발전한 셈이지. 다들 각자 능력껏 한몫하니까. 알고 보니 나도 꽤 쓸모가 있더라고." 맥스가 뿌듯하게 웃었다.

"저희에겐 생명의 은인이세요." 내가 말했다.

"과찬이야. 진짜 의사도 있는걸." 맥스는 호탕하게 웃었다. "수색조는 쓸 만한 물건을 찾지. 어제는 새 이불과 베개를 반쯤 실은 트럭을 발견했어."

생각만 해도 푹신한 내 침대가 그리웠다.

"경비조는 교대로 24시간 주변을 감시하고. 네 동생도 그들이 찾았지."

트럭에 도착했다. 다행히 아구아비바 상자는 화물칸에 그대로 있었다. 맥스는 근처 현대자동차에서 휘발유 배출 작업에 착수했다. 내가 맥스의 주의를 붙들고 있는 동안, 켈턴과 재키가 아구아비바를 트럭 뒷좌석에 옮겨 싣고 문을 잠갔다. 내 물이 아니기에 양심은 그나마 덜 찔렸다. 그래도 물의 수호자에게 물을 숨기자니 마음 한구석이 거북했다. 나는 죄책감을 떨치기로 했다. 오늘 나쁜 사람이 되었다면, 내일 만회하면 된다.

재키와 켈턴은 그 자리에서 상자를 뜯어 버리고 싶은 욕구를 애써 눌렀을 것이다. 나도 그랬으니까. 하지만 채리티의 말마따나 우리는 그렇게 절망적인 상태가 아니다. 켈턴도 비상용은 비상용이라고 귀에 못이 박히게 강조했고. 어차피 절망적인 지점도 그리 머지않았으리라.

28) 헨리

노인들은 대체로 괴팍하거나 지혜롭거나 둘 중 하나다. 그건 각자가 살아온 경험, 쌓아 온 나이는 물론이요, 유전적 요소와 삶의 굴곡 등을 대입해 복합적인 방정식으로 산출된다. 물의 수호자는 지혜로운 쪽이었다. 심지어 나이에 비해 명철해 보였다. 채리티는 단순하면서도 기가 막힌 방식으로 물을 찾아냈다. 보통은 쉽게 생각해 내지 못하는 탓에 내내 코밑에 두고서도 허망하게 죽음을 맞을 수 있는 그런 물.

자동차 워셔액이다.

정확히 말하면 워셔액 자체가 아니라 그 액체가 담긴 통이었다. 워셔액을 안 넣는 차는 없다. 일반적으로는 파란색 유독성 세정제로 채우기 마련이지만, 어쩌다 한 번씩 돈 주고 사기 귀찮아 물을 채우는 사람도 있다. 하층민의 게으른 꼼수가 오늘날 우리를 구할지 누가 알았겠는가? 비록 그 물을 나눠 줄 의사가 없다 해도 요령을 터득한 것으로 족했다. 굶주린 자에게 물고기 대신 낚싯대를 쥐여 주라고 하지 않았던가. 물론 우리 트럭은 물도, 워셔액도 없었다. 아까 앞 유리에 붙은 벌레들을 씻어 내려다가 알았다.

우리는 상행선 차량을 수색하기 위해 2인 1조로 투입되었다. 근처는 이미 싹 털렸기에 400미터쯤 떨어진 곳까지 갔다. 동행한 이들은 이십 대 배불뚝이 일란성 쌍둥이, 쉴 새 없이 구시렁대는 엄마와 입을 닫아 버린 아이, 결혼한 지 수십 년이 지나 서로 쏙 빼닮은 중년 부부까지 각양각색이었다. 각 조는 배낭, 손전등, 옷걸이, 쇠지레를 나눠 받았다. 차들은 대개 잠겨 있고, 보닛은 저절로 열릴 리 없었다. 옷걸이로 쑤셔 열든지, 여의치 않으면 쇠지레로 창문을 깨부숴야 했다.

"재물 손괴죄는 이제 의미가 없단다." 떠나기 전 채러티가 말했다. "어차피 사태가 마무리되면 고속 도로를 뚫는답시고 불도저로 싹 밀어 버릴 테니까."

지침대로라면 집단에 이익이 될 만한 품목을 찾아야 했지만, 나는 역시 좀 더 다양한 가치를 지닌 물건들에 끌렸다.

사람들이 도로를 탈출하는 과정에서 일어난 현상은 실로 흥미로웠다. 시장 붕괴나 다름없는 가치 격변 현상이었다. 외부 사건이 군중 심리와 결합해 맺은 결실이랄까. 물론 당사자들에겐 과실이었겠지만. 생존이 유일한 목표이다 보니 생존과 직결되지 않는 귀중품은 뒷전으로 밀려났다. 시계, 보석, 현금 등, 컵 홀더나 수납함에서 뭐가 튀어나올지 몰랐다. 일부러 두고 갈 생각은 아니었으나 목숨이 경각에 달린 상황에서 미처 깜빡한 것들이었다. 물론 차들 대부분이 쓰레기뿐이었지만, 예상치 못한 수확도 있었다. 어차피 버려질 바에야.

"여기 좀 봐." 개릿이 한 차량의 뒤쪽 창문을 들여다보며 말했다. 개릿이 가리킨 것은 뒷좌석의 기저귀 한 팩이었다. "아까 모닥불 근처에 아기를 업은 분이 있더라고."

"좋은 생각이야." 내가 칭찬했다. 가치에는 여러 형태가 있으니까. "그분도 고마워할걸." 게다가 오늘날 기저귀가 꼭 아기에게만 필수품은 아니다.

차 문은 역시 잠겨 있었다. 옷걸이로 몇 차례 시도했지만 유독 가망이 없는 느낌이었다.

"아무래도 창문을 부숴야 할 듯싶은데." 내가 말했다.

개릿이 의미심장한 미소로 화답했다. 장난기 가득한 미소였다. 그 사이로 어린아이의 억눌린 파괴 본능이 엿보였다. 나도 겪어 봐서 안다. 뭔가 마음껏 부수고 싶은데 단 한 번도 허락받지 못했겠지. 따지고 보면 나중에 커서 심리 치료를 받으러 다니느라 고생하느니 몇 년 묵은 체증을 한 방에 해소하는 편이 낫지 않을까.

내가 쇠지레를 건넸다. "네가 해."

개릿은 살짝 긴장한 얼굴이었다. "진짜?"

나는 어깨를 으쓱했다. "채리티도 달리 방법이 없다면 그렇게 하라고 했잖아. 자, 어서."

개릿은 쇠지레를 받아 들고 히죽 웃었다. 그리고 창문을 향해 휘둘렀다. 창유리는 일격에 박살 났다. 와장창 소리까지는 아니고,

전구가 팍 나가는 소리와 비슷했다. 안전유리 알갱이가 후두두 떨어졌다. 솔직히 좀 놀랐다. 대체 힘을 얼마나 줬길래. 첫 방은 소심할 줄 알았더니만.

"잘했어! 다른 차도 해 봐." 내가 부추겼다.

개릿은 주저 없이 옆 차로 가서 다시 한번 쇠지레를 휘둘렀다.

"이제 내 차례야." 내가 말했다. 낯익은 메르세데스가 눈에 들어왔다. 우리 옆집 차와 똑같은 차종이었다. 우리 집 옹벽이 자기네 땅을 5센티미터 침범했다며 고소한 재수 없는 이웃. 보닛에 달린 엠블럼을 조준하고 쇠지레를 힘껏 휘둘렀다. 골프공처럼 날아가리라 기대했는데 웬걸, 오뚝이처럼 넘어졌다가 발딱 일어났다. 젠장. 메르세데스 엠블럼은 원래 그렇다는 걸 깜빡했다. 세차할 때 떨어져 나가지 않도록 고안된 것이다. 미련스레 다시 한번 휘둘렀다. 역시나 헛손질이었다. 개릿이 까르르 웃었다.

"이 차가 형을 놀리네!"

"오, 그래? 어디 맛 좀 봐라." 나는 사이드 미러를 박살 냈다.

그때 갑자기 쌍둥이 중 하나가 느릿느릿 다가오며 소리쳤다. "어이! 물 찾으라고 했잖아!"

"아무래도 안 열리길래 창문을 부숴야 했어요." 내가 대답했다.

그가 덜렁거리는 사이드 미러를 가리켰다. "저건 창문이 아니잖아."

"빗나갔죠, 뭐."

개릿이 숨죽여 낄낄거렸다. 쌍둥이 하나가 눈을 부라렸다. "임무에 집중해!" 그는 느릿느릿 돌아갔다. 다른 쌍둥이 한쪽은 오 분째 뷰익과 씨름하고 있었다.

고개를 돌리자 개릿이 씩 웃으며 나를 쳐다봤다. 가만 보니 자기 누나를 바라보는 눈빛과 사뭇 달랐다. 하긴, 이 친구의 인생에서 누가 형 노릇을 해 주었겠는가. 나는 의도치 않게 특별한 자격을 등에 업은 느낌이었다.

나는 차에 기대 짐짓 무심하게 말했다. "방금 한 짓을 네 누나가 알면 날 죽이려 들겠지."

"누가 알겠어?" 개릿이 다시 쇠지레에 손을 뻗었다. 하지만 나는 형다운 도리로 쇠지레를 멀찍이 들어 올렸다. 오늘은 여기까지라고 선을 긋는 몸짓이었다.

"얼리사가 아직도 너를 애처럼 대하다니 이해가 안 가. 알고 보면 네가 우리의 아이디어 뱅크인데."

개릿의 눈이 살짝 커졌다. "그렇게 생각해?"

"장난해? 네가 아니었다면 어떻게 수로를 찾았겠어? 게다가 이 무리를 발견한 것도 너고. 덕분에 안전한 곳에서 밤을 보낼 수 있잖아."

"그건 그래."

"누구나 타고난 능력이 있어. 네 능력은 우리가 못 보는 것들을 보는 능력이야."

빈말은 아니었다. 개릿은 살짝 감격한 눈치였다. 다른 애들은 물론 본인마저 몰랐던 점을 내가 알아본 것이다. 뜻밖의 유대감이었다. 분명 어딘가 써먹을 수 있는……

"또 뭐 없어? 너에게만 보이는 거?" 내가 부추겼다.

개릿은 잠시 곰곰이 생각하더니 입을 열었다. "음, 난 재키 누나가 그렇게 나쁜 사람은 아니라고 봐. 우리 누나가 경계하는 것만큼."

"그래? 왜 그렇게 생각하는데?"

"뭐랄까, 축구 상대 팀 선수를 대하는 느낌이야. 우리 누나는 위협적인 상대에게 일부러 사납게 구는 경향이 있거든. 애초에 미워하기로 작정했달까. 장담하는데 그것만 아니면 벌써 친구가 되었을걸."

예리한 관찰이다. 유용하기도 하고. 둘을 이대로 반목하게 두면 한쪽은 내게 등 돌릴 일 없겠지. 적어도 얼리사는. 대피소에서 따돌릴 뻔한 일로 재키를 내 편으로 만들기는 어렵겠다 싶었는데, 이제 보니 꼭 그럴 필요도 없었다. "켈턴은 어때?" 내가 물었다.

개릿이 깔깔 웃었다. "우리 누나랑 한차에 탄 것만으로 감사할걸. 그 형은 옛날부터 우리 누나를 짝사랑했거든."

"말도 안 돼!" 나는 일부러 놀란 척했다.

"진짜야. 초등학생 때는 툭하면 우리 집 마당으로 공을 넘기고, 8학년 때는 드론으로 염탐하다가 나한테 걸린 적도 있어. 누나한테 말하지 말라며 10달러나 쥐여 줬다니까!"

비록 내가 노리던 정보는 아니었지만, 부츠 한 짝을 발견했으면 그 안에서 뭐가 나올지는 들여다봐야 한다.

"어떻게 염탐했는데?" 내가 물었다.

개릿은 기저귀 팩 위에 걸터앉아 작은 이야기보따리를 풀었다.

한 시간쯤 지나서 우리는 모닥불로 돌아가 무리에 합류했다. 남들처럼 물 담긴 워셔액 통은 구하지 못했지만, 빈손으로 돌아가지는 않았다. 소량의 진통제, 충전 완료된 블루투스 스피커, 쌍안경, 그리고 기저귀까지.

채리티가 돌아다니며 누구에게 물이 가장 시급한지 추려 냈다. 우리는 경계 초소 근처에 늘어선 차를 한 대씩 배정받았다. 뒷좌석에 이부자리가 깔려 있고 베개마다 초코파이가 놓여 있었다. 호텔 서비스가 부럽지 않았다.

"좋겠네, 개릿. 너 옛날부터 자동차 침대 갖고 싶어 했잖아." 얼리사가 말했다.

개릿은 골난 표정으로 답했다.

재키는 초코파이를 집어 들었다. 이번에는 바나나 맛이었다. "물도 없이 이걸 어떻게 소화하라고? 자다가 목이 타서 죽으면 어떡해?"

"사람은 갈증으로 그리 쉽게 죽지 않아." 켈턴이 말했다. "기운이 조금씩 빠져나가다가 다 없어질 때쯤 갑자기 힘이 불끈 솟는다더라. 몸의 마지막 발악인 셈이지. 그렇게 최후의 기력마저 소진하면 그때 비로소 죽는 거야."

"티엠아이*야, 켈턴. 티엠아이라고." 재키가 치를 떨었다.

잠자리에 들 시간이지만 너무 피곤해서 도리어 잠이 안 왔다. 열대야도 한몫했다. 우리 중 누구도 이 더위에 솔솔 잠이 오길 기대하지 않았다. 체감 온도는 낮보다 고작 몇 도 떨어졌을 뿐이다. 나는 교복 재킷을 벗어 무릎 위에 얹어 놓았다. 통기성이 좀 더 우수한 옷감을 쓸 순 없었나.

어느새 우리는 차량 사이 빈터에 삼삼오오 모여들었다. 모닥불은 진작 꺼졌고 다들 달빛 아래 형태만 푸르스름하게 빛났다.

"아직도 이해가 안 가." 재키가 말했다. "이 사람들은 어떻게 서로 안 싸우지? 여태껏 우리가 봤던 그림이랑은 다르잖아."

"자체적으로 시스템을 마련한 거지. 아무나 못 하는 일이야." 얼리사가 말했다.

나는 이들을 깨우칠 필요를 느꼈다. "공산주의는 이론적으로만 가능해. 물론 인간의 본성을 간과한 이론이지. 여기도 분명 오래가진 못할 거야."

----

*투 머치 인포메이션(too much information)의 머리글자를 따온 말로, 굳이 알 필요가 없거나 지나치게 많은 정보를 이른다.

"오래갈 필요가 있어? 그 전에 사태가 진정될 텐데." 얼리사가 지적했다.

"조만간 치고받고 싸우겠지. 다들 그러니까." 재키가 말했다.

얼리사는 재키를 향해 눈을 흘겼다. "그쪽 같은 사람들이나 그러겠지."

"오, 그러는 너희 동네 사람들은 좀 다르디? 이들처럼 선량하고 정직해서 서로 물어뜯었냐?"

개릿이 나를 보며 고개를 설레설레 저었다. 과연 재키와 얼리사는 물과 기름이었다.

"인간은 악해." 켈턴도 한마디 거들었다. "과거에도 그랬고, 앞으로도 그럴 거야."

"난 그렇게 생각 안 해." 얼리사가 반박했다. "생사가 달렸다면 누구나 못 할 일이 없지만, 평상시에는 다르니까."

"그럴 수도 있고, 아닐 수도 있어. 본성이 구린데 건전한 척하는 사람도 있고."

켈턴은 그 말을 하며 나를 바라봤다. 고의가 아닐지도 모르지만 그래도 울컥했다.

재키가 잔망스레 무릎을 들썩거렸다. "이야, 우리 좀 봐. 철학적 난제에 부딪혔네. 홉스 대 루소의 논쟁이 따로 없잖아?"

재키의 말에 허를 찔린 기분이었다. 왜냐고? 실은 홉스와 루소가 누군지 잘 모르니까……. 다만 모르는 것과 모른다고 인정하는 것은 별개의 문제다.

"그래, 그렇게 볼 수도 있지." 내가 말했다. "근데 난 둘 다 아니라고 봐. 인간은 명사고 행동은 동사야. 사과랑 오렌지만큼 다르다고."

"땡땡땡! 마키아벨리 등판!" 재키가 쇼 진행자처럼 법석을 떨었다. 그리고는, 뜬금없이 철학자를 소환했던 것처럼, 난데없이 총을 꺼내 들었다. 진짜, 빌어먹을, 총을.

다들 펄쩍 뛰었다. 가장 놀란 건 나였다. 여태 총을 지니고 있었어? 그럼 오늘 뒷좌석에서 내 뒤통수를 내내 주시하면서 몇 번이나 방아쇠를 당기고 싶었을까? 그것도 모르고 비비탄총을 들이민 나는?

"젠장, 내 총 저리 안 치워?" 켈턴의 말은 점입가경이었다. 방금 자기 총이라고 한 거야?

재키는 켈턴을 무시하고 총을 요리조리 감상했다. 묘하게 흥분한 기색이었다. "자, 말해 봐, 헨리. 내가 이 총알로 네 두개골을 터뜨려서 켈턴이 네 뇌를 흠뻑 뒤집어쓴다면, 나는 과연 명사일까, 동사일까?"

"재키, 딴 사람이 보기 전에 그 총 집어넣어!" 얼리사가 으르렁거렸다.

재키는 오히려 즐기는 듯했다. 고삐가 풀려도 단단히 풀린 여자다. 얼리사가 왜 재키를 위협으로 간주하는지 이해가 갔다. 실제로 위협 덩어리니까.

"자, 어서, 헨리. 괜히 토론 팀 주장인 척 행세했어?" 재키는 나에게 총구를 겨누었다. "나와 내 행동이 별개라는 타당한 이유를 대 봐. 지금 내가 나쁜 짓을 한다고 해서 나쁜 사람은 아니라고 말할 수 있어?"

가만, 안전장치는 잠겨 있나? 젠장, 실은 안전장치가 뭔지도 몰랐다. 나는 까무러치기 일보 직전이었지만 내색하지 않으려고 일부러 속사포로 말을 쏟아 냈다. "지금 그쪽이 좋은 사람이다, 나쁜 사람이다 한쪽으로 규정할 수 없어. 그런 개념은 주관적이고 유동적이니까. 게다가 지금 날 죽이는 행위가 옳은지 아닌지에 따라 바뀔 수도 있어. 하지만 옳지 않아, 절대로!"

재키는 그대로 멈췄다. 다들 꼼짝하지 않았다. 괜히 끼어들어 오발 사고를 낼까 봐. 마침내 재키는 팔을 내리고는 총을 다시 허리춤에 쑤셔 넣었다. "아, 재미없어."

재키는 초코파이를 한입 가득 베어 물고 우물거리며 말했다. "하여간 너넨 순 겁쟁이들이라니까. 약실에 총알도 없는데. 아니다…… 있었나?"

명심할 것 하나. 이로써 우리 다섯 가운데 둘은 사이코패스다. 내가 권력을 거머쥐면 얼리사와 개릿은 내 보호 아래 두고 둘은 마땅히 제거해야 한다.

29) 얼리사

임시 침대에 누웠다. 눈을 뜨고 있어도 뜬 것 같지 않았다. 깨어 있을 기운도, 잠들 기운도 없었다. 하염없이 뒤척거리며 의식과 무의식 사이를 줄타기하듯 아슬아슬 오갔다. 망령 같은 이미지가 꼬리에 꼬리를 물고 이어졌다. 재키, 총, 부모님, 켈턴네 집을 약탈한 이웃들, 고속 도로의 무법자들…… 이미지는 점차 악몽으로 번졌다. 축구팀 할리의 엄마는 키가 집채만큼 커져서 사람들을 위협해 물을 빼앗았다. 어느덧 사방에 붉은 피가 비처럼 내리기 시작했다. 킹스턴이 그 핏물에 코를 박고 핥아 댔다. 빗소리는 유리창을 때리듯 점차 거세졌다…… 화들짝 눈을 떴다. 밖에서 헨리가 반쯤 열린 차창을 두드리고 있었다. 밖은 아직 캄캄했다. 아직 한밤중인지 이미 해 뜰 무렵인지 분간이 안 갔다.

"잠꼬대하더라. 내 차까지 들리더라고."

"아, 미안." 솔직히 말하면 깨워 줘서 고마웠다. 암만 피곤해도 환각에 시달리는 것보다는 나았다. 나는 차 문을 열고 나가 팔다리를 쭉 폈다.

"눈 오는 거 알아?"

"뭐?"

진짜였다. 눈송이가 소복소복 내려앉고 있었다. 하지만 바깥 기온은 32도에 가까웠다. 세상이 미쳐 돌아가는 게 분명했다.

"혀는 내밀지 마. 생각처럼 달콤하진 않을 거야."

나는 눈송이 하나를 잡아 손가락으로 비볐다. 눈이 아니라 재였다.

"산불 규모가 제법 커진 모양이야." 헨리가 말했다. "한참 동쪽이긴 해도 샌타애나 강풍에 실려 재가 여기까지 온 거야."

주위를 둘러보니 어느새 차 지붕마다 뿌연 재가 쌓이고 있었다.

우리는 캐딜락에 기대어 잿빛 눈송이가 내려앉는 풍경을 잠자코 바라보았다.

"너무 조용해. 근처에 아무것도 없는 느낌이야." 내가 말했다.

"사람들이 있겠지."

"사람들은 괴물이 되기도 해. 행동이 어떻든 본성이 어떻든 상관없이."

내 말에 헨리는 어쩌겠냐는 듯 어깨를 으쓱했다. 타고난 바탕이 의연한 건지, 날 위해 일부러 그런 척하는 건지 궁금했다. "살아남기 위해 더러는 괴물이 돼야 할 때도 있어." 헨리가 말했다.

나는 무심코 도리질을 치다 골이 울려 미간을 찌푸렸다. "난 그런 괴물은 못 돼. 아니, 안 돼."

헨리는 말없이 손바닥 위에 안착한 '눈송이'를 물끄러미 바라보았다. "사과하고 싶어. 이 재킷 주인인 척한 것. 근데 상황이 정신없이 돌아가다 보니 말할 기회를 놓쳤어."

변명은 궁색해도 사과는 사과였다. 노력이 가상해 눈감아 주기로 했다. 어리석은 판단일지는 몰라도 이왕 믿어 주기로 했으니까.

"이해는 해. 세상이 이토록 모질고 흉흉하게 변했는데, 누가 평소처럼 행동하겠어."

헨리가 씩 웃었다. "넌 정말 너그러운 애야." 진심을 담은 미소였다. 나도 모르게 시선을 피했다. 혹여나 창백한 달빛 아래 달아오른 두 뺨이 티가 나진 않았을까.

"글쎄, 난 그냥 뒤끝이 없을 뿐이야." 사실대로 말하면 뒤끝이 상당히 긴 편이다. 다만 요즘 같은 때는 그마저도 귀한 에너지를 축내는 일이다.

"아니야. 넌 진짜 이해심이 넓어. 너희 삼촌 차 일로 껄끄러울 텐데 날 받아 주고, 재키가 재키답게 굴어도 참아 주고. 심지어 켈턴은 그 옛날 드론 일까지 용서해 줬잖아."

"뭐?"

"왜, 켈턴이 드론을 날려 네 방을 몰래 훔쳐본 적 있다며."

모르는 일이다. 대체 무슨 말을 하는 거야? 속이 점점 메스껍고 울렁거렸다.

"누가 그래?"

"개릿이 지나가다 말했나? 괜히 개릿한테 뭐라고 하지는 마. 난 그저 네가 너그럽다는 주장에 근거를 보태려던 거니까. 내가 괜히 토론 팀 주장인 척했겠어?" 헨리는 씩 웃으며 말했다.

하지만 지금은 너그럽기는커녕 멍청한 기분이었다. 민망하고,

치욕스러웠다. 내 얼굴은 지금쯤 시뻘겋게 달아올랐을 게 뻔했다.

"잠깐, 너 설마 몰랐던 거야?"

왜 내가 수치스러워야 해? 잘못한 놈은 따로 있는데! 나는 앞뒤 재지 않고 켈턴이 있는 차로 직행해 문을 두드리고 발길질을 해 댔다. 이내 켈턴이 떡이 진 붉은 머리를 불쑥 쳐들고는 황급히 차 문을 열었다.

"뭐? 뭐야? 무슨 일이야?"

"좋았냐, 켈턴?" 내가 윽박질렀다. "어? 재밌었어? 그래, 막상 엿 보니까 어떻디!" 물론 이 상황에서 그게 최우선 순위는 아니지만, 느낌상으로는 그랬다. 더할 나위 없이 막중했다.

"뭐, 무슨 소리 하는 거야?" 켈턴이 영문도 모른 채 버벅거렸다.

"드론으로 내 방 염탐한 적 있어, 없어?"

켈턴이 머뭇거렸다. 필요한 대답은 다 들은 셈이다. 나는 켈턴을 차에 밀어붙였다. "이 빌어먹을! 역겨운! 새끼야!"

"얼리사, 그건 8학년 때 일이야!"

"변태 새끼한테 공소 시효가 어딨어!"

"딱 한 번 그랬던 거야!"

"횟수를 떠나서, 했다는 게 문제야!"

"얼리사……."

"내 이름 부르지 마! 떠올리지도 마! 평생!"

나는 자리를 박차고 떠났다. 그렇게 안 하면 그 자리에서 계속

고래고래 소리 지를 게 뻔했다. 그러면 여기 사람 절반은 깨울 테고 다들 무슨 일인지 놀라 달려올 텐데, 괜히 일을 더 크게 키우고 싶지 않았다. 마음이 두 편으로 갈려 싸웠다. 한편으로는 일단 미뤄 두고 사태가 잠잠해지면 차분히 해결하고 싶었다. 퀠턴은 형을 잃었다. 우리 앞에는 생사가 걸린 일들이 놓여 있다. 그러나 또 한편으로는 내면의 목소리를 무시할 수 없었다. 내 안의 본심이었다. 걱정해야 할 더 큰 문제들이 있다는 이유로 그딴 파렴치한 행위를 봐주고 싶지 않았다. 남들이 뭐라 하든, 난 내 감정에 충실할 자격이 있으니까!

내 차로 돌아왔다. 안 그래도 목마른데 열도 뻗쳤다. 차라리 악몽에 시달리는 편이 나았다.

헨리가 창문에 모습을 드러냈다. "얼리사, 미안. 마음 상하게 할 생각은 아니었는데……."

"이미 늦었어!" 쏘아붙이고 나니 살짝 죄책감이 들었다. 나는 말투를 누그러뜨렸다. "애먼 사람에게 화풀이할 건 아닌데, 나도 모르게 그만."

"이해해. 잠깐 들어가도 돼?" 헨리가 문고리를 잡고 물었다.

잠시 고민했다. 하지만 당장은 누구에게도 위로받을 기분이 아니었다. "아침에 보자."

"알았어. 푹 자."

그럴 가망이 없다는 사실을 헨리도 모르진 않았다.

4장

벙커

6일 차
6월 9일 목요일

30) 켈턴

얼리사는 나와 말도 안 섞고, 개릿은 나와 눈도 못 마주치고, 재키는 이를 즐기는 듯했다. "역시 우린 단란한 콩가루 가족이라니까."

헨리는 말이 없었다. 보나 마나 운전대 앞에서 회심의 미소를 짓고 있으리라.

녀석은 개릿을 꼬드겨 쟁취한 무기의 날을 벼르지도 않고 그대로 나를 찔렀다. 내 머릿속은 벙커에 도착해 헨리에게 온갖 고통을 선사할 생각으로 가득 찼다. 왼쪽 어깨마저 탈구시키고 팔을 부러뜨린 다음 무릎을 박살 내야지. 그동안 연마한 필살기를 아낌없이 써먹을 테다. 녀석은 그저 빌미만 제공해 주면 된다. 중학생 시절의 흉허물을 까발린 것만으로 이미 족했으나 그걸 빌미 삼으면 제 살 깎아 먹기나 마찬가지다. 마음은 굴뚝같지만, 녀석이 먼저 현존

하는 위험이라고 자신을 드러내기 전까진 함부로 손을 대서는 안
된다. 한낱 감정에 치우쳐 행동할 수 없다. 더욱이 얼리사가 나보
다 녀석을 훨씬 신뢰하는 이 시점에서는.

채리티의 작은 노상 공동체를 떠난 지 삼십 분째였다. 새벽녘에
이부자리를 정리해 반납했다. 이불보를 접어 단정히 포개는 느낌
이 꽤 괜찮았다. 숭고함마저 느껴졌다. 집에서는 왜 그리 하기 싫
었을까. 짧게나마 정든 이들에게 작별을 고했다. 큰 도움을 준 우
리의 맥가이버 맥스에게도. 물의 수호자는 초코파이를 몇 개 더 챙
겨 주고 우리를 한 명씩 꼭 안아 주었다. 어색하게 품에 안겼더니
막상 어린애처럼 떨어지기 싫었다.

내가 알기로 얼리사는 떠나길 원치 않았다. 내가 꼴 보기 싫어서
라도 남겠다고 할 줄 알았는데, 의외였다. 거기 있으면 물도 얻어
마실 수 있다. 물론 탈수 직전까지 가야 하지만. 아마 내가 벙커에
도착해 자기보다 먼저 목을 축일까 봐 몸서리가 났을지도 모른다.
어쩌면 헨리와 헤어지기 싫었을지도. 잠깐, 왜 굳이 힘들게 사지를
부러뜨려? 손날로 확 코뼈를 올려 쳐서 뇌에 쑤셔 박을까 보다.

출발하기 전 뒷좌석에 있던 아구아비바 상자를 화물칸에 도로
옮겨 실어야 했다. 자칫하면 의심을 살 수 있는 일이었다. 내친김
에 한두 병 꺼내 마실까 말까 우리끼리 속닥거렸는데, 이젠 나조차
그럴 의향이 있다 해도…… 공동체에 발각되지 않고 상자를 열기
란 불가능했다.

"들키면 어떻게 되는지 다들 알지?" 재키가 말했다. "채리티가 공동 재산이랍시고 자기 떨거지들에게 나눠 줄 거야. 그렇게 우리의 긴급 물자가 눈앞에서 증발하겠지."

얼리사가 딴지를 걸 줄 알았다. 이타심이라면 우리 중 으뜸 아니던가. 그런데 얼리사는 대꾸도 안 했다. 나를 향한 분노가 세상마저 등지게 한 모양이었다.

우리는 적당히 멀어지면 그때 트럭을 세워 상자를 열기로 합의했다. 그리고 지금, 충분히 멀어졌는데도 헨리는 도무지 멈출 생각을 안 했다.

"머잖아 도착할 텐데 뭐 하러 지금 세워? 다들 한 시간쯤 더 참을 수 있잖아?"

"맞아. 참을 만해." 어느새 헨리의 충견이 된 개릿이 맞장구쳤다.

다들 열 살짜리보다 자제력이 부족한 티를 낼 수 없기에 더는 닦달하지 않았다.

"한 시간만 넘겨 봐. 네 마빡을 후려쳐서 차를 세운 다음 물을 꺼낼 테니까." 재키가 으름장을 놓았다. 지금 후려치면 좋으련만. 나는 마음을 다스렸다.

창밖을 바라보았다. 연무가 공기 중에 짙게 걸려 있었다. 남부 캘리포니아 전체가 산불 연기를 뒤집어쓴 모양이었다. 산 위로 빼꼼히 올라온 적갈색 태양은 해가 아니라 핏빛 달처럼 보였다. 여명은 하늘을 시뻘겋게 물들였다.

오늘은 음악을 틀지 않았다. 라디오 채널을 표준 방송국으로 돌렸다. 방송망은 아예 끊겼거나 긴급 방송만 내보내고 있었다. 이미 알고 있는 정보가 대부분이었다. 대피소는 초만원이고 시민들은 별도의 시설로 직행했으며, 어쩌고저쩌고…….

그래도 귀를 기울였다. 산불 소식이 궁금했다. 듣자 하니 세 군데 산불이 동쪽으로 멀리 번지고 있었다. 하나는 빅베어레이크로 가는 길목을 완전히 차단했고 둘은 여기서 서쪽으로 80킬로미터 떨어진 캐스테익을 집어삼키고 있었다. 캐스테익 호수로 향하던 로스앤젤레스 시민 수백만의 발목을 붙잡은 셈이다.

뒤이은 소식은 오늘 중으로 해안선에 구호물자가 들어온다는 내용이었다. 이번 제2의 물결이 얼마나 큰 성공을 거둘지는 미지수였다. 제2차 세계 대전 당시 노르망디 상륙 작전이 떠올랐다. 미군이 군수 물자가 아닌 구호물자를 실어 나르는 모습이 그려졌다. 그런 작전은 계획하는 데만 몇 달이 걸리는 일이다. 모르긴 몰라도 오늘 전략은 기대에 턱없이 못 미칠 게 뻔했다.

"해변에 식수가 있다면 차라리 그쪽으로 가는 게 어때?" 해변에서 벌어진 일을 알 리 없는 헨리가 멋모르고 물었다.

"그냥 가." 얼리사는 설명할 의지조차 없어 보였다.

수로에 내려온 지 삼십 분 정도 지나 비탈길이 나타났다. 이로써 봉쇄 도로를 비롯한 문명과는 잠시 안녕이었다. 마침내 '앤젤레스 국유림' 표지판이 반갑게 우릴 맞았다. 물론 '산불 조심'이라는 붉은 현수막도 함께. 아무렴.

초입도 봉쇄했던 모양이다. 플라스틱 교통콘과 방벽이 여기저기 뒹굴었다. 경비대는 보이지 않았다. 보아하니 다른 곳에 인력이 급했으리라. 진로는 구불구불한 산길로 이어졌다.

"여기서 멀지 않아. 15킬로미터쯤 올라가면 좌측에 흙길이 나올 거야. 천천히 밟아. 놓치기 쉬우니까." 내가 말했다.

"나 머리 아파." 개릿이 칭얼거렸다. 아프기는 다들 마찬가지였다.

"연기 때문에 그래." 얼리사가 개릿을 달랬다. 연기보다는 탈수증 탓이었지만. "아마 벙커에 진통제가 있을 거야."

"있어." 내가 말했다. 얼리사는 들은 척도 안 했다. 나와 한차에 있기도 거북한 모양이었다. 반대로 얼리사가 드론을 날려 내 방을 엿봤다면 어땠을까? 장난기 싹 빼고 진지하게. 기뻤을까? 아니, 똑같이 소름 끼쳤으리라. 그냥 흠씬 두들겨 맞고 끝나면 속이라도 후련할 텐데. 물론 우리에게 우선순위는 따로 있다. 그딴 걸 고민하는 내가 한심했다. 생존을 걱정할 이 시점에 나의 부끄러움이 뭐 그리 대수인가. 하지만 내 쪼다 같은 머리로는 어쩔 수 없었다. 한심했다.

"우리가 찾는 길이 저거야?" 십오 분쯤 지나 재키가 물었다.

"맞아." 솔직히 확신은 없지만, 곧 알게 되겠지. "여기서 꺾어."

트럭은 포장길을 벗어나 좁다란 흙길로 접어들었다. 나무 사이를 겨우 통과할 만큼 좁고 울퉁불퉁한 길. 트럭의 서스펜션이 노면의 충격을 대부분 흡수했지만 아무래도 한계가 있었다. 두개골 안에서 뇌가 덜그럭거렸다. 개릿이 낑낑대며 헨리에게 좀 천천히 가라고 했다. 하지만 더 줄일 속도도 없었다.

"뭐 찾으면 돼?" 헨리가 물었다.

"산등성이를 넘어 다시 계곡으로 내려가. 가다 보면 바싹 마른 돌투성이 개울 길이 나올 거야. 거기서 오른쪽으로 꺾어 개울 길을 따라 3클릭만 가면 돼."

"클릭이 뭔데?"

"군사 용어로 킬로미터."

"가면 벙커가 보여?"

"보이는 게 아니야. 그게 벙커의 핵심이지."

십 분 후 개울 길에 다다랐다. 남몰래 안도의 한숨을 내쉬었다. 다행히 길은 제대로 탔다. 헨리는 운전대를 오른쪽으로 틀었다. 바위와 도랑을 최대한 피해 돌투성이 개울 길을 따라갔다. 마침내 거꾸로 뒤집힌 나무 그루터기가 나왔다. 뒤틀린 뿌리에 빨간 리본이 걸려 있었다. 아니, 묶여 있었다. 표식이다.

"세워. 여기야." 내가 말했다.

우리는 차에서 내렸다. 내가 앞장서서 개울둑 위로 올라갔다. 거기서 숲으로 100미터 정도 들어갔다.

"도착했어." 내가 말했다.

"어딜? 나무밖에 안 보이는데." 재키가 말했다.

"설마 땅굴이야?" 개럿이 물었다.

"아니." 나는 잠자코 기다렸다. 과연 누가 먼저 눈치챌지 궁금했다.

얼리사가 먼저였다. 짐작했던 바다. 얼리사는 숨을 들이켜며 전방을 가리켰다. "저기! 거울이야!" 얼리사는 홀린 듯이 달려갔다. 다들 뒤따랐다. 다가갈수록 눈앞이 뿌옜다. 거울이 더러웠기 때문이다.

벙커는 삼각형 구조였다. 일부러 거울을 경사지게 세워 큰 나무들을 비추되 지나가는 사람을 반사하지 않았다. 감쪽같은 위장술이었다.

"뜬금없지만 너희 가족 왜 이렇게 사랑스럽냐." 재키가 말했다.

집과 마찬가지로 근처에 숨겨 둔 열쇠가 있었다. 나무의 옹이구멍이었다. 어떤 나무였는지 헷갈려서 잠시 버벅거렸다. 게다가 옹이구멍은 그새 거미를 비롯해 반갑지 않은 갖가지 생물들이 점거하고 있었다. 한참 몰아낸 끝에 겨우 열쇠를 꺼낼 수 있었다.

나는 당당히 문으로 향했다. 문도 역시 거울이었다. 열쇠를 구멍에 끼웠다.

"매크래컨 성에 입성하신 걸 환영합니다!"

31) 재키

해변 폭동을 비롯해 지금까지 죽을 고비를 몇 번이나 넘겼을까? 생사가 오락가락하는 상황에서 잔뼈가 굵은 나에게도 이번 단수 사태는 순간순간이 고비였다. 오늘 살아남는 방식은 어제와 다르고, 공허의 부름은 어느덧 움직이는 목표물이 되어 중구난방으로 방향 감각을 교란했다.

하지만 그딴 건 이제 아무래도 좋았다. 내 소망은 그저 한번 쭉 들이켜 보는 것뿐이었다. 시원할 필요도 없다. 액체면 된다.

우리 조무래기 생존자들은 벙커 앞에 속속 모여들었다. 켈턴이 거창한 환영사를 했다.

"매크래컨 성에 입성하신 걸 환영합니다!"

"그냥 좀 들어가자." 개릿이 보챘다.

마침내 열쇠가 딸깍 돌아갔다. 켈턴이 문을 활짝 열었다.

성은 개뿔! 내부는 난장판이었다. 바닥엔 빈 깡통이 나뒹굴고 옷가지가 여기저기 널려 있었다. 빈 시리얼 상자가 한쪽에 쌓여 있었다. 안 그래도 좁아터진 공간에 쓰레기가 널려 있으니 더 좁아 보였다. 열쇠 구멍으로 곰이라도 통과했나.

"이럴 리 없어…… . 떠날 땐 이러지 않았는데…… ." 켈턴이 중얼 거렸다.

"마지막에 온 게 언젠데?" 헨리가 땅콩버터가 묻은 숟가락을 들여다보며 물었다.

"일 년 전?" 질문에 가까운 대답이었다. 결국, 내가 총대를 멨다. "누가 침입했던 모양이야."

켈턴은 도리질했다. "침입 흔적은 없어. 걸쇠도 멀쩡하고, 막 뒤지진 않았어."

"이렇게 뒤죽박죽인데?" 개럿이 말했다.

"그렇긴 한데, 도둑이 한 짓은 아니야."

켈턴이 좀 더 안으로 들어가 침실 문을 열어젖혔다. 침대는 두 채였다. 한 채만 침구가 흐트러져 있었다. 바닥에는 만화책이 널려 있었다.

켈턴은 넋이 나간 듯했다. "안 돼, 안 돼, 안 돼!"

켈턴은 우리를 지나쳐 부엌으로 되돌아가 수납장을 열었다. 빈 것이나 다름없었다.

"안 돼, 안 돼, 안 돼, 안 돼애애애애!"

켈턴은 무릎을 꿇더니 바닥에 난 뚜껑 문을 열고 뛰어내렸다. 우리는 켈턴의 공황을 그저 지켜볼 뿐, 굳이 나누려고 하진 않았다. 켈턴은 밑에서 우왕좌왕했다. 빈 페트병이 통통 굴러다니는 소리가 들렸다. 내려다보니 생수병이 한가득했다. 비어 있었다. 몽땅.

"침입자가 아니면 대체 누구야?" 내가 물었다.

"우리 형!" 비통에 잠긴 켈턴의 눈을 나도 모르게 피했다. "아예 여기서 살았나 봐. 직장을 잃고 룸메이트랑 살던 집을 나온 건 알고 있었어. 그래도 여자 친구한테 간 줄 알았지, 여기서 지내리라곤 상상도 못 했어. 왜, 왜 몰랐을까? 몇 달 치 물과 음식이 있었는데……."

'있는데'가 아니라 '있었는데'라니. 죽느냐 사느냐도 사실상 글자 하나 차이이다.

32) 얼리사

'또 다른 시련일 뿐이야. 세상이 끝난 것도 아니잖아.' 나는 속으로 되뇌었다. 아구아비바 상자를 열자고 했을 때 완강히 반대했던 헨리가 새삼 고마웠다. 구호 작전에 병력이 총동원되었다 한들 공급 절차가 수요를 감당할 때까지 다소 시간은 걸리겠지. 우리는 아구아비바로 버티면 된다. 그때까지 버티지 못할 사람들은 수두룩하겠지만 우리는 아니다. 온전히 헨리 덕이다. 영웅이 되고 싶어 그토록 안달이더니, 꿈을 이룬 셈이다.

켈턴은 지하 창고를 계속 파헤쳤다. 빈 병을 탈탈 털어 대며, 한 방울이라도 짜내려고 발악했다. 그러나 따지 않은 물병은 하나도 없었다. 남아 있던 수분일랑 바싹 마른 지 오래였다.

"브래디 형이 이런 짓을 하다니! 어떻게 그래? 그토록 잘 아는 사람이!"

"알던 사람이겠지." 재키가 정정했다. 내가 재키를 탁 쳤다. 재키가 경고의 눈빛으로 쏘아봤다. 나도 지지 않고 응수했다. 브래디의 죽음이 얼마나 끔찍했는지 벌써 잊었나? 아니면 정말 피도 눈물도 없는 냉혈한인가?

"적어도 치킨 맛 라면은 충분하네." 재키가 선반에서 컵라면을 꺼내면서 말했다. 밑에서 켈턴이 감정을 억누르며 대꾸했다. "뜨거운 물만 부으면 돼."

헨리는 평소답지 않게 조용했다. 나와 눈이 마주치자 떨떠름한 미소를 보냈다. 나도 미소 짓고 싶은데 도무지 입꼬리가 올라가지 않았다.

"이 시점에선 구기자 열매가 함유된 알칼리성 미네랄워터가 딱이겠는걸." 내가 말했다.

"그렇지, 안 그래?" 헨리가 실없이 웃었다.

"켈턴, 포기해. 벙커는 이미 털렸어. 얼른 나와." 재키가 재촉했다.

켈턴은 미련이 남았는지 다시 빈 병 더미를 파헤쳤다. 없던 물이 나올 리 없었다. 켈턴은 마지못해 기어 나와 애꿎은 빈 깡통을 뗑그렁 걷어찼다. 교회 종소리처럼 구슬픈 소리가 울렸다. 켈턴은 벙커를 나오면서 문도 안 닫았다. 하기야 뭐 하러?

트럭은 그루터기 옆에서 우릴 기다리고 있었다. 화물칸에 폴짝 올라탄 재키가 잡동사니를 헤치고 아구아비바 상자를 찾아 들고 내려왔다. 상자는 한쪽 모서리가 살짝 찌그러졌을 뿐 멀쩡했다. 재키가 손톱으로 테이프를 뜯으려 했지만 하도 칭칭 감은 탓에 역부족이었다.

"혹시 누구 스위스제 주머니칼 없어? 특히 너, 벙커 보이?"

"아, 벙커에 몇 개 있는데." 켈턴이 대답했다. 하지만 우리 중 누구도, 특히 재키는 그때까지 기다릴 여유가 없었다.

"내가 가져올게." 헨리가 자원했지만 단박에 무시당했다.

"됐고, 차 키 줘 봐." 재키가 손을 뻗었다.

헨리는 주춤하며 물러섰다. 상대가 총을 들이댄 것도 아니고 그저 손가락만 까딱였을 뿐인데. 하긴, 재키 손에 들어가면 절대 돌려받지 못할 테니 망설이는 마음도 이해는 갔다. 헨리는 재키의 집요한 손짓에 마지못해 열쇠 꾸러미를 건네주었다. 근데, 애당초 자기 물이니 자기가 뜯으면 되지 않나? 여러 토막생각이 뇌리를 스치고 지나갔다. 깊이 생각할 여유는 없었다.

재키는 가장 날카로운 열쇠를 골라 테이프를 마구 긁고, 찢고, 찔러 댔다.

"아, 빨리!" 개릿이 보챘다.

재키가 이를 갈았다. "어떤 머저리가 이딴 식으로 감아 놔?"

마침내 재키는 상자에 구멍을 내고 점차 크게 벌리더니 손을 찔러 넣어 상단 덮개를 확 뜯어 버렸다. 기껏 상자를 열어 놓고 재키는 굳은 듯이 서 있었다. 손을 넣어 물병을 꺼내 들어야 할 시점에, 그저 상자를 바라보기만 했다.

"아오, 지금 장난해? 빌어먹을 장난하냐고!"

"왜? 뭔데?" 내가 물었다.

재키는 대답 대신 발로 상자를 엎어뜨렸다. 번들번들한 책자 수백 장이 쏟아져 나왔다.

아구아비바! 우아하게 수분을 충전하세요!

행복한 표정으로 조깅하는 사람들과 산속의 반짝이는 샘물이 어우러진 이미지가 눈에 들어왔다. 사진 속으로 뛰어들고픈 충동이 일었다.

머리가 땡했다. 끔찍한 현실에 기습 공격을 당했는데 그 여파가 아직 실감이 안 났다. 그러나 실감이 나는 건 시간문제였다. 벙커에 굴러다니던 빈 병들이 떠올랐다. 축구장 울타리 안에서 물 한 방울에 영혼을 팔 기세로 달려들던 피난민들이 떠올랐다. 거기서 헨리가 상자와 트럭 키를 맞바꿨지. 그때 헨리가 그 자리를 얼마나 다급히 빠져나왔던가, 군인이 상자를 열어 확인해 보기 전에. 이는 단순히 비극적 실수가 아니다. 헨리는 알고 있었다. 처음부터 내내. 그래선지 개릿의 다음 말이 그다지 놀랍지 않았다.

"헨리 형이 없어졌어!"

33) 헨리

사람은 언제 어디서든 빠져나갈 구멍을 마련해야 한다. 이는 만고의 진리이자 나의 생활신조다. 하지만 이번 경우는 제대로 허를 찔렸다. 벙커가 빈껍데기일 줄이야. 붉은 머리 사이코가 암만 싫어도 비빌 언덕이라고 믿어 의심치 않았다. 자충수를 둔 셈이다.

이상적인 세계에서는 아무도 상자를 열지 않는다. 악명 높은 슈뢰딩거의 고양이처럼, 상자가 닫혀 있는 한 거기에는 물이 들어 있는 것이다. 적어도 다른 애들은 그렇게 믿었다. 닫혀만 있다면야 내가 믿는 현실이 애들이 믿는 현실과 뭐가 다른가?

하지만 상자가 열리자 모든 게 물거품이 되었다. 침착하게 머리를 굴렸더라면 벙커에 물이 없단 걸 눈치채자마자 몰래 빠져나와 트럭을 타고 튀었을 것이다. 이 불우한 집단의 빛나는 영웅이 될 희망일랑은 집어치우고 더 손해 보기 전에 떴어야 했다. 하지만 망설이고 말았다. 그 대가를 지금 톡톡히 치르고 있다.

차도 없이 그대로 산속으로 질주했다. 갈증은 상상을 초월했다. 계획은 간단하다. 채러티의 고속 도로 공동체로 돌아가 없어서는 안 될 존재가 되는 것이다. 그리고 물을 얻어 살아남는 것이다. 돌아가는 길은 안다. 문명 아닌 문명사회로 돌아가는 그 길이 얼마나 먼지도 안다. 기나긴 고난의 여정이겠지. 살아서 갈 수 있을지조차 모른다. 그래도 시도는 해 봐야지. 투자 위험을 감수하듯이. 이 흉흉한 세상에 달리 어떤 선택이 남았겠는가?

그러나 도로로 돌아가기도 전에, 무언가에 부딪혀 땅에 자빠졌다. 처음엔 곰이 덮친 줄 알았다. 알고 보니 곰이 나을 뻔했다.

34) 켈턴

보통 달아나는 쪽은 생각이 짧다. 헨리 '안' 로이크로프트가 좋은 예라 하겠다. 녀석은 트럭을 떠나 개울둑으로 직진했다. 다시 도로를 타려면 산마루턱에서 오른쪽으로 꺾어야 한다. 고로 나는 뇌 작은 네발짐승을 사냥하듯 놈의 진로를 삼각 측량하여 빗변으로 치고 들어갔다.

녀석을 제압하는 과정에서 바위에 손등을 심하게 긁혔다. 하지만 통증은 오히려 짜릿했다. 그 덕분에 분노에도 눈이 멀지 않고 정신을 오롯이 집중할 수 있었다.

무릎으로 녀석의 명치를 눌러 옴짝달싹 못 하게 했다. 재빨리 엄지와 검지로 녀석의 숨통을 조였다. 시범 동영상을 본 적 있는데 이론과 실전은 사뭇 달랐다. 숨통은 들쑥날쑥 제멋대로 움직였다. 마침내 제대로 조였는지 숨소리가 멎었다. 무릎으로 체내 공기마저 빼 냈으니 이대로 십 초면 의식을 잃을 것이다. 이십 초면 뇌 손상을 입는다. 삼십 초면 죽는다. 분노와 갈등이 투쟁의 불씨와 결합해 판단력이 흐려졌다. 이 세 가지 선택지에서 나는 무엇을 원하는가.

"켈턴, 그만!"

얼리사의 외침에 퍼뜩 정신을 차리고 손을 뗐다. 다행이다. 얼리사가 아니었다면 어떤 판단을 내렸을지 장담할 수 없었다. 헨리는 기침하며 숨을 헐떡였다. 녀석에겐 이제 투쟁은커녕 도피 본능도 남아 있지 않았다. 땅바닥에 놓인 헝겊 인형이나 다름없었다. 어깨를 탈구시켰을 때와 비슷한 모양새였다.

"이 망할 불도그 좀 떼어 놔!" 녀석이 가쁘게 외쳤다.

"이제 됐어, 켈턴. 이 녀석 어디 못 가."

얼리사의 말대로 나는 녀석을 놔주었다. 내키지는 않았지만 얼리사가 오늘 나한테 처음으로 건넨 말이었기 때문이다.

곧 개릿과 재키가 도착했다. 지금 보니 살인 충동은 나만 품은 게 아니었다. 재키는 총을 꺼내 들고 헨리의 이마를 똑바로 겨누었다.

"지금 방아쇠를 당기면 많은 문제가 해결되겠지." 재키가 이를 갈았다.

"그만해! 죽인다고 해결될 문제가 아니야!" 얼리사가 윽박질렀다.

"그래, 아닐 수도 있어. 근데 기분은 째지겠지."

"총 치워!" 얼리사가 소리 질렀다. 하지만 재키는 명령을 따를 사람이 아니었다. 얼리사의 명령이라면 더더욱.

헨리가 훌쩍거리며 목숨을 구걸했다. "제발, 미안해. 내가 다 잘못했어……."

"잡힌 게 잘못이지." 재키가 정곡을 찔렀다.

"쏴, 재키 누나, 쏴 버려!" 개릿은 누구보다 깊은 배신감을 느꼈는지 열성적으로 부추겼다.

얼리사는 사색이 되어 비틀거렸다. "개릿!"

"그냥 쏴! 죽어도 싸잖아! 거짓말로 우릴 속였어! 친구인 척했다고!"

그러고 보니 해변에서 금발 워터좀비에게 총을 쏘라고 부추긴 것도 개릿이었다.

헨리의 바짓가랑이에 실금이 생겼다. 지린 것이다. 큰 얼룩은 아니었다. 그만한 수분도 남지 않았으니. 동정심은 안 들었다. 재키가 쏴 죽였다면 모를까, 지금은 별로.

재키는 개릿의 분노에 얼리사만큼 놀란 기색이었다. 그러더니 탄창을 뽑고 약실에 있던 총알을 공중에 발사했다. 총성은 앞산 뒷산으로 메아리쳤다.

"무슨 짓이야!" 얼리사가 소리쳤다.

"안 그랬으면 총알은 이놈 두개골에 박혔을 거야." 재키가 대꾸했다.

"아마 두개골을 관통한 뒤 땅에 박혔겠지." 내가 직사 거리를 고려해 지적했다.

재키는 씩씩대며 자리를 떴다. 얼리사가 개릿을 쏘아보았다. "따라가. 재키가 어리석은 짓 하지 않게."

"내가 멈출 수 있겠어?"

얼리사는 개릿을 잡아먹을 듯 노려봤다. 눈빛은 이렇게 말하고 있었다. '너 돌았어, 개릿? 어디 고장이라도 난 거야? 만약 총이 네 손에 있었으면 헨리는 지금쯤 죽었겠네?'

"따라가." 얼리사가 명령했다.

이제 헨리와 나, 얼리사만 남았다. 헨리는 다시 달릴 수 있을 만큼 회복했지만 시도조차 안 했다. 그야 내게 제압당할 게 뻔하니까. 녀석은 겁에 질려 제정신이 아니었다. 누가 나를 이토록 두려워한 적이 있던가. 불도그란 호칭도 처음이었다. 원래 헨리 같은 애들은 날 무시하든가 우습게 보든가 둘 중 하나다. 하지만 이제 나는 '위협자 켈턴'이다. 이 위기를 살아서 벗어난다면 티셔츠에 그렇게 새겨야지.

"이유나 들어 보자. 왜 그랬어?" 얼리사가 물었다.

헨리는 얼리사를 쳐다보지도 못했다. 그렇지. 감히 볼 자격이 없으렷다.

"뭔가 제시하지 않으면 날 버리고 갔을 테니까! 도브캐니언은 공동묘지나 다름없다고!"

"그럼 거짓말을 한 거네."

"난 상자에 물이 있다고 말한 적 없어. 너희가 그렇게 짐작한 거지."

얼리사는 가까스로 발길질을 참는 기색이었다. 그 표정은 내게 달콤한 복수였다. 하지만 실제로 발로 차지는 않았기에 나는 자족할 방법을 궁리했다.

"지금이라도 늦지 않았어. 벙커에 삽이 하나 있거든." 내가 말했다. "여긴 땅이 꽤 무르니까 금방 파묻을 수 있을 거야……."

"내가 다 갚을게! 너희 모두에게. 약속해!"

"그냥 좀 닥쳐, 헨리." 얼리사가 말했다. "안 닥치면 그 삽 내가 가져올 테니까."

35) 얼리사

헨리 때문에 우리 다 죽을 뻔했다.

나는 그 생각을 머릿속에서 떨쳐 내려 했다. 당장은 문제가 아니라 해결책에 집중하고 싶었다. 하지만 아무리 몰아내도 후회는 어찌어찌 기어들어 왔다. 상자에 물이 없단 걸 진작 알아챘더라면 이 지경까지 오지 않았는데. 애초에 헨리를 에어컨 빵빵한 고급 저택에 두고 왔어야 했는데. 하지만 누굴 탓하겠나? 당시 물이 없단 걸 알았다 한들 우리와 동행하길 원하는 헨리를 내가 외면했을까?

물론 알았더라면 현실적인 대안을 마련했을 것이다. 이제 우리에겐 아무것도 없다. 절망과 거듭되는 후회뿐이었다. '헨리 때문에 우리 다 죽을 뻔했다.'

우리는 헨리를 벙커로 데려갔다. 이대로 놓아주면 숲을 벗어나기도 전에 죽을 텐데, 그건 양심이 허락하지 않았다. 재키는 허튼

수작 못 부리게 두 손을 묶자고 주장했다. 나는 토를 달지 않았다. 하긴, 헨리를 믿었다가 또 무슨 봉변을 당하려고? 켈턴도 동의했다. 녀석이 언제 뒤통수를 칠지 모르니 감시하에 두는 편이 낫다며. 이제부터는 무조건 의심부터 하고 보는 게 최선이다.

벙커에서 다음 행보를 의논했다. 개릿은 허망한 얼굴로 구석에 주저앉았다. "에너지를 아끼는 거야. 그게 우리가 할 일 아니야?"

"고속 도로로 돌아갈 기름은 충분해." 내가 말했다. "채리티를 찾아 자초지종을 설명하면 우릴 도와줄 거야."

"약탈자들에게 아직 당하지 않았다면 말이지." 과연 재키답게 밝은 전망이었다.

"더 좋은 생각이 있어." 켈턴은 서랍을 몇 개 열어 보고는 지도 하나를 들고 왔다. 그리고 자그마한 식탁 위에 펼쳤다.

"우린 지금 여기야. 그리고 채리티는 여기, 50킬로미터쯤 떨어져 있지. 근데 여길 좀 봐." 켈턴이 서쪽에 있는 긴 'Y'자 모양 호수를 가리켰다. "샌개브리엘 저수지야."

재키가 코웃음 쳤다. "못 들었어? 저수지란 저수지는 씨가 말랐어. 오래된 종이 지도에서 뭘 기대해."

"맞아. 코그스웰 저수지랑 모리스 저수지는 말랐어. 근데 샌개브리엘 댐 뒤의 호수는 소방 급수용으로 유지되고 있어. 내가 장담해."

"넌 어쩜 그리 매사에 장담이냐?" 재키가 비아냥거렸다.

"우리 아빠가 벙커를 여기 지은 이유도 그 때문이거든. 수심은 한참 얕아졌겠지만 어느 정도는 남아 있을 거야."

지도상 거리를 가늠해 보니 15킬로미터 정도였다. 채리티에게 돌아가는 길보다 훨씬 가까웠다.

"지금부터 당분간은 완전히 비포장도로야. 여기 산등성이를 횡단해야 해." 켈턴은 손가락으로 지도를 가로질렀다. "그리고 여기서 이스트포크로드를 타면 저수지까지 이어질 거야."

"그럴듯한 계획이네." 헨리가 구석에서 맞장구쳤다. 재키가 헨리를 걷어찼다. 그리 세게 차진 않았어도 함부로 주둥이를 놀리지 말라는 의사는 분명히 전달했다.

"다들 괜찮겠어?" 켈턴이 물었다.

대답은 만장일치로 "아니."였지만 입 밖에 낸 사람은 없었다. 살고 싶다면 우리에게 남은 최선의 선택지였으니까.

벙커에는 배낭과 끈으로 졸라매는 가방이 몇 개 있었다. 내가 그것을 하나씩 나눠 주었다. "쓸 만한 거 챙겨. 너무 무겁지는 않게."

헨리에게도 주려 했는데 헨리는 묶인 손을 들어 보이며 어깨를 으쓱했다. 일손이 필요하면 일단 풀어 줘야 한다. 그래서 그냥 무시했다.

그때 재키가 전혀 예상치 못한 행동을 했다. 켈턴에게 총을 돌려준 것이다.

"여기, 받아. 이제 질렸어. 괜히 신경만 쓰여." 재키는 헨리를 째려보며 덧붙였다. "게다가 내가 뭔 짓을 저지를지 몰라서."

켈턴은 얼떨떨한 표정으로 총을 받아 들었다. "그럼 나는 믿는 거야?"

"물론 아니지. 그래도 이제 네가 멍청한 짓을 하면 네 탓이지 내 탓은 아니잖아."

재키 자체가 장전된 총이나 다름없었다. 일촉즉발의 인간 병기. 본인도 인정하는 걸 보니 그나마 덜 미친 사람으로 보였다. 신뢰마저 싹트는 기분이었다.

나는 찬장을 열어 보았다. 컵라면 말고는 아무것도 없었다.

"먹을 수 있는 거면 뭐든 먹어 두는 게 좋을 거야. 에너지가 필요하니까." 나는 땅콩버터가 들러붙은 숟가락을 개릿에게 건넸다. 개릿은 진심으로 메스꺼운 표정을 지었다. "찬밥 더운밥 가릴 때가 아니야." 내가 말했다.

"너네 딱 보니까 라구나비치 거지들 만나 본 적 없구나. 나는 몇 명 아는데." 재키가 여러 가지 목소리로 성대모사를 했다. "아가씨, 이 샌드위치 좀 봐. 누가 한 입 먹고 버렸지 뭐야! 혹시 이 빵 무 글루텐이니? 1달러만 줄래? 계좌 이체도 괜찮아."

내가 킥킥거리자 다들 줄줄이 터졌다. 이렇게 죽느냐 사느냐 하는 상황에도 웃을 구석이 있다니. 아직은 우리에게 투지가 남아 있다는 뜻이겠지.

36) 켈턴

만화책을 챙길 이유는 전혀 없었다. 읽을 생각이 아니니 자리만 차지할 게 뻔했다. 만화책은 작은 방에 널려 있었다. 우리 가족이 벙커에 입주하면 나와 형이 쓸 방이었다. 허리를 숙여 만화책을 줍는데 이불에서 형 냄새가 스쳤다. 시큼했다. 벙커에는 에어컨이 없고 소형 태양 전지판으로 돌아가는 선풍기만 있었다. 한밤중이면 스르륵 멈췄으리라.

예전에 함께 살 때 형 방에서 나던 냄새가 그대로 남아 있었다. 은근히 시큼하면서 쿰쿰한 냄새. 그래서 엄마가 주기적으로 탈취제를 뿌려서 잡던 냄새. 오늘 이후로 다시는 못 맡을 냄새.

형의 만화책을 챙겨 가자. 필요는 없지만 상관없다. 가져갈 테다.

문득 고개를 들자 얼리사가 문간에 서 있었다. 언제부터 날 보고 있었을까?

나는 만화책을 그냥 침대 위에 올려놓았다. 가방에 챙기는 모습을 보이고 싶지 않았다. 이건 브래디 형과 나 사이의 일이다.

"우리 형은 패배자야." 내가 말했다. "봐. 벙커를 탈탈 털어 놓고 전화도 안 받더니, 집에 오자마자 덜컥 죽어 버렸잖아. 그게 패배자의 표본이 아니면 뭐겠어."

"정말 유감이야, 켈턴."

그러자 속 안에 있던 말이 나도 모르게 쏟아져 나왔다. 한번 입을 여니 멈출 수 없었다. "난 이제 형제가 없어. 부모님도 없을지 모르고. 여기서 살아남는다 해도 뭐가 어떻게 될지 모르겠어. 내 말은, 만약 엄마 아빠도 죽어 버렸다면, 내 삶은 이제 어떻게 되겠어? 보이시에 사는 유니스 고모와 고양이들에게 얹혀살게 될까? 그렇다면 차라리 목말라 죽는 편이 낫지 않을까?"

"내일 일은 내일이 알아서 할 거야." 얼리사는 덧붙였다. "어제 일도 마찬가지고."

얼리사가 말하는 어제가 어떤 어제를 말하는지 알 것 같았다. 나는 얼리사의 눈을 애써 마주 보았다. 내 지질함이 적나라하게 까발려진 기분이었다. 실오라기 하나 걸치지 않았대도 이보다 더 발가 벗겨진 느낌이 들지는 않으리라.

"8학년 때 일을 이제 사과하는 것도 한심하지. 미안하다는 말은 충분하지 않을 거야. 모욕에 가깝겠지."

"네 말이 맞아. 안 충분해. 그런 일로 교도소에 가는 거라고."

"그래. 근데 난 미성년자잖아. 상담이나 받겠지……만 맞아, 무슨 말인지 알아들었어."

나도 모르게 만화책 한 권을 둘둘 말아 쥐고 있었다. 다시 반듯하게 폈다. "변명은 안 할게. 당시에도 그리 좋은 생각이 아닌 줄은 알았어."

"어쨌든 했잖아."

"넌 한 번도 그런 적 없어? 못난 짓인 줄 뻔히 알면서도 해 버린 일?"

얼리사는 내 물음에 욱했다. 아마 그토록 한심한 짓을 저지른 적은 없겠지. 그러고 보니 얼리사는 내가 왜 그랬는지 묻지 않았다. 이미 진실을 알고 있을지도 모른다. 외로움과 호르몬, 그리고 자식을 어항 속 물고기처럼 여기는 부모님이 사춘기 소년에게 미치는 영향을. 삶을 바라보는 창이 어항 유리에서 드론 카메라 렌즈로 옮겨 가기란 그리 어렵지 않다.

"내 평생 가장 한심한 짓이었어. 나도 자괴감이 들어서 다시는 안 했어." 얼리사가 믿어 주길 바랐다. 진실이었으니까.

그때 얼리사가 허를 찌르는 질문을 던졌다.

"그래서 뭘 봤어?"

"어?" 거기까지 갈 마음의 준비는 아직 안 됐는데.

"그날 뭘 보긴 봤을 거 아냐. 내 방에서 뭘 훔쳐봤는지 알고 싶어서."

무슨 말을 예상하는 걸까. 무슨 말을 듣고 싶은 걸까. 상관없다. 진실만을 얘기할 테니까.

"그때가 교내 밴드 경연 기간이었는데, 기억나?"

얼리사가 끙 앓는 소리를 냈다. "나기는 나지."

"아무튼, 너도 친구들이랑 막 연습하고 그랬잖아. 웃기는 팝송을 립싱크하면서. 그때 안무가 까다로웠는지 그날 밤 혼자 방에서 연습하고 있더라. 음악 틀고 거울 보면서."

"아, 그래? 그걸 보겠다고 드론씩이나 날렸어?" 얼리사는 딱딱하게 말했다.

"킹스턴 빗을 마이크 삼아 립싱크하는데 개털이 막 날리니까 도통 집중을 못 하더라고. 그때 생각했지. '와, 애 좀 봐. 거울 앞에서 저렇게 웃고 바보 같은 짓을 하는데 전혀 거리낌이 없네. 근데 나는 뭐야? 나 자신이 조금만 우습게 느껴져도 거울은 쳐다도 못 보는데.' 하고."

"잘못 짚었어, 켈턴. 나도 내가 바보 같다고 느꼈거든. 꾹 참고 했지."

얼리사는 내게 잠시 일어서 보라고 했다. 영문도 모른 채 마주 섰더니, 갑자기 내 뺨을 후려갈겼다.

그냥 귀싸대기가 아니었다. 메이저 리그 타자가 풀 스윙으로 공을 때리는 듯한 강도였다. 고개가 한 바퀴 돌 뻔했다. 얼떨떨해서 말도 안 나왔다. 필시 왼쪽 뺨에 붉고 선명한 손자국이 남았으리라.

덜거덕거리는 뇌 구석에서 겨우 말을 끄집어냈다. "맞아도 싸지."

"맞아."

"이걸로 퉁치는 거야?"

"아니."

내가 한숨을 쉬었다. "그럴 줄 알았어."

"앞으로도 퉁치는 일은 없을 거야. 그것도 벌이야."

그렇다. 부끄러운 짓을 저질렀을 때 가장 괴로운 점은 절대 돌이킬 수 없다는 점이다. 유리를 깨뜨리는 것과 마찬가지다. 그나마 할 수 있는 일이라곤 묵묵히 쓸어 담고 남은 유리 조각을 밟지 않길 바라는 것뿐이다.

그때 갑자기 얼리사가 다가와 얼얼한 내 뺨에 가볍게 입술을 댔다. 마치 엄마가 아기의 까진 이마를 호호 불듯이. 그러고는 일언반구도 없이 자리를 떴다. 그때 엄청난 깨달음이 왔다. 우주가 끝나는 그날까지, 수만 번 죽었다 깨어나더라도, 나는 절대 여자를 이해하지 못하리라. 뭐, 그리 나쁘지만은 않을지도.

5장

산전수전

37) 재키

입 안이 바싹 말라 낡은 운동화 밑창을 씹는 기분이었다. 진흙을 마시면 이런 맛이 날까? 촉촉하고 번들거리는 진흙. 의외로 구미가 당겼다. 이제 물방울이 송골송골 맺힐 만큼 차가운 캔 음료는 바라지도 않는다. 지금으로선 진흙으로 감지덕지다. 내 몸이 스스로 먹거리의 기준을 재정립하다니 놀랍지 않은가.

오랜만에 운전대를 잡았다. 얼리사가 싫어하건 말건 어차피 운전할 사람은 나밖에 없었다. 헨리 자식은 꿈도 못 꾸지, 켈턴과 얼리사는 면허 시험장 근처에도 안 가 봤으니 다른 선택지는 없었다. 걸어가겠다면 모를까.

"우리 아빠는 면허를 딸 자격부터 얻으랬어." 켈턴이 차에 오르며 말했다. "아마 나한테 너무 많은 자유를 줄까 봐 두려웠나 봐."

얼리사의 변명은 좀 더 자기반성에 가까웠다.

"난 나중에 따려고 했지. 숙제랑 축구 연습만으로도 바빠서. 게다가 우리 부모님은 차를 사 줄 여유도 없는걸. 따 봤자 무슨 소용이야?"

"살아남길 바라는 애들이 여태껏 헛살았구나." 내가 말했다.

"오, 그러시는 분은 얼마나 제대로 사셨길래?" 얼리사가 받아쳤다.

"시끄러워! 다들 입 좀 다물어!" 개릿이 소리 질렀다.

우리는 입을 닫았다. 하긴 이 상황에 서로 으르렁대 봤자 아무 도움 안 된다. 게다가 목소리들이 점점 거칠어지고 있었다. 이제는 성대로 공기를 밀어 내기조차 고통스러웠다. 나만 그럴 리는 없었다.

"이 모든 게 끝나면, 지난 일은 다 잊었으면 해." 출발할 때 헨리가 말했다.

"이 모든 게 끝나면, 너희들 면상을 다시 안 봤으면 해. 특히 너." 내가 말했다.

차에 기어를 넣고 무용지물 에어컨을 틀었다. 정확히 몇 시인지는 몰라도 처음 벙커에 도착했을 때보다 훨씬 더웠다. 오전 10시? 11시? 켈턴이 고장 난 에어컨도 기름을 먹는다고 지적했다. 나는 그 유용한 정보를 어디에 처박아 두면 좋을지 일러 주었다. 기름은 이제 상관없다. 어디든 갈 수 있을 만큼 넉넉하니까. 문제는 어떻게 가느냐다. 지도에 따르면 도로는 목적지의 반대 방향인 동쪽으로 돌아간다. 이스트포크로드를 타려면 32킬로미터를 거슬러 돌아가 든지, 숲을 통과하는 수밖에 없다. 켈턴에 의하면 후자는 고작 6킬로미터 남짓이었다.

켈턴이 챙긴 지도 중 하나는 고도와 지형이 자세히 나와 있어서 절벽에서 추락하지 않고 갈 수는 있었다. 그러나 지도에 나무와 바위까진 안 나왔다. 우리는 화성 탐사선처럼 덜거덕거리며 숲을 헤치고 나아갔다. 아무리 느릿느릿 이동해도 한 치 앞을 예상할 수 없었다.

"난 이제 제대로 가고 있는지도 모르겠다." 무심결에 속마음이 튀어나왔다.

"제대로 가고 있어." 켈턴의 목소리에도 그다지 확신은 없었다.

비탈길을 한창 내려가는데 머리 위로 샛노란 헬기가 지나갔다. 하마터면 미치광이 조난자처럼 차에서 뛰쳐나가 악을 쓰며 손을 휘저을 뻔했다. 하지만 헬기는 내가 충동에 이끌려 행동하길 기다려 주지 않았다.

"소방 비행기야." 켈턴이 흥분해서 말했다. "봐, 내 말 맞지? 우리랑 같은 방향으로 가고 있잖아. 우리가 제대로 가고 있다는 뜻이야!"

실로 오랜만에 찔끔 기운이 나는 소식이었다.

계속해서 지그재그로 산비탈을 오르내렸다. 차체가 들썩일 때마다 고통스러웠다. 머리는 물론 뼈마디까지 욱신거렸다. 관절의

윤활유가 말라붙었는지 움직일 때마다 삐걱거렸다. 감염 증세는 가신 지 오래니, 탈수 증세겠지. 그래야 말이 된다.

"조심해!" 얼리사가 소리 질렀다.

나는 브레이크를 콱 밟고 핸들을 왼쪽으로 홱 틀었다. 그 순간 나무가 뛰어들어 자살 기도를 하는 줄 알았다. 물론 원래 그 자리에 있던 나무였다. 내가 사물을 제대로 식별하지 못한 탓이었다. 시력이 오락가락한다기보다 뇌에서 전체적인 그림을 그리지 못했다. 이미 기어가던 마당에 속도는 계속 줄어들었다. 불현듯 채리티에게 돌아가는 편이 나았겠다는 생각이 들었다. 하지만 이제 너무 늦었다. 이 속도라면 도로에 접어들기도 전에 어둑어둑해지겠지. 암울한 생각이 머릿속을 채우자 나는 분노로 맞섰다. 감히 숲 따위가 내 진로를 방해해? 방화라는 악취미는 없지만 곳곳이 불타고 있다니 차라리 고소했다. 지금은 나무와 자연이 우리의 적이다.

38) 헨리

케이블 타이로 옭아맨 손목이 쓰렸다. 손은 좀 풀어 주면 어때서? 목이라도 조를까 봐? 뭐, 당장이라면 못 할 것도 없지만.

나는 지금 오른쪽 문에 기대어 있다. 몰래 잠금장치를 들어 올려 차 문을 열고 몸을 내던진다면? 나만 손해겠지. 어린이 보호 장치가 걸려 있을지도. 아무래도 지금은 아니다. 내 운명은 이 트럭에 탄 모두와 얽혀 있다. 하지만 이 상태도 영원할 리는 없다. 침착해야 한다. 하늘이 무너져도 솟아날 구멍은 있다. 운명은 어느 틈에 뒤바뀔지 모른다. 그 틈을 놓치지 않도록 만반의 태세를 갖춰야 한다.

39) 켈턴

두통, 빠른 심장 박동, 탈진, 화끈거리는 두 눈, 현기증. 내가 아는 급성 탈수 증상은 다 나왔다. 이대로 예닐곱 시간 뒤면 의식을 잃는다. 그리고 죽는다. 그토록 간단하다. 지금 생존에 필요한 물의 양은? 한 모금 이상, 한 컵 이하다. 갈증을 해소할 정도는 아니지만 죽음은 면할 것이다. 시간을 벌어 줄 것이다. 그러나 이 척박한 산속 어디서 물 한 컵을 구한단 말인가? 목적지까지 가야 한다. 무조건.

지금 우리의 목숨은 나의 길 찾기 능력과 재키의 운전 실력에 달려 있다. 그런데 혹시라도 내가 틀려서 샌개브리엘 저수지가 다른 곳처럼 바싹 말랐다면? 쩍쩍 갈라지고 말라붙은 강바닥이 끝내 우리가 누울 자리라면?

문득 내 방 벽장에 있는 훈장과 트로피들이 떠올랐다. 로봇 공학부터 사격술, 체스복싱까지, 꼭 2등 아니면 3등이었다. 아빠는 한 두 개만 놓고 나머지는 치우라고 했다. 최우수상이 아닌 그 상들은 기대에 못 미치는 '평범함의 전당'이었으니까. 엄마는 그런 아빠를 무시하고 상들을 벽장에 소중히 진열해 두었다. 나는 가끔 그것들을 훑어보며 기분 좋은 날엔 성취감을, 울적한 날엔 부족함을 되새겼다. 내 생각엔 둘 다 맞았다.

하지만 생존이라는 경연에서 2등이나 3등 트로피는 없다. 성공과 실패가 있을 뿐이다. 다른 애들은 아직 모른다. 결전이 목전에 다가왔음을.

40) 개릿

엄마 아빠, 지금 어디 있어요? 우리처럼 목말라요? 난 곧 죽을 것 같아요. 혹시 엄마 아빠도 죽었어요? 그렇다면 나는 별로 안 무서워요. 실은 무섭지만…… 엄청나게 무섭지는 않아요. 거기서 우릴 기다릴 거잖아요. 물도 있고요.

혹시 거기서도 목말라요? 설마 죽고 나서도 차갑고 촉촉한 게 그리워 미치겠나요? 난 지금 강도 들이마실 수 있어요. 나이아가라 폭포도 마실 수 있고요.

눈을 감을 때도 따끔, 뜰 때도 따끔했다. 눈물이 나오는 구멍에 누가 바늘을 꽂은 것 같았다. 너무 뻑뻑했다. 눈을 크게 뜨지 않으려고 일부러 잔뜩 찌푸렸다. 그리고 앞 유리를 보니 얼핏 텔레비전 화면을 보는 느낌이었다. 이 모든 게 누군가의 가짜 삶인 듯했다. 화면 앞에서 까무룩 잠이 들 때 느낌. 좋은 느낌이다. 그래서 그 느낌이 현실로 다가올 때까지 흘러가는 대로 두었다.

사람들이 소곤거리기 시작했다. 하지만 진짜로 말하는 것은 아니었다. 아는 느낌이다. 꿈속으로 빠져들 때의 느낌. 그렇다고 잠이 든 것은 아니다. 깨어 있었다. 그럼 뭘까? 가만, 혹시 이게 워터좀비로 변하는 현상인가?

41) 얼리사

'그냥 생각하지 말자. 생각나게 두지 말자.' 어디선가 주워들었는데, 사람은 의식 중에 딱 세 가지 생각만 할 수 있다. 그 세 가지만 채우면 지금의 타는 목마름을 잊을 수 있으리라.

저수지를 떠올렸다. 아니다. 없는 물을 연상시킨다. 학교를 떠올렸다. 미처 못한 숙제를 떠올렸다. 생물학은 어떨까? 체세포 분열, 감수 분열, 단백질 합성 등등……. 아니다. 죄다 물이 필요한 일이다. 아무 도움 안 된다.

먼저 축구. 골대를 향해 간다. 주거니 받거니 패스를 한다. 세상에, 웬일로 할리가 공을 독차지하지 않고 패스를 한다. 옳지, 좋아.

다음, 지리학. 미국 땅을 떠올렸다. 언젠가 아빠가 세계 지도 컬러링 북을 사다 줬지. 캘리포니아 학제가 교과목에서 지리학을 폐지하기로 한 뒤였다. 맙소사, 컬러링 북? 한쪽으로 치워 버릴 줄 알았는데 웬걸, 어느새 지리를 외우고 있었다. 프랑스는 초록색, 콧수염을 지닌 오만한 신사. 이집트는 노란색, 피라미드 주춧돌 같은 사다리꼴 모양. 그린란드는 아이러니하게도 파란색. 그래, 축구와 지리학. 나쁘지 않다.

마지막으로 뭐가 좋을까? 그래, 스페인어. 시, 에스파뇰(네, 스페인어입니다). 페드로 티에네 라 볼사 데 마리아(페드로는 마리아의 가방을 갖고 있습니다). 돈데 에스타 엘 바뇨(화장실은 어디에 있습니까)? 키에로 아구아(물 주세요)! 포르 파보르, 아구아 아구아 아구아(제발요, 물 물 물)! 이건 좀 아니다.

무심코 고개를 돌리자 헨리가 날 지그시 바라보고 있었다. 이 녀석은 무슨 생각을 하고 있을까? 알 게 뭐야. 축구, 지리학, 스페인어. 내가 생각할 건 그게 다다.

"난 그렇게 나쁜 사람이 아니야. 평상시에 만났다면 너도 내가 마음에 들었을걸." 헨리가 말했다.

"만날 일이 없는데 뭔 상관이야? 너는 고급 맨션에 살고 비싼 사립 학교에 다니잖아. 우리가 만날 일이 뭐가 있겠어?"

"맨션이 아니라 그냥 집이야. 네가 삼촌을 보러 왔다가 마주칠 수도 있지." 헨리는 가상 현실을 상상하듯 허공을 응시했다. "그럼 멋진 레스토랑에서 저녁을 살 거야. 그리고 네가 하는 모든 말을 다정하게 경청하겠지. 그러고 나서 톡톡 튀는 재치로 널 사로잡을 거야."

"톡톡 튀는……." 개릿이 아련하게 되뇌었다. 뭔가 차갑고 톡 쏘는 것을 떠올리는 게 분명했다.

"분명 내가 마음에 들 거야." 헨리가 강조했다.

"마음에 들었었지." 내가 정정했다.

헨리가 한숨을 내쉬었다. "과거형이네. 내가 다시 현재형으로 바꿀 수 있어."

나는 대꾸하지 않았다. 지금은 인간관계에 아무 관심이 없었다. 내가 관계를 맺고 싶은 유일한 대상은 내 입술을 적실 액체였다. 당장은 사람이 아닌 한 잔의 물과 사랑에 빠질 수 있었다.

갑자기 재키가 차를 세웠다.

"다 왔어?" 개릿이 힘없이 웅얼거렸다. "제발 다 왔다고 말해 줘."

"쉿! 들려?" 재키가 운전석 창문을 끝까지 내리면서 물었다. 연기 냄새가 전보다 독했다. 바람 부는 방향이 이쪽으로 바뀌었나? 그제야 재키가 말한 소리가 들렸다. 음악이었다. 누가 음악을 틀어 놓았다!

42) 켈턴

어쩌면 하늘이 도왔는지도 모른다. 하지만 내면의 목소리가, 혹은 아빠의 강박적인 목소리가, 조심하라고 일렀다. 운이 너무 좋아 보여도 불길한 법이다.

"확인해 보자." 얼리사가 말했다.

"내가 갈게." 누가 나서기 전에 내가 선수를 쳤다.

"누가 보이 스카우트 아니랄까 봐." 재키가 비아냥거렸다. 하지만 의외로 말리진 않았다. "좋아. 우린 여기서 가짜 에어컨 바람이나 쐬고 있을게."

갈증이 얼마나 심하면 재키가 내게 상황 판단을 맡길까. 하지만 내가 나선 이유는 보이 스카우트의 사명감도, 호기심도 아니었다. 경계심이었다. 다른 애들에게는 남아 있지 않을 경계심. 나라도 희망을 지켜야 했다. 우리를 살릴 수도 있는 마지막 희망.

산마루터기를 올라가기가 이토록 힘겨울 줄이야. 고작 이삼십 미터 거리의 완만한 언덕배기였다. 어지럽고 다리가 후들거렸지만 투지로 버텼다, 일단은. 꼭대기에 오르자마자 나무 뒤에 숨어 아래를 내려다봤다.

음악은 시끄러웠다. 귀에 익은 곡, 레드 제플린의 「카슈미르」였다. 거침없는 비트와 이국적이면서도 불길한 사운드가 허공을 메웠다. 로버트 플랜트의 목소리가 종교 단체 구호처럼 울려 퍼졌다.

소형 캠핑카가 있었다. 낡고 녹투성이었다. 오래전부터 그 자리를 지킨 게 분명했다. 벙커였다. 대번에 알아봤다. 우리 벙커보다 정교하진 않아도 벙커는 벙커였다. 그 앞으로 남자 두 명이 접이 의자에 앉아 있었다. 무지막지한 총을 지니고서. 놀랄 일은 아니었다. 가만 보니 모닥불에 토끼 고기를 굽고 있었다. 아니, 천지 사방이 건조한데 불을 피우다니 제정신인가? 내 직감에 따르면 저들은 그로 인한 결과 따위는 안중에도 없었다.

그때 한 남자가 물병을 들어 입에 가져갔다.

흡사 감전과도 같은 충동이 일었다. 저항하기도 벅찼다. 하마터면 그대로 뛰어들어 물병을 낚아챌 뻔했다. 물론 마시기도 전에 총에 나가떨어지겠지. 하지만 반 좀비가 된 내 두뇌는 그마저도 감수할 기세였다. 나는 마지막 자제력을 쥐어짜 가까스로 생물학적 본능을 떨쳐 냈다.

'뭔가 잘못되었어.' 머릿속 목소리가 속삭였다. 나는 그 속삭임의 진위를 가리기 위해 뭔가 수상한 점이 있나 살펴보았다. 찾았다. 땅바닥에 버려진 핸드백 하나. 그 안에서 쏟아 낸 듯한 물건들. 주인의 흔적은 없었다. 머리끝이 쭈뼛했다. 여긴 그냥 벙커가 아니다. 소굴이다. 여기서 멀리멀리 떨어져야 한다. 간혹 프레퍼 대회에 가면 두 종류의 프레퍼족을 만날 수 있다. 일단 우리 가족 같은 부류. 쌓아 두고 무장하여 혼란에서 스스로를 지키려는 쪽. 그런가

하면 혼란을 몰고 오는 쪽이 있다. 사회 분열과 무법천지를 갈망하는 부류. 온 세상이 자기만의 게임장으로 돌변하는 순간이 그 무엇보다 짜릿하니까.

숲속 한가운데 쩌렁쩌렁 음악을 틀어 놓고 유인하는 늑대들이 바로 그런 부류였다. 어떤 먹잇감이 제 발로 찾아올까 기대하면서. 하지만 저 모닥불이 암시하듯, 결과를 고려하지 않는 자들이다. 먹잇감이 아닌 다른 포식자에게 역습을 당할 수도 있건만.

뚝, 나뭇가지 부러지는 소리가 났다. 고개를 돌리자 얼리사가 내 뒤에 올라오고 있었다.

"물을 갖고 있잖아!" 얼리사가 다급히 속삭였다. 얼리사도 본 것이다.

"쉿!" 음악 소리가 멎었다. 우리는 숨을 죽였다. 우리 소리를 못 들었겠지? 신이시여, 저들이 제발 못 들었기를. 이내 제플린의 다음 곡이 터져 나오자 나는 얼리사를 멀찍이 데려갔다.

"저 물은 그냥 잊어." 내가 말했다.

"하지만……."

설득하느라 시간 끌 때가 아니었다. 얼리사의 어깨를 부여잡고 충혈된 두 눈을 맞추었다. "날 믿어야 해."

얼리사는 마지못해 내 말을 따랐다. 우리는 트럭으로 돌아왔다.

재키는 뜨거운 바람만 나오는 에어컨을 기어이 틀겠다고 시동을 켜 놓았다.

"일단 여기서 벗어나야 해. 최대한 액셀 밟지 말고 조용히 뜨자." 내가 차에 오르며 말했다.

"왜?"

"이따가 말해 줄게. 일단 출발해."

재키가 군말 없이 내 판단에 따라 주길 바랐다. 하지만 얼리사는 해명할 필요를 느낀 모양이었다. 지금 중요한 건 그게 아닌데. 지금은 조용히 빠르게 튀는 게 상책인데.

"저 아래 남자 두 명이 있어. 켈턴은 위험하다고 보나 봐."

"혹시 물도 있어?" 재키가 물었다.

얼리사는 우물쭈물했다. 이로써 다들 필요한 말은 다 들은 셈이다. 재키는 차 문을 박차고 나갔다. 나야 좀비 충동을 겨우 떨쳐 냈지만 재키는 충동 그 자체인 데다 이미 좀비로 변하고 있었다. 나는 재키 앞을 막아섰다. 자칫하면 죽을 수도 있다.

"앞으로 한 시간만 더 가면 저수지가 나올 거야. 그럼 얼마든지 마실 수 있어." 재키를 달래 보았다.

"굴러든 기회를 왜 차 버려? 말이라도 해 보게."

"모르겠어? 나눠 줄 놈들이 아니야. 내 루거보다 훨씬 큰 총을 가졌다고!"

그때 한동안 조용하던 목소리가 끼어들었다.

"누나…… 나 몸이 안 좋아."

트럭 뒤에 서 있던 개릿이었다. 갑판 위에서 폭풍우를 견디는 양

비틀거리더니 눈을 까뒤집으며 털썩 무릎을 꿇고 쓰러졌다.

얼리사가 달려들었다. 나는 얼리사를 거들어 개릿을 차로 옮겼다. 헨리를 몰아내고 뒷좌석에 개릿을 눕혔다.

"괜찮을 거야." 내가 말했다. 얼리사는 동생 걱정에 제정신이 아니었다. "혈압이 낮은 상태에서 갑자기 일어나서 그래. 잠시 누워 있으면 될 거야." 나도 내 말이 맞기를 바랐다.

그때 뭔가 상황이 바뀌었음을 직감했다. 그 정체를 깨닫는 데는 오래 걸리지 않았다. 트럭 시동이 꺼져 있었다. 차 키도 없었다. 그리고 헨리도.

43) 헨리

이제 돌이킬 수 없다. 한 치의 실수도 용납할 수 없다. 기회가 주어졌고, 나는 그 기회를 잡았다. 간단하다. 이제 완수까지 정주행이다. 게임 이론에 의하면 승패를 가르는 열쇠는 바로 결단력이다. 망설이기만 하느니 뭐라도 하는 게 백번 낫다. 그래서 다른 애들이 개릿을 챙기며 어수선한 틈에 난 내가 해야 할 일을 했다. 얼리사는 날 용서하지 않겠지. 하지만 막상 저지르고 보니 별로 신경 쓰이지 않았다.

음악 소리를 따라 산마루터기로 올라갔다. 내려다보니 과연 야영지에 두 사내가 있었다. 나는 몸을 던지다시피 굴러떨어졌다. 손바닥이 다 까졌다. 엎드린 채 숨을 골랐다. 두 사내가 일어나서 흥미진진한 표정으로 나를 맞았다.

"마침 점심 먹으려던 차에 손님이 찾아오셨네." 한 사내가 말했다. 물론 점심 따위는 내 안중에도 없다는 걸 알고 하는 말이었다. 내 시선이 커다란 털북숭이 손에 들린 물병에 고정되어 있었으니까.

생사의 문제에 선심 쓸 여유 따위는 없다. 냉혹한 규칙만 존재할 뿐. 가령 항공 사고로 기내에 산소마스크가 떨어진다면? 물론 자기 마스크부터 쓰고 남을 도와야 한다. 그런데 단 하나뿐인 산소마스크에 내가 먼저 손을 뺐다면? 아니, 남들이 아무리 딱하기로서니 산소를 양보하겠는가. 깊이, 또 깊이 들이마셔야지.

"우리가 뭐 도와줄까?" 물병을 든 사내가 물었다.

"오늘……." 머릿속이 뒤엉켜 말이 제대로 안 나왔다. "오늘 형님들 운이 좋으시네요."

나는 두 다리로 겨우 몸을 지탱하고서 협상을 개시했다.

44) 얼리사

나는 개릿 곁을 잠시도 떠날 생각이 없었다. 켈턴은 헨리를 잡으러 가고 재키는 열선으로 트럭 시동 걸기에 열중했다. 계속 허탕이었다.

"옛날 차는 쉬운데. 요즘 차들은 망할 디지털 인증 칩이 달려서 못 해 먹겠어!"

끔찍한 생각이지만, 기회가 있었을 때 재키가 헨리를 쐈어야 했다. 대체 차 키는 왜 들고 튄 거야? 무슨 생각으로?

그때 캠핑카 앞에 있던 두 사내가 나무 사이로 모습을 드러냈다. 그제야 헨리가 어디로 갔는지, 무슨 생각으로 갔는지 감이 왔다.

"어이 거기! 차에 무슨 문제 있어?" 키 큰 사내가 외쳤다.

격의 없는 말투인데 딱히 친근하진 않았다. 가까이서 보니 인상들이 더러웠다. 위협하려고 작정한 생김새랄까. 우락부락한 몸집에, 나이는 서른 언저리? 모르지. 삶의 풍파로 제 나이보다 삭았을지도. 키 작은 쪽은 양팔이 문신투성이였다. 조악한 문신이었다. 흑청색 잉크로 휘갈긴 문자와 문양이 어깨부터 손등까지 빼곡했다. 키 큰 쪽은 머리를 삭발했는데 두피를 대각선으로 길게 가로지르는 흉터가 있었다. 겉모습으로 사람을 판단하지 말라고들 하지만 이 둘에게서는 어떤 호기심도 일지 않았다. 상상력이 아무리 풍부한 사람도 고정관념을 깨기 어렵게 만드는 인상이었다. 이들은 폭력적인 삶을 살아왔고 그걸 세상이 알아주길 기꺼이 바라는 부류였다.

"비포장도로에서는 헤매기 쉽지. 그래, 길을 잃었니?" 빡빡이가 말했다.

나는 재빨리 주위를 둘러보았다. 헨리를 잡으러 간 퀠턴은 감감무소식이었다. 트럭에는 나와 재키, 그리고 아직 무의식 상태인 개릿뿐이었다.

"문제 일으킬 생각은 없어요……." 말하면서 곁눈질로 보니 재키는 이미 문제를 일으킬 자세를 한껏 취하고 있었다.

"좋아, 좋아. 우리도 마찬가지니까. 그런데 이제 우리 물건에서 물러나 줘야겠다."

"뭐라고요?" 재키가 물었다.

문신한 쪽이 우리 삼촌 차 키를 들어 올렸다. "우리가 방금 샀거든. 네 친구가 물 한 사발에 팔았어."

빡빡이는 재키 얼굴에 떠오른 표정을 보고 웃음을 터뜨렸다. "맞아. 두 손 가득 부어 주었지. 잘도 빨아 먹더라. 신발에 좀 흘렸더니 아예 벗어 들고 고무창까지 핥더라니까. 골 때리는 광경이었어. 그리고는 짝발로 산길을 줄달음쳐 내려갔지. 아주 웃기는 친구야."

하늘도 무심하지. 우리 다섯 중에 유일하게 목을 축인 이가 헨리라니. 그만하면 무난히 살아서 이 숲을 벗어나리라.

"마지막으로 말한다. 우리 물건에서 떨어져." 문신이 권총을 꺼내 들었다.

'진짜로 쏘진 않을 것이다. 단순 협박이다.' 나는 스스로 타일렀다. 생긴 대로 딱 겁주려는 것뿐이다. 고작 위협에 물러설 순 없다.

"저희는 샌개브리엘 저수지에 가야 해요." 나는 트럭 옆에 버티고 서서 말했다. "거기까지만 태워 주시면 넘길게요."

문신은 고개를 저었다. "거래는 끝났어. 흥정할 생각 마."

"잠깐. 너무 서두르지 말자고." 빡빡이의 눈이 나를 위아래로 훑었다. 마치 경매품을 평가하듯이.

바로 그때였다. 재키가 문신한 놈에게 돌진해 총에 손을 뻗었다. 하지만 놈은 빨랐다. 켈턴이 헨리를 제압할 때보다 강하고 빠른 몸놀림이었다. 재키는 속수무책이었다. 놈은 재키의 추진력을 이용해 마치 사교춤을 이끌듯 재키를 획 잡아 돌리고는 팔을 확 꺾었다. 재키는 무릎을 꿇은 채 고통으로 얼굴을 구겼다.

"얌전히 굴라고." 놈이 말했다. 재키는 팔을 붙들린 채 옴짝달싹 못 했다.

그 와중에 빡빡이는 내게서 눈을 떼지 않고 다가왔다. "불쌍한 것. 남자 친구가 저 혼자 살겠다고 팔아넘겼구나."

"남자 친구 아니거든요." 나는 반사적으로 내뱉고 바로 후회했다.

"그럼 더 잘됐네." 놈은 코앞까지 다가왔다.

무릎으로 가랑이를 가격하려는 찰나, 놈이 상체를 훅 구부리며 나를 차에 밀쳐 압박했다. 나는 헛발질만 했다.

"우리가 물을 나눠 줄 수도 있어. 조금만 문명인처럼 굴자고……."

하지만 몸을 짓누르는 방식으로 보아 놈이 생각하는 문명은 내가 생각하는 문명과 영 딴판이었다. 놈의 입에서 담배와 감자 칩 냄새가 났다. 내 평생 다시는 감자 칩을 입에 대지 않으리. 안간힘을 써 발버둥 쳐도 탈수증 탓에 역부족이었다. 이토록 무력한 기분은 난생처음이었다. 끔찍하고 비참했다. 이자가 내게 무슨 짓을 하든 막아 내지 못할 테니까.

"예쁜 머리 다치면 안 되잖아? 우리 캠프로 가자. 그럼 다 괜찮을 거야." 놈이 속삭였다.

그때 별안간 차에서 개릿이 튀어나와 놈에게 매달렸다.

"우리 누나한테서 떨어져!"

개릿은 나를 잡고 있던 놈의 팔뚝을 깨물었다. 어디서 그런 초인적인 힘이 터져 나왔을까? 마치 상어가 물어뜯은 것처럼 피가 철철 났다.

빡빡이가 비명을 내지르며 개릿을 밀쳐 쓰러뜨렸다. 그 틈에 빠져나오려고 했는데 놈이 어찌나 세게 눌러 대는지 꼼짝도 할 수 없었다.

"이 쥐방울만한 게!"

그때 문신한 놈이 친구의 팔이 피투성이가 된 꼴을 보고 개릿에게 총을 겨누었다.

"안 돼애애애!"

단발의 총성에 세상이 무너졌다.

45) 재키

사태가 눈앞에서 펼쳐지는데 막을 수 없었다. 일어날 수조차 없었다. 움직이려 할 때마다 망할 문신 놈이 팔을 비틀었다. 내가 할 수 있는 일이라곤 쌍욕을 하며 어떻게 갚아 줄지 엄포를 놓는 것뿐이었다.

다른 놈이 얼리사를 밀어붙였다. 얼리사는 발버둥 쳤다. 놈이 뭐라고 속삭이는지 몰라도 좋은 말일 리 없었다. 그 와중에 개릿이 정신을 차렸는지 차 안에서 일어나 웬 빡빡이가 제 누나를 괴롭히는 꼴을 보고 다짜고짜 달려들었다. 상황은 악화 일로였다.

빡빡이는 제대로 물렸는지 고통스럽게 울부짖었다. 그러자 문신 놈이 거의 반사적으로 개릿에게 총을 겨누었다. 마치 자기 캠프에 기어들어 온 쥐를 잡으려는 듯이. 나는 고통을 감수하고 몸을 휙 빼 돌리며 소리 질렀다. 녀석이 중심을 잃으면 총알이라도 빗나갈 테니.

총성이 울려 퍼졌다. 문신 놈 무릎이 휘청하더니 푹 고꾸라졌다. 안면이 피투성이였다. 개릿의 얼굴도 피범벅이었다. 하지만 개릿은 살아 있었다. 알고 보니 개릿의 입가에 흐르는 피는 빡빡이를 물어뜯어서 낸 피였다. 문신 놈의 피는 제 피가 분명했다. 왼쪽 눈 위에 관통상이 선명했다. 놈은 한차례 부르르 떨더니 그대로 축 늘어졌다.

10미터쯤 거리에 켈턴이 서 있었다. 쭉 뻗은 팔 끝에, 총이 들려 있었다.

빡빡이는 충격으로 얼어붙었다. "오, 주여—."

하지만 놈은 기도를 마치지 못했다. 켈턴은 팔을 살짝 틀어 한 발 더 쐈다. 총알은 정확히 놈의 인중을 뚫었다. 얼리사가 놈의 피를 뒤집어썼다. 얼리사는 아까부터 계속 비명을 내지르고 있었다. 무슨 일이 벌어졌는지 제대로 파악하지 못한 모양이었다. 땅바닥에 쓰러져 있는 제 동생이 죽은 줄 아는 듯했다. 바로 직전의 현실이 너무 벅차서 바뀐 현실을 눈치채지 못한 것이다. 얼리사가 끝까지 살아남는다면 이때의 착시는 평생의 악몽으로 되풀이되겠지.

빡빡이는 털썩 쓰러지고, 나는 겨우 두 발로 일어섰다. 드디어 얼리사가 현실 세계로 돌아왔다. 얼리사는 빡빡이 시체를 뛰어넘어 개릿에게 직행했다.

"괜찮아? 괜찮아?" 얼리사는 개릿 입가에 묻은 피를 닦으며 동생 피가 아님을 거듭 확인했다.

개릿은 고개를 끄덕였다. 얼리사는 개릿을 끌어안았다. 현실 남매라면 죽다 살아나지 않고서야 그렇게 꼭 껴안을 수 없었다.

나는 켈턴에게 갔다. 켈턴은 총을 든 자세 그대로였다. 두 놈이 금방이라도 살아날 것처럼 노려보면서. 하긴 머리통이 엉덩이에 달린 놈들이니까. 이윽고 켈턴은 총을 내렸다. 나는 켈턴이 식은땀을 흘리거나 주저앉을 줄 알았는데 웬걸, 전혀 흔들림이 없었다. 우릴 살린 장본인이 켈턴이라니, 영 못마땅했다. 상황은 얼마든지 뒤집힐 수 있었다. 오늘의 구원자는 나일 수도 있었다. 하지만 켈턴은 실제로 사격술을 연마한 녀석이었다. 인정하긴 싫지만 총질은 녀석이 나보다 나았다.

켈턴은 두 번 심호흡하고는 나직이 말했다. "차 키랑 총 챙겨서 저놈들 캠프로 가자. 물 가지러."

"좋은 생각이야." 내가 동의했다. 해변에서 처음 만났던 그 켈턴이 맞나? 나는 어느 쪽이 덜 싫은지 갈피를 잡을 수 없었다. 절체절명의 상황에서 방아쇠도 못 당기던 어리숙한 놈? 아니면 단숨에 사내 둘을 죽여 놓고 눈 하나 깜짝 안 하는 놈?

뭐, 이제 눈 하나 깜짝 안 하기는 다들 마찬가지였다. 서로의 행동을 비난하지도 않았다. 드디어 일심동체로 해야 할 일을 하는 경지에 이른 것이다. 그 일이 무엇이든.

알고 보니 총은 문신한 놈만 가지고 있었다. 켈턴은 총을 들어 살폈다. "소염기가 달린 데저트이글이군. 내 거보다 훨씬 좋은 기종이야." 켈턴은 얻은 무기를 챙기고 내게 자기 총을 내밀었다. 나는 받고 싶지 않아 망설였다.

"내가 갖고 있을게." 얼리사가 말했다. 얼굴에 핏자국이 그대로였지만, 굳이 일러 주지는 않았다.

"진심이야?" 켈턴이 물었다.

얼리사는 고개를 끄덕였다. "다시는 아까와 같은 꼴을 겪지 않을 거야."

"헨리는 어떡하지?" 내가 물었다.

켈턴은 육중하게 빛나는 자신의 새 총을 바라보며 어깨를 으쓱했다. "총알 하나는 아껴 둬야지."

이제 정말 빈말인지 아닌지 알 수 없었다.

46) 얼리사

생각에 빠지면 이성을 잃을지 모른다. 눈앞에 시체 두 구가 있다. 생각하지 말자. 내 동생이 총 맞아 죽을 뻔했다. 생각하지 말자. 엄마 아빠는 태평양 연안에 둥둥 떠다닐지도 모른다. 생각하지 말자.

내가 생각할 것은 오로지 저 산등성이 너머 낡은 캠핑카에 있을 물이었다.

"누나…… 나 몸이 안 좋아." 개릿이 아까 쓰러지기 직전에 했던 말을 되풀이했다.

"물 가지러 가는 거야. 괜찮을 거야." 내가 달랬다.

"근데…… 몸에 힘이 안 들어가. 못 움직이겠어."

목소리마저 아까보다 힘이 없었다. 문득 전날 밤 켈턴이 했던 말이 떠올랐다. 죽기 직전에 힘이 불끈 솟는다고. 그게 몸의 마지막 발악이라고.

가만 보니 개릿은 아까 그 최후의 기력을 소진한 듯했다. 그렇다면 영영 눈을 감기까지 채 몇 분도 안 남았을지 모른다.

"서둘러야 해!" 내가 외쳤다. 죽은 자들을 걱정할 여유는 없다. 나는 개릿을 부축했다. 내 몸 하나 지탱하기도 버거웠지만, 동생을 두고 갈 수는 없었다. 우리는 캠프를 향해 한 발 한 발 힘겹게 내디 뎠다.

47) 켈턴

예상과는 달랐다. 훨씬 기념비적인 순간일 줄 알았다. 우주에 구 멍을 내는 느낌일 줄 알았다. 하지만 그렇지 않았다.

탕! 탕!

간단했다. 두 사내는 죽고 우리는 살았다. 분노는 아니었다. 우 리 집을 약탈하던 이웃을 향해 총을 들었을 때와는 달랐다. 두려움 도 아니었다. 해변에서 얼리사를 덮치려던 워터좀비를 마주했을 때와도 달랐다. 탕! 탕! 끝. 다음 임무.

말했듯이 놈들은 게임 규칙에 따라 세상의 혼란을 양분 삼아 살 아가는 자들이었다. 온라인 게임에서 적을 쓰러뜨리면 어떻게 하는가? 무기를 빼앗는다. 그게 바로 내가 한 일이다. 그래서 별 감정이 안 드나? 이제 나도 게임 규칙에 따라 살고 있어서?

산등성이에 올라 캠프를 내려다보니, 지키는 이가 없어 모닥불이 걷잡을 수 없이 번지고 있었다. 주변 덤불은 물론 접이의자도 타고 있었다.

불은 그 옆에 있던 아이스박스에도 옮겨붙었다.

산패한 화합물 냄새가 났다. 뚜껑은 열려 있고 그 안에서 물병이 툭툭 터지는 모습이 눈에 들어왔다. "안 돼!" 얼리사가 소리 지르며 개릿을 내려놓았다. "여기서 꼼짝 마. 금방 올게!"

얼리사와 재키, 나는 물을 구하러 뛰어 내려갔다. 하지만 불이 너무 뜨거웠다.

"이런 제기랄!" 재키는 화염 사이로 손을 뻗었다가 비명을 지르며 주먹을 그러쥐었다. 화상이었다. 그러나 재키는 또다시 손을 뻗었다. 두 번째 시도가 더 고통스러웠는지 펄쩍 뛰며 물러났다. 재키는 분통을 터뜨렸다. "안 돼! 이럴 순 없어! 이건 불공평해!"

"뭐라도 찾아봐!" 내가 외쳤다.

얼리사는 캠핑카를 바라보았다. "여기 있는 물이 다가 아닐지도 몰라. 내가 들어가 볼게."

얼리사는 활활 타오르는 불길을 피해 캠핑카로 뛰어갔다. 바람이 그쪽으로 불고 있었다. 불이 옮겨붙는 건 시간문제였다.

"알았어, 하지만 서둘러!" 내가 얼리사의 등에 대고 외쳤다. 그

리고 화염에 휩싸인 아이스박스를 끌어내기 위해 큰 나뭇가지를
찾아보았다.

48) 얼리사

캠핑카 문을 열어젖혔다. 좋지 않은 냄새가 훅 끼쳤다. 기대도
안 했다. 내부는 켈턴네 벙커와 크게 다르지 않았다. 식품 용기와
더러운 옷가지가 나뒹굴었다. 그리고 전혀 예상치 못한 존재도 있
었다.

"벤지니?"

나는 목소리를 따라 침대칸으로 향했다. 웬 여자였다. 늙고 병든
여자. 꽃무늬 실내복에 분홍 털 슬리퍼 차림이었다. 그녀는 이불을
끌어 덮으며 나를 수상쩍게 바라보았다.

"넌 누구니? 벤지는? 카일은?"

"그…… 그분들이 절 보냈어요. 물 가져오라고요."

노인의 의심에 불을 지핀 셈이었다. "물은 다 아이스박스에 있
잖아! 넌 누구냐고?"

나는 내부를 둘러보았다. 물이 없단 사실을 애써 부정하면서. 나
를 지켜보던 노인은 그제야 의심을 확신으로 바꿨다. 살짝 겁을 먹
은 눈치였다.

"걔들이 보낸 게 아니지! 당장 여기서 나가! 무단 침입이야! 썩 꺼져!"

무기는 없는 듯했다. 있다면 벌써 집어 들었을 것이다. 내게는 있었다. 하지만 늙은 여성을 총으로 위협할 생각은 없었다. 나는 그런 사람이 아니다.

나는 내부를 구석구석 훑었다. 그때 보고 싶지 않은 물건이 눈에 들어왔다. 침대 옆 선반에 있는 액자들. 노인이 작게나마 집처럼 꾸민 공간이었다. 빛바랜 사진 하나가 눈길을 끌었다. 나이 차가 나는 두 소년. 미키마우스 모자를 쓴 채 카메라를 향해 익살스러운 표정을 짓고 있었다. 벤지와 카일이었다. 둘은 형제였다. 알고 싶지 않았다. 그들이 과거에 미키마우스 모자를 썼다는 사실도, 누군가가 그들의 사진을 침대 머리맡에 두었다는 사실도. 이 소년 중 하나가 개릿을 쏘려고 했다. 다른 하나는 날 강간하려고 했다. 그랬잖아. **맞잖아.**

"저거 연기야? 대체 무슨 일이야!" 노인이 소리쳤다.

"여기 계시면 안 돼요. 저희와 함께 가요." 내뱉자마자 아차 했다. 그랬다가는 트럭 앞에 누워 있는 두 아들의 시신을 마주칠 테니.

"아무 데도 안 가! 지금 내가 등산하게 생겼니?" 노인은 입술을 깨물며 고개를 흔들었다. "우리 애들이 돌아오기 전에 떠나는 게 좋을 거야. 걔들은 무단 침입자를 제일 싫어해."

그때였다. 물! 창턱에 놓인 플라스틱 컵에 담겨 있었다. 노인이 팔 뻗으면 닿을 거리였다. 그녀도 내 시선을 알아차렸다. 잠시 팽팽한 침묵이 이어졌다……. 노인이 몸을 날렸다.

나도 냅다 몸을 날렸다. 하지만 상대가 먼저 물컵을 낚아채고 품에 가뒀다. 나는 빼앗으려고 덤볐다.

"내 거야! 내 물이야!"

물컵을 잡으려 할수록 물은 출렁대며 컵 밖으로 흘러넘쳤다. 이렇게 실랑이하다가는 죄다 쏟아질 게 뻔했다.

"벤지! 카일! 살려 줘!"

나는 노인의 손을 잡았다. 더는 물이 튀게 할 수 없었다. 그녀는 다른 손으로 나를 밀어냈다. 그러고는 컵을 자기 입가로 가져갔다. 노인에게 남은 물도 이 물이 마지막이었던 것이다. 내가 이 물을 뺏으면 노인은 죽는다. 뺏지 않으면 내 동생이 죽는다.

나는 끔찍한 짓을 저지르고 말았다.

뺨을 후려쳤다. 있는 힘껏. 노인이 중심을 잃자 나는 손에서 컵을 빼앗아 들었다. 물이 왈칵 넘쳤다. 이제 남은 물은 얼마 되지 않았다. 고작해야 두세 모금. 누군가의 갈증을 풀진 못해도 내 동생은 살릴지 모른다.

나는 노인에게서 뒷걸음쳤다. "불이 문 앞까지 닥쳤어요. 여기서 나가야 해요." 내가 말했다.

막상 그녀가 여기서 나가 봐야 좋을 게 뭐가 있을까? 외딴 숲속 한가운데 홀로 남아서. 불을 피한대도 이내 갈증으로 죽겠지. 어쨌든 나는 등을 돌렸다. 결단을 내렸으니까. 내 동생을 살리기 위해 누가 죽어야 한다면, 얼마든지 물을 빼앗고 죽게 내버려 둘 테다. 헨리가 맞았다. 살아남기 위해 괴물이 돼야 할 때도 있다. 지금 나는 괴물이다.

49) 재키

'내 손! 내 손! 무식하게 덤비는 게 아니었는데!' 하지만 아이스박스를 집어삼킬 듯 날름거리는 지옥 불을 향해 자꾸만 손을 뻗고 싶었다. 손가락과 손바닥이 이미 물집으로 퉁퉁 부르터 올랐다. 고통은 차츰 무딘 얼얼함으로 바뀌었다.

켈턴은 나뭇가지 하나를 들고 나타나 아이스박스를 향해 휘적거렸다. 가장자리에 나뭇가지가 걸렸다. '내 손! 내 손!' 켈턴이 나뭇가지를 끌어당기자 아이스박스가 손톱만큼 움직였다. 다시 시도하자 또 손톱만큼 움직였다. 이번에는 확 잡아당겼다. 그때 반쯤 녹은 측면이 확 벌어지면서 왈칵 물을 쏟아 냈다.

"안 돼!"

불길 속에 수증기가 확 피어오르더니 이내 사라졌다. 녹아 쓰러러진 아이스박스 바닥에 한두 개 남아 있던 생수병이 내용물을 줄줄 쏟아 냈다. 의미도, 쓸모도 없이. 불은 진압되긴커녕 더욱 거세지며 아이스박스의 남은 면마저 허물어뜨렸다. 이제 끝이다. 다 사라졌다. 고개를 들어 보니 그제야 불이 얼마나 번졌는지 눈에 들어왔다. 마른바람이 부채질하고 있었다. 이미 우릴 향해 다가오는 산불에 하나를 더한 셈이다.

얼리사가 캠핑카를 박차고 나와 널름거리는 불길을 뛰어넘었다. 손에 뭔가 들고 있었다. 뭐지? 컵인가? 뭔가 소중한 것을 들고 있는 모양새였다. 뭐겠는가?

빼앗을 수도 있다. 따라잡아서 빼앗으면 된다. 그리고 들이켜면 된다. 당장 내 손보다 화끈거리는 갈증을 풀 수 있다.

하지만 그러지 않았다.

얼리사 자신을 위한 물이 아니었으니까.

빼앗지 않을 것이다. 오늘날 수많은 이들이 인간성을 저버리는 모습을 목격했지만, 나는 이제야 내 안의 인간성을 발견했기 때문이다.

50) 얼리사

개릿은 두고 온 자리에 그대로 있었다. 불타는 캠프가 내려다보이는 언덕에서 나무에 등을 기댄 채. 고개가 한쪽으로 축 늘어져있고 눈은 게슴츠레했다. 이미 죽었을지도 모른다. 숨을 쉬는 것 같지 않았다. 설마!

"개릿, 개릿! 누나야!"

나는 동생 곁에 무릎을 꿇었다. 컵을 입가에 가져다 대고 물을 조금 흘려 넣었다. 안 삼키면 어떡하지? 아니, 영영 못 삼키면?

입가에서 물이 찌르르 흘러내렸다. 너무 지체했어! 물컵을 보자마자 노인을 쐈어야 했는데. 그랬다면 십 초는 벌었을 텐데. 그 십 초가 내 동생을 살렸을지도 모르는데. 제발 삼켜, 개릿! 제기랄, 삼키라고!

개릿이 쿨럭거렸다. 쿨럭거렸어! 개릿은 힘겹게 눈꺼풀을 들어 올렸다.

"물이야, 개릿! 삼켜!"

"그러고 싶은데, 잘 안 돼."

개릿은 눈을 감고 억지로 물을 삼켰다. 조금 더 흘려 넣었다. 개릿은 힘겹게 넘겼다. 나는 나머지를 다 털어 넣었다. 세 번째 목 넘김은 좀 더 수월했다. 안색은 여전히 병약하고 기운을 못 차렸다. 그래도 일단 들어는 갔다. 물은 몸 안에서 그 무엇보다 빠르게 흡수되리라. 위장에 도달하자마자 스펀지가 빨아들이듯이 남김없이 사라지리라.

"이게 다야?" 개릿의 물음에 나는 웃음이 터졌다.

"더 있을 거야."

그제야 캠프를 돌아보았다. 재키와 켈턴이 우리 쪽으로 올라오고 있었다. 불은 무서운 속도로 나무에서 나무로 번졌다.

"혹시 그 노인, 캠핑카에서 탈출했어?" 내가 물었다. 비로소 동생 말고 남 걱정할 여유가 생긴 것이다.

켈턴은 재키와 내 얼굴을 번갈아 봤다. "캠핑카에 누가 있었어?"

나는 다시 캠프를 내려다보았다. 캠핑카와 주변 잡목림은 불바다였다. 문은 열고 나온 그대로였다. 비명은 들리지 않았다. 하긴 들린다 한들 내가 뭘 어쩌겠는가? 캠핑카로 접근할 수 있는 길은 불길에 완전히 막혔다.

"이제 움직여야 해." 켈턴이 말했다.

나는 개릿을 부축해 트럭으로 돌아왔다. 이곳에서 겪은 일을 잊을 수 있을까? 결코 쉽지 않을 것이다.

51) 켈턴

재키는 운전할 수 없었다. 풍선처럼 부풀어 오른 손으로 운전대를 잡았다가 고통에 찬 비명을 내질렀다. 운전이라면 얼리사와 나둘 중에서 그나마 내가 나았다. 연습 면허라도 있으니까. 아빠는 내게 스스로 운전할 자격을 얻으라면서도 빈 주차장에 데려가 주행 연습을 시켰다. 아빠 말로는 내가 들이박은 가상의 차량만 스무 대가 넘었다. 다행히 지금 내가 걱정할 것은 나무들뿐이었다.

나는 기어를 넣었다. 얼리사가 조수석에서 사륜구동 스틱을 보조하고 나는 주행에만 집중했다.

트럭은 휘청거리며 나아갔다. 기어에서 끽끽 소리가 났다. 나무에 긁히고 바위에 부딪혔다. 재키는 반사적으로 손을 짚을 때마다 욕을 내뱉었다. 백미러로 개릿을 보니 아까처럼 산송장은 아니었다. 그냥 안색이 나빴다. 우리처럼.

기운이 없었다. 캠프에서 연기를 들이마신 탓에 호흡이 가빴다. 일산화 탄소 중독이었다. 적혈구가 뇌로 산소를 제대로 실어 나르지 못하는 것이다. 화재 시 사람들이 연기로 질식사하는 이유였다. 아직 의식은 있으니 질식사로 죽지는 않겠지만, 내 목숨을 앗아 갈 수 있는 요인은 그 밖에도 많았다. 내 운전 실력까지 포함해서.

눈을 뜨고 있기도 버거웠다. 그래도 떠야만 했다.

산등성이를 하나 더 넘어 다시 내리막이었다. 하지만 이번 내리막은 유난히 가팔랐다. 진작 지형학 지도를 확인했어야 했는데!

"조심해, 켈턴!" 얼리사가 외쳤다.

나는 냅다 브레이크를 밟았다. 바퀴가 미끄러지기 시작했다. 30도쯤 기울어졌을까. 우리는 가파른 산비탈 아래로 내리닫았다. 바퀴는 마찰력을 잃었고 브레이크도 소용없었다. 그 무엇도 우리의 활강 속도를 늦추지 못했다. 나는 나무나 바위에 부딪히지만 않으려고 안간힘 썼다.

"켈턴! 집중해!" 재키가 소리쳤다.

집중력은 이미 최고조였다. 나는 운전대를 오른쪽으로 꺾었다. 나무 한 그루를 치고 왼쪽으로 급회전했다. 큰 돌에 부딪혀 튀어 올랐다. 트럭 아랫배가 찢어지는 소리가 났다. 경사는 급하다고 느낄수록 더 기울었다. 이제 운전은 내 손을 떠났다. 중력이 떠맡았다. 나는 운전대를 쥐고 몸에 잔뜩 힘을 주었다.

쾅! 눈앞에 하얀 섬광이 번쩍했다.

가슴과 배가 뻐근했다. 누가 명치를 걷어찬 느낌이었다.

호흡이 달려 숨을 헐떡였다. 결국 일산화 탄소 중독으로 죽는 건가.

아니다. 그냥 호흡이 달렸을 뿐이다. 에어백이 터지고 트럭은 멈춘 상태였다.

"다들 괜찮아?" 얼리사의 목소리였다.

"아니." 재키가 대꾸했다. 괜찮다는 뜻이었다. 개릿은 끙끙대며 내 운전 실력을 욕했다.

나는 차 문을 걷어차다시피 열었다. 휘발유 냄새가 확 끼쳤다. "조심해. 연료 탱크가 새나 봐."

어느새 우리는 길 위에 있었다. 좁고 엉성하지만, 도로였다!

"이스트포크로드일 거야!"

불행 중 다행이었다. 나는 트럭을 빠져나왔다. 걸어도 걷는 게 아니었다. 질질 끄는 수준이었다. 삭신이 쑤셨다. 머리가 곧 달걀처럼 깨질 것 같았다. 그냥 뻗어 버리고 싶었다. 미치도록. 일 분만.

그러나 참았다. 무슨 느낌인지 알기에. 이 느낌이 무엇을 뜻하는지 알기에.

트럭은 끝장났다. 자동차 파괴 경기를 완주한 모양새였다. 한쪽 바퀴는 펑크 나고 또 한쪽은 아예 옆으로 돌아갔다.

"저수지까지는 저쪽으로 1.5킬로미터쯤이야. 남은 길은 걸어가야 해." 내가 서쪽을 가리키며 말했다.

"난 갈 수 있어." 이틀 동안 유일하게 조금이나마 물을 마신 개 릿이 말했다. 하지만 얼리사와 재키는 사형 선고라도 받은 표정으로 날 바라보았다.

재키는 머리를 흔들었다. "1.5킬로미터는 내 능력 밖인데."

"그냥 생각하지 마. 못 걷겠다는 느낌이 들어도 계속 걷는 거야." 얼리사가 말했다.

그래서 우리는 묵묵히 걷기 시작했다. 서쪽으로. 어느새 내가 선 두였다.

내 몸 어디선가 불끈 힘이 솟아났기 때문이다.

52) 얼리사

걷고, 또 걸었다. 오른발, 왼발, 다시 오른발.

나는 산 것도, 죽은 것도 아니었다. 그 사이 어디쯤이었다. 터벅

터벅. 1.5킬로미터는 얼마나 멀지? 몇 발자국 남았을까? 아니다, 세지 말자. 뇌 기능은 거의 마비되었다. 저 멀리 있을 물만 생각하자. 내 발을 움직여 나아가게 하는 유일한 동력이니까. 터벅터벅.

다른 애들도 마찬가지였다. 켈턴은 몇 미터 앞에 있었다. 걸음걸이가 비정상이었다. 우리처럼 발을 질질 끄는 모양새였다. 잠깐 새 활력을 얻은 듯하더니 점점 처지고 있었다.

짐작이 맞는다면 이제 우리는 워터좀비다.

나무 사이로 연기가 뿜어져 나와 눈앞을 흐렸다. 기침이 나왔다.

"얼마나 더 가야 해?" 가까스로 끌어낸 목소리는 내 목소리 같지 않았다.

아무도 대답이 없었다. 이제 한 300미터 남았으려나…….

그러나 갈수록 연기가 자욱했다. 잠시 후 눈앞에 불꽃이 보였다.

캠프에서 난 불이 여기까지 번졌나? 아니면 다른 산불인가? 어느 쪽이든 상관있을까? 있을지도. 일렁이는 불꽃은 벤지와 카일, 병든 노모의 한 맺힌 영혼 같았다.

어느새 산불은 길 건너편까지 훌쩍 닥쳤다. 이제 좁다란 길은 우릴 향해 날름대는 화마의 시커먼 혀처럼 보였다. '어느 쪽이 더 괴로울까? 불에 타 죽는 것? 목이 타 죽는 것?' 둘 다 상상을 초월하는데 어찌 우열을 가리겠는가?

"이렇게는 못 가." 켈턴이 말했다. "오른쪽 산을 타고 올라가자."

"물에서 멀어지잖아." 재키가 투덜댔다.

"불에서 멀어지기도 해. 북쪽으로 돌아 내려가면 저수지야."켈턴이 말했다.

불을 피해 돌아가려면 고행길이 도로 늘어나는 셈이었다.

"거의 다 왔잖아! 물이 보인다고!"재키가 분통을 터뜨렸다.

분명 환각이다. 전방의 용광로 같은 도로에는 불꽃과 연기밖에 보이지 않았다.

"난 뚫을 수 있어."재키가 말했다.

"못 뚫어." 내가 말했다. 물론 듣고 싶은 말은 아니겠지. 하지만 의지만으로 산불과 싸울 수는 없는 노릇이었다. 위협한다고 불꽃이 물러나겠는가.

그때 뒤에서 폭발음이 났다. 검은 연기가 하늘로 뭉게뭉게 치솟았다.

"트럭……."켈턴이 중얼거렸다. 그러고 보니 떠날 때 휘발유가 새고 있었다. 혹시 불이 우리 뒤를 몰래 따라와 기름에 옮겨붙었다면? 이제 우리는 앞뒤로 꽉 막힌 셈이었다. 우리가 갈 수 있는 길은 우측 산비탈뿐이었다. 북쪽으로, 불의 마수를 피해.

"저 앞에 물이 있잖아."재키가 고집을 부렸다."내가 알아. 봤다고."재키는 순식간에 나무에서 나무로 옮겨붙는 불길을 쳐다보았다."어차피 금세 따라잡힐 거야. 전진하는 수밖에 없어."재키는 빨갛게 부은 자신의 손을 내려다봤다."그깟 불이 대수라고."

재키와 잠시 눈이 마주쳤……. 그 눈빛으로 알았다. 재키는 죽기 살기로 전진하기로 마음을 굳혔다. 물에 도달하든지 불에 잡아먹히든지 둘 중 하나일 것이다. 어느 쪽이든 이제 다시는 볼 수 없겠지. 뭔가 말하고 싶은데 뭐라고 말하면 좋을지 몰랐다. 행운을 빌어? 이 상황에 너무 허접하고 무의미한 말이었다. 재키도 같은 마음이었을까. 그냥 고개만 끄덕였다. 어떤 말이든 받은 셈 치겠다는 뜻이었다. 그러고는 등을 돌려 나아갔다. 질질 끌던 걸음걸이가 어느새 뜀박질로 변했다. 재키는 정말 달리고 있었다! 연기 속으로 사라지는 뒷모습이 재키의 마지막 모습이었다.

"누나, 가자." 개릿이 재촉했다.

"말렸어야 해……."

"어차피 못 막아." 켈턴이 말했다. 그래, 말려 봐야 의미가 없다. 우리에겐 나쁜 선택만 남았으니까. 재키는 자기만의 나쁜 선택을 했을 뿐이다. 이제 우리 차례다. 나는 북쪽을 바라보았다. 산비탈은 가팔랐다. 도저히 오를 힘이 없었다. 하지만 오를 것이다. 오르고 말 테다.

53) 재키

열기가 뺨을 간질였다. 얼마든지 나를 그슬고 지지고 태울 수 있는데도, 불은 뜸을 들였다. 그저 간지럽힐 뿐이었다. 나를 갖고 노는 것이다.

경사가 변했다. 전방은 내리막이었다. 나는 발을 멈추지 않았다. 바로 저 아래 물이 있으니까. 다른 애들은 한 치 앞을 못 봤다. 눈 앞의 불만 보고 그 너머를 내다보지 못했다. 불이 눈을 가린 셈이다. 이로써 첫 모금의 주인은 나다. 아니, 애들이 올 때쯤 내가 저수지의 물을 다 들이켜지 않으면 다행이다. 만약 올 수 있다면. 내가 처음이자 마지막일지도 모른다. 불에 정면으로 도전한 사람은 나밖에 없으니까.

돌아보지 말자. 돌아봐야 온통 죽은 숲과 연기뿐이니. 이제 불은 사납게 일렁였다. 맥박이 날뛰는 탓에 더 그렇게 보이는지도 몰랐다. 살아 있는 용광로처럼 마구 휘몰아치는 느낌이었다. 굶주린 불의 신처럼.

나는 나뭇가지 하나를 밟고 철퍼덕 넘어졌다. 불붙은 가지였다. 위에서 타오르던 나무에서 떨어진 것이다. 고개를 들어 보니 우듬지들이 타고 있었다. 양옆에선 자욱한 연기 사이로 불길이 나무껍질마다 옮겨붙으며 장벽처럼 밀려들고 있었다. 땅 근처는 공기가 미약하게나마 시원했다. 조금이나마 가슴이 덜 타는 느낌이었다. 나는 정신을 가다듬고 다시 달렸다. 그나마 나은 공기라도 들이켜려고 몸을 수그릴 대로 수그리고서.

온몸이 욱신거렸다. 열기는 장난질을 멈췄다. 하지만 불길은 내게 닿지 않고도 나를 괴롭힐 수 있었다. 태우지 않고 구울 수 있었다. 나는 고통을 떨치려고 더 빨리 움직였다. 사방에서 불어오는 바람에 불꽃이 소용돌이쳤다. 그때였다.

재키……. 재키…….

등 뒤에서 돌풍이 내 이름을 불렀다. 내 뺨을 스치며 속삭였다. 평생 내 뒤를 따라다닌 바람, 공허의 부름이었다. 하지만 지금은 전능한 존재가 되어 사방에서 휘몰아쳤다.

실로 처음으로, 겁이 났다.

공허는 평생 나를 꼬드기고 부추겼다. 이제 와서 넘어갈 수는 없다. 사생결단이다. 젖 먹던 힘까지 끌어모아 맞서 싸울 테다!

이제 불길은 도로까지 밀고 들어와 내 앞을 완전히 가로막았다. 나무란 나무는 모조리 불타고 있었다. 거대하게 일렁이는 불바다 너머로 무언가 반짝였다.

저수지!

지옥의 장막 너머의 구원.

그럼 이 구간이 연옥인가. 천국으로 향하는 길목이라면 상관없다.

재키…….

고통은 상상을 초월했다. 그래도 달렸다. 도저히 눈을 뜰 수 없었다. 차라리 눈을 질끈 감았다. 그러자 공허를 똑바로 볼 수 있었다. 나는 하얀 불꽃과 절대 어둠 속으로 돌진했다. 삶과 죽음의 결합체를 향해. 공허는 서서히 내 몸을 덮쳤다. 그다음은 확실히 예측할 수 있었다. 내 영혼을 노리는 것이다.

하지만 쉽게 내줄 생각은 없다.

속도를 줄이지 않았다. 고통을 무시했다. 천국의 물을 향해 이글거리는 공허를 돌파했다.

54) 얼리사

불길은 산을 타고 우리를 쫓아왔다. 한껏 멀어졌다 싶어 돌아보면 그리 멀지 않은 곳까지 따라와 있었다. 하지만 더 가까워지지도 않았다. 우리랑 보조를 맞추고 있었다. 그러므로 잠시라도 속도를 줄였다가는 금세 따라잡힐 것이다.

바람이 불어왔다. 뒤에서 떠미는 바람은 아니었다. 산꼭대기에서 우리를 향해 불어왔다.

'불이 바람을 빨아들여 몸집을 불리고 있어.'

문득 해변의 환영이 펼쳐졌다. 밀려오는 파도가 수면 아래 저류를 형성하고 연안의 물을 끌고 돌아갔다. 지금 그 저류에 갇힌 우리 뒤로 거대한 파도가 덮쳐 오고 있었다. 심신이 미약한 상태에서 그토록 강렬한 이미지가 떠오르니 정신이 아찔했다. 딱딱 터지며 지글거리는 나무 수액, 나직하게 그르렁대는 불길의 숨결이 한데 어우러져 폭풍우가 몰아치는 바다처럼 불길한 소리를 냈다. 언뜻 착각할 뻔했다. 나는 지금 해변에 있고, 거대한 쓰나미로부터 달아나고 있다고. 두 걸음 앞에서 산을 오르는 동생을 보고 나서야 기억이 났다. 우리가 지금 어디에 있고, 뭘 하고 있는지. 차라리 우리를 쫓아오는 게 물이었다면. 소금물이라도 상관없다. 내가 지금 해변이라면 죽을 때까지 들이켤 텐데. 워터좀비처럼.

셋이 나란히 출발했건만 마지막에 물을 마신 개릿은 몇 미터 앞서고 켈턴은 뒤처졌다.

"우리가…… 꼭대기에…… 도착하면……." 켈턴은 호흡 곤란과 기침 사이를 오가며 씨근덕거렸다. "왼쪽으로…… 꺾어서…… 가로지르면…… 그…… 그럼……."

"저수지야." 내가 거들었다.

"빨리 와!" 개릿이 소리 질렀다. 이제 한참 멀어진 개릿은 우리가 제대로 따라가지 못하자 짜증을 냈다. "이제 얼마 안 남았어!"

하지만 내 눈에 정상은 너무나 까마득했다. 돌아보니 켈턴은 한참 뒤였다. 나무 그루터기에 몸을 기댄 채 숨을 고르고 있었다. 불씨가 색종이 조각처럼 켈턴 주위를 떠돌았다.

"켈턴!"

"자…… 잠깐……."

나는 켈턴에게 돌아갔다. 불과의 거리가 부쩍 가까워졌다.

"잠깐…… 일…… 일 초만……."

너무 뜨거워 옷에 불이 붙은 줄 알았다. 건조한 내 피부가 당장이라도 타오를 것 같았다.

"조금만 쉬자…… 조금만……." 켈턴이 중얼거렸다.

"안 돼!" 내가 외쳤다. '쉬자'라는 말에 무릎이 휘청 꺾일 뻔했다. 듣기만 해도 달콤했다. 파도 소리. 휴식. 차디찬 모래사장에 엄지발가락이라도 담갔으면. "안 돼!"

나는 켈턴을 부여잡고 그루터기에서 거칠게 떼어 냈다.

"나는…… 이제……." 켈턴이 웅얼거렸다.

"움직여야 해!" 나는 켈턴을 일으켜 세우고 등을 떠밀었다. 끝내 비실대다 죽으려고 여기까지 온 게 아니다. 그러려고 눈앞에서 가족의 참사를 겪은 게 아니다.

나는 켈턴을 살려야 한다는 일념으로 내 안의 주저앉고 싶은 욕구를 딛고 일어섰다.

우리는 계속 위로 향했다. 그러고 보니 이게 나의 마지막 기력이었다. 바닥나기 직전에 불끈 솟아나는 힘. 그 힘을 자기를 위해 썼다는 걸 켈턴이 알아주길 바랐다.

이제 개릿은 내 시야를 벗어났다. 한참 위에서 나를 부르는 소리가 들렸다. 나는 그 목소리에 집중했다. 그때 켈턴이 다시 털썩 주저앉았다. 기댈 곳을 찾아 숨을 고르는 게 아니었다. 그냥 땅바닥에 널브러졌다. 몸을 가누지도 못했다.

"아…… 안전실, 안전실로 가……."

헛소리였다. 내가 해 줄 수 있는 게 없었다. 타는 갈증으로 켈턴의 뇌 기능이 차단되고 있었다. 내가 뭘 어떻게 해야 무기력한 저두 다리가 살아 움직일까? 머릿속에 떠오르는 생각은 하나였다.

"누구 맘대로 멈춰! 지금 엉덩이 안 일으키면 나도 죽어! 그래도 괜찮아? 너 때문에 내가 죽어도 좋아?"

눈곱 낀 켈턴의 눈이 나와 마주쳤다. 켈턴 뒤로 불붙은 나뭇가지가 떨어져 마른 풀에 옮겨붙었다. 켈턴은 두 손을 짚고 몸을 일으켰다. 그러고는 엉금엉금 기어오르기 시작했다. 먹혀들었다! 내가 켈턴을 살리고자 안간힘을 썼듯이 켈턴도 나를 생각해서 마지막 기력을 쥐어짠 것이다. 그게 바로 인간 본성의 참모습이었다. 살고자 하는 의지를 잃었을 때조차 서로를 구할 힘은 기어이 우러나오는 것이다.

드디어, 드디어 꼭대기에 다다랐다. 내가 아직 살아 있다니, 믿기지 않았다. 살아 있는 기분이 아니었다. 내 몸은 저 아래서 이미 죽었는데 내 영혼은 저주에 걸려 이곳을 영원히 떠돌 운명 같았다. 갈증과 화염에 발목 잡힌 채 산을 끝도 없이 기어오를 운명.

개릿은 평평한 바위 위에서 서쪽을 바라보며 숨을 몰아쉬고 있었다. 내가 다가갔다. 탁 트인 정경 아래 저수지가 보였다! 고작 500미터 아래에! 켈턴 말이 맞았다. 켈턴이 맞았어!

하지만 불순한 의도로 스멀스멀 다가온 불은 어느새 우리와 저수지 사이에서 맹위를 떨치고 있었다. 이토록 물이 가까운데 닿을 수 없다니!

"북쪽으로! 돌아 내려가야 해!" 가까스로 말을 내뱉었다. 혀는 가죽처럼 뻣뻣하고 목구멍은 종잇장처럼 버스럭거렸다. 아직 북쪽으로 가면 불길을 피해 갈 수 있다. 오르막이 어렵지, 내리막은 쉬울 것이다. 그렇겠지? 불길을 우회해 저수지로 내려가면 된다.

그때 켈턴을 돌아보았다. 흙먼지 속에 얼굴을 처박고 쓰러져 있었다.

"안 돼!"

나는 헐레벌떡 달려가 켈턴을 바로 뉘었다. 불바다의 포효에 묻혀 켈턴의 숨소리가 들리지 않았다. 나는 켈턴의 눈을 강제로 벌려 나와 눈을 마주치는지 확인했다.

"켈턴! 일어나!"

마침내 켈턴은 뭐라고 웅얼거렸다. 말이 아니었다. 목구멍에선 미약하게 꼴깍거리는 소리와 쉿소리만 나왔다. 눈동자가 뒤로 넘어갔다. 그때 알았다. 켈턴은 이제 일이 분이면 죽는다. 이제 내가 막을 수 없다. 개릿과 내가 힘을 합쳐도 켈턴을 데려갈 수 없다.

"누나……?"

나는 뒤를 돌았다. 개릿은 올라온 방향과 반대쪽으로 몇 발짝 내려가 있었다. 북쪽. 살고 싶다면 우리가 가야 할 방향. 그쪽으로 다가가자 개릿이 본 광경이 내 눈에도 들어왔다.

산 반대편은 내리막길이 아니었다.

낭떠러지였다.

적어도 15미터 높이의 깎아지르는 절벽. 이제 다른 길은 없다. 우리가 올라온 길밖에는. 진퇴양난이었다.

개릿이 망연자실한 얼굴로 나를 쳐다보았다. 그 표정에 가슴이 미어졌다. 개릿은 힘이 풀려 휘청거렸다. 어깨가 축 늘어졌다. 잔혹한 현실이 동생의 남은 기력마저 몽땅 빼앗아 간 것이다. 재빨리 개릿을 끌어당겼다. 행여나 졸도하며 절벽 아래로 떨어질까 봐. 나는 동생을 꽉 붙들었다.

"괜찮을 거야."

"아니, 아니야. 누나도 알잖아." 개릿이 맥없이 대꾸했다.

안다. 하지만 시인할 수는 없었다. 동생 앞에서는. 나는 개릿을 데리고 평평한 바위로 돌아왔다. 꼭 제단 같았다. 우리의 희망을 제물로 바칠 성소. 개릿은 내게서 등을 돌린 채 두 무릎을 가슴팍에 끌어당기고 웅크렸다. 시선은 저수지를, 코앞에 두고도 닿을 수 없는 물을 향했다. 개릿이 마지막으로 기억하고 싶은 이미지는 지난 추억도, 우리 가족도 아닌, 물이었다.

불이 다가올수록 귀청이 터질 듯했다. 하늘은 연기 때문에 초저녁처럼 어둑어둑했다.

불현듯 내가 할 일을 깨달았다.

불에 타 죽는 게 인간이 느낄 수 있는 가장 고통스러운 죽음이라 했다. 꼭 그럴 필요가 없다면? 그 방식을 거부하겠다. 내 동생이 산 채로 타 죽게 내버려 두진 않을 테다.

나는 총을 꺼내 들었다. 퀠턴이 건네준 뒤로 허리춤에 불편하게 쑤셔 넣고 다닌 총. 트럭에 버려두고 올까도 생각했었다. 산을 오를 때 그냥 던져 버리고 싶었다. 너무 크고 무거웠다. 하지만 내 안의 뭔가가 말렸다. 내 평생 장전된 총을 지니고 있다는 사실이 이토록 끔찍하면서도 다행일 줄은 몰랐다. 개릿이 볼까 봐 등 뒤로 감추고 다른 팔로 개릿의 어깨를 감쌌다. 개릿이 내게 기댔다. 흐느끼고 있었지만 눈물은 나오지 않았다.

"누나, 집에 가고 싶어. 지난주로 돌아가고 싶어."

"나도 그래." 내가 말했다. 이 모든 게 고작 일주일도 안 된 일이라니.

밑에서 불타던 나무 한 그루가 쓰러졌다. 불꽃이 터지는 소리와 함께 불붙은 가지가 하늘 위로 날아갔다. 사방에 불씨가 퍼졌다. 나는 동생의 머리로 총을 가져갔다. 갖다 대지는 않았다. 모르게 하고 싶었으니까.

"사랑해, 개릿." 내가 속삭이자 개릿도 따라 말했다. 남매끼리는 서로 절대 하지 않을 말이다. 그 어떤 말도 무의미할 때가 아니고서는…… 나는 방아쇠에 손가락을 걸고 총의 무게를 느꼈다. 그러나 망설였다. 이대로 조금만…… 잠시만……. 그때 개릿이 들릴 듯 말 듯 속삭였다.

"해, 누나."

개릿은 나를 보지 않았다. 총도, 나도 보고 싶지 않은 것이다. 그래서 나는 개릿의 관자놀이에 총구를 갖다 댔다. 짧고 보드라운 머리털.

"얼른 해. 제발……."

마음을 단단히 먹자. 내가 아니라 개릿을 위해. 저 화염에서 구하기 위해. 그리고 나서 켈턴도 구할 것이다. 그다음은 내 차례다.

소방 비행정은 한 마리 펠리컨처럼 수면 위를 미끄러지듯 날았다. 자취도 남기지 않을 만큼 부드럽게 급강하하더니 부리를 푹 담근 지 몇 초 만에 수천 리터의 물을 퍼 올렸다. 요 며칠 조종사와 그의 바닷새는 이 일을 이룰 수도 없이 반복했다. 작전 사령관이 직접 명령한 일이었다. 샌개브리엘 저수지에서 물을 채운 뒤 약 30킬로미터 밖 애로헤드 호수에 접근하는 산불 위로 뿌리라는 지시였다. 빅베어레이크로 향하는 길목을 막은 화재는 벌써 수많은 사상자를 냈다. 그건 이미 조종사의 손을 떠난 일이지만, 적어도 애로헤드로 뻗치는 불길은 잡을 수 있을지도 모른다.

바닷새는 저수지에서 고개를 쳐들고 하늘 위로 솟구쳤다. 조종사는 저수지를 둘러싼 불더미에 입을 다물지 못했다. 언제 이렇게 덩치를 불렸을까? 소방 당국은 화재 진압이 어려우면 일부러 맞불을 놓는다. 산불이 더 번질 수 없게 울타리를 치는 셈이다. 이 불은 딱 봐도 그런 불이 아니었다. 진짜였다. 하지만 그는 단지 물을 채우러 왔을 뿐이다. 투하 지점은 동쪽으로 한참 가야 한다. 군에서 따로 병력을 마련할 것이다. 여긴 최우선 지역이 아니다.

산불 진압은 끝이 없는 두더지 잡기 게임 같았다. 차라리 그렇게 생각하면 조금이나마 마음이 편했다.

물을 채우러 저수지로 올 때마다 터질 듯 붐비는 대피소 하나를 지나와야 했다. 울타리 안에 갇힌 절망적인 사람들을 볼 때마다 탑재한 물을 모조리 쏟아붓고 싶었다. 하지만 그것은 자원 낭비나 다름없었다. 산불을 진압하는 쪽이 더 많은 생명을 살릴 수 있는 길이었다. 그래서 대피소를 지날 때마다 좀 더 높이 날았다. 사람들이 개미만 하게 보일 때까지. 동정심에 맞불을 놓는 작전이었다. 양심이 자신을 산 채로 불사르기 전에.

하지만 저수지를 떠나려던 그때, 이상한 점을 포착했다. 누가 불속으로 뛰어들고 있었다!

바닷새는 이제 막 저수지에서 급상승하던 참이었다. 아찔함에서 비롯된 착각일까? 조종사는 확실히 하려고 왼쪽으로 비스듬히 선회했다.

틀림없었다. 누군가가 불길을 향해 돌진하고 있었다.

여자애였다.

여기서 뭐 하는 거지? 어쩌자고 산불에 달려드는 거지?

이번에는 절벽 위에서 뭔가가 눈길을 끌었다. 다른 사람들이 있었다. 거센 불길이 그들을 벼랑 끝으로 몰고 있었다.

조종사는 마음속 깊이 저울질했다. 명령은 더없이 구체적이었다. 이곳은 투하 지점이 아니다. 바닷새는 이미 상승 궤도에 올랐다. 그런데도 발목을 잡힌 느낌이었다. 인간성을 떨쳐 버리기엔 너무 낮게 날았던 탓이다.

55) 얼리사

손가락을 방아쇠에 단단히 걸었다. 어느새 귀를 때리던 화마의 곡성이 절규로 바뀌었다. 아니, 절규가 아니다. 다른 소리다.

들어 봤던 소리다.

소리는 점점 커져 기계적 공진처럼 귀청이 찢어질 듯한 소음을 냈다. 그림자가 머리 위로 지나가면서 소리는 높낮이가 변했다.

그때였다. 차갑고 축축한 무언가가 자욱이 피어오르던 연기를 찢어발겼다.

그리고 우리 위로 폭포처럼 쏟아졌다. 단 몇 초에 불과했다. 그런데도 우릴 흠뻑 적시고, 불을 매섭게 할퀴고, 땅에 축축이 스몄다.

나는 총을 확 내팽개쳤다. 순식간에 총이 앙숙으로 돌변한 것이다. 나는 손을 핥고, 팔도 핥았다. 머리카락을 한데 쥐어짜서 빨아먹었다.

물!

재 맛이 났지만 상관없었다. 허겁지겁 빨아들였다. 목구멍이 고통을 호소해도 아랑곳하지 않고 빨고 또 빨았다.

개릿은 무릎을 꿇고 바위를 타고 흐르는 물줄기를 핥았다. 그때 평평한 바위 표면 위 움푹 팬 자리가 눈에 들어왔다. 물이 고여 있었다!

그 야트막한 웅덩이에 고개를 처박다가 코가 부러질 뻔했다. 나는 물을 빨아들였다. 문득 잊고 있던 무언가가, 아니 누군가가 떠올랐다. 바위에서 겨우 몸을 떼고 뒤를 돌아보았다. 켈턴은 미동조차 없었다. 운동화에서 연기가 났다. 불이 그만큼 가까이 왔던 것이다. 이제 불은 켈턴에게서 삼사 미터쯤 물러나 있었다. 상처를 핥듯 하얀 증기가 뿜어져 나와 검은 연기와 뒤섞였다.

나는 두 손으로 다른 웅덩이의 물을 그러모았다. 너무 얕은 탓에 제대로 떠낼 수 없었다. 그나마도 켈턴에게 가 닿기 전에 손가락 사이로 다 흘러 버렸다. 이대로는 안 돼. 대책을 찾아야 해.

문득 묘안이 떠올랐다. 허탈해서 웃음이 나올 뻔했다. 일주일 전의 나라면 상상도 못 했을 일이다. 정말이지 우물 안 개구리로 살았다.

바위로 돌아가 가장 큰 웅덩이에 고개를 처박고 물을 후루룩 빨아들였다. 그대로 삼키고픈 마음이 간절했지만, 꾹 참고 서둘러 켈턴에게 갔다.

무릎을 꿇고 켈턴 위로 몸을 수그렸다. 한 손으로 켈턴의 입을 벌리고 입술을 맞댔다. 나는 입 안의 물을 내뱉었다. 색다른 방식의 소생술이었다. 입술을 떼고서 켈턴의 턱을 다물리고 기다렸다.

반응이 없었다.

조금도.

그때였다. 켈턴이 울걱거리며 기침을 했다. 입에서 물줄기가 분수처럼 뿜어져 나왔다. 나는 손으로 켈턴의 입을 틀어막았다. 목이 메든, 숨이 막히든, 일단 삼켜야 해!

켈턴은 힘없이 몸을 비틀었다. 폐에서 토해 낸 물은 오도 가도 못하고 다시 목구멍에 고여 들었다. 이내 목젖이 위아래로 꼴각 움직였다. 드디어 삼킨 것이다.

나는 바위로 달려가 고인 물을 남김없이 빨아들이고 켈턴에게 돌아갔다. 켈턴은 실눈을 떴다. 어렴풋이나마 의식을 차린 것이다. 나는 다시 입술을 맞대고 물을 내뱉었다. 이번에는 켈턴이 손을 들어 살며시 내 어깨를 잡더니 적극적으로 물을 빨아들였다. 나는 켈턴이 제대로 삼킬 때까지 기다렸다가 입술을 떼고 몸을 뒤로 젖혀 숨을 골랐다.

켈턴이 나를 멀거니 바라보았다. 여전히 꿈과 현실의 경계를 넘나드는 듯했다. 뭔가 음흉한 농담을 치기에 딱 좋은 타이밍이었지만 우리 둘 다 패스했다.

"비야?"

"비행기."

"음, 더 낫네." 켈턴은 옆으로 몸을 굴려 기침했다. 그래, 이제 실컷 기침하렴.

불길은 여전히 사나웠지만 당장은 제자리걸음만 쳤다. 개릿은 바위 위에 대자로 뻗어 혼탁한 하늘만 바라보았다. 비로소 갈증에서 벗어났으니 이제 우린 죽어도 좋다. 하지만 오늘은 죽지 않을 것이다.

켈턴이 일어나 앉아 소매를 쪽쪽 빨았다. 섬유에 스며든 한 방울마저 아쉬웠으니까. 나도 질세라 따라 했다.

그러는 동안 비행기는 저수지로 돌아가더니 수면 위를 스치듯 날아 다시 물을 채웠다.

6장

새로운 보통날

그 시각, 6월 25일 토요일 오전 8시 57분, 디즈니랜드

메인 스트리트를 뒤덮었던 재는 씻겨 나가고 유령의 집에 기거하던 부랑자들도 쫓겨났다. 유명 캐릭터가 그려진 벽화에 누군가가 녹색 스프레이로 휘갈긴 남근 문양도 박박 문질러 닦았다.

단수가 공식적으로 종식된 지 약 이 주가 지났다. 시스템이 제자리를 찾고 정상화되기까지도 딱 그만큼 걸렸다. 남부 캘리포니아 전 지역이 일상을 회복하고자 애쓰는 가운데, 유독 디즈니랜드가 재건 노력에 앞장섰다.

'캐스트 멤버'*들의 빈자리는 컸지만 신규 채용된 직원도 적지 않았다. 입구에서 입장권을 받는 열여덟 살 소년도 그중 하나였다. 엄마에게 등을 떠밀린 여름 단기 아르바이트 일이었다. 이번 재난으로 막대하게 청구된 보험 자가 부담금 탓에 식구들은 허리띠를 졸라매야 했다. 다들 비슷한 처지라 불평할 수도 없는 노릇이었다.

"재밌을 거야." 엄마가 말했다.

현실은 재미있기는커녕 김이 빠졌다. 이빨 요정이 없다는 사실을 깨달았을 때나 백화점 뒤편에서 흡연하는 산타를 마주쳤을 때와 비슷했다. 사실상 놀이공원 전체가 종말을 겪은 듯 살풍경했다. 캐릭터 코스튬 플레이도, 퍼레이드 행렬도, 뉴올리언스 스퀘어 테마 구역의

---

* 디즈니랜드에서 주어진 배역에 따라 일하는 직원.

명물인 재즈 밴드도 없었다. 물론 관람객도 없었다. 개장 이래 최장기 휴업이었다. 피해 복구와 재건에만 품이 어마어마하게 들었다. 이곳뿐 아니라 어딜 가나 마찬가지였다. 약탈은 우려할 수준이 아니었다. 사람들의 표적은 기념품도, 기술력도 아니었으니까. 자판기나 매점만 죄다 뜯기고 털렸다. 공원 내 유일하게 물을 보유한 투모로랜드의 분수대는 목마른 자들의 성지가 되어 바닥이 드러날 때까지 염소 처리한 성수를 제공했다. 디즈니랜드 측은 그곳을 '생명의 분수대'로 새롭게 선보일 계획이라고 밝혔다.

공원 내 인명 피해가 없다는 점도 널리 회자되었다. 그럴 만도 했다. 그토록 넓은 부지에서 단 한 구의 시체도 나오지 않은 곳으로는 디즈니랜드가 유일했으니까.

그런가 하면 남부 캘리포니아의 영웅으로 추대된 사람들도 있었다. 이를테면 헌팅턴비치에서 폭동을 잠재운 발전소 소장, 터스틴의 한 요양원에서 수많은 인명을 구하고 사라진 이름 모를 착한 사마리아인. 입장권 담당 소년도 그런 영웅이 되고 싶었다. 실상은 살아남기도 버거웠지만. 죽지 않았으니 다행이다.

오전 8시 58분.

재개장을 이 분 앞두고 소년은 담당 개표구에서 대기했다. 정상화를 알리는 첫날이었다. 에메랄드 게이트 너머로 입장 대기 줄이 끝도 없이 이어졌다. 소년은 그제야 감이 왔다. 사람들이 왜 이곳에 왔는지. 왜 이곳에 와야만 했는지.

잠시 인간성을 잃은 땅에서 20만 명이 넘는 생명이 스러져 갔다. 미국 역사상 전쟁을 제외하고 가장 높은 사망률을 기록한 사건이었다. 하지만 그 수치도 왠지 턱없이 낮게 느껴졌다. 더 높지 않다는 사실이 기적이었다. 혹은 그 덕인지도 몰랐다. 기적과 희망을 움켜쥐려는 인간의 속성. 그게 아니라면 사람들이 왜 이곳에 모여들겠는가? 꿈과 마법, 희망이 영원히 살아 숨 쉬는 이곳에?

시계가 9시 정각을 가리켰다.

신호에 맞춰 음악이 잦아들었다. 군중에게 주술을 걸 시간이었다. 빛나는 에메랄드 게이트가 지구상에서 가장 행복한 곳으로 돌아온 인간성을 두 팔 벌려 환영했다.

56) 얼리사

거품 낸 스펀지, 젖은 수건, 마른 수건, 반복.

누가 욕실 문을 두드렸다.

"누나, 빨리! 나 똥 마려워!" 개릿이었다.

거품 낸 스펀지, 젖은 수건, 마른 수건, 반복.

"아래층 화장실 써!"

"아빠가 쓰고 있단 말이야!"

스펀지, 젖은 수건, 마른 수건. 팔 한 번, 다리 한 번. 조금만 공들이면 깨끗해질 것이다.

개릿이 다시 두드렸다. "대체 거기서 뭐 하는데?"

"샤워 중이야."

"물소리 안 들리는데."

"귀가 막혔나 보지."

실은 샤워기를 틀어 놓지 않았다. 스펀지로 비누칠하고, 젖은 수건으로 닦아 내고, 마른 수건으로 물기를 제거했다. 세면대에는 더운물이 반쯤 채워져 있었다. 수도가 없어 대야에 물을 받아 쓰던 옛 시절처럼. 이제 우리 동네는 일주일에 이틀씩 수돗물이 공급된다. 온수기를 교체한 덕분에 물을 데울 필요도 없이 뜨끈한 샤워를 할 수 있었다. 나도 안다. 하지만 나는 그럴 수 없었다. 샤워기에서 뿜어져 나온 물이 하수구로 빠져나가는 꼴을 눈 뜨고 볼 수 없었다. 언젠가는 몰라도 오늘은 아니었다. 오늘은 스펀지, 젖은 수건과 마른 수건으로 족하다. 아니, 감지덕지다.

"곧 출발해야 해. 준비됐어?" 내가 개릿에게 소리쳤다.

"나 화장실 급하다니까!"

공식적인 사태 종식은 이 주 전이었다. 켈턴과 개릿, 나는 바로 그 전날 숲에서 헬기로 구조되어 애로헤드 호숫가에 내렸다. 그 지역 전체가 거대한 난민촌이나 다름없었다. 저마다 고난을 뚫고 당도한 피난민들이었다. 우리는 연기 과다 흡입으로 응급 치료를 받았다. 폐의 통증은 일주일 갔다. 지금은 한결 낫다.

대충 머리를 말리고 가운을 걸치고서 문을 열었다. 개릿은 내가 문을 나서기도 전에 바지를 내리고 볼일을 봤다. 하여간 맨날 저런다니까. 그러나 한편으론 그 무엇도 이전과 같지 않은 느낌이었다. 우리네 삶은 비현실이라는 난기류를 통과했으니까. 새로운 보통 날이랄까.

코스트코를 재방문했을 때도 그랬다. 진열대는 아무 일도 없었다는 듯 새 상품으로 가득했다. 생수 코너에서는 재미도 감동도 없는 팻말이 반겨 주었다. '네, 여기 물 있어요!'

매장은 그대로일지 몰라도 사람들은 아니었다. 내가 보기에 일상으로 복귀한 뒤 사람들은 네 부류로 나뉘었다. 각 부류의 특징은 유독 코스트코 같은 대형 마트에서 쉽게 포착되었다.

먼저 실감을 못 하는 무딘 부류. 이들은 꿈이라도 꾼 듯 훌훌 털고 아무렇지 않게 생활한다. 운 좋게 최악을 피해 갔거나 애초부터 현실을 받아들이지 않았거나 둘 중 하나다. 나는 죽었다 깨어나도 공감할 수 없는 부류다. 마치 인간의 탈을 쓴 외계인을 대하는 느낌이다.

다음은 우리 같은 사람들이다. 가까스로 살아남아 여전히 외상 후 스트레스 장애에 시달리는 부류. 통로에서 쉬이 발길을 떼지 못하고 진열대를 그득 메운 상품과 그 유통망의 규모에 혀를 내두르는 사람들. 그 무엇도 당연시하지 않고 목숨이라도 달린 듯 자기 카트를 수호하는 부류다.

그런가 하면 성취감을 느끼는 부류가 있다. 자신도 미처 몰랐던 내면의 무언가를 발견한 이들. 난세의 영웅들. 자신이 진정 쓸모 있는 존재임을 자각하고 사태가 끝난 뒤에도 선행을 멈추지 않는 사람들. 이제 그들은 낯선 이에게 스스럼없이 말을 걸고 도울 기회를 찾아 나선다. 존경스러울 따름이다. 단수 사태가 그들에게 전에 없던 사명감을 불러일으킨 셈이다.

마지막으로 그림자들이다. 눈치를 보며 통로를 조용히 돌아다니는 사람들. 누가 자신을 알아보고 비난할까 봐, 살기 위해 저질렀던 추악한 짓을 들추어낼까 봐. 스스로 떳떳하지 못하니 남의 얼굴을 똑바로 바라보지도 못한다.

학교에서도 별반 다르지 않았다. 우리는 이틀 전에 학교로 복귀했다. 시기상으로는 학기가 끝날 무렵이었지만 한 해 과정을 마무리해야 했다. 학교 측은 '정상적인 마무리'를 강조했다. 아이들이 학교로 돌아오지 않는 한 워터좀비 대재앙은 끝나도 끝난 게 아니라며.

선생님 세 분이 목숨을 잃었다. 두 분은 존경받았지만 한 분은 그다지……. 그래도 우리 모두 그를 위해 울었다. 사망한 학생은 서른여덟 명이었다. 그중에는 풋볼 팀의 스타 공격수와 최고 인재로 촉망을 받던 여학생도 있었다. 빈자리는 그뿐만이 아니었다. 소리 소문 없이 잠적한 학생도 수십 명이었다. 그들이 언제 돌아올지는 아무도 모른다. 내 친구 소피아처럼. 언젠가 소피아를 다시 볼 수 있을까?

학교에도 그림자들이 있었다. 겉모습은 그대로인데 죽은 듯이 지내는 애들. 이를테면 할리 하틀링. 교내 인기 순위 꼭대기에서 군림하던 당찬 마당발. 이제 할리는 존재감 없이 복도를 배회했고 축구장에서도 완전히 감을 잃었다. 돌이켜 보면 나도 얼마든지 그림자 부류가 될 수 있었다. 떳떳하지 못한 일을 한두 번 저지른 게 아니니까. 하지만 나는 지난 일들을 수치라 낙인찍지 않고 영광의 상처라 여기기로 했다. 전쟁의 상처이니 움츠러들지 않기로.

따지고 보면 새로운 보통날에 '보통'은 없었다. 정녕 우리네 삶이 예전으로 돌아갈 수 있을까? 모두 지나간 일로 치부할 수 있을까? 영웅들이 평범한 소시민으로 되돌아갈까? 그림자들이 아무렇지 않게 사는 법을 배울까? 각자의 정신적 타격도 언젠가는 무뎌질까? 나는 엄마 아빠에 대한 악몽을 멈출 수 있을까?

물론 현실이 악몽처럼 끔찍하다는 사실은 별로 도움이 안 됐다.

엄마는 해변 폭동 당시 중상을 입었다. 뜨거운 모래사장 위로 의식을 잃고 쓰러진 엄마는 난폭한 군중에 짓밟혀 갈비뼈 세 대가 부러지고 왼쪽 폐에 구멍이 났다. 그것도 모자라 중증 뇌진탕에 빠졌다. 다행히 주변에 있던 긴급 의료원들이 엄마를 발견해 병원에 이송했다. 그들이 아니었다면 나는 엄마를 다신 볼 수 없었으리라.

아빠는 경찰에 연행되었다. 딱히 범행을 저질러서는 아니었다. 내 생각에 아빠는 그저 잘못된 시간에 잘못된 장소에 있었을 뿐이다. 아마 엄마를 구하려고 달려들었다가 폭도들의 시비에 휘말렸는지도 모른다.

결과적으로 두 분 모두 안전한 장소에 이른 셈이었다. 병원은 최우선 시설이어서 물이 가장 먼저 공급되었다. 카운티 유치장 또한 정부 산하 시설이기에 도시 상수 지구처럼 무턱대고 수도를 끊어 버릴 수 없었다. 참 묘하지 않은가. 그나마 안전한 곳 중 하나가 유치장이었다니. 물론 아빠도 이만저만 고생한 게 아니었다. 아들딸에게 무슨 일이 생겼는지, 아내가 어떻게 되었는지도 몰라 속이 타는데 그 안에서는 또 어떤 광란이 벌어졌겠는가. 아빠는 좀처럼 당시의 일을 입 밖에 내지 않는다. 무리도 아니다.

두 분 다 우리보다 먼저 집에 돌아왔다. 엄마 아빠도 우리를 찾으려고 백방으로 수소문하며 지옥 같은 시간을 견뎠다. 마침내 연락이 닿은 우리 네 식구는 애로헤드발 이재민 수송 버스의 종착지에서 상봉했다.

그 순간은 아직도 선명하게 되풀이되는 기억이다. 눈물이 앞을 가린 탓일까, 시각이 아닌 육감으로 생생한, 느낌으로서의 기억. 어깨에 얼굴을 파묻었을 때 엄마 옷에서 나던 집 냄새, 꼬마 때처럼 내 등을 쓸어내리던 아빠의 손길, 다시 못 들을 뻔한 부모님의 목소리, 그 모든 감각이 담요처럼 포근히 나를 감쌌다. 우리는 어디였는지 기억도 안 나는 주차장 한복판에서 사람들이 다 떠날 때까지 서로 부둥켜안고 서 있었다. 남들 시선 따위는 아랑곳하지 않고. 언제까지나 그러고 있을 수도 있었다.

바질 삼촌도 돌아왔다. 우리의 기대대로 건강하고 씩씩하게. 이제 되도록 본명을 부르기로 마음먹었더니만 삼촌은 새로운 별명을 자처했다.

"세이지* 삼촌이라고 불러. 전보다 훨씬 현명해진 느낌이거든."

안타깝게도 대프니 언니는 병마를 이겨 내지 못했다. 삼촌은 언니 얘기가 나올 때마다 눈시울을 붉혔다. 내 생각에 둘은 서로 진심으로 사랑했다. 하지만 북쪽에서 농장을 잃고 오래도록 실의에 빠져 보았던 삼촌은 더는 그러지 않기로 마음을 다잡은 듯했다. 삼촌은 새 사업에 뛰어들었다. 물장사였다. 품목은 다름 아닌 아구아비바.

심지어 삼촌은 광고도 찍었다. 아구아비바가 저를 살렸습니다. 옛말에 삶이 레몬을 주면 그걸로 레모네이드를 만들라고 하지 않았던가.

거실에서 뉴스를 보는 엄마 곁에 앉았다. 기자 회견이었다. 오 분에 한 번꼴로 새로운 기자 회견이 뜨는 듯했다.

"애리조나 주지사가 방금 사임했어." 엄마가 말했다. 놀랄 일도 아니었다. 콜로라도강 유입로를 차단하는 데 한몫한 사람들은 죄다 형사 처벌 대상이었다. 공직자들은 형사상 과실 치사부터 살인까지 다양한 혐의로 기소되었다.

"그리고 요양원에서 사람들 구했다는 착한 사마리아인, 드디어 찾았다더라."

"착한 사마리아인이 어디 한둘이에요." 나는 물의 수호자를 떠

───────────────

* 세이지(sage)는 허브의 일종으로, '현명한 사람'을 뜻하기도 한다.

올렸다. 불길에 둘러싸인 우리 위로 물을 뿌려 준 조종사를 떠올렸다. 목사와 랍비는 순례자 수천 명을 이끌고 빅베어레이크라는 약속된 땅에 무사히 도달했다. 간발의 차로 불길의 마수에서 구원받은 사람들이었다.

"맞아. 많으면 많을수록 더 좋지."

엄마는 이마에서 반창고를 떼었다. 일곱 바늘. 생각보다 흉하지는 않았다.

물 트는 소리에 고개를 돌렸다. 개릿이 부엌에 내려와 킹스턴의 물그릇을 채우고 있었다. 개릿의 새로운 일과였다. 매일 밥과 물을 챙겨 문밖에 놓기. 정작 킹스턴은 사라지고 없는데. 개릿은 요 며칠간 홀로 자전거를 타고 동네를 누비며 우리 집 개를 찾아다녔다.

"돌아올 거야. 안전하다고 느끼면 돌아올 거라고."

나도 그렇게 믿고 싶었다. 아니면 다른 집에서 킹스턴을 발견하고 품어 주었기를 바랐다. 아빠는 다른 개를 들이자고 제안했다. '구조'라고 강조하며. "이번 사태로 주인을 잃은 개들은 새 식구가 필요할 거야."

하지만 개릿은 도리질을 쳤다. 개릿에게 다른 개를 들이는 일은 킹스턴이 영영 떠났음을 인정하는 일이었다.

그릇을 채운 개릿이 수도를 잠그는가 싶더니 이내 도로 물을 틀었다. 개릿은 수도꼭지에서 물이 나와 배수구로 빠지는 모습을 잠자코 지켜보았다. 그러곤 다시 잠갔다. 또다시 틀었다. 잠갔다, 틀

었다, 잠갔다, 틀었다. 이쯤 되면 물 낭비하지 말라며 야단치고도
남았다. 아무리 사태가 마무리되었어도 제약은 여전했다. 정원 살
수 금지. 남용 금지. 하지만 나는 화가 나지 않았다. 개릿은 일부러
물을 낭비할 생각이 아니었으니까. 그저 매혹되었을 뿐이다. 물 자
체가 아니라 순전한 힘에. 손잡이를 툭 쳐서 물을 흐르고 멎게 할
수 있는 능력에.

내 시선을 느낀 개릿이 딴청을 피웠다. 은밀한 순간을 들킨 듯
개릿의 얼굴이 달아올랐다.

"갈 준비 됐어?" 내가 물었다.

"생각해 봤는데, 그냥 안 가려고."

"진심이야? 나중에 후회할지도 몰라."

"그럴 수도. 그래도 안 갈래."

개릿은 입씨름하기 싫은지 냉큼 자리를 떴다. 나도 억지로 강요
할 생각은 없었다. 가고 싶지 않다면 굳이 갈 필요 없지. 그럼 이제
켈턴과 나 둘뿐이다.

몇 분 지나지 않아 켈턴이 초인종도 안 누르고 불쑥 들어왔다.
이제 익숙했다. 켈턴은 간간이 우리 집 소파에서 자고 가기도 했
다. 제 나름의 이유가 있고, 이해 못 할 사정도 아니었다. 이제 대
수롭지도 않았다.

"텔레비전 틀어 봐!" 켈턴이 소리쳤다.

"이미 틀어 놨어." 내가 대꾸했다.

"이거 봐야 해!" 켈턴은 리모컨을 집어 들고 채널을 돌렸다. 다른 뉴스였다. 그런데…… 다시는 볼 일 없으리라 믿었던 얼굴이 화면에 떡하니 등장했다.

다름 아닌 헨리 '안' 로이크로프트였다. 리포터의 질문에 응답하고 있었다. 화면 속 헨리는 실물보다 커 보였다. 나는 여태껏 '입이 떡 벌어진다.'라는 표현이 그냥 하는 말인 줄 알았는데 웬걸, 진짜 턱이 빠질 뻔했다.

"오, 그래. 바로 이 사람이야. 착한 사마리아인." 엄마가 말했다.

헨리 그로인이라는 이름이 자막에 떴다.

"그로인? 쟤 성이 그로인이라고?"

헨리가 의기양양한 얼굴로 말했다. "전 그저 누구나 할 만한 일을 했을 뿐이에요."

"머리에 수건 한 장 쓰고 불타는 건물로 뛰어들 사람은 흔치 않죠." 리포터가 말했다.

"저긴 터스틴이야! 쟤는 터스틴 근처에도 안 갔잖아!" 내가 소리질렀다.

"쉿! 좀 들어 보자." 엄마가 말했다.

헨리는 어깨를 으쓱했다. 마치 별것도 아닌 일로 공로를 인정받았다는 듯이. "우리는 각자 삶에서 무엇을 성취할 수 있을지 따져 보고, 기회가 왔을 때 잡아야 합니다."

"그런데 왜 대중 앞에 나서길 여태 망설이셨죠?"

"주인공은 제가 아니라 제가 구한 사람들이니까요."

"농담하는 거지!"

"지금부터가 가관이야." 켈턴이 말했다. 이미 다른 방송에서 보고 온 게 분명했다.

화면은 스튜디오로 넘어갔다. 앵커가 카메라를 향해 활짝 웃으며 말했다. "헨리는 현재 액세스얼터너티브 중학교에 재학 중인 8학년생입니다. 영웅이 되기에 너무 이른 나이는 없다는 걸 증명한 셈이죠!"

"뭐? 뭐가 어쩌고 어째? 지금 8학년이라고?"

"나이치고는 성숙하게 생기긴 했네." 엄마는 우리 속도 모르고 쾌활하게 말했다.

나는 완전히 할 말을 잃었다. "저 녀석 열세 살 때부터 운전했다고 했잖아……."

"맞아." 켈턴이 말했다. "모르긴 몰라도 이제 한 삼 개월쯤 됐겠지."

엄마는 우리를 화성인 보듯 쳐다봤다. "대체 무슨 소리 하는 거니?"

이대로는 정신 줄을 놓을 것 같아 엄마에게 대충 둘러대고 켈턴과 함께 집 밖으로 나갔다.

우리 둘은 이를 악물고 씩씩거렸다. 헨리와의 지난 경험을 새로운 렌즈로 해석하느라 애쓰면서. 그리고 이내 그럴 만한 가치가 없다고 결론지었다. 우리는 그냥 한바탕 웃고 말았다.

켈턴에게도 또 다른 날이 기다리고 있었다. 켈턴네 앞마당에는 '매매' 안내 팻말이 큼직하게 서 있었다. 이웃 같지도 않은 이웃들의 공격으로 보안 문이 무너진 탓에 이제 앞마당이 훤히 드러났다.

"요즘 어때?" 내가 물었다. 많은 걸 담은 질문이었다.

"좋아." 켈턴이 대답했다. "일단 숨은 쉬고 있잖아. 그게 어디야." 잠시 침묵이 흘렀다. 의미심장한 침묵이었다.

켈턴의 부모님은 갈라섰다. 켈턴은 오래전부터 예견된 일이라고 했다. 오히려 안도하는 눈치였다. 켈턴의 엄마는 이미 멀지 않은 곳에 아파트를 얻어 나갔다.

"엄마는 나와 함께 살길 원해." 켈턴이 말했다.

"너도 원하는 일이야?"

"뭐, 그게 아니면 아빠를 따라 아이다호주에 사는 고모 집으로 가겠지."

"고양이 좋아하신다는 분?"

"맞아." 켈턴은 자기 집을 바라봤다. 저 집에서 생활하는 게 어떤 기분일지 상상이 안 갔다. 그 일이 일어난 부엌에서 어떻게 요리를 할 수 있을까? 어떻게 식탁에 앉아서 식사할까? 집을 내놓은 마음이 충분히 이해가 갔다. 부디 운이 따라 줘야 할 텐데. '매매' 팻말은 어딜 가나 많았다.

"아빠는 총을 다 없앴어. 팔지 않고 망가뜨렸지. 싹 다. 내 생각엔 브래디 형을 애도하기 위한 아빠만의 방식 아닌가 싶어. 아마 두 번 다시는 총에 손도 안 댈걸."

총이라면 나도 짧게나마 인연이 있었다. 숲에서 건달들에게 당할 뻔한 뒤 아예 작정하고 켈턴의 총을 챙겼지. 심지어 우리 목숨을 끊는 데 사용하려고 했다. 그 총은 어떻게 되었을까? 그 또한 파괴되었기를.

"어쨌든, 아빠가 아이다호주로 가기 전까지는 아빠와 지내려고. 당분간은 아빠가 날 더 필요로 할 거야. 우리 엄마는 보기와 달리 꽤 강한 사람이거든."

나는 고개를 끄덕였다. "알 것 같아."

우리는 마른 잔디 위에 앉아 건넛집을 바라보았다. 키블러 부부는 길가에서 숨바꼭질 비스름한 놀이를 하는 아이들을 '감시'하고 있었다. 켈턴과 나는 이십 분 뒤에 출발할 예정이었다. 운전해 줄 아빠만 오면. 내가 아는데, 아빠는 아마 늦을 것이다. 사업 확장이니 뭐니 워낙 바쁘니까. 단수 전에는 지지부진하던 보험 사업이 새롭게 활황을 맞았다. 너도나도 재해 보험에 가입하느라 난리였다. 왜 아니겠는가.

아빠는 꾸준히 우리에게 주지시켰다. "남들의 불행으로 먹고사는 게 아니야. 오히려 훗날의 불행으로부터 그들을 지키는 거지."

잔디는 여전히 칙칙한 갈색빛이었다. 그래도 초록색 스프레이 칠만은 절대 사양이다. 켈턴이 날 향해 고개를 돌리며 물었다.

"그래서, 우리는 뭐야?"

내가 어깨를 으쓱했다. "생존자들?"

"아니, 내 말은, 서로에게 뭐냐고."

"아."

어색할 줄 알았는데, 전혀 어색하지 않았다. 그 덕에 우리 사이가 무슨 사이인지 정확히 깨달았다.

"오랜 친구지. 몇백 년 묵은 친구." 내가 말했다. "근데 그거 알아? 그중 95퍼센트는 일주일 만에 묵었다는 거."

"그거 괜찮은데." 켈턴이 씩 웃었다.

켈턴의 미소는 차츰 사라졌다. 시선은 키블러네 고삐 풀린 망아지들을 넘어, 아니 온 동네를 넘어 저 멀리 아득한 곳을 향했다. 두 눈에 물기가 어렸다.

"얼리사, 난 사람을 죽였어……."

여태껏 이 얘기를 기다리고 있었다. 장장 이 주 동안. 먼저 꺼내 줘서 고마웠다. 그래야 나도 여태껏 담아 두었던 말을 할 수 있으니. "넌 네가 해야 할 일을 했을 뿐이야, 켈턴. 우리 다 마찬가지라고. 그게 다야. 게다가 그 숲은 다 타 버렸잖아. 흔적도 없이. 아무도 모를 거야."

"내가 아는걸."

"그건…… 내가 눈감아 줄게. 너의 죄를 사하노라. 드론 일까지 전부."

내 말에 켈턴은 미소를 되찾았다. "엉뚱한 데로 빠지셨네요, 모로 아가씨."

나는 어깨로 켈턴을 툭 쳤다. 켈턴도 똑같이 응수했다. 그러더니 내 얼굴을 뚫어져라 바라보았다.

"지금부터 삼 년 뒤 대학에서 만난 첫 남자 친구와 헤어지면, 전화해. 우는소리 밤새 들어 줄 테니까."

"받고, 지금부터 칠 년 뒤 네가 차린 IT 회사가 망하면 찾아와. 술독에 빠지지 않도록 내가 실컷 웃겨 줄 테니까. 정신 차려서 새 출발 하게끔."

"받고, 지금부터 십이 년 뒤 전화해서 부탁해. 네 첫 아이의 대부가 되어 달라고."

"받고, 지금부터 이십 년 뒤 부부 동반으로 놀러 가자. 우리 둘이 줄기차게 떠드는 사이 남은 배우자 둘이 눈 맞아 달아나겠지."

"받고, 지금부터 삼십 년 뒤 네가 재선에 나서고 내가 떼돈을 벌면, 춤추러 가자. 신문 일 면을 화려하게 장식하는 거야. 물론 그때쯤 파파라치 사진은 홀로그래피겠지."

나는 끝내 웃음을 터뜨렸다. "아무렴, 홀로그래피겠지."

켈턴이 씩 웃었다. "그때 다시 물어보자. 우리가 어떤 사이인지."

나는 손을 뻗어 악수를 청했다. "콜. 데이트다."

켈턴은 내 손을 잡더니, 그대로 손등에 키스했다. 마치 매력적인 남자 주인공처럼. 그때 생각했다. '애도 머지않아 정말 매력적으

로 변할 수 있겠다.'

"와, 드디어 얼리사 모로랑 데이트를 하다니. 죽어도 여한이 없겠어."

우리는 깔깔 웃었다. 편안하고도 현실적인 느낌. 다만 함께 춤을 추기까지 삼십 년이나 걸린다고 생각하니 조금 아쉬웠다.

뜻밖에 아빠가 제시간에 도착했다.

"둘 다 준비됐어?" 아빠가 물었다.

"진작 됐죠." 내가 대답했다.

어제 학교에서 돌아오니 엄마가 나를 수상한 표정으로 뜯어보았다. 요즘 툭하면 그랬지만 이번에는 명확한 이유가 있었다. "방금 이상한 전화를 받았어. 풋힐 병원 화상 병동에 어떤 여자애가 있다는데…… 어떻게 된 게 비상 연락처에 네 이름을 적었다네. 다른 얼리사 모로겠지?"

내가 알기로 캘리포니아에 사는 얼리사 모로는 총 다섯 명이다. 그리고 발신자는 제대로 걸었다. 재키가 끝내 불과 싸워 이겼다는 사실이 그리 놀랍지 않았다.

켈턴이 차 문을 열어 주다가 길 턱을 헛디뎌 삐끗했다. 그럼 그렇지. 더할 나위 없군. 차가 출발했다. 우리는 친숙하면서도 낯선 거리를 떠나 새로운 세계로 진입했다. 비옥한 폐허 위에 새로이 뿌리내린 세상으로.

인체의 60퍼센트가 물이라고 말한 사람이 재키였던가? 이제 나머지 요소는 똑똑히 안다. 재와 먼지, 슬픔과 비통……. 그러나 무엇보다도, 아니, 그런데도 우리를 하나로 묶어 주는 요소는…… 희망이다. 그리고 환희다. 우리 안에서 마르지 않고 샘솟는 모든 것이다.

감사의 말

『드라이』라는 멋진 공동 작품에 정말 많은 분이 도움을 주셨습니다!

우리를 믿고 걸음걸음 이끌어 주신 편집자 데이비드 게일, 보조 편집자 어맨다 라미레스, 발행인 저스틴 챈다에게 진심으로 감사합니다. 사이먼앤드슈스터 출판사 관계자 여러분, 특히 캐럴린 라이디, 존 앤더슨, 앤 자피언, 미셸 레오, 앤서니 패리시, 세라 우드러프, 로런 호프먼, 리사 모럴리다, 크리시 노, 케리 호런, 카트리나 그루버, 딘 노턴, 스테퍼니 보로스, 클로이 파글리아의 지지는 우리에게 큰 힘이 되어 주었습니다.

그리고 눈을 사로잡는 멋진 표지 일러스트를 그려 주신 제이 쇼도 빼놓을 수 없죠! (원서 표지를 말함. ─옮긴이)

『드라이』의 영화화에 힘써 주신 출판 대리인 앤드리아 브라운, 외국어 판권 대리인 테린 페이거니스, APA 에이전시의 엔터테인먼트 대리인 스티브 피셔, 데비 더블힐, 라이언 솔, 우리 매니저 트

470 ● 드라이

레버 엥글슨에게 감사의 인사를 전합니다. 그리고 변호사 셉 로젠먼, 제니퍼 저스트먼, 케이틀린 디모타. 계약과 관련하여 끝없는 법률 서류를 훑어보느라 수고 많으셨습니다.

템플힐엔터테인먼트 영화 팀의 마티 보언, 아이색 클라우스너, 피트 해리스와 영화사 패러마운트픽처스의 윅 고드프리, 존 곤다에게도 감사합니다.

우리의 친구이자 동료로서 이 이야기의 태동부터 지지를 보내준 일라이스 거틀러, 초인간적인 조직력을 갖춘 바브 소벨, 우리의 소셜 미디어 선생님 맷 루리에게도 감사를 전합니다.

여러분 덕분에 우리의 잔이 넘치나이다!

닐 셔스터먼, 재러드 셔스터먼

옮긴이의 말

작가 닐 셔스터먼은 현대 사회에 내재한 위협을 미래 사회로 확대 투영하는 디스토피아 장르의 대가다. 낯선 세계를 창조해 내면서도 특유의 박진감 넘치는 스토리로 세계 여러 나라에서 사랑받아 왔다. 그중에서도 『드라이』는 유독 실감 나는 묘사로 읽는 이를 단숨에 몰입시킨다. 시나리오 작가인 아들 재러드 셔스터먼과 의기투합하기도 했지만, 현실에 충분히 있을 법한 일을 다루었기 때문이다.

부엌 수도꼭지에서 기묘한 소리가 난다. (11면)

어느 날 갑자기 수도가 뚝 끊긴다. 사상 최악의 재난, 그 서막은 이토록 고요했다. 평화롭던 동네에 불안감이 감돌고 이웃들의 초조한 눈빛은 서서히 야성을 띤다. 설마 물이 끊긴 지 며칠 만에 사람들이 짐승으로 변할까? 설마 사회가 그리 쉽게 무너질까? 그러나 눈 깜짝할 새 이웃은 적으로, 시위는 폭동으로 변한다. 성격도 자란 환경도 각기 다르지만 생존을 위해 뭉친 주인공들은 시시각각 위기에 내몰리고, 그 과정에서 인간의 본성을 적나라하게 목격한다. 물 한 병에 서로 날을 세우는 이웃들, 갈증에 눈이 멀어 추악한 짓을 서슴지 않는 사람들. 그 이기심과 폭력성에 회의를 느끼면서도 주인공들은 '도울 것이냐 외면할 것이냐, 뺏길 것이냐 빼앗을 것이냐.' 하는 선택의 갈림길에서 방황한다. 하루아침에 생명의 원천이 사라진 극단의 상황은 평범한 일상을 살아가는 우리에게도 선뜻 대답하기 어려운 윤리적 질문을 던진다.

> *살고자 하는 의지를 잃었을 때조차*
> *서로를 구할 힘은 기어이 우러나오는 것이다.* (436면)

수도에 이어 전기와 교통, 통신마저 마비되고 폭도와 약탈자, 워터좀비들이 판치는 남부 캘리포니아에 더 이상 안전지대는 없다. 천신만고 끝에 당도한 벙커의 반전, 동료라 믿었던 헨리의 배신, 생사를 넘나드는 곡절을 겪으며 얼리사는 마침내 인정한다. 누구나 괴물이 될 수 있다는 것을. 하지만 절망스러운 상황 속에서 누군가는 자신도 몰랐던 내면의 양심을 발견하기도 한다. 죽어 가는 낯선 이의 곁에 슬쩍 항생제를 두고 떠나는 재키, 사지에 몰린 이들을 차마 외면하지 못해 상부의 명령을 거스르고 물을 투하하는 항공기 조종사, 생존 본능마저 바닥난 상태에서 서로를 위해 안간힘으로 버티는 얼리사와 켈턴, 그리고 곳곳에서 조건 없는 선행을 실천하는 시민 영웅들은 아무리 황폐하고 메마른 땅에도 우리의 인간성은 기어이 샘솟는다는 희망을 보여 준다.

뒤늦게 눈치챘을 뿐,

침묵은 언제나 그 자리에 도사리고 있었는지도 모른다.(28면)

미국 서남부 지역의 단수 사태는 허황한 미래상이 아니다. 실제로 캘리포니아주는 2018년에 기록적인 가뭄과 사상 최악의 산불을 겪었고 영토의 44퍼센트가 가뭄 지역으로 분류되었다. 농업용수를 다른 주에서 끌어다 쓸 만큼 수원지가 드문 데다 강수량도 적어 피해가 클 수밖에 없다. 하지만 오늘날 가뭄이나 산불은 하늘이 내린 재앙이라기보다는 우리 손으로 불러온 화에 가깝다. 장기적인 환경 문제를 무시하고 자연 변화에 적절히 대응하지 못해서 더 큰 참사를 부르는 것이다. 『드라이』에서 사태가 순식간에 극단으로 치닫고 막대한 인명 피해를 낸 것도 정부 당국이 수년간 물 부족 위기의 심각성을 숨기고 모두가 방심한 상황에서 단수 사태가 터졌기 때문이다. 그래서일까, 평범한 일상 속에서 허를 찔린 사람들을 다양한 앵글로 포착한 「그 시각」의 장면들은 중심 스토리와 맞물리며 독자를 '현실적인 비현실' 속으로 바짝 끌어당긴다. 책장을 덮은 뒤에도 긴 여운이 남는 이유다.

지금 우리가 밟고 있는 이 땅에도 재앙이 침묵의 형태로 묵직하게 도사리고 있는 것은 아닐까? 기후 변화는 과거보다 예측하기 어렵고 인간이 적응하기 힘든 속도로 일어난다. 어쩌면 아버지와 아들 작가가 함께 그려 낸 이 디스토피아가 우리 곁에도 아주 가까이 다가와 있을지 모른다.

번역 작업을 한창 진행할 때, 한여름도 아니었는데 자꾸만 목이 탔다. 미지근한 물 한 잔이 왠지 달달하고, 배수구에 물을 흘려보낼 때는 괜히 찜찜했다. 물의 소중함이야 두말하면 입이 아프지만, 아마 독자 여러분도 비슷한 경각심이 생겼으리라 믿는다. 재미도 있으면서 사회적으로도 의미 있는 작품을 소개할 수 있어서 기쁘고 감사하다.

2019년 9월
이민희

창비청소년문학 92

드라이

초판 1쇄 발행 • 2019년 9월 20일
초판 5쇄 발행 • 2024년 3월 22일

지은이 • 닐 셔스터먼·재러드 셔스터먼
옮긴이 • 이민희
펴낸이 • 염종선
책임편집 • 김영선 정편집실
조판 • 신혜원
펴낸곳 • (주)창비
등록 • 1986년 8월 5일 제85호
주소 • 10881 경기도 파주시 회동길 184
전화 • 031-955-3333
팩시밀리 • 영업 031-955-3399 편집 031-955-3400
홈페이지 • www.changbi.com
전자우편 • ya@changbi.com

한국어판 ⓒ (주)창비 2019
ISBN 978-89-364-5692-4 43840